Leben & Schreiben

Über dieses Buch:

Wolf-Peter Weinert ist selbst viele Monate durch Indien gereist und im Himalaja gewandert. Seine Erfahrungen haben ihn verändert, wie jeder Mensch verändert wird, der diese fremde Welt bereist. Mit Sorge betrachtet er deswegen, wie hochrangige Politiker andersartige Religionen und Kulturen gering schätzen und sie zerstören, ohne sie überhaupt kennen lernen zu wollen.
Dem Autor ist es ein Anliegen, den Lesern das Leben auf dem indischen Subkontinent mit all seinen Facetten näher zu bringen. Das ausführliche Glossar am Ende des Buches soll diese Idee unterstützen.
Namaste Indien! ist ein moderner Abenteuerroman. Er berichtet von den Erlebnissen eines unbedarften Indientouristen, der schließlich zu einem erfahrenen Trekkingführer im Himalaja wird. Die Leser sind eingeladen, seine Abenteuer mitzuerleben.

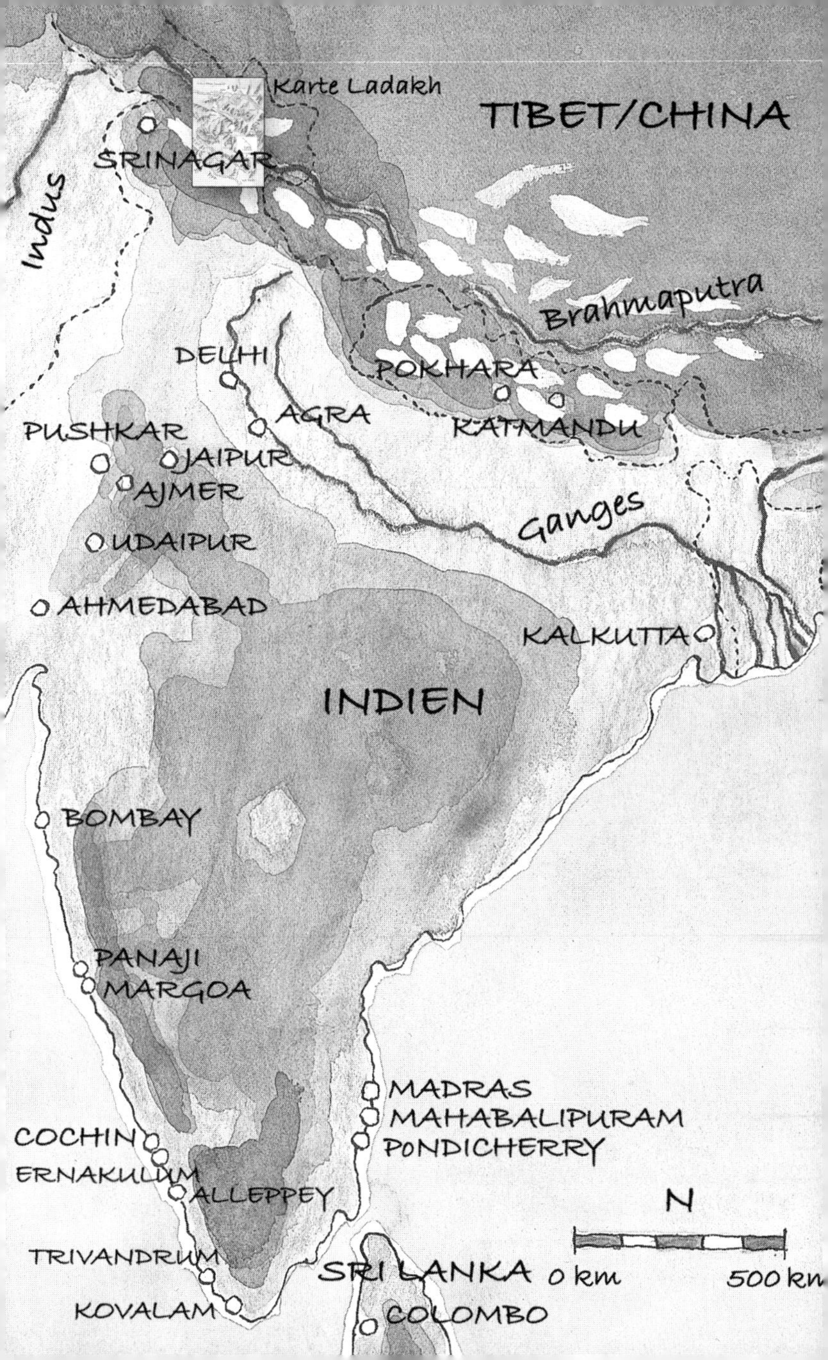
Karte Ladakh
TIBET/CHINA
SRINAGAR
Indus
Brahmaputra
DELHI
POKHARA
AGRA
KATMANDU
PUSHKAR
JAIPUR
AJMER
Ganges
UDAIPUR
AHMEDABAD
KALKUTTA
INDIEN
BOMBAY
PANAJI
MARGOA
MADRAS
MAHABALIPURAM
COCHIN
PONDICHERRY
ERNAKULUM
ALLEPPEY
N
TRIVANDRUM
SRI LANKA
0 km
500 km
KOVALAM
COLOMBO

nach KARGIL/SRINAGAR
LEH
NIMMU
THIKSE
Indus
ALCHI
STOK
Stok Kangri
HEMIS
MARKHA
Zanskar
5945 m
6400 m
N
5752 m
KARTE
LADAKH
0 Km
10
20
SHADE
PADUM
nach MANALI

Wolf-Peter Weinert

Namaste Indien!

Ein Reiseroman

mit ausführlichem Glossar

Verlag
Leben & Schreiben

1. Auflage

Verlag Leben & Schreiben
Bettina Schomerus-Weinert
Am Rießel 12
29549 Bad Bevensen
Tel 05821/478473
Fax 05821/478617
E-mail info@lebenundschreiben.de
www.lebenundschreiben.de

Lektorat: DAS LEKTORAT www.lektorat-carle.de
Umschlaggestaltung: Christel Lottmann www.linie1.com
Umschlagillustration nach Aquarellen von Caroline Rothe
Innenkarten gezeichnet von Caroline Rothe
Satz: Verlag Leben & Schreiben
Druck und Bindung: Clausen & Bosse, Leck
Printed in Germany 2003

ISBN 3-9808429-1-6

Gewidmet meinen Freunden,
die hier und da ein Stück des Weges
mit mir gegangen sind

1

Ein Mensch kann sich so sehr recken, wie er will, im Himalaja bleibt er ein Winzling, dachte Alexander Koch. Wer jemals mit offenen Augen in diesen Bergen gewandert ist, wird mir zustimmen, und wer jemals dem Zanskar oder den Ursprüngen des Indus gefolgt ist, wird für den Rest seines Lebens jeden Menschen einen Zwerg nennen.

Zanskar und Ladakh, die beiden Provinzen im Norden Indiens, waren für ihn Landschaften von so karger Schönheit, dass Alexander Koch verstand, warum die Bewohner des Himalaja ihre Berge als Stein gewordene Götter verehrten. Er saß auf einem Felsvorsprung fünftausend Meter über dem Meeresspiegel und dachte nichts anderes. Die riesenhaften Felsen, das mal kantige, mal wie in Wellen fließende Gestein, der Schnee, das Eis und der nahe Himmel gruben sich in Augen und Seele, während der Körper mit der knappen Luft haushalten musste.

Alexander Koch hockte also im äußersten Norden Indiens fünftausend Meter hoch auf einem Aussichtspunkt und ihm war, als könnte er von dort aus das ganze Land überblicken. Es war die Illusion eines Blickes weit über die südliche Himalajakette hinweg, hinunter zum Tal des heiligen Ganges, weiter bis zum Taj Mahal und über die Wüste Rajasthans bis nach Bombay, über die Strände von Goa und die südlichen Bergketten der Ghats, hinunter zum Südzipfel des Kap Komorin – dreitausend Kilometer entfernt. Er, Alexander Koch, saß auf Indiens Thron, der Wanderstock war sein Zepter und das Fernglas sein Reichsapfel. Einst war er als Narr nach Indien gereist, jetzt fühlte er sich wie ein König – er war ein König dort oben.

Hundert Meter unter ihm erholten sich drei Amerikaner, die er durch die Bergwelt führte. Der letzte Anstieg hatte Kraft gekostet, vier Stunden bis zur Passhöhe und eine weitere Stunde hinauf auf den mächtigen Felsen, für den, wie für so viele Gipfel in dieser Gegend, kein Name in einer Landkarte eingetragen war. Alexander Koch war ein Trekkingführer, der nicht gern die üblichen Wege ging. Er wanderte mit den Amerikanern Richtung Shade, einem kleinen Dorf nahe der Straße Padum – Manali, von dort ging es wieder zurück nach Leh, der Hauptstadt Ladakhs, von wo aus sie sieben Tage zuvor gestartet waren. Statt der gängigen Trekkingrouten wählten sie die uralten Pfade der tibetanischen Nomaden, der ladakhischen Mönche und Händler. Auf diesen Wegen war man schon tausend Jahre zuvor gewandert, als Ladakh ein unabhängiges Königreich wurde, das es neunhundert Jahre blieb. Hier in der Wildnis der Berge und Täler waren Autos nicht viel wert, gehen und tragen musste man selbst, allenfalls Esel und Yaks waren nützlich. Straßen, die diesen Namen verdienten, gab es nur wenige.

Die drei Amerikaner saßen in der Sonne und rangen um Luft, der knappe Sauerstoff raubte ihnen den Sinn für die Schönheit. Sie waren froh, den Rucksack für eine Weile absetzen zu können, damit sich ihre Schultern erholten und Luft die nassen Hemdrücken kühlte. Sie hatten Alexander allein auf den Aussichtspunkt klettern lassen und ihm versichert, dass es ihnen nichts ausmachte zu warten, bis er sich satt gesehen hatte. Alexander hatte seinen Rucksack bei ihnen gelassen, hatte ihnen die mit Zitronentee gefüllte Thermosflasche und jedem einen Energieriegel gegeben. Er hatte ihnen versprochen, nicht länger als eine Stunde fortzubleiben. Bill Preston, Sam Hastings und Henry Stevens hatten abgewinkt, als wollten sie sagen, bleib fünf oder zehn Stunden, ganz wie du willst, wir ruhen uns aus. So kam es, dass Alexander auf seinem luftigen Sitz für sich allein den Blick über Ladakh, Zanskar und in seiner Phantasie über ganz Indien genoss. Er selbst war in glänzender Verfassung, körperlich wie seelisch, aber das allein verursachte nicht seine Euphorie, mehr war es der märchenhafte Ausblick, das Wissen um die Höhe und dazu kam ein gefährdendes Moment, dessen man sich immer bewusst sein musste – die dünne Luft. Der Sauerstoffmangel irritierte die klaren Denkprozesse, ein Rausch lag so nah wie Melancholie.

Alexander löste sich vom Panorama und richtete sein Fernglas auf die drei Amerikaner. Sie ließen den Becher mit heißem Tee kreisen und unterhielten sich – ein gutes Zeichen. Sie waren in seinem Alter, alle um die vierzig. Bill und Sam hatten ihn angeheuert, er und nur er sollte sie durch die Berge führen. Sie hatten ihm geschrieben, hatten ihm statt der gewünschten fünfzigprozentigen Anzahlung die gesamte Summe per Scheck ins Ungewisse geschickt und dem Brief ein Flugticket von Katmandu nach Neu-Delhi und zurück beigelegt. Es war klar, dass in diesem Falle wieder einmal die Mundpropaganda funktionierte. Alexander hatte etliche Amerikaner durch die Berge geführt und einer von ihnen musste Sam oder Bill vom Himalajaexperten Alexander Koch vorgeschwärmt haben, zu finden in Pokhara, Nepal. Es sollte Alexander recht sein, Sam und Bill waren nette Burschen, nicht schlecht trainiert, und obwohl ihre Dollars locker saßen, gehörten sie nicht zu jener Sorte Amerikaner, denen man erst sagen musste, dass man in dieser Gegend keinen Müll herumliegen ließ, und dass die Ladakhis, Nepalesen, Inder und Tibetaner keine Nigger waren. Auf Henry Stevens war Alexander zufällig in Katmandu gestoßen, Henry und er kannten sich seit langem. Alexander hatte seinem Freund von der bevorstehenden Tour erzählt, und da Henry ohnehin auf dem Absprung nach Nordindien war, hatte er sich ihnen spontan angeschlossen.

Für Alexander war es wichtig zu wissen, dass seine Kunden die Region und ihre Bewohner achteten. Ihm waren die Berge heilig und nicht das Recht seiner Auftraggeber. Er hatte es schon fertig gebracht, eine Gruppe unbelehrbarer Westeuropäer in einem kräfteraubenden Kreis zu ihrem eigenen Müll zurückzuführen, wenn sie seine Hinweise nicht ernst genommen hatten. Dann endlich begriffen sie, sammelten ihre Abfälle ein und hielten sich an seine Regeln. Aber alles in allem konnte Alexander sich nicht beklagen, der Himalaja bekehrte die meisten der Trekking-Touristen, die es nötig hatten und die anderen, die das Gebirge von vornherein respektierten, achteten die großartige Natur mehr denn je.

Er selbst wanderte seit zehn Jahren auf den verschlungen Pfaden des Weltdaches. Begonnen hatte die Liebe zu diesem Teil der Erde am Ende seiner ersten Indienreise. Damals war er ahnungslos in Sri Lanka zwischengelandet, weiter nach Trivandrum geflogen und von dort gen Norden gestartet. Inzwischen war seit seinem ersten Besuch in der südindischen Stadt Trivandrum das Jahrtausend zu Ende gegangen. Damals hatte er sich schwer getan, sich auf die Mentalität des Subkontinents einzustellen, er hatte einfach seinen Traum aus Kindertagen verwirklicht und keine Ahnung gehabt, was es bedeutete, sich auf Indien einzulassen. Er hatte von Indien nicht viel mehr gekannt als Schlagworte wie: Gandhi, Yogi und Maharadscha. Und was wusste er damals von Indiens Geographie? Sicher, der Ganges war ihm ein Begriff, aber ob Indus und Brahmaputra indische, nepalesische, bengalische oder pakistanische Ströme waren, hätte er nicht mit Sicherheit behaupten können, wenn man ihn danach gefragt hätte. Und indische Städte? Neu-Delhi, Bombay und Kalkutta konnte er zuordnen, aber dass Kalkutta am Ganges lag, wusste er nicht vom Studium der Landkarten, sondern von der Schallplattensammlung seiner Eltern. *Kalkutta liegt am Ganges, Paris liegt an der Seine, und dass ich so verliebt bin, das liegt an Madeleine,* tönte Vico Torriani aus dem Plattenschrank, wenn sein Vater Sonntag morgens die Beine hochlegte.

Alexander hatte zwar eine Menge von Indien aufgeschnappt, schließlich kam sein Traum, eines Tages das Land im Osten zu bereisen, nicht von ungefähr, aber das meiste waren Märchen gewesen. Märchen, die er von seinem Onkel gehört hatte, vor allem selbst erdachte Flunkereien. Sein Onkel Karl konnte mit so fesselnder Stimme erzählen, dass der kleine Alexander sich nichts sehnlicher wünschte, als einmal das Land der Fakire, Sadhus und Schlangenbeschwörer zu besuchen. Als junger Mann war er dann so vorbereitet auf Indien gewesen, wie jemand, der sich nach der Lektüre von Winnetous und Old Shatterhands Abenteuern auf den Weg nach Manhattan macht.

Er hatte sich ein Flugticket nach Colombo gekauft, der Hauptstadt Sri Lankas – mehr nicht. Er hatte mehr als vier Monate Zeit für seine Reise eingeplant, hatte keine Route festgelegt, und er hatte nicht gewusst, von welchem Ort aus er später nach Deutschland zurückkehren wollte. Wenn er sein dürftiges Konzept in seiner Stammkneipe offenbarte, hielt man ihn für abgebrüht und abenteuerlustig, dabei wäre naiv das richtige Wort gewesen. Hinzu kam, dass er damals weniger nach Indien gereist als dorthin geflohen war. Für eine Flucht gab es mehrere Gründe: Erstens war er gekränkt, zweitens war er wütend und drittens haltlos, viertens konnten sie ihn alle mal, besonders, wenn er ein paar Biere getrunken hatte. Gekränkt hatte ihn Ulrike, die ihn verließ, als er sich gerade an sie gewöhnt hatte; wütend war er auf ihren neuen Lover Rainer, der sein Freund gewesen war; aber haltlos war er nicht allein wegen der zerbrochenen Liebe und der verlorenen Freundschaft, haltlos war er auch, weil er nur wenig später seinen Kiosk einbüßte. Wie konnte jemand daherkommen und ihm mit einer Riesensumme Geld das Häuschen wegnehmen? Was erlaubten sich diese Wirtschaftsbosse? Und was erlaubte er sich selbst, dem schnöden Mammon so ohne weiteres nachzugeben? Aber es hatte keinen Sinn, Ulrike, Rainer und seinem Kiosk nachzuweinen, die Dinge waren entschieden, er war vollkommen frei. War das nicht schön? Nein, anfangs nicht!

Losgefahren war er dann wie ein Freak aus den siebziger

Jahren, mit wenig Geld in der Tasche und nur mit einer ungefähren Route im Sinn. Aber er unterschied sich von den Aussteigern, die zumeist nach Goa oder Poona reisten: Er ging kein gesundheitliches Risiko ein, sorgte für seinen Schutz gegen Wundstarrkrampf, Kinderlähmung und Diphtherie, ließ sich rechtzeitig gegen Hepatitis impfen und kümmerte sich um eine angemessene Malariaprophylaxe. Sein Festgeldkonto zu Hause bot ihm Sicherheit, denn im Gegensatz zu den Hippies von früher besaß er seit dem Verkauf des Kiosks ein finanzielles Polster. Trotz des Geldes wollte er reisen wie ein indischer Durchschnittsbürger, aber weil er keine Ahnung von der indischen Gesellschaft hatte, reiste er wie ein Inder, der privilegiert genug war, nicht sein ganzes Leben am Ort seiner Geburt zu verbringen, um dort in einem einfachen Haus, in einer Bretterbude oder in einem Pappkarton zu wohnen. Wie ein durchschnittlicher Inder lebte, hatte Alexander damals noch zu lernen.

Bevor er losfuhr, stöberte er in Buchhandlungen nach geeigneter Lektüre, prüfte Handbücher für Indienreisende und entschied sich schließlich für einen Tausend-Seiten-Wälzer, handlich wie ein Ziegelstein, aus der Reihe *lonely planet*. Ständig getrieben von der Angst zu wenig zu wissen, besorgte er sich einen Ratgeber für Abenteurer und einen für Überlebensstrategien in der Wildnis Indiens. Die Bücher waren angefüllt mit Tipps, vom kategorischen Appell, vor dem Betreten eines Hindutempels unbedingt die Schuhe auszuziehen, bis hin zur Anleitung, wie man außerhalb der Zivilisation ohne technische Hilfsmittel ein Feuer entfachen kann. Diese Kapitel erinnerten ihn an Robinson Crusoe auf seiner einsamen Insel, dazu kamen Hinweise, wie man sich zu verhalten hatte, wenn man in freier Natur einem Tiger begegnete, von Schlangen gebissen wurde, in Hakenwürmer trat oder von Blutegeln ausgesaugt wurde. Nach derlei Ratschlägen schwor er sich, nicht zu weit von den üblichen Pfaden abzuweichen, kaufte wasserfeste Streichhölzer und bissfeste Trekkingschuhe im Outdoor-Laden. Schließlich wollte er reisen und nicht neu entdecken oder in der Wildnis umkommen, sein Name war Alexander Koch und nicht David Livingstone.

Dann hatte er sein Ticket nach Colombo, der Hauptstadt des ehemaligen Ceylon, das war nicht viel und bedeutete, dass ihn ein Flugzeug im Süden Asiens absetzen würde. Je näher der Abflugtermin rückte, desto einsamer fühlte er sich bei dem Gedanken, ohne einen Freund in Sri Lanka auf dem Flughafen zu stehen. Mehr als vier Monate solo durch Indien, fieberhaft studierte er die Bücher. Waren die Kanarischen Inseln nicht besser? Lagen ihm Teneriffa, Gran Canaria und Lanzarote nicht näher als Bombay, Madras und Haiderabad? Es blieben flüchtige Sorgen. Sein Wunsch in das Indien zu reisen, das er aus den Geschichten seines Onkels kannte, behielt die Oberhand über seinen sporadischen Kleinmut. Sein Leben bot ihm eine Chance, er ergriff sie und danach war nichts mehr wie vorher.

Alexander stieg von seinem Felsen herab. Als er seine drei Gefährten in der Ferne erkannte, winkte er ihnen zu und gab ihnen Zeichen, sie sollten losmarschieren. Der Verlauf des Pfades war gut zu erkennen, und er würde sie später einholen. Sie hatten noch ein ordentliches Stück vor sich, denn Alexander plante, die beiden Zelte tausend Höhenmeter tiefer aufzuschlagen. Dort kannte er einen Felsvorsprung, der Schutz bot vor Sturm und Kälte, denn auch im Sommer konnten die Nächte in den Bergen kalt werden. Schneefälle oder Regengüsse waren allerdings extrem selten, Ladakh im Sommer ist so trocken wie die Sahara. Einzig das Schmelzwasser aus den Bergen sorgt für fruchtbare Täler, wobei das Wort Tal ein relativer Begriff ist, wenn man bedenkt, dass ladakhische Täler durchschnittlich 3500 Meter hoch liegen und damit höher als der Gipfel der Zugspitze.

Schritt um Schritt stiegen die vier Männer hinab, jedes Aufsetzen der Füße stauchte die Gelenke und ließ ihre wippenden Rucksäcke an den Schultern zerren. Bergab zu wandern war anstrengend, vielleicht anstrengender als zu steigen, obwohl man es anders sah, wenn man gerade stundenlang auf dem Weg nach oben war. Zwei Stunden später entschieden die Männer, eine Rast einzulegen, bevor sie weitere zwei Stunden bis zu ihrem Übernachtungsplatz wandern würden. Sie hockten um ihren kleinen Gaskocher, im Topf brodelte eine Tütensuppe, und sie sprachen von dem einen Thema, das Trekker interessierte – Trekking! Wenn man durch die Einsamkeit der Berge wanderte, ohne tägliche Zeitung, ohne Radio und ohne Fernsehen, kehrte man zum Geschichtenerzählen zurück, so wie es die Ladakhis und Zanskaris in ihren Familien seit ewigen Zeiten hielten. Bill und Sam baten Alexander, von seinen Erlebnissen in den Bergen zu berichten. Sie konnten nicht genug davon hören. Alexander schien es, als packte die beiden bereits die Melancholie des Abschieds vom Himalaja. Die Hälfte der Zeit war um, in einer Woche wollten sie zurück in Leh sein und von dort aus würden Bill und Sam später über Neu-Delhi nach Washington fliegen. Alexander kannte ihre Pläne.

Während sie die heiße Suppe löffelten, wurde es still, jeder hing seinen Gedanken nach. Alexander dachte an Marejke, die in Pokhara, im Westen Nepals, auf ihn wartete, und diesmal nicht mit ihm wanderte – aus gutem Grund. Bill und Sam dachten bereits an den nächsten Spätsommer und während sie nach der Rast die Sachen verstauten, begannen sie auf ihren Trekkingführer einzureden. Sie wollten sichergehen, dass Alexander sie im nächsten Jahr wieder durch die Berge begleitete. Er sollte entscheiden wo, und ihnen sollte es recht sein. Sie versprachen, in Leh eine Anzahlung auf die nächste Reise zu leisten, damit er ihrer sicher sein konnte. Alexander sah sie der Reihe nach an, lächelte auch Henry zu, der sich den Wünschen von Bill und Sam anschloss und versicherte ihnen, dass es ihm eine Freude wäre. Die vier Männer reichten sich die Hände.

Sam und Bill hatten nach langen Jahren des Redens endlich ihren Traum von einer Himalaja-Reise in die Tat umgesetzt. Offenbar wollten sie bis zum nächsten Trek nicht wieder Jahre verrinnen lassen und sicherten sich einerseits frühzeitig Alexanders Dienste, andererseits brachten sie sich damit selbst in Zugzwang. Wie schwer eine Reise im nächsten Jahr auch zu organisieren war, jetzt hatten sie eine Abmachung einzuhalten. Sam betrieb in Washington ein paar Läden, wie er Alexander anfangs erzählt hatte, später war aus diesen „paar Läden“ eine Supermarktkette in und um die amerikanische Hauptstadt geworden. Bill arbeitete für eine bekannte Illustrierte, hatte sich aber vor Jahren aus dem Tagesgeschäft des Journalismus zurückgezogen. Er hatte Aufgaben im Management des Magazins übernommen und auf diese Weise den Kontakt mit anderen Menschen reduziert. Sam wusste, dass Bills Rückzug private Gründe hatte, was Sam von diesen Gründen kannte, war erschütternd. Jahrelang hatte er versucht Bill zu überreden, seinen Kokon aus Trauer und Menschenscheu zu verlassen, um ihren alten Himalajatraum zu verwirklichen. Es hatte sechs Jahre gedauert, bis Bill still genickt hatte. Umso erfreulicher war, was sein Freund in diesem Augenblick mit Alexander besprach.

„Vielleicht könnte man in den nächsten Tagen das Angenehme mit dem Nützlichen verbinden, und ich könnte mich mal wieder journalistisch betätigen. Du hast uns doch gesagt, bis vor zehn Jahren hättest du, wie Sam und ich, nichts von den Bergen gewusst."

„Stimmt! So war es."

„Hättest du nicht Lust, uns deinen Weg vom ahnungslosen Touristen zum gefragten Guide zu schildern? Ich finde, das wäre die richtige Unterhaltung für unsere langen Abende. Vor allem, wie du dich auf deiner ersten Indienreise gefühlt hast und wie sie verlaufen ist, würde mich interessieren, was aus dir geworden ist, weiß ich ja. Zu Hause würde ich einen Artikel daraus machen, der sich wunderbar mit Bildern aus dieser herrlichen Welt illustrieren ließe."

Bill schien ins Leben zurückzukehren, Sam war begeistert. Henry hielt diesen Vorschlag für eine besonders gute Idee und meinte sogar, mit ein bisschen Glück und Geduld könne der Artikel ein echter Knüller werden.

Warum sollte ich nicht davon erzählen, dachte Alexander. Es war Zeit, sich zu erinnern, schließlich wollten Marejke und er in diesem Winter zum Badeurlaub nach Südindien, dorthin, wo für ihn alles begonnen hatte – nach Kovalam. Dort wollten sie Freunde besuchen und sich mit einem Bekannten aus Rajasthan treffen, bevor sie weiter nach Europa reisen würden. Weihnachten wollten sie dieses Jahr mit ihren Familien feiern, und wenn alles gut ging, würde Marejke Ende Januar, Anfang Februar zu Hause in Holland entbinden.

Vater zu werden, war Grund genug, sich an den Anfang zu erinnern, an den Tag als er zum ersten Mal von Europa nach Indien geflogen war, um das Land von Süden nach Norden zu durchqueren. Am Ende dieser Reise hatte er das Hochland Ladakh erreicht und Marejke kennen gelernt, beides blieb für immer. Sie wussten, dass sie sich für den Rest ihres Lebens in der Himalajaregion wohl fühlen würden und hatten sich später weiter östlich in Nepal niedergelassen.

Alexander war einverstanden und nickte Bill zu. Am Abend wollte er ihnen von seiner Vergangenheit erzählen, dann trieb er sie an, sie sollten stramm bergab wandern, damit sie vor der Dämmerung den Felsvorsprung erreichten. Es war eine anstrengende Etappe bis dorthin.

2

Der Pfad führte steil den Hang hinab, er war festgetreten mit wenig losem Geröll. Die vier Männer mussten vor allem darauf achten, nicht ins Laufen zu geraten und die Richtung nicht aus den Augen zu verlieren. Das atemberaubende Panorama verführte zu abschweifenden Blicken. Alexander hatte den Männern geraten, kurz zu halten, wenn sie die klare Sicht genießen wollten. Hier oben konnte es böse enden, wenn man stolperte. Dabei war nicht unbedingt ein spektakulärer Absturz das Problem, so etwas passierte selten, aber allein ein verstauchter Knöchel würde ihre Wanderung durch die Berge belasten, und um wie viel ärger wäre ein Knochenbruch. Die vier Männer waren an einem Punkt, an dem man nicht einfach umkehren konnte, hinter ihnen lag ebenso viel Wildnis wie vor ihnen. Am nächsten Tag würden sie Shade erreichen, aber Shade war nicht mehr als eine Ansammlung von ein paar Häusern. Zwei bis drei Tage Fußmarsch waren es bis Padum, das zwar die Hauptstadt der Region Zanskar war, aber nicht mehr als ein Dorf von kaum hundert Häusern. Bis Leh, wo es medizinische Versorgung gab, war es weit und in den entlegenen Bergregionen zwischen dem Zanskartal und dem Lauf des Indus bekam man nicht mehr Zivilisation zu sehen als ein paar Hütten, in denen Hirten übernachteten. Man hatte sich also vorzusehen.

Vor einer Woche waren sie von Leh aus gestartet, waren

von dort aus ein kurzes Stück mit dem Bus Richtung Manali gefahren. In Thikse waren sie ausgestiegen und hatten das bekannte Gelbmützenkloster besichtigt und waren dann auf der Straße weiter Richtung Hemis gewandert. Weit vor Hemis hatten sie den Indus überquert und hielten seitdem auf Shade zu, auf Wegen, die in keiner Karte eingezeichnet waren. Entsprechend wenig Menschen trafen sie unterwegs. Shade war ein willkürlicher Wendepunkt, von dem aus sie auf einer weiter westlich gelegenen Route wieder Richtung Leh wandern wollten. Insgesamt waren fünfzehn Tage eingeplant, wobei es Alexander langsam angehen ließ. Zwar hatten sie sich eine Woche in Leh akklimatisiert, das immerhin auf 3500 Metern Höhe liegt, aber die Pfade waren zeitweise schwer zu begehen und führten gelegentlich bis auf fünftausend Meter über den Meeresspiegel. Eine gute Woche lag noch vor ihnen, in der sie nicht viele Menschen treffen würden.

Obwohl für Alexander Wanderungen auf schwierigen Wegen Routine waren, hielt er sich immer an die eigenen Regeln der Vorsicht, in den Bergen konnte man mit Unaufmerksamkeit sein Leben verlieren. Also achtete er penibel auf seine Schritte und blieb stehen, wenn es etwas zu sehen gab. Geschickt federte er die Stöße in seinen Gelenken ab und vermied es, dass die Stauchungskräfte sich ungebremst bis in die Wirbelsäule fortsetzten.

Alexander dachte an seine ersten Tage in Südindien vor zehn Jahren. Er erinnerte sich an den Strand von Kovalam, an die nächtlichen Straßen von Trivandrum, an seine Luxusunterkunft in Quilon, an den düsteren Ali und seine heruntergekommene Herberge in Ernakulum und an den freundlichen Schneider in Mahabalipuram, dessen Verwandtschaft er in Goa besucht hatte. Er überlegte, was er den anderen erzählen und wie er beginnen sollte.

Es hatte gedauert, bis er dreißig Jahre alt geworden war, ehe er seinen Traum aus Kindertagen in die Tat umsetzte, darüber hinaus hatten ihn die Umstände anschieben müssen. Immerhin, dachte er, immerhin. Andere brachten es ein Leben lang nicht fertig, ihre Träume zu erfüllen. Viele trösteten sich damit, dass ein Traum seinen Reiz verlor, wenn er wahr wurde, und dass im Leben nichts schlimmer war als ein Traum, den man nicht mehr träumen konnte. Aber seiner Meinung nach sagten das Menschen, die nicht wussten, dass aus eingelösten Träumen neue Träume entstanden, die schöner waren als ihr Keim, und die wiederum Wünsche weckten, die alles vorher Ersehnte übertrafen. Bei ihm war es so gekommen: Er war nach Indien gefahren, war dort angekommen, hatte sich also seinen Traum erfüllt und am Ende waren Folgeträume aus dieser ersten Reise entstanden, als hätte jemand Perlen auf eine Schnur gezogen.

Allerdings hatte es zur Erfüllung seines Indientraumes einer zerstörten Illusion bedurft. Damals, vor zehn Jahren, war seine Reise erst dadurch in Gang gekommen, weil Ulrike ihn ohne Vorwarnung verließ. Es war eine geradezu groteske Situation gewesen, als er ihr eine Woche vor seinem dreißigsten Geburtstag vorschlug, sein Jubiläum in trauter Zweisamkeit zu verbringen. Er hatte sogar kurz daran gedacht, mit ihr über das Heiraten zu sprechen, aber diesen Gedanken doch wieder verworfen. Er hatte Ulrike angelächelt und keine Sekunde daran gezweifelt, dass eine

Feier zu zweit, in einer kleinen Pension an der Nordsee, am Rhein oder sonst wo, eine gute Idee war. Statt einer Umarmung schluckte Ulrike verlegen und hatte ihrerseits etwas vorzuschlagen: Sie wollte, dass sie sich trennten. Sie mochte nicht mehr mit ihm zusammen sein – einfach so! Fünf gemeinsame Jahre waren so plötzlich zu Ende, wie sie an seinem fünfundzwanzigsten Geburtstag begonnen hatten. In einem zähen Gespräch erfuhr er die Einzelheiten, die zu Ulrikes Sinneswandel geführt hatten. Alles in allem war es eine einzige Einzelheit, sie hieß Rainer, ihr Arbeitskollege und sein Freund.

Ein paar Tage darauf, im selben freudlosen Mai, besuchte ihn ein bis in die Haarspitzen gepflegter Herr in seinem Kiosk. Fremde Kunden taxierte er gewöhnlich noch in der Tür, dieser war ein Kandidat für die *Frankfurter Allgemeine*. Er bestellte sich einen Kaffee und kaufte das *Handelsblatt*, was ebenso passte. Allerdings tranken solche gelackten Typen selten etwas bei ihm, sie kauften, was sie haben wollten und verschwanden.

Sein Lädchen maß zwanzig Quadratmeter und neben Zeitungen, Magazinen, Illustrierten und Taschenbüchern konnte man an zwei Stehtischen etwas trinken. Süßigkeiten lagen ebenso in den Regalen wie eine Auswahl Zigarettenmarken, Zigarren und Tabak. Auf Alkohol verzichtete er bewusst, er wollte keine Trinker anlocken, die ihm die Einrichtung ruinierten oder an sein Häuschen pinkelten.

Nachdem er an seinem Kaffee genippt hatte, verwickelte ihn der feine Herr in ein Gespräch. Zwar sprach er nahezu perfektes Deutsch, aber an seiner breiten Aussprache und seinen eingesprenkelten englischen Wörtern war zu hören, dass er Engländer, eher noch ein Amerikaner war. In jenen Tagen funktionierte Alexanders Hirn schwerfällig und meist nur nach entschiedenem Wachrütteln, so dauerte es eine Weile, bis er begriff, dass es den Herrn im Anzug nicht zufällig in seinen Kiosk verschlagen hatte. Er gehörte zu einer Firma, die das Gelände mit den halb verfallenen Immobilien hinter seinem Laden vermakelte und erzählte ihm etwas von gestiegenen Grundstückspreisen, von hohen Mieten in der Gegend, und wie der Wert der Immobilien ringsherum in die Höhe schnellte. Die Renditen waren beträchtlich, wenn man zu denen gehörte, die hier Haus und Grund besaßen, meinte er. Es stimmte, die Kernstadt war im Laufe der Jahre nähergerückt und sein Kiosk lag nicht mehr am Stadtrand sondern im Zentrum.

Während er dem Mann eine zweite Tasse Kaffee einschenkte, fragte er ihn, ob er als kleiner Kioskbesitzer persönlich etwas mit dem kapitalistischen Kram zu tun hatte, den der Kunde an diesem unschuldigen Vormittag herunterbetete. Da sprang die Katze aus dem Sack. Es ging um die Sanierung der baufälligen Restbestände in diesem Teil der Stadt, beispielsweise um das renovierungsbedürftige Haus hinter seinem Lädchen. Es sollte abgerissen werden und stattdessen ein mehrstöckiger, hochmoderner Bürokomplex gebaut werden. Dagegen war nichts einzuwenden, im Gegenteil, in Gedanken sah Alexander die Büroangestellten vor seinem Kiosk Schlange stehen. Aber der elegante Herr hatte andere Pläne mit Alexanders Eigentum, er griff in die Innentasche seines Jacketts, zog einen Plan hervor und erklärte dem staunenden Besitzer hinter der Ladentheke, wie ungünstig sein Kiosk im Bereich der einzig möglichen Zufahrt für Bagger, Bulldozer, Raupen und ähnlich filigranem Baugerät lag. Auf Deutsch – sein Lädchen stand im Weg! Bislang war er mit der Lage seines Geschäftes sehr zufrieden gewesen, erwidert Alexander, woraufhin der Herr beschwichtigend seine Hände hob:

„Oh, sorry! So habe ich es nicht gemeint, Herr Koch."

Seinen Namen kannte er also auch, hier hatte jemand seine Hausaufgaben erledigt.

„Ich wollte nur sagen, dass Ihr Häuschen für eine optimale Nutzung des Areals ein Stück die Straße hinauf stehen müsste. Okay?"

„Wenn ich Sie also richtig verstehe, soll mein Hab und Gut, meine Existenzgrundlage hier weg. Stimmt's?"

Es stimmte! Der Geldhai nickte so betroffen wie ein Testamentsvollstrecker, der zwar ein reiches Erbe verkündete, sich aber aus Gründen der Pietät ein Lächeln verkniff. Es war das reinste Schmierentheater. Erst nahm man ihm seine Liebe und seinen Freund, dann griff man nach seinem Lädchen und alles innerhalb von drei Wochen. Alexander atmete tief durch, sortierte gedankenlos ein paar Bonbons nach ihrer Geschmacksrichtung und wollte eben protestieren, als der aalglatte Herr begann, aufkeimenden Unwillen mit einer Jongliernummer zu zerstreuen. Er zauberte mit sechs imaginären Kugeln, auf fünfen standen Nullen, auf der sechsten eine Ziffer. Die Summe, die sich aus der Zahlenmagie ergab, war stattlich. Sie war mehr als ein Ausgleich für sein Minigrundstück und dem Häuschen darauf. Kurz gesagt – es war ein fantastisches Angebot. Trotzdem zögerte Alexander, einerseits, weil man sich offenbar vorgenommen hatte, sein Leben umzukrempeln, andererseits, weil die

Höhe der Summe bei ihm Lähmungserscheinungen auslöste. Der Kaufmann ihm gegenüber deutete seine Starre falsch und zauberte ein weiteres As aus seinem Ärmel.

„Selbstverständlich werden wir einen wonderful neuen Kiosk bauen, ein paar Meter die Straße hinauf. Sie bekommen den Laden zu günstigen Konditionen, und Sie dürfen die Zahl der Jahre in den Pachtvertrag einsetzen."

Hinzu kam ein Ausfallsentgelt für ein halbes Jahr, sozusagen als Entschädigung dafür, dass er in der Bauzeit nicht arbeiten konnte. Der gute Grund, reisen zu können, weil man alleinstehend war und für sich entscheiden konnte, war also der schlechte; und der schlechte Grund, reisen zu können, weil man keinen Kiosk und keine Arbeit mehr hatte, war also der gute. Ihm schwirrte der Kopf. Er konnte sicher davon ausgehen, dass die Zahlen, von denen im Moment die Rede war, Kinkerlitzchen waren, verglichen mit den Summen, die das Gesamtprojekt verschlang.

Nachdem er still bis acht gezählt hatte, stand Alexander wieder auf den Brettern und sprach vom Erbgrundstück, vom Familienbesitz, was nicht ganz abwegig war, nur um zu sehen, was ging. Es war maßlos übertrieben, von Geschäftstradition zu reden, aber sein kleiner Exkurs hatte die gewünschte Wirkung. Die erste Null in der angebotenen Summe wurde durch eine Fünf ersetzt. Allein diese Fünf war mehr wert, als die späteren Kosten seiner viermonatigen Indienreise ausmachen sollten. Er war ein schwacher Mensch. Vor ihm stand die pure Versuchung und war bereit, eine Summe in einen Vertrag zu schreiben, für die er Jahre gebraucht hätte, um sie mit Arbeit zu erwirtschaften. Dabei hatte Alexander vor Jahren das Erbe seines entfernten Onkels angenommen und behauptet, zufrieden sein zu wollen, wenn ihm der kleine Laden das Nötigste einbrachte. Der Kiosk machte ihm Spaß und schließlich konnte er seine Einstellung zum Geld und zum Leben mit der Auswahl seiner Zeitschriften und Bücher dokumentieren. Allerdings setzten seine Taschenbücher von Henscheid, Gernhardt und Enzensberger ebenso Staub an wie die philosophischen Werke von *Seneca* und *Sartre*, und die beiden einzigen verbliebenen *Konkret* und *Titanic* in seinem Zeitschriftenangebot las er selbst.

Er hatte ein Wirtschaftsstudium abgeschlossen, weil er als Jugendlicher davon geträumt hatte, eine Firma zu gründen, die den Arbeitnehmern gehören sollte. Die Mitarbeiter sollten darüber entscheiden, wie das Geschäft geführt wurde und die Gewinne sollten gerecht geteilt werden. Es war anders gekommen. Er gründete keine Firma mit paritätischer Mitbestimmung, sondern erbte völlig überraschend den kleinen Laden von seinem Onkel, über dessen Eingang früher das Schild *Trinkhalle* hing und seit ein paar Jahren ein leuchtendes *Alexanders Kiosk*. Er hatte seinen Traum von wahrhaft sozialer Wirtschaft fallen lassen, und es machte ihm Spaß zu verkaufen, ein Schwätzchen mit den Stammkunden zu halten, und überhaupt liebte er in der Welt des Massenkonsums sein kleines Geschäft ganz besonders. Der Kiosk ernährte ihn, ohne dass er in den Mühlen von Marketing, Verkaufsstrategie und Umsatzsteigerung zermahlen wurde. Und nun sollte dieses kleine Haus mit seinem Verkaufsfenster, seiner Ladentheke, mit den Regalen, Zeitungsständern und zwei Stehtischen zu einer Goldgrube werden.

Am liebsten hätte er diesem eleganten Fatzke mit einer *TAZ* vom Tage rechts und links eine verpasst, weil der das Leben auf Gewinnmaximierung und Superimmobilien reduzierte, aber der Batzen Geld war eine gehörige Versuchung. Er widerstand nicht. Er war zwar rot angehaucht und schätzte kritische Gedanken, aber er war nur ein Mensch.

Eine ladakhische Familie kam den vier Männern auf ihrem Weg ins Tal entgegen. Wie Hunderte von Jahren zuvor stiegen die Eltern mit ihren beiden Kindern den alten Handelsweg hinauf, um ins nächste oder übernächste Tal zu gelangen und dort ihre Waren zu verkaufen oder ihre Verwandten zu besuchen und sie mit Erträgen aus eigener Ernte zu versorgen. Der Mann trug einen riesigen Jutesack auf dem Rücken, nach Art der Sherpas hielt er seine Last mit einem breiten Stirnriemen. Während seine Arme locker herunter hingen, mussten Nacken und Rücken ständig arbeiten, damit die Last ihn nicht nach hinten riss. Der Mann war eindeutig tibetanischer Herkunft und lächelte den Fremden zu. Seine Frau hinter ihm trug den typischen zylindrischen Kopfschmuck der Ladakhis, schien aber nepalesischindischer Abstammung zu sein, ihr Gesicht war runder als das ihres Mannes und zeigte nicht die engen Augenschlitze der ostasiatischen Völker. Von den beiden Kindern kam je eines nach Vater und Mutter. Der Junge, dessen kahlgeschorener Kopf nur halb von einem Wolltuch geschützt wurde, war ein kleiner Nepalese, das Mädchen, unter dessen Strickmütze langes, wirres Haar hervorquoll, eine kleine Tibetanerin. Beide Kinder freuten sich über die

Begegnung mit den Fremden und riefen immer wieder *julee, julee. Julee*, das Universalwort der Ladakhis für *hallo, auf Wiedersehen*, *danke* und *bitte*. Sam schenkte ihnen eine Trinkflasche, die man in westlichen Längengraden den Läufern bei jedem Stadtmarathon zu Tausenden reichte. Die Kinder lachten, abermals folgte ein *julee* nach dem anderen, dann sausten sie ihren Eltern hinterher, als flitzten sie am Strand über Dünen und nicht in viereinhalbtausend Metern Höhe.

Die vier Männer unterhielten sich eine Weile über das freundliche Volk in den Bergen Ladakhs. Die meisten Einwohner waren tibetanischer Abstammung und Fremden so arglos zugewandt, als gäbe es nichts Schlechtes auf der Welt. Sie kamen auf Sonam zu sprechen. Wie immer, wenn Leh der Ausgangspunkt für eine Tour war, wohnte Alexander mit seinen Leuten bei ihm. Sonam war ein tibetanischer Ladakhi, ein freundlicher Mann, der ein kleines Guesthouse führte, gern kochte und gärtnerte. In seinem fruchtbaren Garten auf dreieinhalbtausend Metern Höhe wuchsen Tomaten, Gurken, Broccoli, Erbsen und Bohnen. Als Alexander den Amerikanern die Trekkingtour zusagte, hatte er ihnen geraten, als Gastgeschenk für Sonam Radieschensamen mitzubringen. Bill und Sam überreichten später die Tüten zögerlich, weil sie ihr Geschenk seltsam fanden, aber Sonam war sofort in sein kleines Gewächshaus gelaufen und hatte die Körner eingesät. Er war selig und bei etlichen Gläsern *Chai* erzählte er den beiden Neulingen in den Bergen die Geschichte, die Alexander und Henry längst kannten und gern aufs Neue hörten. Es war Sonams Geschichte von seinen Gemüsesorten aus aller Welt. Er war stolz auf seinen

Garten und seine Freunde in Australien, Europa und Amerika, die ihn mit immer neuen Pflanzen und Samen versorgten. Sonam konnte jedes Gemüse demjenigen zuordnen, der es ihm geschenkt hatte. Alexander nannte er den *beetrootman*, weil der ihn vor Jahren mit Samen von Roten Beeten versorgt hatte. Bill und Sam würden in Zukunft die *radishpeople* sein, während Henry seit einiger Zeit ein *daisyman* war, weil er Sonam zur Abwechslung Gänseblümchen als Schmuck für seinen Garten mitgebracht hatte.

Während Bill, Sam und Henry hintereinander den Berg hinabstiegen und sich begeistert über Sonams Pension unterhielten, weil man dort so wunderbar unter Trekkern und Bergsteigern aus aller Welt wohnte, verfiel Alexander wieder in seine eigenen Gedanken. Er kehrte zurück in jenes Jahr, das sein Leben so entscheidend veränderte.

Bereits im Juni nach dem Mai, der sein Leben umgekrempelt hatte, waren die Verträge unter Dach und Fach und das Geld für seinen Kiosk überwiesen. Das Tempo war Alexander recht. Wenn er schon keine Freundin, keinen eigenen Laden und erst mal keine Arbeit mehr haben sollte, dann so schnell wie möglich. Ein langes Hin und Her hätte an seinen Nerven gezerrt, die ohnehin einiges auszuhalten hatten, weil Ulrike sich plötzlich ihrer Sache nicht mehr sicher war und ihn gelegentlich besuchte, um mit ihm zu reden und bei ihm zu weinen – mehr nicht. Sein Freund Rainer kam, um sich zu entschuldigen, und obendrein bat man um seine Meinung bei der Planung des neuen Kiosks. Sie hatten sich verabredet, um in seiner jüngeren Vergangenheit zu wühlen, dem wollte er entfliehen.

Die Lücke von einem halben Jahr zwischen Aufgabe des alten Kiosks und Einweihung des neuen ließ ihm Zeit genug Dinge zu tun, die er schon immer hatte tun wollen. Es dauerte eine Weile, bis ihm einfiel, was das für Dinge waren. Erstmal wendete er den Kontoauszug seines Lebens hin und her, genoss die Lektüre des Saldos ausgiebig und frönte damit genau dem schnöden Materialismus, den er immer verachtet hatte. Dann legte er sich auf seinen Balkon in die Sonne. Er starrte in den Himmel, dachte nach und dann wusste er es wieder: Er wollte losfahren und sich das *Taj Mahal* ansehen.

Als Junge hatte er von dem „entfernten" Onkel, der ihm später den Kiosk vererbte, einen Bildband vom riesigen Grabmal in der Stadt Agra geschenkt bekommen. Das Buch war voller Fotos und Zeichnungen und huldigte dem Prachtbau, der, wie es hieß, nur zu einem einzigen Zweck von Kaiser Shah Jahan im 17. Jahrhundert erbaut worden war: Er sollte der geliebten Mumtaz Mahal als Grabstätte dienen. Shah Jahans zweite Frau starb kurz nach der Geburt eines ihrer gemeinsamen Kinder und der Herrscher aus der Zeit der Moguln war so unglücklich über ihren Tod, dass sein glänzendschwarzes Haar über Nacht ergraut sein soll und er am Morgen schwor, ein Grabmal für Mumtaz zu errichten, wie es die Welt noch nicht gesehen hatte.

Das Bauwerk aus weißem Marmor mit der mächtigen Hauptkuppel umgeben von vier kleineren Kuppeln wurde in perfekter Symmetrie auf einem gewaltigen Marmorpodest errichtet. An den vier Ecken stellte man identische Minarette auf, allerdings dienten die vier Türme von Anfang an nur der Dekoration, es führten keine Treppen nach oben und so konnte nie ein Muezzin von hier aus seine Gebete über Agra und den Fluss Yamuna rufen. In das Zentrum der absoluten Symmetrie platzierte man den Sarg von Mumtaz Mahal. Ein riesiges Bauwerk mit einem unbestrittenen Mittelpunkt war perfekt. Aber es sollte nicht bei dieser Perfektion bleiben. Kaiser Aurangzeb, der seinen Vater Shah Jahan stürzte und dessen Verschwendungssucht verachtete, zerstörte die Symmetrie, indem er den Leichnam seines Vaters neben dem von Mumtaz Mahal aufbahrte, dort, wo es eigentlich keinen Platz gab für einen zweiten Sarg.

Der Bildband und die mehr oder weniger wahren Geschichten um die Entstehung des berühmten indischen Grabmals, die Alexanders Onkel ausschmückte und ihm zu den Fotos erzählte, faszinierten den Jungen und festigten seinen Wunsch, das *Taj* eines Tages mit eigenen Augen zu sehen. Aber es waren nicht allein die indischen Sagen um das Grabmal, die ihn mit dem Fernweh nach Indien infizierten, vielmehr waren es die Abenteuer, die der Onkel selbst dort erlebt hatte oder erlebt haben wollte.

Der „entfernte" Onkel war ein Bruder von Alexanders Vater, also keineswegs ein weitläufiger Verwandter. Er wurde in der Familie deswegen scherzhaft so genannt, weil er Jahrzehnte lang nur sporadisch in Deutschland auftauchte und ansonsten die Welt bereiste. Niemand wusste genau, wann er wo steckte, und wenn eine Postkarte von den Philippinen oder von Tahiti eintraf, war das in den fünfziger bis siebziger Jahren eine Sensation. Es hieß dann, der Karl ist mal wieder weit entfernt. Mit Anfang fünfzig gab Onkel Karl die Reiserei plötzlich auf, kaufte den Kiosk in seiner Heimatstadt, betrieb ihn bis zu seinem Tod und hinterließ ihn seinem Neffen Alexander.

Seitdem waren sechs Jahre vergangen und für Alexander war der Zeitpunkt gekommen, den eigenen Traum von fernen Welten in die Tat umzusetzen. Dass er das von Karl Koch eingeimpfte Fernweh ausgerechnet deswegen in eine lange Reise umsetzen konnte, weil er den vom Onkel ererbten Kiosk profitabel verkauft hatte, schloss immerhin einen Kreis.

Mit dieser Erkenntnis erhob sich Alexander von seinem Platz auf dem Balkon, duschte, zog sich an und verließ die Wohnung. Drei Straßen weiter gab es ein Reisebüro, dort gab es Flugtickets in alle Welt.

3

Alexander Koch blieb hinter Bill, Sam und Henry zurück. Der Weg lag deutlich vor ihnen, und sie sollten das Tempo bestimmen. Sie sollten stehen bleiben, wann immer sie sich kurz erholen oder die Aussicht genießen wollten. In Gedanken versunken lief er manchmal zu weit voraus, wenn die drei Männer dann versuchten mit ihm Schritt zu halten, stiegen sie schneller ab, als ihnen gut tat; und für den Fall, dass sie sich zurückhielten, konnten sie sich verlieren. Er folgte also den Dreien die Serpentinen hinab, auf der einen Seite des Pfades steil aufragende Felswände, auf der anderen tiefe Schluchten. Bisweilen folgten die Wege Bächen, die jetzt im Sommer als reißende Wildwasser die Berge hinabstürzten, gefüllt mit Schmelzwasser aus den Gipfelregionen. Wenn sie gezwungen waren, die Ufer zu wechseln, mussten sie Schuhe und Strümpfe ausziehen, die Hosen hochkrempeln und vorsichtig über glitschige Steine balancieren, Brücken oder Stege gab es selten.

Die Amerikaner schwitzten, aber in weniger als zwei Stunden, wenn der Nachmittag zu Ende ging, und die Sonne hinter den Bergen verschwand, würde es kühl werden und selbst im September konnte es in diesen Höhen jederzeit nachts frieren. Es war ratsam, sich lange vor dem Abend für ein geschütztes Nachtlager zu entscheiden. Alexander campierte üblicherweise an einem Felsvorsprung weiter unten, wenn er in dieser Gegend wanderte. Es war ein idealer Platz um ihre Zelte aufzuschlagen, überdacht und windgeschützt.

In der Ferne hörte er das Brummen eines Motors. Hier in den Bergen fielen solche Geräusche besonders auf, weil man gewöhnlich nichts anderes hörte als den Gesang des Windes, das Plätschern der Bäche, Steine, die ins Rollen gerieten und die Menschen, die mit einem wanderten oder denen man unterwegs begegnete. Alexander suchte den Himmel ab und erkannte ein Flugzeug, das nur in Leh gestartet sein konnte, aus Richtung Nordosten gab es keine Alternative, denn nördlich und östlich von Leh waren die Hoheitsverhältnisse in der Luft genauso ungewiss wie die am Boden. Grenzen waren hier keine Grenzen sondern Waffenstillstandslinien, die Kilometer breit waren und abschnittsweise so viel Land vergeudeten, dass es in Europa für einen Kleinstaat wie Liechtenstein oder San Marino gereicht hätte.

Alexander folgte dem Kondensstreifen der Maschine, sie flog nach Süden, vermutlich nach Neu-Delhi. Er dachte an seinen ersten Flug fort von Europa Richtung Asien und erinnerte sich, dass er damals ungeduldig darauf gewartet hatte, endlich die Heimat zu verlassen. Während der Zwischenlandungen in Frankfurt und Wien vermisste er noch das Gefühl von Ferne. Damals verbrachte er die Zeit damit, sich in sein Indienhandbuch zu vertiefen oder die Landkarte von Südindien zu studieren. Seit er im Reisebüro das Flugticket gebucht hatte, versuchte er seine Wissenslücken zu schließen, aber mit Indien schien es so zu sein wie mit dem Wissen der ganzen Welt: Je mehr man erfuhr, desto mehr erkannte man, wie wenig man wusste. Indien war kein Land, kein Subkontinent, Indien war ein Universum!

Als sich beim letzten Zwischenstopp in Kuwait City die Kabinentüren öffneten und heiße Wüstenluft eindrang, spürte er den exotischen Hauch der Ferne. Die ungewohnt trockene Brise aus der Wüste wandelte seine Stimmung, er roch die weite Welt. In den Wochen vor dem Abflug hatte er einiges über Indien gelernt, er wusste von Städten wie Ahmedabad, Bangalore und Jaipur, er fand den Wüstenstaat Rajasthan auf Anhieb, wenn er eine Indienkarte aufschlug, er konnte mit dem Finger dem Lauf des Ganges folgen, und er wusste, wo Sehenswürdigkeiten wie der *Palast der Winde* und das *Gateway of India* zu finden waren. Seltsamerweise konzentrierten sich seine Kenntnisse auf das mittlere Drittel des riesigen Staates, so wie man als Anfänger auf einem Schachbrett die Mitte fokussiert und das Spiel des Gegners an den Rändern übersieht. Dass zu Indien auch Teile des Himalaja hoch im Norden gehören, war ihm ungewohnt und berühmte Städte wie Madras und Mysore im Süden lagen außerhalb seines Blickfeldes.

Indiens Landesgrenzen waren kompliziert. Wo genau verliefen sie? Klar war die halbinselförmige Spitze des südlichen Teils, sie wurde im Westen vom Golf von Arabien und im Osten vom Bengalischen Golf umspült, beide Meere gehörten zum riesigen Indischen Ozean. Aber wo verliefen die Grenzen des Festlands, beispielsweise die zu Pakistan und China? Er sollte noch erfahren, dass die Länder selbst sich nicht einig waren, ein Grund für ewig schwelende Kämpfe in diesen Gebieten.

Um die Geographie der Region zu verstehen, musste man

die Geschichte des Landes kennen. Er wusste von der Kolonialherrschaft Englands, hatte gelesen, dass sie mehr als eineinhalb Jahrhunderte gedauert hatte, vom Ende des 18. Jahrhunderts bis zu jenem Tag im August 1947, der die indische Welt veränderte. Die Zeit davor war für Alexander die Märchenwelt der Maharadschas und Großmoguln, etwas anderes kannte er nicht. Sein Onkel hatte ihm als Kind manchmal von sagenhaft reichen Herrschern, von bösen Wesiren und von liebreizenden Prinzessinnen erzählt und so kam es, dass für ihn die Geschichte Indiens, vor der Herrschaft der Engländer, eine exotische Welt ähnlich der aus tausendundeiner Nacht war. Zu Indien gab es viele Fragen, und er musste sich von vornherein von dem Gedanken lösen, sie alle beantworten zu wollen.

Alexander fand es erstaunlich, dass ein Land, das so viele Völker und Religionen beherbergte und dessen Landesgrenzen so unsicher waren, seit über fünfzig Jahren eine demokratische Grundordnung halten konnte und damit allen Querelen, allen gewaltsamen Unruhen, allen bürgerkriegsähnlichen Aufständen trotzte. Seit Gandhis friedlicher Revolution ist Indien eine parlamentarische Republik mit einem Staatspräsidenten als nominellem Oberhaupt. Die eigentliche Macht über die mehr als zwanzig Bundesstaaten übt aber der Premierminister aus. Als Alexander zunächst durch die südlichen Bundesstaaten reiste, hieß der Regierungschef Narasimha Rao. Er war Rajiv Gandhi gefolgt, den man 1991 ermordet hatte. Rajiv war nicht mit Mahatma Gandhi verwandt, sondern ein Sohn der berühmten Indira Gandhi und damit Enkel von Jawaharlal Nehru, dem ersten Premierminister nach Indiens Unabhängigkeit.

Alexanders Reise begann mit dem Flug von Deutschland nach Sri Lanka, dem unabhängigen Inselstaat, der Indien südöstlich vorgelagert ist. Noch im Flugzeug informierte er sich über die ständigen Unruhen im ehemaligen Ceylon. Im fortwährend aufflackernden Bruderkrieg kämpften und kämpfen Ceylon- und Indien-Tamilen gegen die herrschenden Singhalesen. Die Tamilen fordern einen eigenen Tamilenstaat im Nordosten Sri Lankas. Für die Singhalesen war und ist eine Teilung ihres Staates nicht akzeptabel, so bleibt die dauernd schwelende Glut der Gewalt. Singhalesen halten sich für die einzig staatstragende Bevölkerungsgruppe, sozusagen für die Ur-Ceylonesen, aber das sind weder sie noch die Tamilen, sondern die Wedda. Aber die Ureinwohner Sri Lankas werden im Disput zwischen Tamilen und Singhalesen an die Wand gedrückt. Die Streitigkeiten der Völker werden genährt, wie kann es anders sein, durch ihre unterschiedlichen Religionen. Während Singhalesen ursprünglich von Bengalen eingewanderte Buddhisten sind, praktizieren Tamilen überwiegend den Hinduismus. Die Wedda, also die Ur-Ceylonesen, bleiben von jeher ihrem ursprünglichen Naturglauben treu. Um das Maß der Verwirrung für einen Außenstehenden zu komplettieren, ordnen die buddhistischen Singhalesen ihre Sozialleben im hinduistischen Kastenwesen.

Für Alexander schienen diese kulturellen Verhältnisse auf Sri Lanka so verworren wie die im Gebiet des ehemaligen Jugoslawien oder die im Nahen Osten. Wer nicht dort lebte, hatte kaum eine Chance, die Gründe für Konflikte, Gewalttaten und Kriege zu verstehen. Man sollte meinen, dass sich irgendwann die Menschen an einen Tisch setzten und für Klarheit und haltbare Grenzen sorgten, aber so einfach war es nicht und so einfach würde es auf der Welt nie sein. Und wenn man über die vermeintlich hanebüchenen Konflikte auf Sri Lanka als Mensch aus dem Westen die Nase rümpfte, sollte man sich einen Tamilen oder Singhalesen vorstellen, der vom ewigen Kampf der Christen untereinander auf der irischen Insel erfuhr.

Aber der Konflikt zwischen Buddhisten und Hindus war und ist nicht der einzige Krisenherd, der den indischen Subkontinent in regelmäßigen Abständen erschüttert. Im Norden vertragen sich Hindus nicht mit den Sikhs und die Moslems sich nicht mit den Hindus, dazu kommen die nationalen Grenzstreitigkeiten zwischen Indien, Pakistan und China, von außen betrachtet ein kolossales Chaos. Alexander überdachte, was er heute wusste. Damals hatte er entschieden, sich nicht mit einem Wust an Informationen zu überfordern, was Land und Leute in Indien betraf, deswegen setzte er Schwerpunkte. Er ging gemäß seiner Reiseroute vor, informierte sich also über die Besonderheiten, die ihm gerade begegneten. Im Flugzeug nach Südindien via Sri Lanka begann er also mit der Stadt Trivandrum und dem Dorf Kovalam, dort sollte sein Abenteuer starten. Alles andere musste warten, bis es an der Reihe war. Sein wichtigstes Hilfsmittel war das Indien-Handbuch, der Ziegelstein, der ihn immer begleitete.

Die Flugroute führte ihn damals von Kuwait über den Persischen Golf. Der Pilot wies auf die Straße von Hormus, die unter ihnen lag, und er drückte sich die Nase an der kühlen Fensterscheibe platt. Die Sicht war hervorragend. Wie aus dem Atlas vertraut, konnte man die Landzunge der riesigen Arabischen Halbinsel erkennen, die das iranische Festland auf der gegenüberliegenden Seite des Persischen Golfes eindellte. Eine halbe Stunde später war nichts als Wasser zu sehen, tief unten lag es, scheinbar bewegungslos, blau mit weißen Tupfern. Sie überflogen das Arabische Meer und das Bild wurde eintönig. Nach einem Imbiss nickte Alexander ein.

Bevor sie die Westküste Südindiens erreichten, weckte ihn das Rattern der Geschirrwagen, es gab wieder einen Snack. Die Sicht war klar geblieben. Den Kopf bequem in sein Kissen gelegt, hatte er von Entdeckern und Seefahrern geträumt. Seltsam – er verschlief eine Strecke, die mutigen Männern vor fünfhundert Jahren härteste Entbehrungen abverlangt hatte. Vasco da Gama etwa, der unter portugiesischer Flagge 1498 als erster die Westküste Indiens in Calicut erreichte. Während Alexander im bequemen Sessel Salat und Gemüsereis verspeiste, hatten die Seefahrer zehntausend Meter unter ihm und fünfhundert Jahre im Kalender zurück, mit Wind, Wellen, mit Hunger und Skorbut zu kämpfen. Der Vitamingehalt der Kiwischeiben, die er eher achtlos zum Dessert aß, hätte einen Seefahrer für Wochen vor den schlimmen Erscheinungen des Ascorbinsäuremangels bewahrt. So aber wurden die Seeleute schwächer und schwächer, bluteten aus ihren brüchig gewordenen Schleimhäuten und starben schließlich am Skorbut, nur weil ihnen das Vitamin C fehlte, das heutzutage so selbstverständlich zur Nahrung gehört.

Unter dem Flugzeug tauchte etwas auf, was sicher jeden dieser verwegenen Entdecker mit dem Ruf „Land in Sicht“ hoch erfreut hätte. So wie es Alexander aus der Höhe sah, hatten sie bestimmt angenommen, das Paradies sei nun erreicht, denn der Anblick der Lakkadiven war überwältigend. Die zahlreichen Inseln waren eingefasst in einem goldenen Saum aus Sand und zum Wasser hin kaum abzugrenzen, so seicht, so zart war der Übergang vom Gelb des Strandes bis hin zum dunklen Blau der Meerestiefe. Zwischen den Farbklecksen lag ein grünliches Gelb, dann ein gelbliches Grün, das überging in ein bläuliches Grün und ein grünliches Blau, schließlich folgte der harte Schnitt an der Riffkante hin zum tiefen, fast schwarzen Dunkelblau des offenen Ozeans. Manche Inseln lagen einfach wie kleine Tupfer im Meer, andere fassten halbmondförmige Lagunen ein oder bildeten im Dutzend einen Ring um smaragdfarbenes Wasser. Alexander sah die Inseln hinter dem Flügel des Jets verschwinden – ein Ziel für eine andere Zeit.

Später, bei Kaffee und Kuchen umflogen sie den südlichsten Zipfel Indiens – das Kap Komorin. Dort unten sollte nun seine Reise durch Indien beginnen. Damals, im Flugzeug, rumorte es in seinem Bauch. Hatte er wirklich alles bei sich, was man brauchte? Was erwartete ihn? War es richtig, was er vorhatte?

Alexander Koch lächelte unwillkürlich, wenn er an seine Sorgen zurückdachte. Heutzutage führte er Amerikaner über fünftausend Meter hohe Pässe und auf sechstausend Meter hohe Berge, zeigte ihnen den Himalaja, die Bergvölker, die Täler, die Gipfel und die riesigen Hochplateaus. Die Erde hatte sich zehn weitere Jahre gedreht und was hatte sich in diesen zehn Jahren alles getan! Zehn Jahre weiter, das bedeutete nicht nur, dass aus seinem Stoppelhaar eine lange blonde Mähne geworden war und in seinem Gesicht ein dichter Vollbart wuchs; zehn Jahre, das bedeutete auch, dass er beinahe ebenso lange mit Marejke zusammen war. Er hatte die junge Holländerin gegen Ende seiner ersten Reise kennen gelernt und seitdem waren sie zusammengeblieben. Er hatte das Glück gehabt sie zu treffen, sie, die auf seiner Wellenlinie dachte, die jedem Wandel positiv gegenüber stand, die Veränderung annahm und sie nicht von vornherein als lästig abtat oder befürchtete, dass das Neue einen Rückschritt bedeuten könnte. Sie war fünf Jahre jünger als er, aber damals, als sie sich zum ersten Mal umarmt und geküsst hatten, war sie ihm in Sachen Reisen weit voraus. Marejke stammte aus Holland, aber der Begriff Heimat existierte für sie nicht. Sie liebte ihre Eltern und Geschwister, sie mochte ihre holländischen Landsleute, aber noch mehr liebte sie den Himalaja, Nepal, Indien und die Welt.

Inzwischen waren Marejke und Alexander professionelle Bergführer. Trekker aus allen Teilen der Welt ließen sich gern von ihnen führen, und es war ihnen stets genug Zeit geblieben für Wanderungen zu zweit, für den gemeinsamen Genuss der erhabenen Welt und der mächtigen Stille. Diese Zeit zu zweit würde es für sie beide vorläufig nicht mehr geben, sobald sie eine Familie sein würden. Und wem hatte Alexander diesen wunderbaren Lauf des Lebens zu verdanken? Seinem „entfernten“ Onkel, der ihm den Kiosk vererbt hatte? Dem lackierten Amerikaner im feinen Anzug, der ihm den Kiosk wieder abgenommen hatte? Oder gar Ulrike und Rainer, die sich für ein paar Wochen zusammengetan und ihn damit Richtung Indien geschubst hatten?

Oder war er es selbst gewesen, der mit ebenso unbewusstem wie zielstrebigem Antrieb seinen Indientraum verwirklicht hatte? Hatte er sich Ulrike gegenüber so verhalten, dass sie sich zwangsläufig von ihm distanzieren musste? Hatte er dem amerikanischen Manager ungewollt signalisiert: „Ja, ich bin verkaufsbereit, nur die Summe muss stimmen."?

Als er vor zehn Jahren das Flugzeug in Colombo über eine Treppe verließ, war für ihn jedenfalls der entscheidende Schritt in ein neues Leben getan, nur gewusst hatte er es nicht. Er stapfte unbeholfen zum Terminal, weil seine Füße nach zwölf Stunden Flug geschwollen waren wie die eines achtzigjährigen Herzkranken am Abend eines langen Tages. Draußen auf der Landebahn packte ihn nach der trockenen, kühlen Luft aus der Klimaanlage der Flugzeugkabine die schwüle Hitze der Subtropen. Dem Klimaschock auf dem Rollfeld folgte der Kulturschock in der Empfangshalle.

Innerhalb von zwölf Stunden war er fort aus dem gewohnten Westeuropa und in den Süden Asiens eingetaucht. Vor seinen Augen herrschte ein Trubel, als wäre er auf einem Bazar. Ein kunterbuntes Gemisch aus fremdartigen Menschen drängelte sich von der einen Ecke zur anderen, scheinbar ohne Sinn und Ziel. Die wenigen europäischen Touristen tauchten in einem vielfältigen und fremden Völkergemisch unter. Ob hier Tamilen, Sikhs, Chinesen, Vietnamesen, Pakistani, Tibetaner, Malaien oder Afrikaner unterwegs waren, er hätte es nicht sagen können. Angesichts des Treibens und des babylonischen Sprachgewirrs schwand sein Mut, aber es blieb ihm keine Wahl: Wollte er weiter nach Indien, musste er sich ein Flugticket nach Trivandrum besorgen.

Seine Unschlüssigkeit lockte dunkelhäutige Jugendliche an, rechts schrie jemand:

„Mister, Mister, bery good Lodge, come with me!“

Links rief ein Junge, der aussah, wie er sich den Mowgli in Kiplings Dschungelbüchern vorstellte:

„Sir, Sir, listen to me, bery good hotel, ebry accomodation you need! Bery clean and aircondition for sure! And listen, sir, free water-skiing all the time!“

Plötzlich redeten von allen Seiten Werber auf ihn ein, sie hatten ein Opfer entdeckt. Ein unentschlossener Europäer war genau das, wonach sie suchten. Er verhieß bares Geld und verströmte das Aroma lukrativer Provisionen. Dieser erste Kontakt mit den Fremden verwirrte ihn. Kein einziges englisches Wort wollte ihm einfallen, kein höflich formuliertes Nein, keine klare, strikte Abfuhr – nichts! Er stand auf der Leitung, durch die seine Englischkenntnisse flossen. Seine Sorge galt seinem Rucksack auf dem Rücken. Hatte er die beiden Hauptreißverschlüsse mit dem kleinen Vorhängeschloss verbunden? Hatte er das Schloss verriegelt, nachdem er im Flugzeug seinen Pullover verstaut hatte? Er tastete nach seinem Brustbeutel, seinem Geldgürtel, beides war an Ort und Stelle. Er atmete auf und verfluchte sich sogleich, hatte er doch mit seinem Abklopfen und Nachtasten seine Verstecke preisgegeben.

Verstört blickte er in die Runde und entdeckte im Rücken des hartnäckigsten Schleppers einen Hinweis zum Indian-Airlines-Schalter. Die Erlösung! Endlich fiel ihm ein, was er sagen konnte.

„I need no hotel! I go to India!"

Diese beiden gestotterten Sätze waren nun die Ernte von dreizehn Jahren Schulbildung. Mit Oxford-Englisch hatte das nichts zu tun, aber es reichte. Seine Verfolger verloren das Interesse, sein Rucksack war nicht aufgeschlitzt, und seine Armbanduhr saß noch an seinem Handgelenk.

Vor dem Flugschalter herrschte Gedränge. Nach fünf Minuten in der Schlange trug Alexander keinen Quadratzentimeter trockenen Stoff mehr am Leib. Es ging weder vor noch zurück und die Klimaanlage des Flughafengebäudes schien völlig überfordert, aber er hatte sich fest vorgenommen, wie ein anständiger Gast aufzutreten und geduldig zu sein.

Während er darüber nachsann, wie wenig ein paar Minuten oder gar Stunden Wartezeit ausmachten verglichen mit einer Reisedauer von vier Monaten, winkte ihn plötzlich ein freundlicher Herr mit Turban zum Schalter. Fragend zeigte Alexander auf sich. Sollte er tatsächlich an der Warteschlange vorbei zum Schreibtisch kommen? Er konnte nicht glauben, dass der Beamte ihn meinte, schließlich rangierte er weit hinten in der Reihe. Und richtig – der indische Beamte schüttelte den Kopf, Alexander reihte sich also wieder ein. Vielleicht schielte der Mann. Von neuem schien der Herr auf ihn zu zeigen, diesmal energischer. Meint er wirklich mich, fragte sich Alexander und schulterte sein Gepäck. Er zwängte sich an der Schlange vorbei.

Der indische Schalterbeamte fragte auf Englisch, was er für Alexander tun könnte. Der sah sich unsicher um und dachte beim Anblick der Menschenschlange an seine deutsche Heimat. Aber niemand regte sich auf – kein Protest, kein Geschrei, also brachte er seinen Wunsch vor: Ein Flugticket nach Trivandrum, der größten Stadt in der Südspitze Indiens, dort sollte seine Reise beginnen. Der Herr mit dem dunklen Teint fragte ihn, ob er den Flug am frühen Abend oder den um Mitternacht buchen wollte. Alexander war erfreut über diese Auswahl und entschied sich für den frühen Flug. Er hatte nicht damit gerechnet, so schnell weiterzukommen. Der Mann am Schalter wollte sein Bestes versuchen und sehen, was möglich war. Andererseits konnte er keinen Platz in der frühen Maschine garantieren. Wie üblich seien die Flugverbindungen seit Tagen ausgebucht. Das hatte Alexander erwartet und größtes Verständnis dafür, wie sollte der Mann einen Platz in einem Flugzeug zusichern können, das seit Tagen ausgelastet war. Alexander machte ihm klar, dass er selbst die Schuld bei sich suche, und dass er darauf eingerichtet sei, Sri Lanka erst in ein paar Tagen zu verlassen, schließlich hatte er nichts reserviert. Notfalls, so hatte er sich gedacht, wollte er die Wartezeit mit ein paar Tagen Strandurlaub auf Sri Lanka ausfüllen. Kurzum – es war kein Drama, wenn sein Abflug Richtung Trivandrum sich hinauszögerte, und das erklärte er dem Indian-Airlines-Angestellten. Aber der wedelte heftig mit seinem Füllfederhalter.

„Oh, no, Sir! I will do my very best, but I have to work hard!“

Der Mann wollte also sein Bestes tun und hart arbeiten. Was sollte das? Sollte er als Tourist den Mann am Schalter bedauern? Gut – kein Problem, aber bevor Alexander dazu ansetzte, begann er endlich zu verstehen. Hier ging es um

Bakschisch. Der Mann wollte nichts als einen Extralohn für seinen Einsatz. Reichten zehn Dollar? Er entschied sich dafür und die zehn Dollar verschwanden unter dem Tisch. Danach wechselte ein Travellerscheck den Besitzer und Alexander bekam ein Ticket dafür, einen Flugschein ohne Uhrzeit- und Datumsangabe. Galt er nun für acht Uhr abends oder für zwölf Uhr in der Nacht? Der Mann schüttelte wieder seinen Kopf auf seine eigentümliche Weise und meinte, es richtete sich nach den freien Plätzen. War das nun ein Appell für mehr Bakschisch? Alexander entschied sich dagegen. Falsch gedacht, der Mann streckte seine Hand aus. Nach einigem Hin und Her wurde klar, dass er Alexanders Rucksack wollte und nicht mehr Geld. Das Gepäck sollte auf das rotierende Band.

Eine letzte Frage brannte ihm noch unter den Nägeln: Wie würde er erfahren, welche der Maschinen nach Trivandrum seine war? Von neuem begann der Mann seinen Kopf, auf dem der mächtige Turban saß, mit schwingenden Bewegungen zu schütteln und zog den Rucksack von der Waage auf das Förderband. Alexander war inzwischen sicher, sein Gepäck würde sonst wohin verschickt werden. Vielleicht war der Inder oder Singhalese Mitglied einer Verbrecherbande und leitete den Rucksack nach Bombay, Kalkutta oder Neu-Delhi. Für Alexander wäre das so gewesen, als versenkte man ein Sandkorn im Indischen Ozean. Er hoffte inständig, er würde nicht gleich im ersten Akt seines Abenteuers Lehrgeld bezahlen müssen.

Bis zum Abflug blieben ihm fast sechs Stunden. Er hätte die Hauptstadt Colombo besichtigen können, es waren knapp eine Stunde Busfahrt bis ins Zentrum und eine wieder zurück, aber er war zu müde. Der Flug war anstrengend gewesen, der oberflächliche Schlaf zwischendurch hatte ihn kaum erholt. Er wollte im Flughafengebäude bleiben, die Leute beobachten, auf einer Bank lesen und vielleicht ein bisschen schlafen. Sicherheitshalber stellte er den Alarm seiner Armbanduhr ein, damit er seinen möglichen Abflug nicht verpasste.

Bevor er sich setzte, schlenderte er durch das Flughafengebäude, tauschte Dollar gegen Rupien und auf der Suche nach einem guten Sitzplatz entdeckte er einen Kiosk. Es war Zeit sich in die Sprache einzudenken, deswegen kaufte er eine englische Tageszeitung, sozusagen bei einem Berufskollegen, achttausend Kilometer von seinem eigenen Lädchen entfernt, mit dem Unterschied, dass sie seinen Kiosk inzwischen wohl zusammengeschoben hatten. Viel Arbeit wird das nicht gewesen sein, dachte Alexander und riss sich von dem trüben Bild los. Er erkundigte sich nach seiner Zigarettenmarke; kaum ausgesprochen, entdeckte er sie im Regal hinter dem Verkäufer. Sein „Kollege“ schüttelte den Kopf auf die gleiche eigentümliche Weise, die er bereits vom Schalterbeamten der Fluggesellschaft kannte. Alexander war verwirrt, eine Zeitung verkaufte ihm der Mann, aber Zigaretten sollte er nicht bekommen. Was sollte das? Hartnäckig verlangte er zwei Schachteln und tupfte sich den Schweiß von der Stirn. Es war anstrengend geduldig zu bleiben. Der Mann schüttelte erneut den Kopf, langte diesmal aber ins Regal und reichte ihm die Zigaretten. Alexander schwante etwas und er probierte es aus. Er fragte nach einer eiskalten Cola, die direkt vor seiner Nase im Kühlfach stand. Wieder folgte diese bedächtige Kopfbewegung, ein

Mittelding zwischen Neigen, Nicken und Schütteln, dann erhielt er ohne weitere Umstände sein Getränk.

Damit hatte er seine erste Lektion auf der Reise gelernt: Wenn ein Inder seinen Kopf schüttelt, ist es ein Zeichen von Zustimmung. Streng genommen war es nicht das europäische Kopfschütteln, es war vielmehr ein Schwingen des Kopfes von rechts unten nach links oben und im leichten Bogen zurück, die Kinnspitze bewegte sich dabei in Achtertouren. Viele hundert Male sollte man Alexander mit dieser Geste in den nächsten Wochen antworten, und es dauerte eine Weile, bis sie ihn nicht mehr irritierte.

Mit der Zeitung, den Zigaretten, dem Getränk und seiner kleinen Sporttasche, die er aus dem Rucksack genommen hatte, setzte er sich auf eine Bank. Sie war aus Stein und angenehm kühl. Er trank und rauchte, las oder beobachtete das Treiben in der Halle. Schließlich wurde er müde, legte sich auf die Bank und verstaute seine Habseligkeiten zwischen Körper und Rückenlehne. Er war nicht der einzige, der ein wenig schlafen wollte, überall lagen Leute auf ihren Decken und Taschen, also nahm er sich die Freiheit, es ihnen gleich zu tun.

Mit kleinen Unterbrechungen schlief er drei Stunden und fühlte sich erholt. Er setzte sich auf, beobachtete das Kommen und Gehen oder las wieder im *Indian Express*. Auf den Sportseiten wurde über Kricket ausführlicher berichtet als in Deutschland über einen Spieltag der Fußballbundesliga, es folgten Artikel vom Feldhockey, vom Badminton und anderen Sportarten.

Inzwischen war es Nachmittag, und er war hungrig. Bevor er sich etwas zu essen besorgte, ging er noch einmal zum

Schalter der Indian Airlines. Dort saß inzwischen eine Frau hinter dem Pult. Er fragte sie, ob sie Definitives über die Passagierliste des Acht-Uhr-Fluges nach Trivandrum wüsste. Sie bedauerte und selbst Geld half nicht weiter – im Gegenteil, die Dame war entrüstet. Alexander entschuldigte sich, ohne zu begreifen, warum Trinkgeld plötzlich etwas Ehrenrühriges sein sollte.

Ein älterer Inder neben ihm mit schlohweißem, gepflegtem Haar und einem langen Bart in gleicher Farbe hatte die Szene beobachtet. Er wirkte vornehm in seiner strahlend weißen Hose, über die der lockere Stoff eines kragenlosen Hemdes fiel. Seine nackten Füße steckten in Schuhen aus rotem Brokatstoff, er sprach Alexander höflich in englischer Sprache an:

„Entschuldigen Sie, mein Herr! Ich habe beobachtet, dass Sie die junge Dame verwirrt hat, weil sie Ihr Geld entrüstet abgelehnt hat. Darf ich Ihnen erklären, warum sie so reagiert?"

Nichts war ihm lieber als das. Wie konnte er sich die Zeit besser vertreiben, als mit einem Inder oder Singhalesen über einheimische Sitten zu plaudern?

„Ein Trinkgeld hier im Süden Asiens ist nicht dasselbe wie bei Ihnen in Europa. Es ist unnötig nach einer Dienstleistung, zum Beispiel nach einem guten Essen. Nach indischem Verständnis müsste man es, wenn überhaupt, vorher geben. Ein Trinkgeld oder ein Bakschisch, wie wir sagen, ist eine Gabe, für die man eine gewisse Gegenleistung erwarten kann. Im Falle des Essens wäre dies eine besonders höfliche Bedienung oder eine besonders liebevoll zubereitete Speise. Jeder Inder fühlt sich bei einem Bakschisch verpflichtet, er möchte einen Gegenwert leisten können. Es geht sogar so weit, dass viele Inder lieber etwas ohne Bakschisch leisten, als ein Trinkgeld für etwas anzunehmen, für das sie keinen Ausgleich bieten können. Das Geld gliche dann nämlich einem Almosen. So sah es die Dame am Flugschalter, sie konnte Ihnen nicht helfen, sie sagte es Ihnen, und Sie boten ihr Geld an, Sie wollten sie gewissermaßen für ihr Versagen entlohnen, deswegen war sie entrüstet."

Welche Lektion! Alexander lud seinen Lehrer zu einer Tasse Kaffee ein, der stimmte mit der halb schüttelnden Kopfbewegung zu, die Alexander bereits kannte, lehnte aber eine Einladung zum Essen ab. Alexander, der Appetit auf einen süßen Imbiss verspürte, fragte seinen neuen Bekannten, was er ihm empfehlen könnte. Er schlug eine Portion *Firnee* vor, und Alexander bestellte sie. Die beiden Männer machten sich einander bekannt, und Alexander erzählte, dass er aus Deutschland stammte und erfuhr seinerseits, dass er es mit Herrn Bhavan aus Kalkutta zu tun hatte, der auf die Maschine in seine Heimatstadt wartete.

Das *Firnee* wurde serviert und schmeckte köstlich. Es war ein Reispudding durchsetzt mit Rosinen, Mandeln und Kokosraspeln. Alexander spürte plötzlich, wie lange er nichts gegessen hatte. Herr Bhavan sprach über Südindien und empfahl ihm, unbedingt die Stadt Mahabalipuram südlich von Madras zu besuchen.

„Mahabalipuram liegt an der Ostküste und gehört zum Schönsten, was der Süden zu bieten hat. Direkt am Wasser des Golf von Bengalen stehen Jahrhunderte alte Strandtempel, in ihrer Art einzigartig auf der Welt."

Alexander nickte kauend zum Zeichen, dass er den Rat

beherzigen wollte, und als er den Reispudding aufgegessen hatte, schilderte er Herrn Bhavan, wie er sich seine Reiseroute vorstellte. Der ältere Herr stimmte ihm im Wesentlichen zu, war allerdings skeptisch, was Alexanders Absicht betraf, gleich nach einem Strandurlaub in Kapnähe an der Westküste entlang zu reisen. Herr Bhavan befürchtete, dass Anfang August in diesem Landstrich noch die Regenzeit herrschen würde. Er meinte, es sei kein Spaß, während des Monsuns zu reisen:

„Sie werden sehen, ein Regenguss in der Monsunzeit hat mit einem normalen Niederschlag, wie Sie ihn kennen, nichts zu tun. Die Wassermassen sind gewaltig. Ich rate Ihnen, durchqueren Sie Indiens Süden frühzeitig, denn im Osten ist es warm und trocken."

Herr Bhavan wusste viel, und Alexander lauschte andächtig seinen Worten. Es gab viel zu bedenken in den nächsten Monaten. Es war ausgesprochen nützlich, mit einem Einheimischen zu sprechen, außerdem spürte er, wie sich seine Englischkenntnisse belebten, er musste nicht mehr nach jeder Formulierung suchen. Schließlich ertönte der Gong für den Flug nach Kalkutta und Herr Bhavan reichte Alexander eine Visitenkarte. Er war ein Rechtsanwalt und lud seinen deutschen Bekannten ein, ihn in der Stadt am Ganges zu besuchen, dann verabschiedeten sie sich voneinander.

Es dämmerte bereits. Bis zum Acht-Uhr-Flug nach Trivandrum waren es noch knapp zwei Stunden. Alexander suchte sich einen Sitzplatz in der Nähe seines Flugsteigs und behielt den Monitor mit den Abflugzeiten im Auge. Seine Buchungsdaten erschienen ihm sehr windig, allerdings hatte Herr Bhavan ihn beruhigt, er meinte, es gingen viele Flüge nach Trivandrum, es dürfte kaum ein Mangel an Einzelplätzen herrschen.

Die Sessel in der Wartehalle waren aus Kunstleder. Alexander setzte sich. Sie waren bequem, aber nach wenigen Minuten klebte seine Kleidung am Sessel und an der Haut. Er versuchte zu lesen, aber er konnte sich nicht konzentrieren, sein Lädchen kam ihm in den Sinn, beziehungsweise das, was von ihm übrig sein mochte. Er sah ein kleines Viereck aus Grundmauern, keine Wände, keine Tür, kein Dach. Er hörte das „Bleib gesund, Junge und pass auf dich auf!“ seiner Mutter und spürte den stummen Händedruck seines Vaters. Beiden war es nicht recht, dass ihr Sohn so lange ins unbekannte Ausland verreiste. Sie hatten verstanden, dass er dem Angebot für den Kiosk nicht hatte widerstehen können, aber musste es eine Reise nach Indien sein? Seine Mutter sorgte sich, wer wusste schon, woran Karl so früh gestorben war. Sie hatte immer den Verdacht, dass er sich einen exotischen Keim eingefangen hatte, während Alexander eher glaubte, dass er auf seinen Reisen und später in seiner Trinkhalle dem Alkohol übermäßig zugeneigt war.

Die Abflugzeit verstrich, nichts geschah, aber Alexander blieb gelassen. In Asien war alles anders. Eine halbe Stunde nach der vorgesehenen Abflugzeit drängten plötzlich die Leute, die bis eben ruhig in der Wartehalle gesessen hatten, zum Ausgang. Alexander sprang auf und stellte sich ans Ende der Reihe, so als gehörte er selbstverständlich zu den Passagieren der Maschine nach Trivandrum. Er hielt dem Kontrolleur das Ticket hin, bereitete sich auf einen Disput vor, aber er wurde ohne den geringsten Einwand durchgewinkt. Da erst begriff er, dass es nie an freien Plätzen für diesen Flug gemangelt hatte. Herr Bhavan hatte Recht behalten. Alexander sah sich in der Kabine um, die kleine Boeing war nur zur Hälfte besetzt. Er hatte jemandem einen Bakschisch gegeben und dieser Jemand war ihm dafür gefällig gewesen, dass dieser Gefallen ein Kinderspiel gewesen war, spielte dabei keine Rolle.

Während das Flugzeug zur Startbahn rollte, musterte Alexander die anderen Passagiere. Er sah kein europiäsches Gesicht. Aber war es nicht Teil seines Abenteuers, allein unter fremden Menschen zu sein?

Verglichen mit dem Flug von Deutschland nach Sri Lanka war es von Colombo nach Trivandrum ein Katzensprung. Die Sicht war klar, man konnte die Lichter der Schiffe erkennen, die zwischen der Insel und dem indischen Festland die Wasserstraße von Palk passierten. Es lagen nur wenige Kilometer Luftlinie zwischen Rameswaram, der Stadt auf indischer Seite und ihrem ceylonesischen Pendant, Talaimannar. Trotz dieser Nähe war der günstige Fährverkehr über den Golf von Mannar zwischen den beiden Staaten eingestellt, der Grund waren die seit vielen Jahren herrschenden Unruhen. Alexander hatte sich danach erkundigt, weil er eine Route entlang der Ostküste erwogen hatte.

Über Lautsprecher wies der Pilot auf Lichtpunkte auf der rechten Seite der Maschine – das Kap Komorin. Alexander überflog den südlichsten Zipfel Indiens zum zweiten Mal an diesem Tag. Indien, das Land der Tempel, der Maharadschas, der heiligen Kühe, der Bettler, der Yogis, der augenfälligen Standesunterschiede und der tausend Millionen Einwohner. Wenig später landete die Maschine und zum ersten Mal in seinem Leben setzte Alexander einen Fuß auf Indiens Boden. Leise sagte er *Namaste!*, das indische Universalwort für Begrüßung und Abschied.

4

Die vier Männer schlugen ihre Zelte unter dem Felsvorsprung auf. Beide waren aus hochwertigem Material gefertigt und hielten einem Sturm stand, obwohl sie kaum mehr als zwei Kilo wogen. Sie schoben das Gestänge in die dafür vorgesehenen Stoffschlaufen und stellten sie so auf, dass die beiden Eingänge einander gegenüber lagen. Auf der dem Felsen abgewandten Seite fixierten sie die drei Sturmleinen an Heringen, die sie mit einem Handbeil in den Boden trieben. Die andere Hälfte des Zeltes stand auf Stein, aber Alexander kannte die Verhältnisse, für diesen Fall hatte er Spreizhaken dabei, wie sie von Bergsteigern verwendet wurden. Beim Klettern schoben sie die Haken in schmale Felsspalten und klemmten sie mit einem speziellen Spreizmechanismus fest, dann klinkten sie ihr Sicherheitsseil ein und zogen sich an den Haken hoch. Statt eines Seils verknotete Alexander die Spannleinen der Zelte und zerrte prüfend an ihnen, die Konstruktion war außerordentlich stabil.

Die Bergwanderer zelteten auf fast viertausend Metern Höhe, hier floss zwar ein Bach, aber Feuerholz zum Sammeln gab es nicht, die Baumgrenze lag wesentlich tiefer. Am Morgen hatten sie einem Bergbauern ein paar getrocknete Yakfladen abgekauft und jeder hatte ein Bündel den Tag über getragen. Das lodernde Feuer vor der Nacht war es wert und der ladakhische Bauer hatte noch nie so viele Rupien für ein bisschen Dung bekommen.

Auf dem Gaskocher brodelte ein kalorienreiches Fertiggericht aus Gemüse, Proteinpulver und Fett, zum Nachtisch gab es Babybrei. Es kam darauf an, mit möglichst wenig Aufwand ein gehaltvolles Essen zuzubereiten. Die Höhe und das anstrengende Bergauf und Bergab verbrauchten ein Vielfaches an Energie verglichen mit einer Wanderung unter normalen Bedingungen. Auf harten Trekkingtouren nahmen sie mit Energieriegeln, Müslistangen, Fertiggerichten, Tütensuppen, dazu Reisgerichten und Frischbrot von Einheimischen manchmal drei- bis viertausend Kalorien täglich zu sich und verloren trotzdem Tag für Tag an Gewicht. Alexander hatte das oft erlebt und nicht umsonst trugen in Katmandu, der Hauptstadt Nepals und Sammelpunkt der Himalaja-Wanderer aus aller Welt, Restaurants Namen wie *The Greedy Lion*. Wenn man dort am Tisch saß, erkannte man sofort, wer erst in die Berge wollte, und wer von dort kam. Die einen stellten unablässig Fragen und kamen kaum zum Essen, die anderen antworteten zögernd mit vollem Mund. Alexander hatte es im *Greedy Lion* nach einer vierwöchigen Tour im Mustang-Gebiet an der Grenze zu Tibet einmal auf ein Vier-Gänge-Menue nach eigener Wahl gebracht, der erste und dritte Gang hatten je aus einer Pizza bestanden, der zweite aus einer Lasagne und zum Nachtisch hatte er anderthalb Tortenstücke gegessen.

Sam wärmte Wasser aus einem Bach hinter dem Felsen auf, indem er den Wassertopf vorsichtig auf den Kochtopf stellte. Er rührte Getränkepulver ein, das für Marathonläufer und Triathleten entwickelt worden war, reich an Kohlenhydraten, Mineralien und Vitaminen; in Wasser aufgelöst und erhitzt wurde es zu einem süßen Heißgetränk, das für zusätzliche Kalorien sorgte.

Bill angelte mit einem Fahrtenmesser in Folie eingewickelte Kartoffeln aus dem Feuer. Es waren verschrumpelte kleine Bergknollen, aber sie würden mit reichlich Salz die Abendmahlzeit veredeln. Henry und Alexander legten die Zelte mit Isomatten und Schlafsäcken aus. Bill teilte den Gemüse-Protein-Stew in vier Portionen auf, schnitt die Kartoffeln hinein und rief:

„Es ist angerichtet!“

Bill bat in seinem breiten Amerikanisch zum *dinner.* Sie setzten sich zu zweit in die Zelteingänge und freuten sich auf ihre Mahlzeit, sie wussten, sie würde köstlich werden. Je länger man wanderte, je anstrengender eine Tour war, desto mehr verwandelte sich funktionelle Kost in eine Delikatesse. Es gab Bergsteiger, die schwärmten für Energieriegel, die aus rein kulinarischer Sicht nicht mehr waren, als eine pappige, gummiartige Masse, die nach Zucker schmeckte und einem zwischen den Zähnen hing. Sie schwärmten so lange, bis sie einmal zu Hause von den Riegeln probierten, nicht völlig ausgehungert und erschöpft.

Während die vier Männer beim Essen saßen, ermunterte Sam Alexander zu seinem Bericht. Er sollte erzählen, wie er einst nach Indien gekommen war und wie es kam, dass er jetzt in Nepal lebte. Alexander nickte kauend, war er doch den Nachmittag über gedanklich in jene Tage zurückgekehrt, in denen die Dinge ihren Lauf nahmen und seinem scheinbar vorgezeichneten Leben als Kioskbesitzer in einer mittelgroßen deutschen Stadt ziemlich abrupt ein Ende setzten. Dass man manchmal zu seinem Glück gezwungen werden musste, traf damals in mancher Hinsicht auf ihn zu, aber er hatte seine neuen Lebensumstände auch angenommen und sie entschlossen genutzt. Das betraf nicht nur den Verkauf seines Ladens, es betraf vor allem seine weitere Planung. Er hätte damals für zwei Wochen auf eine kanarische Insel reisen und sein Geld in solide Möbel investieren können, ein sichtbarer Wert fürs Leben und eine Entscheidung, zu der ihm die Eltern sicher gratuliert hätten. Einer seiner Freunde hätte sich an seiner Stelle vielleicht den Traum vom Sportwagen erfüllt. Es hätte tausend Möglichkeiten gegeben, mit dem Geld aus dem Kioskverkauf umzugehen. Er, Alexander Koch, hatte sich damals für eine finanzielle Rücklage und die Variante „Indienreise“ entschieden, insofern hatte ihn das Schicksal halb geschoben und halb hatte er es in seine Hände genommen.

Alexander erzählte seinen Gefährten das Wichtigste von seiner Vorgeschichte, berichtete vom Ende seines Kiosks und begann schließlich mit seiner Ankunft auf dem Flughafen von Trivandrum. Auf diese Weise setzte er seine Erinnerungen vom Tage fort. Er berichtete, wie verblüfft er über die unproblematische Einreise gewesen war. Sein Visum hatte man geradezu teilnahmslos betrachtet, später hatte er seinen Rucksack vom Band genommen und ein Kontrolleur hatte ihn lustlos nach zollpflichtigen Waren gefragt. Ohne weitere Formalitäten hatte er das Gebäude verlassen und war dort, wohin er sich so oft geträumt hatte – in Indien!

„Damals sog ich die schwülwarme Luft tief ein, und als wäre mein Seufzer ein Zeichen gewesen, brauste ein Taxi heran. Es war eine schwarze englische Limousine, die ihre besten Zeiten längst hinter sich hatte. Meine erste Taxifahrt wartete auf mich, und ich wollte meine Sache gut machen. Bevor man in ein Taxi einstieg, hieß es, sollte man den Preis aushandeln. Da ich keine Ahnung hatte, was eine Fahrt ins Zentrum von Trivandrum kosten durfte, musste ich improvisieren. Mit gespieltem Schrecken wich ich vom Fenster der Beifahrertür zurück, als ich die Antwort des Fahrers auf meine Frage nach der Gebühr hörte. Der wackelte mit dem Kopf, so wie es Inder tun, wenn sie etwas bestätigen und schaute mich dabei so betroffen an, als sei er selbst bestürzt über die Preise in seinem Heimatland.

Meine Sprachkenntnisse ließen mich damals englische Texte verstehen, aber es hakelte mit dem Sprechen."

Henry unterbrach Alexander und meinte, dass davon nichts mehr zu merken sei. Henry hatte Deutsch gesprochen, so dass Bill und Sam fragten, worum es ging. Sie blieben beim Englisch wie all die Tage zuvor.

„Henry meinte, ich spräche gutes Englisch, aber das ist nicht weiter erstaunlich, seit Jahren spreche ich häufiger Englisch als Deutsch. Damals hat es etwa bis zur Hälfte der Reise gedauert, bis ich anfing, Englisch zu denken. Mittlerweile ist mir die Sprache in Fleisch und Blut übergegangen, so wie Henry seit langem perfekt Deutsch spricht.

Mit dem Taxifahrer jedenfalls gingen die Verhandlungen stockend hin und her. Bei dreißig Prozent Nachlass blieb ich stecken, dabei hieß es, man müsste den genannten Fahrpreis um die Hälfte drücken, um nicht übers Ohr gehauen zu werden. Aber ich war müde und wollte los. Ich hatte noch keine Unterkunft für die Nacht und ließ mich erschöpft in die weichen Polster der Limousine fallen und genoss es, die Beine lang auszustrecken.

Der Flughafen von Trivandrum liegt zwanzig Autominuten außerhalb der Stadt. Offenbar wollte mir der Taxifahrer etwas für seinen Preis bieten, denn er raste wie ein Irrer. Es war stockfinster, keine einzige Laterne warf ihr Licht auf den holprigen Asphalt, die Scheinwerfer des Oldtimers gaben nicht viel her, trotzdem jagten wir durch die Nacht. Er war meiner Ansicht nach kein guter Fahrer, das bewies er vor allem in den Kurven. Vor jeder Biegung gab er grundlos Gas, mitten im Scheitelpunkt bremste er dann scharf, weil er fürchtete im Straßengraben zu landen. Diese ungeschickten Manöver brachten den schweren Wagen ein ums andere Mal ins Schlingern.

Damals war ich froh, als ich die ersten Stadtlichter entdeckte. Aber bevor wir die Häuser erreichten, bogen wir auf eine breite Vorortstraße, wo uns, weithin sichtbar, ein Auto entgegen kam. Es näherte sich rasch, offenbar war der andere ebenfalls ein Rennfahrer. Panik packte mich, als mein Fahrer es nicht für nötig hielt, auf seine Fahrbahn einzuscheren. Stur lenkte er sein Taxi nicht nur durchweg mitten auf der Straße, sondern wich überdies erst kurz vor der Karambolage auf die Gegenseite aus. Vor Entsetzen versagte meine Stimme, statt zu schreien, blieb ich stumm. Ich hielt mir die Hände vor das Gesicht und duckte mich. Während ich still den Knall erwartete, betete ich.

„Und? Ist etwas passiert? Seid ihr zusammengestoßen?“ fragte Sam neugierig.

„Nichts dergleichen. Das entgegenkommende Auto raste vorüber – rechts an uns vorbei. Das muss man sich vorstellen, der Wagen brauste tatsächlich an unserer rechten Seite vorbei. Ich konnte es nicht glauben. Herrje, welch ein

Glück, dachte ich. Erst als das nächste Auto scheinbar ebenso vorausschauend auf der Gegenfahrbahn blieb, fiel mir auf, dass sich mein Fahrer vollkommen korrekt verhalten hatte. Er war nicht auf die falsche Fahrbahn ausgewichen: In Indien herrscht nach wie vor der englische Linksverkehr. Selbstverständlich wusste ich das, aber ich war noch nicht mit all meinen Sinnen in Indien und die Höllenfahrt bot mir nicht gerade die Zeit, mich in aller Ruhe auf die neue Welt einzustimmen.

Kaum hatte ich diese Situation überstanden, wartete die nächste Erkenntnis auf mich. Ein paar Meter voraus fiel das Scheinwerferlicht auf ein Ortschild – entsprechend der Fahrzeit mussten wir Trivandrum erreicht haben, eine andere Stadt gab es nicht auf unserem Weg. Auf dem Schild standen zwei Worte, eines in den Schriftzügen einer indischen Sprache geschrieben und für mich nicht zu entschlüsseln, ein zweites darunter in unseren lateinischen Buchstaben. Aber dort stand nicht Trivandrum, dort stand *Thiruvananthapuram*! Meine erste Taxifahrt auf indischem Boden, und ich war verschleppt worden, schoss es mir durch den Kopf. Für meinen Taxifahrer war ein derartiges Verbrechen ziemlich risikolos, dachte ich bei mir. Die Fahrt war sicher nirgends registriert und kein Mensch auf der Welt wusste, wo genau ich unterwegs war, ich wusste ja selbst nicht, wo ich in der nächsten Woche sein würde. Meine Eltern und Freunde würden sich innerhalb der nächsten vier bis sechs Wochen keine Sorgen machen, wenn sie keine Briefe von mir erhielten, ich hatte sie darauf vorbereitet, dass die indische Post nicht die schnellste war. Bis meine Leute zu Hause begannen, mich zu vermissen, würde ich längst halb verwest und jede Spur verwischt sein."

Henry lachte, er war selbst Indienkenner und hatte verstanden, aber er ließ Alexander weiter erzählen, ohne etwas zu verraten.

„Während ich also meinen düsteren Gedanken nachhing, erreichten wir einen Bahnhof – immerhin. Schließlich hatte ich den Hauptbahnhof von Trivandrum als Ziel angegeben, weil ich auf diese Weise sicher gehen wollte, im Zentrum der Stadt anzukommen. Nun landete ich also tatsächlich vor einem Bahnhof, allerdings in einer Stadt, deren Name mir nichts sagte. Bevor mein Taxi endgültig hielt, betrachtete ich durch das Seitenfenster das Gebäude. An der Frontwand entdeckte ich eine große, verwitterte Holztafel, auf der stand: – *Central Station* – und darunter: *Trivandrum*!"

Henry amüsierte sich über die Geschichte, und als Alexander aufstand, um einen *Chai* aufzusetzen, erklärte er seinen Landsleuten, worum es ging. Henry begann damit, dass mit Trivandrum und Thiruvananthapuram dieselbe Stadt gemeint war. Die einfachere Version des Ortsnamens stammte aus der Zeit der englischen Herrschaft. Die Kolonialherren machten sich nicht die Mühe, die indischen Begriffe korrekt zu formulieren, sie verstümmelten und verkürzten sie. Der kompliziertere Name Thiruvanantha-puram stammte aus dem Malayalam, einer der indischen Sprachen, die wieder an Bedeutung gewannen und Amtssprache in Kerala ist. Im Zuge des wachsenden indischen Selbstverständnisses leben seit den siebziger Jahren die alten Begriffe wieder auf: Bombay, die Hauptstadt des Bundesstaates Mahahastra, heißt nicht mehr Bombay wie unter den Engländern, sondern Mumbai, der Name aus dem altindischen Marathi; Madras, die Hauptstadt von Tamil Nadu, trägt wieder den tamilischen Namen Chennai.

Alexander verteilte den *Chai* auf die Becher und reichte den Zucker herum. Sam, der einzige Raucher unter ihnen, erlaubte sich eine Zigarette, die in der ohnehin dünnen Luft den Sauerstoffgehalt in seinem Blut zusätzlich senken würde. Alexander, der selbst früher geraucht hatte, konnte Sam verstehen, am Ende eines anstrengenden Tages, nach einem ausgiebigen Mahl und zu einem *Chai* schmeckte eine Zigarette besonders gut. Man musste Sam zugestehen, dass er sich zurückhielt, die letzte Zigarette hatte er am Morgen unten im Tal geraucht. Während die Vier an ihren Bechern nippten, erinnerte sich Alexander an seine erste Begegnung mit indischem Tee.

„Meinen ersten *Chai* habe ich an jenem Abend in Trivandrum getrunken, als ich in der Stadt ankam und eben doch nicht verschleppt worden war. Ich machte mich gleich auf die Suche nach einem Zimmer. Ich hatte mir ein paar Adressen aus meinem Indien-Handbuch notiert, die Straßen lagen alle in Bahnhofsnähe. Schließlich fand ich ein kleines Hotel, das Zimmer war sauber und mit Dusche und Toilette ausgestattet. Das war mehr, als ich erwartet hatte. Als erstes zog ich meine verschwitzten Sachen aus und stellte mich unter die Brause. Bei voll aufgedrehtem Hahn rann das Wasser im dünnen Strahl lauwarm auf mich herab. Eine Wohltat. Am liebsten hätte ich mich danach sofort auf das Bett geworfen, aber mir knurrte der Magen. Während meiner Hotelsuche war mir ein chinesisches Restaurant aufgefallen, das noch beleuchtet war. An diesem späten Abend war ich nicht mehr gespannt auf die indische Küche, zumal nicht auf die des Südens, deren scharf gewürzte Speisen in jedem Reiseführer respektvoll erwähnt wurden.

Bei dem Chinesen bestellte ich ein vegetarisches *Chop Suey*. Es war gut und schmeckte nicht nach Aluminiumfolie wie all die warmen Gerichte im Flugzeug. Meine Lebensgeister kehrten zurück und meine Distanz gegenüber dem Fremden schwand. Allmählich begriff ich den Unterschied zu meinen vorherigen Reisen. Indien war nicht nur auf dem Papier eine völlig andere Welt, als ich sie bisher erlebt hatte, Indien war es erst recht in der Realität.

Mit frischem Mut unternahm ich einen Verdauungsspaziergang durch die spärlich beleuchteten Straßen. Ich wollte zum Bahnhof und wieder zurück, so war die Gefahr gering, dass ich mich verlief. Die kleinen Nebengassen unterwegs lagen vollkommen im Dunkeln. Auf der Straße, die direkt auf die *Central Station* führte, war mehr als jede zweite Laterne ausgefallen. Im Halblicht erkannte ich ein Hindernis auf dem Fußweg, ein Sandhaufen oder etwas ähnliches. Als ich um den Hügel herumging, schnaufte er und bewegte sich. Eine Kuh lag mitten auf dem Gehweg und eine zweite hatte ein gemütliches Plätzchen auf der Straße gefunden. Zögernd passierte ich die Rinder. Sie kümmerten sich nicht um mich.

Kurz vor dem Bahnhof sah ich Licht in einer Teestube. Vor der offenen Tür standen ein paar Plastikstühle und ein Tisch. Der Mann hinter der Kochstelle winkte mich durch die Fensterscheibe heran, ich sollte Platz nehmen. Das Tuch, das er über einer Schulter trug, war ziemlich schmutzig.

‚Chai, Sir?‘ fragte er mich, und ich antwortete ‚yes, please‘. Der Inder wackelte mit dem Kopf, zog einen Plastikstuhl zurück, ich setzte mich und erwartete meinen ersten Tee in Indien. Fasziniert schaute ich zu, wie der Mann den dunkelbraunen Sud mit einer Kelle aus einem großen Aluminiumtopf in einen Henkeltopf schöpfte, heiße Milch dazuschüttete und die Mischung aus einem halben Meter Höhe in ein Glas goss. Dann leerte er das Glas wieder in den Blechtopf mit dem Henkel und wiederholte den Vorgang dreimal, bis er mir das Glas *Chai* servierte. Der Tee schäumte, ich nippte vorsichtig daran, er schmeckte köstlich. Es war süßer, schwarzer Tee mit Milch und einer wunderbaren Gewürzmischung, die nach jedem Schluck auf der Zunge kribbelte. Der Tee war heiß, und ich hoffte deswegen, mein Gedärm nicht gleich am ersten Tag einem Großangriff exotischer Keime auszusetzen, denn das Glas war mit Fingerabdrücken übersät und am Rand klebte eine gelbe Kruste, die ich verstohlen mit dem Zipfel meines T-Shirts abwischte.

Es war elf Uhr in einer schwülwarmen Nacht, ich trank gewürzten Tee in den Straßen von Trivandrum an der Malabarküste dreihundert Kilometer südlich von Calicut, wo Vasco da Gama vor fünfhundert Jahren an Land gegangen war.

Ich zahlte mit Rupien aus dem Geldbeutel, der während meiner Reise um meinen Hals hing, um meinen Hosenbund trug ich einen Gürtel mit innen liegendem Reißverschluss, darin steckten meine Reiseschecks, meine Versicherungsunterlagen, eine Kopie meines Reisepasses und ein paar Hundertdollarnoten, alles auf Kleinformat gefaltet. In einer kleinen Gürteltasche trug ich meine restlichen Wertsachen, den Reisepass im Original, Kopien der Schecks und später mein Bahnticket. Zufrieden streckte ich meine Beine aus, trank *Chai* aus dem Glas und schlug in Gedanken einen Weltatlas auf. Es war phantastisch! Ich steckte mitten in meinem Abenteuer.

Zwei Ratten suchten in der Gosse nach Nahrung und holten mich in die Realität zurück. Sie schnupperten im Rinnstein an Abfällen. Mit einem überlauten ‚Chai, please!' bestellte ich ein zweites Glas Tee und die Ratten verschwanden. Obwohl ich mich kaum wach halten konnte, wollte ich nicht schlafen gehen. Die Welt war so neu, und ich bestaunte sie. Nebenan in einer dampfenden Garküche standen zwei Inder und aßen ein Reisgericht mit den Fingern, das ist indischer Brauch, klar, aber für mich war es neu. Hunde streunten herum, sie kümmerten sich nicht um die Menschen, genauso wenig, wie es die heiligen Kühe taten. Ein Obstverkäufer kam vom Bahnhof herüber und stoppte seinen Karren neben mir. Er hielt eine Kokosnuss in die Höhe und pries sie im Pidgin-Englisch an:

‚Berry good, coconutta, mista! Only piftypive! Best coconutta in Kerala!'

Diese kurzen Sätze musste ich mir erst durch den Kopf gehen lassen, bevor ich sie verstand. Der dunkelhäutige kleine Mann hüpfte währenddessen aufgeregt um mich herum. Mein Zögern machte ihm Hoffnung auf ein Geschäft. Ganz bescheiden behauptete er also, seine Kokosnüsse wären die besten von ganz Kerala. Unter mangelndem Selbstbewusstsein litt er jedenfalls nicht. Der Bundesstaat Kerala war immerhin so groß wie die Niederlande und besaß mehr als doppelt so viele Einwohner. ‚Piftypive' bedeutete natürlich fünfundfünfzig, allerdings konnte es sich unmöglich um Rupien handeln, das wäre zu teuer gewesen. Der Obsthändler redete also von Paise. Hundert Paise waren eine Rupie. Der Mann verlangte etwas mehr als eine halbe Rupie für die Frucht – damals vier Cents!

Ich konnte nicht widerstehen und nickte. Allerdings versuchte ich dem Inder mit hilflosen Gesten klarzumachen, dass ich keine Ahnung hatte, wie so eine Nuss zu öffnen war. Er wackelte mit dem Kopf und zauberte ein kleines Werkzeug mit einem Holzgriff aus einem Korb. Es ähnelte einer zu lang geratenen Schusterahle. Flink rammte er mit einem Hieb ein Loch in die harte Schale, griff nach einem Glas in seinem Karren, schlug ein zweites Loch in die Frucht und ließ die Kokosmilch auslaufen. Ich war begeistert und übersah die Spuren des harten Arbeitstages eines Obstverkäufers auf dem Glas. Die Milch schmeckte köstlich. Während ich trank verstaute der Inder seine Ahle und holte stattdessen ein langes Messer hervor, von der Form, wie ich mir eine Machete vorstellte. Mit dem mächtigen Werkzeug hieb er drei- viermal auf die Kokosnuss ein, wendete sie zwischen den Schlägen geschickt in der Hand, klopfte schließlich einmal oben, einmal unten auf die Nuss, worauf sie in vier beinahe gleich große Teile zersprang. Der kleine Mann mit den besten *Coconuts* Keralas erfreute sich an meinem verdutzten Gesicht. Das Fruchtfleisch leuchtete strahlend weiß im Schein der nackten Glühbirne.

Lächelnd reichte er mir die Stücke und pries, einmal ins Geschäft gekommen, seine Bananen an. Sie lagen in einem lockeren Bindfadengeflecht, das man kaum einen Korb nennen konnte und hingen unter dem Dach seines fahrbaren Standes. Die Früchte waren bedeutend dicker als die, die ich kannte, aber halb so lang. Ihre Schale war trocken und beinahe vollkommen schwarz. Neugierig nickte ich ihm zu, weil ich mir nicht vorstellen konnte, dass der Mann mit den besten Kokosnüssen weit und breit verfaultes Obst verkaufen würde. Irgendetwas musste dran sein an diesen äußerlich unappetitlichen Früchten. Der Händler reichte mir eine, und ich gab ihm einen Rupienschein für Kokosnuss und Banane. Mit abwehrenden Gesten machte ich ihm klar, dass ich auf das Wechselgeld verzichtete. Der Inder bedankte sich, als hätte ich ihn reich beschenkt und reichte mir eine zweite Banane.

Kokosnüsse und Bananen, so hatte ich gelesen, sind die ideale Nahrung in exotischen Ländern, beide Früchte sind von Natur aus gut verpackt und vor Krankheitserregern geschützt, dazu bietet die Kokosnuss eine sterile Milch, natürlich nur, wenn man sie direkt aus der Frucht trinkt und nicht aus einem Glas, wie es vor mir auf dem Tisch stand. Ich zahlte meinen *Chai* und ging zurück ins Hotel. Um kein Ungeziefer anzulocken, packte ich das Obst in eine Tüte und hängte sie an den Türknauf, dann legte ich mich schlafen.

Am Morgen schälte ich mir zum Frühstück eine der Bananen und war perplex. Das Innere der Frucht strahlte in frischem Orange. Im Gegensatz zur halb verdorrten Hülle erschien das Fleisch saftig und lecker. Nie in meinem Leben habe ich köstlichere Bananen gegessen als diese aus Südindien.

Ich packte meinen Rucksack, denn ich wollte weiter nach Kovalam und dort ein paar faule Strandtage verleben. Ich wollte Sand, Wasser und Sonne genießen, die Probleme zu Hause vergessen und mich dabei behutsam auf die neue Welt einstimmen. Vorher hatte ich am Bahnhof von Trivandrum etwas zu erledigen.

Für eine Reise durch Indien ist das gängigste Verkehrsmittel die Bahn. Das indische Schienennetz ist eines der größten der Welt, und es wird von jedermann benutzt, ob vom einfachen Volk oder von den Reichen. Ich hatte mich entschlossen, einen Indrail-Pass zu kaufen, ein Bahnticket, das für eine bestimmte Zeit auf allen Bahnstrecken Indiens gilt. Bevor ich also nach Kovalam fuhr, wohin keine Bahnverbindung existierte, kaufte ich mir diese Sonderfahrkarte. Ein paar Tage später, wenn ich zurück vom Strand war, wollte ich von Trivandrum nach Quilon fahren, für diese Fahrt wollte ich mir einen Platz reservieren lassen. Für Quilon als nächste Etappe sprach, dass von dort aus die Boote über die berühmten Backwaters nach Alleppey starten.

Auf meinem Fußmarsch zum Bahnhof passierte ich einige Garküchen, die in engen Verschlägen untergebracht waren. Manche bestanden aus ein paar zugigen Bretterwänden, über die eine Plastikfolie geworfen worden war, andere hatten ein einfaches, mit Dachpappe isoliertes Holzdach. Von den Kochstellen strömte der duftende Dampf zur Straße, es wurde frittiert, gebraten, gekocht und gebacken, in zerbeulten Aluminiumkesseln, rußigen Pfannen und rostigen Töpfen. Die Köche waren freundlich und vieles sah appetitlich aus. Auf europäischen Hygienestandard musste ich allerdings in Indien verzichten, wenn ich nicht von Nobelhotel zu Nobelhotel reisen wollte. Mein Körper sollte sich nach und nach bis zu einem gewissen Grad an die fremde Keimwelt gewöhnen. Mir war klar, dass das nicht immer ohne Darminfektionen ablaufen würde, es galt einen guten Mittelweg zu finden zwischen zu viel Sorge um die Gesundheit und dem Risiko zu erkranken.

Je mehr Garküchen ich passierte, desto mehr Appetit bekam ich. Einer der freundlichen Köche und Bäcker wies auf seine frischen Brotfladen, hielt ein Ei in die Höhe und legte seinen Kopf fragend auf die Seite. Ich bestellte drei seiner kleinen Fladenbrote, von denen ich noch nicht wusste, dass sie *Chapatis* heißen und nickte dem hochgehaltenen Ei zu. Ein Ei, dachte ich, ist wie eine Kokosnuss, es besitzt eine Schale.

‚Scrambled, Sir?' fragte er, und ich nickte.

‚One? Two? Three? Sir?'

Ich lächelte ihm zu und entschied mich für drei Eier. Ein ordentliches Frühstück war ein guter Start in den Tag. Ich schlürfte den Tee, kaute das frische *Chapati* dazu und freute mich auf meine Rühreier. Noch ahnte ich nicht, dass ich meine nächste Lektion zu lernen hatte. Die Schale schützte zwar das Ei, aber wenn man die Eier in einen Teller schlug, und sie dann mit den Fingern verquirlte, war es aus mit der Sauberkeit. Verträumt rührte der Koch die Eier mit Zeige- und Mittelfinger seiner rechten Hand. Ich schluckte trocken, und während er die goldgelbe Flüssigkeit in eine heiße Pfanne fließen ließ, fragte ich mich, wofür der Mann seine Finger sonst benutzte. Ich hoffte, er wusste etwas vom Händewaschen. Aber was hieß es in Indien, sich die Hände zu waschen? Welches Wasser benutzte man dazu?

Weg mit diesen Gedanken, sagte ich mir, der Mann brachte mir das Rührei, und ich konnte ihn unmöglich vor den Kopf stoßen. Mein Frühstück war sicher für viele Millionen Inder eine unerschwingliche Mahlzeit. Für mich hieß es: Augen zu und durch. Ich baute darauf, dass die meisten Keime die Hitze einer Bratpfanne nicht überleben. Der Mann wünschte mir einen guten Appetit. Ich fragte mich, wie gründlich ich mir die eigenen Finger gewaschen und was ich danach alles angefasst hatte.

Später im Bahnhofsgebäude löste mein Wunsch nach einem Indrail-Pass Unruhe aus. Der erste Bahnangestellte schickte mich zum zweiten, der brachte mich zu einer fülligen Dame im blauen Sari, die mich wiederum zu einem Herren im ersten Stock begleitete – offensichtlich einer Art Abteilungsleiter. Er hörte sich den Vortrag der Frau an, nickte weise und lächelte mir zu. Mit einer geschmeidigen Geste bat er mich, Platz zu nehmen. Ich wusste, dass Indiens Eisenbahnen staatlich organisiert sind und jetzt erfuhr ich, was es bedeutete, wenn es hieß: Bürokratie in Indien steht der deutschen in nichts nach. Der Beamte fasste meinen einfachen Wunsch zusammen, nachdem er die Dame im Sari entlassen hatte:

‚You want an Indrail-Ticket, Sir? No problem, Sir! One minute!'

Bis hierher waren bereits etliche Minuten verstrichen, aber das erwähnte ich nicht. Ich hatte Zeit – viel Zeit, Hast lag mir fern. Der angebotene Stuhl war bequem, und man reichte mir Tee. Im Verlauf meiner Reise erfuhr ich, dass es in Trivandrum keine alltägliche Sache war, einen Indrail-

Pass auszustellen. Die meisten Touristen reisen von Nord nach Süd und kaufen ihr Ticket in Delhi, Kalkutta oder Bombay, deswegen war es für den fülligen Bahnbediensteten in Trivandrum eine besondere Amtshandlung.

Der Mann in der khakifarbenen Hose und einem gleichfarbigen Hemd, das über seinem mächtigen Bauch spannte, durchsuchte geduldig verschiedene Schubladen, fand hier einen Stempel, dort ein Formular, im Schrank ein Kärtchen und im Nachbarschreibtisch eine Plastikhülle. Seine schwarzen Haare glänzten von Pomade und lagen in geraden Bündeln auf seiner Schädeldecke, an den Streifen konnte man den Abstand der Zinken seines Kammes erkennen. Als er die Utensilien beisammen hatte, setzte er sich und verlangte meinen Reisepass. Würdevoll übertrug er meine Personalien in das Formular, und als er damit fertig war, lächelte er, sah auf und fragte mich:

‚You are from Germany, Sir?'

Als ich nickte, stand er auf, verbeugte sich, setzte sich wieder und fuhr mit seiner Arbeit fort. Was hatte das zu bedeuten?

‚Germany is a good country! My daughter lives there. She is working in a big hotel and earns a lot of money.'

Ich freute mich mit ihm und behielt für mich, was es im Einzelnen bedeuten konnte, eine junge Inderin zu sein, die in einem deutschen Hotel arbeitete und dabei viel Geld verdiente. Ich hoffte das Beste für seine Tochter, unterschrieb das Formular und reichte dem Mann einen Reisescheck und etwas Bargeld. Beinahe feierlich übergab mir der indische Eisenbahnbeamte das rote Kärtchen, das für mich freie Fahrt in den nächsten Wochen bedeutete.

Bevor ich mich verabschiedete, wollte ich mir einen Platz von Trivandrum nach Quilon reservieren lassen, aber der freundliche Mann, dessen Tochter in Deutschland lebte, bedauerte. Leider sei er für derlei Vorgänge nicht zuständig. Ich sollte das Gebäude verlassen und den Schalter „Reservierungen“ im Nebengebäude aufsuchen. Also machte ich mich auf den Weg und fand auch ein Schiebefenster, über dem ein entsprechendes Hinweisschild hing.

Ein junger Mann mit einem mächtigen roten Turban auf dem Kopf öffnete das Türchen in der Scheibe und teilte mir mit, dass der für Reservierungen zuständige Beamte gerade zu Tisch sei. Er bat mich, es später zu versuchen und aß weiter. Wie gesagt, ich hatte Zeit. Ich setzte mich also auf eine Holzbank neben dem Schalter und beobachtete Rangierarbeiten auf den Gleisen. Es war brütend heiß, aber das störte mich nicht.

Da ich nicht wusste, was *später* bedeutete, wartete ich etwa eine Viertelstunde, dann erhob ich mich von meiner Bank. Hinter der Glasscheibe hatte sich nichts getan, der Mann fegte gerade ein paar Krümel mit der Hand von seinem Schreibtisch und wischte sich Mund und Hände mit einem Tuch ab. Während er sich tief hinabbeugte, wohl um sein Essgeschirr in einer unteren Schublade seines Schreibtisches zu verstauen, konnte ich die kunstvoll gewundenen Stoffbahnen seines Turbans bewundern. Da ich niemanden sah, der an den Schalter zurückgekehrt war, wollte ich mich wieder setzen und ein weiteres Kapitel in meinem Indienführer lesen. In diesem Moment öffnete sich das Türchen in der Scheibe und der Mann, der bis eben genüsslich gegessen und getrunken hatte, winkte mich heran.

‚Yes, please, Sir?‘ fragte er mich.

Ich begriff. Der Schalter war wieder geöffnet, und der dazugehörige Beamte vom Mittagessen zurück, ohne sich einen Zentimeter gerührt zu haben.

Vor dem Bahnhofsplatz stand ich absichtlich eine Weile unschlüssig herum – und richtig: Eine dreirädrige Motorrikscha kam angebraust, eine zweite war im Wettrennen nur um Sekunden unterlegen. Ich lernte die landestypischen Sitten zu nutzen. Vor dem Bahnhof von Trivandrum zu stehen, einen Rucksack auf dem Rücken zu tragen, reichte aus, um die Rikschafahrer anzulocken. Nicht einmal mein Ziel musste ich nennen.

‚To Kovalam, Sir? Pifty Rupies, Sir!‘

Das war damals eindeutig zu teuer. Ich wollte eben den Kopf schütteln, besann mich aber eines besseren. Eine derartige Geste konnte Ärger auslösen, weil ich das europäische Kopfschütteln meinte, und der Fahrer womöglich das indische Kopfwackeln verstand. Ich verhandelte eine Weile und zwängte mich schließlich auf die Rückbank eines der Dreiräder. Ich war stolz, denn ich hatte einen Preis ausgehandelt, der fünf Rupien unter der Angabe in meinem Indienführer lag, nicht schlecht, dachte ich und fragte mich andererseits, was das sollte. Ich sparte fünf Rupien, die mir nichts ausgemacht hätten und den Rikschafahrern womöglich viel bedeuteten. Aber es ging nicht allein ums Geld, Feilschen war eine Art sportlicher Wettkampf. Wenn ich später probierte, den angebotenen Preis ohne Gegenwehr anzunehmen, spürte ich manchmal die Enttäuschung in den Gesichtern meiner Verhandlungspartner. Für sie war es so, als richteten sie sich gut trainiert und voller Tatendrang auf den Start eines Rennens ein, das sie dann kampflos gewannen, ein leichter Sieg ohne Vergnügen. Viel lieber rangen sie mit einem harten Gegner um ihren Schnitt oder feilschten mit einem Trottel um fünf Prozent Rabatt.

Das Bahnhofsthermometer hatte achtunddreißig Grad angezeigt – im Schatten. Wir fuhren auf freier Fläche, und die Wärme staute sich unter dem schwarzen Plastikdach der Motorrikscha. Ich war froh, als wir Kovalam erreichten. Wie es dort weiterzugehen hatte, daran zweifelte mein Fahrer keine Sekunde. Ohne nachzufragen, passierten wir das Dorf, und er brachte mich zum Strand. Das war augenscheinlich der übliche Gang der Dinge: Touristen wollten nicht ins Dorf, Touristen wollten zum *beach*. Allerdings endete meine erste Fahrt mit einer Motorrikscha nicht am Strand, sondern neben einer Gruppe Jungen, von Wasser und Sand war nichts zu sehen. Als ich ausstieg, redeten alle gleichzeitig auf mich ein. Es waren fünf Jugendliche auf der Jagd nach einer Provision, jeder von ihnen hatte eine zwanzigprozentige Chance den neuen Gast zu ergattern. Mein Fahrer rief sie zur Ordnung, offensichtlich war er eine Respektsperson, obwohl er selbst höchstens achtzehn Jahre alt war. Die Horde war sofort still. Die Ruhe hielt, bis mein Fahrer sein Geld hatte und sich mit aufheulendem Motor verabschiedete.

Ich stand zwischen den Jungen und das Geplapper um mich herum schwoll an, man begann schon an mir herumzuzerren. Einerseits war es mir recht, wenn man mich zu einer einfachen Unterkunft führte, andererseits konnte ich nicht in fünf Lodges gleichzeitig wohnen. Ich musste mich entscheiden, einem von den jungen Schleppern musste ich den Zuschlag geben.

Ein besonders vorwitziger Bursche pries mit überzeugendem Blick den schönsten Bungalow von ganz Kovalam Beach an. Da ich mit *best coconut in Kerala* am Abend zuvor gute Erfahrung gemacht hatte, war ich nicht abgeneigt. Bei dem Preis, den er nannte, war es wahrscheinlich eine halb verfallene Hütte, aber der Gedanke an ein kleines Haus war mir sympathisch, und Luxus wollte ich ohnehin nicht. Ich nickte ihm zu, und der Junge, der nicht mehr an sich trug als ein um die Hüften gewickeltes Tuch, blickte triumphierend in die Runde. Er hatte gewonnen und gab mir Zeichen, ihm zu folgen.

Wir passierten ein Wäldchen, dann hörte ich das Rauschen des Meeres, aber bevor wir den Strand erreichten, durchquerten wir ein Reisfeld. Ich sah ein Dutzend Frauen in roten und gelben Wickelröcken, dazu trugen sie Tücher in gleicher Farbe über ihren Schultern. Die Frauen standen bis zu den Waden im Wasser, ihre flinken Hände tauchten Reispflänzchen in den überschwemmten Acker. Das saftige Grün der kleinen Stauden, der blaue Himmel, die bunte Kleidung und ein gelb gestrichener Karren boten ein Farbenspiel, das ich unbedingt fotografieren musste. Aber ich hatte mir vorgenommen, nicht einfach meine Kamera auf Einheimische zu richten, als seien sie Tiere in einem Zoo. Ich hielt also fragend meinen Fotoapparat in die Höhe, als eine der Inderinnen aufsah und mir zulächelte. Ich rief:

‚It’s okay?‘

Später, als ich das Foto betrachtete, gefiel es mir gut, ich roch das Salzwasser, hörte das Rauschen des Meeres und spürte die brütende Hitze.

Der einzige Mann auf dem Feld war für die Verteilung der Reispflanzen zuständig. Er hob gerade einen schweren Sack von seinem Karren, als mein junger Begleiter und ich das Feld umrundeten. Er öffnete ihn und verteilte bündelweise frische Setzlinge an die Frauen. Dabei rührte er sich nicht von der Stelle. Wenn eine der Arbeiterinnen ein neues Reisbüschel brauchte, gab sie ihm ein knappes Zeichen mit der Hand und der Mann warf es ihr so geschickt zu, dass sie nur beiläufig den Arm ausstrecken musste, um es zu fangen. Der Mann bediente mit dieser Methode nicht nur die Arbeiterinnen in seiner Nähe, sondern warf die Bündel zehn, zwanzig Meter weit und zielte so genau, dass für die entfernter arbeitenden Frauen das Auffangen keine größere Sache war als für die in der Nähe des Karren.

Am liebsten hätte ich mich hingesetzt und das Bild in mich aufgesogen, aber das wäre nicht in Ordnung gewesen – ein selbstgefälliger Tourist, der sich an der Feldarbeit Einheimischer ergötzte, ein Verhalten, das man hätte missverstehen können. Dieser Zwiespalt sollte die gesamte Reise über immer wieder auftauchen: Lehnte man ein Glas eisgekühltes Wasser ab, weil man nicht wusste, woher das Wasser kam, stieß man auf Unverständnis; bekam man in einem einfachen Restaurant einen undefinierbaren Brei serviert, den man nicht auf Anhieb als Linsengericht erkannte, wirkte es überheblich, wenn man im Reflex die Nase rümpfte; sah man fasziniert den Menschen an einem Waschplatz zu, war man ein Voyeur und war es auch wirklich, nur man meinte es nicht so, man war einfach fasziniert von dem Fremden. In Indien braucht man ein paar Wochen, um sich an die Alltagsbilder zu gewöhnen und bis dahin muss man seine Reaktionen unter Kontrolle halten.

Wir durchquerten einen Palmenhain und erreichten den Strand. Ich war überwältigt. Wie oft hatte ich von Orten gelesen, an denen es den definitiv schönsten Strand der Welt gab. In jedem Winkel der Erde beanspruchte ein Land oder eine Gegend diesen Superlativ. Einmal lag das Paradies in der Karibik, dann wieder in der Südsee oder im Golf von Thailand. Was ich hier vor mir sah, konnte sich mit jedem Meeresufer auf dem Globus messen, dessen war ich sicher.

Haushohe Wellen rollten gleichmäßig in eine malerische Bucht, die von Palmen umsäumt war. Sonne, gelber Sand, umherliegende Kokosnüsse und in der Ferne kilometerhohe Kumuluswolken, die bezeugten, dass der Monsun in der Nähe lauerte. Noch war keine Hauptreisezeit und der Strand beinahe menschenleer. Stolz breitete mein Schlepper seine Arme aus, als wäre all das, was vor uns lag, seins, und er legte es mir für ein paar Rupien zu Füßen. Er wies auf eine Reihe Steinhäuser, klein und weiß gestrichen, waren sie mir beim ersten Rundblick kaum aufgefallen. Davor stand ein Schild – *Jeevan House* – eine vier Minibungalows umfassende „Ferienanlage".

Der Junge schloss die Holztür des ersten Häuschens auf. Wir betraten den einzigen Raum, und er zeigte mir als erstes die Toilette hinter einer Abtrennung.

‚European style, Sir!'

Tatsächlich, dort stand ein Wasserklosett, wenn auch ohne Brille. Über der Toilette hing ein Duschkopf, im Betonfußboden war ein Wasserablauf eingelassen. Dass alles nass wurde, wenn man duschte, spielte hier keine Rolle, die hohe Luftfeuchtigkeit ließ ohnehin alles klamm werden. Bestimmt war das Zimmer mit Bett, Tisch und Nasszelle für indische Verhältnisse der pure Luxus, für unsereins war es spartanisch. Ich war dankbar für die Annehmlichkeit einer Dusche. Meine Kleidung klebte mir am Leib und meine Haut war von einem feuchten Film bedeckt. Da noch abzuwarten blieb, was aus dem handgequirlten Rührei vom Vormittag werden würde, konnte eine eigene Toilette nützlich sein.

Mein Begleiter öffnete das Fenster, dazu hob er einen schweren Holzladen an und stützte ihn mit einem Stock ab. Einen Fensterrahmen oder eine Glasscheibe gab es nicht, dafür einen wunderbaren Blick auf das Meer. Mir gefiel es, und wir rechneten für vier Übernachtungen im Voraus ab und falls ich länger bleiben wollte:

‚No problem, Sir! You only speak to Madi, okay?'

Madi tippte sich mit dem Finger auf die Brust, verbeugte sich und ging. Ich sah mich in meinem kleinen Haus um. Es gab sogar einen abschließbaren Spind, fest an der Wand verschraubt konnte man ihn nicht einfach hinaustragen. Ich kramte mein schweres Vorhängeschloss aus dem Rucksack und tauschte es gegen den Splint aus, einer der zahlreichen nützlichen Tipps aus einem meiner Reisehandbücher. Jetzt konnte ich die Sachen wegschließen, die ich nicht ständig am Körper trug. Zu meinem Qualitätsschloss besaß niemand einen Nachschlüssel, und ein Dieb musste sich schon die Mühe machen, mir den Schlüssel zu stehlen oder mit einem Bolzenschneider zu arbeiten.

Als ich mich eingerichtet hatte, trat ich vor die Tür meines „Bungalows“ und stand kaum zwanzig Meter vom Meer entfernt. Herrlich! Auf der Stelle hätte ich in die Wellen springen mögen, aber ich wusste nicht wohin mit meinem Geldgürtel und meinem Brustbeutel, beides wollte ich niemals ohne Aufsicht lassen, selbst wenn der Spind in meinem Zimmer ein Tresor gewesen wäre. Andererseits konnte ich nicht mit meinen Wertsachen schwimmen gehen. Bis ich das Problem gelöst hatte, spazierte ich im Wasser am Ufer entlang.

Die Tage in Kovalam waren wunderbar, dort senkte ich meinen inneren Pegel der Anspannung der letzten Tage zu Hause in Deutschland auf das Niveau eines entspannten Travellers. Am Strand zu dösen, zu lesen und in kleinen Aussteigerrestaurants am Meer Müsli zu essen, war sicher kein Abenteuer, aber die Muße war nötig, zuviel hatte sich um Geschäft, Geld und Aufgabe meines alten Lädchens gedreht. Wenn ich auch einen guten Schnitt gemacht hatte, war es zuletzt eine psychische Belastung gewesen, die Restbestände zu ordnen, einen Teil zu vernichten, einen anderen in meiner Wohnung zu deponieren, und schließlich meinen Kiosk auf der Schaufel eines Frontladers zu wissen. In den letzten Tagen hatte ich mich um meinen neuen Laden zu kümmern, und der feine Herr mit dem amerikanischen Zungenschlag hatte darauf bestanden, mit mir zusammen einen neuen Kiosk zu entwerfen. Ich hatte ständig das Gefühl, dass diese Planung eine Art Trostpflaster für mich sein sollte und später nichts davon verwirklicht werden würde.“

Alexander zwinkerte Henry zu und sah dann zu Bill und Sam. Henry war Manager einer Immobilienfirma, die in Nordamerika und Europa operierte. Aber er war dabei, sich in eine ganz andere Richtung zu entwickeln. Er wollte sich von der Herrschaft des Geldes lösen, für ihn gab es inzwischen wichtigere Dinge, zum Beispiel in Indien und Nepal zu sein. Aber noch hatte er keinen Schlussstrich gezogen, noch hatte er ein Arrangement mit seiner Firma getroffen, das ihm beides erlaubte, den Handel mit Immobilien und das Reisen in Indien. Henry durfte nicht nur für sich selbst entscheiden, er hatte eine Familie. Da nicht kam, was Alexander an dieser Stelle von Henry erwartet hatte, fuhr er fort:

„In den drei Tagen seit meiner Ankunft in Kovalam hatte ich nicht mehr unternommen als zwei Strandwanderungen und etliche Kämpfe mit den Wellen. Das Problem meiner Wertsachen erledigte sich mit Julies Hilfe. Sie war aus ihrem Leben geschieden, wie sie es ausdrückte, allerdings ohne zu sterben und betrieb ein klcines Strandrestaurant. Ich nahm an, sie war Französin, aber ich fragte nicht weiter danach, weil Melancholie in ihrer kurzen Erklärung mitschwang und ich nicht indiskret sein wollte. Restaurant war ein großes Wort für ihr Holzhäuschen, das kleiner war als mein inzwischen wahrscheinlich abgerissener Kiosk. Vor ihrer Hütte standen Tische und Stühle im Sand.

Julie verstaute meine Sachen hinter ihrer Theke und rührte sich nicht weg, bis ich wieder aus dem Wasser war. Ich vertraute ihr, einerseits weil sie sich aus Geld nicht viel zu machen schien, andererseits wäre es riskant für sie gewesen, mich zu bestehlen. Wer wäre schon in Frage gekommen, falls mir etwas fehlte. Ich sprang also in das Wasser, das noch gerade soeben zum Golf von Arabien gehörte und sozusagen um die Ecke, ein paar Kilometer weiter im Osten, zum Golf von Bengalen wurde. Es war herrlich, und es war spleenig von mir, dabei in solchen geographischen Begriffen zu denken. Meerwasser blieb Meerwasser, aber neuerdings malte ich mir gern aus, wo auf der Weltkarte ich mich befand und genoss es.

Nach einem Bad im Meer kehrte ich gern bei Julie ein und bestellte einen ihrer köstlichen Joghurts mit Honig und Kokosraspeln und trank Milchkaffee dazu. Ich saß dann vor ihrer Hütte, spielte mit meinen Zehen im Sand und bildete mich in der jüngeren Geschichte Indiens fort, indem ich *Gandhi - Um Mitternacht die Freiheit* von Larry Collins und Dominique Lapierre las, ein Buch über Mahatma Gandhis Leben und seinen gewaltlosen Kampf gegen die englische Kolonialherrschaft. Von seiner Biographie zu erfahren, war faszinierend und erschütternd zugleich, das Wissen darum brachte mich Indien ein Stück näher. Das Taschenbuch stand in Julies „Bibliothek“, die sie jedem Gast zur Verfügung stellte. Das kleine Sortiment bestand im Wesentlichen aus Büchern, die sie selbst gelesen hatte.

Weil noch Vorsaison herrschte und nicht viel los war, setzte sie sich manchmal zu mir und wir redeten ein wenig. An meinem dritten Nachmittag siegte die Neugier, und ich fragte sie, was sie an den Strand Südindiens verschlagen habe. Offenbar war ich nicht indiskret, denn Julie erzählte munter drauflos. Sie kam aus dem französischen Teil der Schweiz und war für ihr Leben gern auf Berge gestiegen. Weil ihr die Schweizer Alpen eines Tages nicht mehr genügten, fuhr sie in den Himalaja und war dort jahrelang in den Bergen herumgewandert und geklettert. Ihr Vater war reich genug für diesen Lebenswandel. Aber es kam der Tag, an dem ihr die Berge zu hoch wurden. Ihr wurde nicht schwindelig, und sie wurde nicht höhenkrank, aber sie sehnte sich plötzlich nach Weite, sie wollte zum Horizont sehen können, ohne dass sie dazu einen Gipfel erklimmen musste. Eines Tages war sie es leid, des Morgens ein Fenster zu öffnen oder aus dem Zelteingang zu kriechen und nicht weiter sehen zu können als bis zur nächsten Felswand, sie wollte für eine Weile ins Flachland. Also stieg sie aus den Höhen des Himalaja hinab und fuhr nach Delhi. Dort erzählte sie ihre Geschichte in irgendeinem Guesthouse für Rucksacktouristen und irgendjemand riet ihr ganz einfach zum Umzug an die Küste. Wenn du am Meeresufer stehst, sagte dieser Jemand, kannst du immer bis zum Horizont sehen, dafür brauchst du die Berge nicht. Es entwickelte sich eine Diskussion unter dem Dutzend Gäste, bis man schließlich bei der Frage nach dem Sinn des Lebens landete, und ob man nicht überhaupt aussteigen sollte wie die Freaks in Goa. Goa war das Stichwort für Strand und Meer, womit man wieder beim Ausgangspunkt des Gespräches gelandet war. Man riet Julie, nach Goa zu gehen, aber sie wollte keinen Aussteigertrubel und so landete sie auf Umwegen in Kovalam. Und weil sie sich nicht nur von den Bergen erholen, sondern sich auch selbst um ihren Lebensunterhalt kümmern wollte, eröffnete sie das Restaurant am Strand von Kovalam. Als ich dort ankam, wartete sie bereits seit fünf Jahren auf den Ruf der Berge, aber sie riefen nicht.“

Bill, ein hochgewachsener, schlanker Amerikaner, der meist die anderen erzählen ließ, wurde plötzlich munter.

„Ich habe mal einen Mann kennen gelernt, dem es so ging."

Henry, Sam und Alexander horchten auf, bislang hatten sie Bill nicht so impulsiv erlebt.

„Das war in Kanada, im Nordosten von Manitoba an der Hudsonbai. Hab ihn beim Einkaufen in Churchill getroffen, der einzigen Stadt da oben weit und breit. Er sah aus wie ein Trapper aus dem neunzehnten Jahrhundert. Ich sprach ihn an, weil er mir auffiel, aber er wollte nicht mit mir reden. Offensichtlich wollte er mit den Eisbärtouristen nichts zu tun haben, und er hatte Recht. Ich zählte damals zu den Leuten, die bloß kommen, um die Tiere zu fotografieren, ihren Müll liegen lassen und wieder verschwinden. Aber ich ließ nicht locker, weil ich einen Artikel über einen Typen wie ihn schreiben wollte. Schließlich ließ er sich doch auf ein Bier einladen, es wurden ein paar mehr, und er begann zu erzählen. Zwanzig Meilen nördlich der Stadt hatte er sich ein paar Jahre zuvor eine Hütte gekauft, direkt an der Bai – mitten in der Eiswüste. Ich fragte ihn, wie er es dort aushielte, vor allem im Winter war es dort hart, die Temperaturen fielen dann auf minus fünfzig Grad. Er antwortete mir, noch sei es besser als alles andere. Ich wollte natürlich wissen, was das „andere" war, und dann erzählte er mir, dass er fast zehn Jahre ununterbrochen im Amazonasdschungel verbracht hatte. Irgendwann war der Zeitpunkt gekommen, an dem er keine Bäume und Lianen mehr sehen konnte, keine Papageien mehr kreischen hören wollte, die Hitze nicht mehr ertragen konnte, und er es leid war, tagtäglich Scharen von Moskitos zu erschlagen. Er hatte sich versetzen lassen. Er war Biologe und sattelte um – vom Tropenbiologen zum Forscher in subarktischen Regionen.

Nach all dem Dickicht und der schwülen Hitze liebte er es, auf einem verschneiten Felsen vor seinem Haus zu sitzen und mit dem Fernglas die Vögel und Pelztiere in der Weite der glitzernden Eisebene zu studieren. Im Sommer, wenn die Bai für drei Monate eisfrei war, und es auch in Churchill warm werden konnte, verbrachte er die meiste Zeit auf einem Forschungsschiff. So kam es, und das schien ihm neben der klaren, weiten Sicht das Wichtigste zu sein, dass er sich seit Jahren nicht mehr mit giftigen Spinnen, summenden Fliegen, blutgierigen Mücken, krabbelnden Käfern und sich explosionsartig vermehrenden Kakerlaken herumschlagen musste."

Bill beendete den kleinen Exkurs von Ladakh im Himalaja über Kovalam in Südindien nach Manitoba in Kanada, und die vier Männer hingen still ihren eigenen Gedanken nach. Man traf immer auf solche und solche Menschen. Manche starben dort, wo sie geboren waren, hatten in der Zeit zwischen Geburt und Tod den Heimatort nicht verlassen und waren zufrieden damit, oder behaupteten es jedenfalls. Andere wieder trieb es, wenn auch nicht ständig, so doch in regelmäßigen Abständen in die Welt hinaus, so als müssten sie sich von Zeit zu Zeit vergewissern, dass der Rest der Welt nicht nur im Fernsehen oder auf der Landkarte existierte. Und dann wieder gab es welche, die glaubten in den Dschungel zu gehören und waren doch für die Eiswüste geschaffen; oder sie kletterten erst meisterhaft in den

Bergen, mussten sich dann aber jahrelang an einem Strand erholen.

Während Bill, Henry und Sam froh waren, sich aus ihrer Geschäftswelt in die Berge zu flüchten und nicht begriffen, wie man ihrer überdrüssig werden konnte, ging es Alexander manchmal so. Es gab Augenblicke, wenn er in den nepalesischen Bergen umherwanderte, da wollte er gern wieder einmal in einer Großstadt bummeln oder im Meer nach Korallen tauchen. Solche Gedanken erschienen ihm angesichts der Schönheit der Bergwelt geradezu blasphemisch. An anderen Tagen fragte er sich, ob man überall hingehen musste, wohin man gehen konnte. In diesen kritischdistanzierten Augenblicken sah er schwerwiegende Gegenargumente, neben allem Schönen und Weltöffnenden, was einem das Reisen brachte. Musste man als Europäer, Amerikaner, Japaner oder Australier wirklich jeden Winkel der Erde besuchen und so zwangsläufig zu den Schattenseiten des Tourismus beitragen? Touristen landen auf Flughäfen, fahren auf Autobahnen und schlafen in Hotels, mit Beton wird für sie das Land aufgebaut und gleichzeitig zerstört, denn unter den Steinen und dem Zement liegt häufig die einheimische Kultur begraben.

Alexander erinnerte sich in solchen Momenten an einen Nepalesen vom Bergvolk der Sherpa, der als Bergführer am Mount Everest arbeitete. Er war ein lustiger Typ, der seine traditionelle Kleidung aus verständlichen Gründen gegen westliche Ausrüstung ausgetauscht hatte, dem ständig die Kopfhörer seines Walkman in den Ohren steckten und dem man selten ohne seine coole Sonnenbrille von Porsche begegnete. Was Alexander wirklich an ihm störte war, dass er die Berge nicht mehr ehrte. Den Sherpas sind die Berge heilig, der Mount Everest beispielsweise heißt in der Landessprache Tschomolungma, Muttergöttin der Erde, und ist die höchste nepalesische Gottheit. Sherpas werden dazu erzogen, den Bergen mit Ehrfurcht zu begegnen, es gelten strenge Gebote, bis hin zu der Vorstellung, dass die Berggötter nicht wollen, dass man auf ihnen herumklettert.

Nima Derwa, der Sherpa mit dem modernen Outfit, hatte sich nichts davon bewahrt. Und konnte man es ihm verübeln, wenn er in seiner Freizeit statt einer traditionellen Strickmütze eine Baseballkappe trug, statt eines grob gearbeiteten Pullovers aus Yakwolle ein Sweatshirt der Chicago Bulls? Wenn er statt nepalesischer Musik New Yorker Rap hörte? Wenn er statt zu den Bergen zu beten, gern eine Prise Kokain mit anderen Bergsteigern schnupfte? Trug er, Alexander, nicht selbst dazu bei, dass die Völker in den Ländern, die er bereiste, sich veränderten? Und wenn er sich tatsächlich bemühte, sich in fremden Ländern naturnah und kulturell angepasst zu bewegen, hatte er dann das Recht zu reisen und andere nicht? Wo zog man die Grenzen? War ein Pauschaltourist ein schlechterer Mensch als ein Globetrotter? War ein einsamer Wanderer im unerschlossenen Gebiet höher zu achten als jemand, der sich zwischen Hunderten Gleichgesinnter am Strand in die Sonne legte, eingeölt, der Landessprache nicht einmal in Bruchstücken mächtig und kaum sicher, wo er sich befand? Oder war nicht im Gegenteil der Reisende, der zu den touristischen Pionieren gehörte und die fremde Welt auskundschaftete, derjenige, der es möglich machte, dass ihm später Millionen folgten?

„Weißt du, wie es mit dem Typen im Eis weiterging?“

Henrys Frage an Bill riss Alexander aus seinen Gedanken.

„Er soll wieder in den Dschungel gegangen sein. Hat es nicht ausgehalten ohne die Hitze und das Ungeziefer.“

So war der Mensch, wünschte sich, was er nicht hatte und wollte nicht mehr haben, was ihm erfüllt worden war. Nach einem langen Blick in die funkelnde Sternenwelt schlug Sam vor, dass Alexander weiter von Indien erzählte. Es war erst neun Uhr abends, und wenn man sich zu früh schlafen legte, war man zu früh wach. Vor sieben Uhr am Morgen hatte es keinen Sinn loszugehen, es war zu dunkel und damit zu gefährlich. Alexander überlegte, wo er stehen geblieben war und fuhr mit seiner Indiengeschichte fort:

„Bevor ich Kovalam Beach am nächsten Tag verließ, wanderte ich ins Fischerdorf Vizhinjam, um wenigstens etwas über die Gegend zu erfahren, in der ich vier Tage gefaulenzt hatte. Es wurde ein Ausflug so düster wie die Monsunwolken, die an diesem Tag über der Gegend lasteten, vor allem lag es daran, dass ich nicht wusste, was mich erwartete. Ich hatte mir unter dem Begriff „Fischerdorf“ wohl etwas Romantisches, etwas Urtümliches vorgestellt, nicht gerade etwas wie die viel besungenen spanischen oder italienischen Kleinodien, aber etwas in der Art. Jedenfalls war ich am Ende des Tages erschüttert, einerseits über meine Naivität, andererseits davon, welche Not darin liegen konnte, in einem einfachen indischen Fischerdorf zu leben.

Ich startete nach einem Frühstück bei Julie und wanderte in die benachbarte Bucht, an deren Ende eine prachtvolle Moschee mit vergoldeter Kuppel und kunstvoll verziertem

Mauerwerk stand. Natürlich bestaunte und fotografierte ich sie, und als ich schließlich die Landzunge passierte, auf der sie errichtet worden war, gelangte ich in die nächste Bucht. Wie zuvor erlebte ich eine Überraschung, als ich sie einblicken konnte. Aber diesmal ging es nicht um einen unvermuteten Prachtbau, was ich zu sehen bekam waren einfache Boote, Hütten aus Palmwedeln, hagere Männer, nackte Kinder und Frauen mit leerem Blick. Männer reparierten Boote, deren Planken verwittert waren und Netze, in denen so große Löcher klafften, dass es kaum der Mühe wert schien, sie zu flicken. Ich blickte auf einen mir bis dahin unbekannten Mangel, und ich fragte mich in meiner Ahnungslosigkeit, ob ich unversehens in einen Slum geraten war. Und wenn es so war, musste ich dann nicht sofort umdrehen? Ich wollte auf keinen Fall Elend begaffen oder fotografieren.

Ein paar Kinder betrachteten mich stumm, ohne das Lächeln, das ich von den jungen Burschen an den Rikschaständen kannte, oder von den Kindern, die gelegentlich am Strand von Kovalam spielten. Ungefähr zweihundert Meter landeinwärts stand eine Mauer, die den Strand vom eigentlichen Dorf trennte, dahinter entdeckte ich Lehmhütten in besserer Qualität als die Unterstände aus vertrockneten Palmwedeln und Treibholz in der Nähe des Ufers. Trotzdem – es war nicht zu übersehen, wie arm die Menschen hier waren, dazu türmten sich die schweren Monsunwolken immer höher über dem Wasser auf. Das grelle Licht der letzten Tage wandelte sich in einen fahlen, unheilvollen Schein und verbreitete eine dumpfe Stimmung.

Ich hatte drei Tage lang, kaum eine halbe Stunde Fußmarsch entfernt, angenehme Tage verbracht und hier herrschte Armut, wie ich sie bisher nicht kennen gelernt hatte. Welcher Kontrast!

Ich hatte mir vorgenommen, mich in Indien möglichst unauffällig zu bewegen, ich wollte kein Fremdkörper sein, kein Pauschaltourist, der sich ausgrenzte, dem die einheimische Kultur gleichgültig war und dessen Horizont am Zaun der Hotelanlage endete. Nun stand ich in einem Fischerdorf, so verschmolzen mit meiner Umgebung wie ein Karnevalsprinz auf der Krebsstation eines Krankenhauses. Bevor ich entscheiden konnte, ob ich weitergehen sollte, lief ein etwa zehnjähriges Mädchen auf mich zu, ein paar kleinere Kinder folgten ihm zögernd.

‚Your name? Your name?‘

Sie wollten meinen Namen wissen, dachte ich. Wozu? Ich nannte ihn, und die Kinder rannten ein Stück davon, blieben stehen und forderten mich auf ihnen zu folgen. Unter trockenen Palmwedeln schlief ein Mann, ein paar Fischer saßen auf halb verfallenen Booten oder lagen darunter und dösten im Schatten. Auch die Erwachsenen fragten nach meinem Namen, wandten sich aber ab, bevor ich ihnen antworten konnte. Ich wurde nicht schlau aus ihrem Verhalten. ‚Your name? Your name?‘.

Magere Hühner scharrten im Sand, ihr gerupftes blassrosa Federkleid wirkte kränklich. Frauen mit Babys auf dem Arm schlurften durch den Sand, eine setzte sich auf einen herumliegenden Balken und stillte ihr Kind. Fliegen surrten um den kleinen Mund. Die schlaffen Brüste wirkten nicht, als könnten sie Kraft spenden.

Was sollte ich tun, den Strand überqueren und durch das

Dorf zurückgehen? Würde ich dann ein Gaffer sein? Ich mochte auch nicht weiter durch den Sand gehen, mich zwischen einer Unzahl von Booten, Einbäumen und Unterständen hindurch zum anderen Ende der Bucht schlängeln, vorbei an Menschen, die mich anstarrten und von denen ich mich unterschied wie der Prinz vom Bettelmann. Durfte ich umkehren oder brüskierte ich damit die Menschen erst recht? Für eine Weile stand ich unentschlossen da, um mich herum die Kinder: ‚Your name? Your name?'

Ich kehrte um! Ich kehrte um, und ein surreales Bild bot sich mir: Links von mir hingen mächtige grauschwarze Wolken über dem Meer, rechts das ärmliche Dorf, um mich herum das karge Strandleben und vor mir, im grellen Sonnenlicht, das durch eine Wolkenlücke fiel – die prächtige goldglänzende Moschee.

Ich wanderte zurück nach Kovalam Beach und setzte mich zu Julie. Sie hatte einen ihrer Stühle ins knöcheltiefe Wasser gestellt und starrte auf die Wolken. Ich nahm mir einen zweiten Stuhl und setzte mich stumm zu ihr.

‚Willst du was trinken?' fragte sie mich.

‚Nein, danke.'

‚Es wird ein Gewitter geben. Dort drüben, die Boten des Monsuns.'

‚Hm.'

‚Was hast du heute gemacht? Was ist mit dir?'

Ich erzählte es ihr.

‚Oh, du warst in Vizhinjam. Hast gedacht, ich schau mir das mal an, kehre dort in eine Bodega ein, löffle eine Fischsuppe und beobachte ein paar kräftige Fischer, ihre hübschen Kinder und ihre sinnlichen Frauen. War wohl nicht ganz so, wie? Alexandre, Alexandre, du bist in Indien, vergiss das nicht!‘

Julie hatte Recht. Ich war in Indien. *Namaste*!

Wir saßen am Wasser und schwiegen. Julie starrte in die Wolkenberge. Was sah sie darin? Weckten sie die Sehnsucht nach den Ebenbildern aus Stein? Ich fragte sie nicht, und sie sagte nichts. Für mich wurde es Zeit weiterzureisen.“

5

Sam, Bill und Henry schwiegen. Sie hatten alle auf ihren Reisen durch die Welt Ähnliches erfahren und waren angesichts des Überflusses, in dem sie normalerweise lebten, bisweilen durch den Blick auf das einfache Leben beschämt worden. Jede ihrer Reisen bewirkte eine Veränderung in ihnen und zurück in der Heimat versuchten sie, die eigenen Gedanken festzuhalten. Verändere dein Leben, lege nicht so viel Wert auf Geld und Eigentum, hetze nicht und denke an die armen Völker, wenn du meinst, wieder ein größeres Auto kaufen zu müssen, neue Möbel oder ein luxuriöseres Badezimmer. Es war schwer, diese Vorsätze im Gedächtnis zu behalten, wenn man in Washington lebte und arbeitete, an Schaufenstern vorüberbummelte, mit Geschäftspartnern, Freunden oder Nachbarn sprach, Zeitungen las oder den Fernsehapparat einschaltete.

Sam hatte sich eine besondere Taktik zurechtgelegt, wenn ihn das so genannte moderne Leben mit aller Macht zurückerobern wollte. Seine Stützen waren ein alter Klappstuhl aus Plastik und ein paar Feldsteine. Sam nutzte den Stuhl, wenn er in alte Verhaltensmuster verfiel, ihn winzige Servicemängel in einem Fünf-Sterne-Hotel nervten, ein nicht exakt gebratenes Steak in seinem Lieblingsrestaurant wütend machte, oder er meinte, das neueste Mercedes Modell besitzen zu müssen, während seine Frau sich sündhaft teures Geschirr aussuchte, weil ihr das alte nicht mehr gefiel. Wenn er sich selbst wieder zur Besinnung bringen wollte, ging er in die Garage, zog den alten Klappstuhl hervor und trug ihn ans äußerste Ende seines Grundstückes. Dort, abgeschirmt von der Außenwelt durch Rhododendren, stapelte er ein paar Steine übereinander, setzte sich auf sein wackliges Gartenmöbel, das er mindestens dreimal aus Sperrmüllaktionen hatte retten müssen und starrte seine persönliche Stupa an. Das Türmchen half ihm beim Blick zurück ins einfache Leben. Solchen Steinsetzungen begegnete man ständig, wenn man durch den Himalaja wanderte, versehen mit Gebetsfahnen symbolisierten sie buddhistische Pagoden, einen Ort sich zu besinnen und zu Buddha zu beten. Solange Sam es nicht geschafft hatte, in den Himalaja zu reisen, holte er auf diese Weise den Himalaja zu sich nach Hause.

Sam war kein Buddhist, aber im Garten bei seiner persönlichen Stupa konzentrierte er sich darauf, was Bill und er sich vorgenommen hatten: Sie wollten eines Tages in den Himalaja. Diese Gedanken halfen, wenn er sich zu sehr vom Wesentlichen entfernte. Reichten die Steine und seine Suggestionskraft nicht und er spürte weiterhin den harten Puls der Konsumkultur in seinem Kopf wummern, griff er zur Gandhi-Biographie *Um Mitternacht die Freiheit*. Es war zufällig das gleiche Buch, das Alexander von Julie in Kovalam ausgeliehen hatte. Sam las dann im Garten ein paar Kapitel daraus und versuchte sich zu finden. Er hätte ebenso gut in der Bibel, bei Seneca oder in Thoreaus *Walden* nachlesen können, aber Gandhis Leben faszinierte ihn. Er würde diesem Mann nie nacheifern können, Sam war kein Asket, aber über Gandhis Leben zu lesen schaffte Abstand von der hektischen Gegenwart. Im Übrigen war es der Essay *Über die Pflicht zum Ungehorsam gegen den Staat* des Amerikaners Henry David Thoreaus gewesen, der Mahatma Gandhi einst zum Widerstand gegen die englische Kolonialmacht inspiriert hatte, und es hatte etwas Ausgleichendes, fand Sam, wenn in seinem Fall ein Amerikaner Kraft bei einem Inder suchte.

Der „halbnackte Fakir" wie Churchill Gandhi einst abschätzig nannte, zog dreißig Jahre unter einfachsten Lebensbedingungen durch sein Heimatland und versuchte bis in die entlegensten Winkel hinein, die Glut des Freiheitsgedanken zu schüren. So populär wie Gandhi war, hätte er sich jeden Luxus leisten können, aber er verzichtete darauf und schöpfte seine Kraft aus dem Verzicht. Wenn Sam vor seiner Stupa aus Feldsteinen saß, sich konzentrierte oder las, spürte er etwas von der Energie, die sich aus Rückzug und Gelassenheit gewinnen lässt. Gandhi war jemand, der andere Religionen akzeptierte, und dabei ein streng gläubiger Hindu war. Er respektierte die Weisheiten der Bibel ebenso wie die des Islam, und die anderen sollten ihrerseits den Hinduismus tolerieren. In diesem Sinne kehrte Sam bisweilen aus dem Garten zurück, gratulierte seiner Frau zur Wahl des neuen Porzellans und rief bei seinem Autohändler an, um den Auftrag für seinen neuen Wagen zu stornieren.

Sams Frau lebte in ihrer eigenen Welt, aber das Ehepaar Hastings hatte es geschafft, auf einer freundschaftlichen Basis nebeneinander zu leben. Nach einer Reihe unruhiger Übergangsjahre funktionierte ihr Alltag, wenn sie sich aus dem Wege gingen, wo sie keine Übereinstimmung erreichen konnten und sie traten gemeinsam auf, wo es problemlos möglich war. Sich seine Frau in den Bergen Ladakhs vorzustellen, war Sam schlicht nicht möglich. Ruth erging es ähnlich mit Sam. Es war ihr ein Graus, wenn er im karierten Hemd im Golfclub auftauchte, weil er gerade seine „Alaska-Phase“ hatte, und einen Putter nicht von einem Eishockeyschläger unterscheiden konnte. Also ging Ruth allein in den Club und Sam flog allein nach Colorado, nach Alaska oder wie endlich zum ersten Mal nach Asien, wenn die Berge ihn riefen.

Bill lebte allein, Frau und Tochter waren vor Jahren gestorben. Henry war zum fünften Mal in Indien oder Nepal, seine Frau Alice und seine beiden Kinder Tom und Alina waren zweimal mitgekommen und würden es wieder tun, wenn es zeitlich passte. Henry würdigte das und trotzdem brodelte eine Sehnsucht in ihm, über die er bislang nicht sprach.

Alexander und Marejke waren ein Sonderfall. Beide liebten die Berge, und Marejke war ihnen länger verbunden als jeder einzelne der vier Männer. Sie war schon bevor sie Alexander kennen gelernt hatte zum Annapurna und Dhaulagiri gewandert, zwei nepalesische Achttausender, war im Basislager des Mount Everest gewesen und hatte in Ladakh einen Sechstausender bestiegen. Mit Marejke zusammen lernte Alexander die Bergwelt lieben, und sie weckte in ihm den Menschen, der ohne ferne Welten nicht mehr atmen konnte. Jetzt, abends um neun Uhr, saß sie gewiss in ihrem kleinen Haus in Pokhara ein paar Autostunden westlich von Katmandu, las ein Buch oder hörte Musik und sprach leise mit dem Kind in ihrem Bauch. Sie wollte kein Risiko eingehen, sie war jetzt sechsunddreißig und die Vorfreude auf das Kind erleichterte ihr den Verzicht auf die Wanderung in den Bergen von Zanskar und Ladakh. Bis zum Geburtstermin waren es noch fünf Monate, und es waren nicht die körperlichen Anstrengungen, die sie scheute. Sie fühlte sich fit genug für eine Bergtour, aber es konnte so viel geschehen. Es waren die kleinen Dinge, die sie fürchtete: Eine Diarrhoe fernab in der Wildnis, die ihren Mineralhaushalt entgleisen ließ und so ihre Schwangerschaft gefährdete; eine plötzliche Blutung; eine Unachtsamkeit, die sie stürzen ließ, mit unabsehbaren Folgen. Wenn Alexander und Marejke darüber diskutierten, versuchte er sie zwar nicht zu drängen, aber sie merkte ihm an, dass er sich wünschte, sie würde zu Hause bleiben und kein Risiko eingehen. Sie hatte es vor allem an seiner Erleichterung gespürt, als sie ihm ihren Entschluss mitgeteilt hatte. Da sie diesmal nur eine kleine Trekkinggruppe zusammengestellt hatten, war es kein Problem, dass mit ihr der zweite Führer ausfiel.

„Habt ihr einmal den Monsun erlebt?"

Henry war mit seinen Gedanken offenbar weit entfernt. Irgendetwas hatte ihn an den großen Regen erinnert, wahrscheinlich Alexanders Schilderung von den aufkommenden Wolken und dem herannahenden Gewitter, als er von Vizhinjam zurückgekehrt war und mit Julie am Meeresufer gesessen hatte. Henry wartete nicht auf eine Antwort und begann zu erzählen:

„Mich hat es einmal in Delhi erwischt, genauer gesagt in Alt-Delhi. Ich war mit dem Mietwagen unterwegs und hatte das Auto in der Nähe des *Chandni Chowk* geparkt, um von dort aus das *Rote Fort* und die *Jama Masjid* zu besichtigen."

„Wovon redest du?"

Bill konnte mit den Namen nichts anfangen.

„Okay, der *Chandni Chowk* ist eine breit angelegte Prachtstraße in Delhi mit Märkten, Geschäften und nie enden wollendem Verkehrsstrom. Sie führt genau auf den Haupteingang des *Roten Forts* zu, einer riesigen Festungsanlage, umschlossen von mächtigen Mauern aus rotem Sandstein, deswegen das *Rote Fort*. Mitte des 17. Jahrhunderts hat der Großmogul Shah Jahan den Bau in Auftrag gegeben; als er fertig gestellt war, hatte der Sohn den Vater schon gestürzt. Es war übrigens derselbe Shah Jahan, der seiner Frau Mumtaz Mahal das *Taj* erbaut hat. *Jama Masjid* ist die riesige Hauptmoschee aus derselben Epoche, ein imposantes muslimisches Gotteshaus mit vierzig Meter hohen Minaretten. Der Innenhof bietet 25 000 Gläubigen Platz für ein Gebet zu Allah.

Ich dehnte damals meine Besichtigungstour durch Alt-Delhi bis zum Yamuna aus, dem Fluss, an dessen Ufer ein Denkmal an der Stelle errichtet worden ist, an der Mahatma Gandhi nach dem Attentat verbrannt wurde."

Sam staunte. Henrys Erinnerungen an ein Monsunerlebnis schienen zwar thematisch weit von seinen eigenen Gedanken entfernt, überschnitten sich aber, was Mahatma Gandhi betraf.

„Ich stand also vor der Gedenkstätte der *Großen Seele*, als plötzlich dunkle Wolken aufzogen. Der Himmel wurde rasend schnell schwarz und der Regen goss wie aus dem Nichts in unzähligen Sturzbächen auf die Stadt herab. Ich rannte sofort zu meinem Auto, auch wegen des zu erwartenden Verkehrschaos auf dem *Chandni Chowk*. Aber ich hatte keine Chance. Als ich mein Auto erreichte, trug ich keine trockene Faser mehr am Leib und auf dem *Chowk* stand das Wasser knöcheltief. Es gab kein Vor und Zurück mehr. Rikschafahrer, die auf alt hergebrachte Weise ihre Fahrgäste in einem Karren zogen, wateten durch das Wasser, das war Knochenarbeit. Die Fahrer der Fahrradrikschas stemmten sich gegen den Strom und den dreirädrigen Motorrikschas spritzte das Wasser in die Kabine, zwischendrin Fußgänger, Radfahrer und Lastentiere. Autos waren in dem Gewimmel hoffnungslos verloren. Ich ließ meinen Wagen, wo er war, stieg wieder aus und setzte mich in ein Café am *Chowk*. Der Guss dauerte eine halbe Stunde. Danach riss der Himmel auf, die Sonne schien, als wäre nichts gewesen, der Wasserpegel sank erstaunlich schnell und das gigantische Chaos auf dem Chandni Chowk löste sich wieder auf. Du hast so etwas sicher auch oft erlebt."

Henry sprach Alexander an, der sich sofort wieder an seine erste Zeit an der Westküste Südindiens erinnerte.

„Mir erging es zum ersten Mal so, als ich aus Kovalam nach Trivandrum zurückkehrte, um meine Bahnreise durch Indien zu starten. Ich hatte ja meine Fahrt nach Quilon reserviert. Ich kam also mittags nach Trivandrum zurück, als es plötzlich dunkel wurde. Es war August und der Sommermonsun hatte die Gegend auf seinem Weg nach Norden noch nicht verlassen. Ich hatte zwar gelesen, dass man noch vor den ersten Tropfen einen Unterstand gefunden haben sollte, wenn man nicht bis auf die Haut nass werden wollte, aber die dicken, schwarzen Wolken wirkten behäbig. Erst als ich genauer hinsah, konnte ich sehen, wie rasch sie sich über die Stadt schoben, also beherzigte ich den Rat und rannte zum Bahnhofsgebäude. Auf dem Vorplatz erwischten mich die ersten Tropfen, mir schien, als hätte jeder einzelne ein Schnapsglas füllen können. Ich lief so schnell ich konnte und rettete mich in den Wartesaal, bevor ich durchnässt war.

Aus dem Fenster heraus beobachtete ich, wie aus den Tropfen ein Guss wurde, der aus dem Himmel brach. Ich habe es so erlebt wie du in Delhi, das Wasser strömte in Bächen auf die Erde nieder. Ich war so froh im Trockenen zu stehen, zwar hätte es mir nicht viel ausgemacht nass zu werden, weil es bei der Hitze kein Problem war, wieder zu trocknen, es ging mir vielmehr um meinen Rucksack und den Inhalt. Die Bücher hätte ich wegwerfen müssen.

Was ich aus dem Bahnhof heraus zu sehen bekam, war eine faszinierende Vorstellung. Die vertrocknete Erde wurde von den Wassermassen überrascht. Nicht einmal einen Bruchteil des Gusses konnte der staubige, harte Boden aufsaugen. In den Gossen strömten kleine Wildwasser, die, sobald ihnen Unrat den Weg versperrte, die Straße überschwemmten. Innerhalb weniger Minuten stand der Bahnhofsplatz unter Wasser, und eine Viertelstunde nachdem mich die ersten Regentropfen fasziniert hatten, wateten die Menschen bis zu den Waden hindurch. Aber sie waren es gewohnt, ihren Gesichtern, ihren Bewegungen war nichts anzumerken. Sie duckten sich nicht, sie rannten nicht, kein Tippeln auf den Zehenspitzen. Es ist eben sinnlos, achtsam zu sein, wenn der Monsun einen erst überrascht hat. Die meisten wateten vollkommen gelassen und fabrizierten dabei kleine Wellen. Die Motorrikschas mit ihren niedrigen Fußbrettern erreichten die Grenzen ihrer Möglichkeiten. Zuerst spritzte das Wasser in Fontänen aus den Radkästen, später lief es in die Kabinen und die Auspuffrohre. Sie mussten schließlich an die Seite fahren und warten bis der Pegel gesunken war.

Zwanzig Minuten später war der Spuk vorbei. Es wurde zwar nicht so hell wie zuvor, aber es regnete nicht mehr. Nach und nach floss das Wasser ab oder versickerte im Erdreich, und auf den unbefestigten Straßen blieb ein zäher, knöcheltiefer Schlamm. Für mich war das Schauspiel zu Ende, denn mein Zug nach Quilon fuhr ein."

„Erzähl ruhig weiter, noch ist es zu früh zum Schlafen."

Sam hatte den Kopf gehoben und befürchtet, Alexander könnte es für diesen Tag genug sein lassen. Für Sam waren es herrliche Mußestunden, wenn jemand Reise- oder Trekkinggeschichten erzählte. Als sie sich vor zwei Wochen bei Sonam getroffen hatten, waren sie sich einig gewesen, ein paar Tage in Leh zu verbringen, um sich langsam an die Höhe zu gewöhnen. Sie hatten kleinere Tagestouren in der Umgebung unternommen und abends hatte man mit den anderen Gästen in Sonams Esszimmer gesessen und Sam hatte ihren Geschichten gelauscht. Ihm war tatsächlich der Gedanke gekommen, er könnte damit zufrieden sein, seine vier Wochen Urlaub von der amerikanischen Geschäftswelt in Leh bei Sonam zu verbringen. Andererseits war es gut, wenn man seine eigenen Erfahrungen machte, so konnte man das, was andere erlebt hatten, noch mehr würdigen.

„Ja, es ging also weiter nach Quilon und der Monsun begleitete mich. Im Zug saß ich trocken, aber von der Gegend war nichts zu sehen. Wenn der Regen keinen Vorhang schuf, versperrte mir der aufsteigende Dunst die Sicht. Als wir am Nachmittag Quilon erreichten, regnete es nicht mehr, aber es war noch bewölkt. Ich wollte für eine Nacht bleiben, am nächsten Tag sollte es weiter nach Alleppey gehen – durch die berühmten Backwaters, dem Netzwerk aus Lagunen, Kanälen, Flüssen und Seen im Hinterland der Westküste. Laut Reiseliteratur war eine Bootsfahrt durch die Backwaters ein Muss, wenn man diesen Teil Indiens besuchte.

Auf dem Weg ins Zentrum wirkte Quilon wie eine Kleinstadt, deren alter Glanz aus der Kolonialzeit noch zu erkennen war. Zwischen Kokospalmen standen altenglische Prachtvillen und auf den breiten Straßen herrschte wenig Verkehr. Tatsächlich ist Quilon eine Kleinstadt, allerdings gemessen mit indischen Maßstäben, denn es wohnen über dreihunderttausend Menschen dort.

An den Eingangstoren einiger Villen entdeckte ich Hinweise auf freie Zimmer. Ich wusste, dass diese früheren Residenzen englischer Kolonialherren heutzutage zum Teil staatlich geführte Pensionen sind, die sehr günstig vermietet werden, also betrat ich eines dieser prächtigen Häuser.

Der Portier empfing mich freundlich und führte mich durch die Räume. Es waren Säle, und ich hatte die freie Auswahl. Für den Preis, den er nannte, konnte man bei uns zu Hause nicht einmal in einem Holzschuppen übernachten. Der Portier empfahl mir einen Festsaal mit Dusche und Toilette. Die Wasserhähne waren aus Messing mit wuchtigen Armaturen. Ich drehte einen Hahn auf und tatsächlich floss Wasser. Ihr wisst wie das ist, wenn man völlig verschwitzt und verstaubt ist, dann hat eine Dusche eine magische Anziehungskraft. Ich blieb.

In meinem „Zimmer“ hätte man ohne Weiteres zwanzig Betten aufstellen können, aber es stand nur ein einziges riesiges Bett mit Baldachin mittendrin. Vielleicht hatte hier vor hundert Jahren ein britischer Gouverneur mit seiner Gattin gelebt? Die Stuckarbeiten an der Decke, die dicken Tapeten an den Wänden, die schweren Vorhänge vor den Fenstern und das Mobiliar aus Tropenholz kündeten von vormals eleganten Zeiten. Inzwischen hatten die Jahre dem früheren Luxus zu schaffen gemacht, der Stuck bröckelte, die Tapeten waren vergilbt und der Gardinenstoff war fadenscheinig. Längst hätte man Zwischenwände ziehen und mehrere Nasszellen installieren können. Mit einer Renovierung hätte man im Handumdrehen ein attraktives Hotel schaffen können. So blieben nur morbider Charme und niedrige Preise für riesige Zimmer.

Das Ganze wirkte grotesk, vor allem, wenn ich an die Bilder von der Einfahrt in den Bahnhof dachte. Kurz vor Quilon hatte ich aus dem Waggonfenster Einblicke in Hinterhöfe erhascht, die man auf der ganzen Welt nur von den Bahnschienen aus zu sehen bekommt. Ich sah ein für mich bis dahin unvorstellbares Elend. Wahrscheinlich war der Eindruck besonders krass, weil das Leben sich zur Monsunzeit nicht nur in ärmlichen Hütten und auf engen Gassen abspielt, sondern obendrein im Morast der unbefestigten Wege. Alles was ich sah, waren Armut und Schlamm. Wie um mir eine Steigerung von Not zu demonstrieren, verloren sich die einfachen Hütten auf den letzten Metern bis zur

Bahnstation, und die Menschen unterhalb der Bahngleise hausten ohne Dach über dem Kopf zwischen Matsch und Müll, zur Stadt hin von einer Mauer abgegrenzt. Eine alte Frau hielt mir ihre ausgedörrte Hand entgegen. Noch bevor ich reagieren und ihr etwas zuwerfen konnte, war der Zug vorbei und das Bild änderte sich. Hinter einem Maschendrahtzaun begann das vergleichsweise gepflegte Bahnhofsgelände.

Ich stand in meinem herrschaftlichen Zimmer und schüttelte gedankenverloren den Kopf über die krassen Gegensätze. Der indische Portier nahm es als Einwilligung in den Übernachtungspreis und wunderte sich sicher, weil ich nicht um eine einzige Paise gehandelt hatte.

Die schwüle Luft hatte die Bettwäsche klamm werden lassen und lockte Insekten in die Räume. Es war Zeit für mein wichtigstes Reiseutensil, wie sich in den kommenden Wochen herausstellen sollte – mein Moskitonetz. Ich war stolz auf mich. War ich nicht ein richtiger Traveller? Am Holzgestänge des Baldachins konnte ich ohne Umstände meinen zeltförmigen Insektenschutz einhängen, die Norm für Moskitonetze hatte sich offenbar in den letzten hundert Jahren nicht geändert, denn die Haken saßen da, wo ich sie brauchte. Frisch geduscht legte ich mich hin und las eine Weile, ohne Gefahr zu laufen, von summenden Armadas überfallen zu werden. In diesen Breitengraden war es nicht allein eine Frage von Annehmlichkeit, Mückenstiche zu vermeiden, es ging auch darum, sich vor dem tückischen Sumpffieber zu schützen. Zwar nahm ich seit drei Wochen regelmäßig meine Tabletten ein, die eine Malariainfektion vereiteln sollten, aber den Stich einer Anophelesmücke, die den Erreger überträgt, möglichst zu vermeiden, war noch immer die beste Strategie.

Ich hatte einmal einen Anfall von Malariafieber miterlebt, interessanterweise nicht auf großer Reise im exotischen Ausland, sondern im Altersheim meiner Heimatstadt, wo mein Großvater ein paar Jahre lebte. Sein Zimmernachbar, ein rüstiger Mann von siebzig Jahren, hatte im Zweiten Weltkrieg zur Truppe Generalfeldmarschall Rommels gehört und in Nordafrika gekämpft. Er erzählte mir davon, wie es ihn und einige seiner Kameraden erwischt hatte, während sie vor Tobruk lagen. Wie wohl jeder andere Zuhörer in meiner Situation, dachte ich an Verletzungen durch Handgranaten oder Gewehrschüsse, aber es waren nicht die Waffen des britischen Feindes gewesen, die den alten Herren und seine Kameraden zur Strecke gebracht hatten, sondern die Malaria. Zu jener Zeit, als ich gelegentlich meinen Großvater im Altenheim besuchte, lagen diese Ereignisse längst Jahrzehnte zurück, trotzdem litt der alte Mann im Nachbarzimmer in unregelmäßigen Abständen unter den quälenden Anfällen des Sumpffiebers. Nie konnte er sicher sein, die Krisen zu überleben. Als er einmal plötzlich in meiner Gegenwart zu zittern und zu schwitzen begann und es seinen Körper durchschüttelte, war dies sein erster Anfall nach fast sechs Jahren. Der alte Wüstensoldat hatte insgeheim gehofft, er hätte den Malariaerreger auf seine alten Tage noch besiegt, aber es kam anders. Vier Tage litt er unter dem lodernden Feuer in seinem Körper, bevor er aus der Fiebertrance erwachte, zu schwach, um sich über den gewonnenen Kampf zu freuen, und zu schwach, um ihn mehr als eine Woche zu überleben. Die Erinnerung daran, wie ein gesunder, alter Mann von einer auf die andere Sekunde verfiel, bewahrte mich vor jeglichem Leichtsinn im Umgang mit der Malariavorsorge und anderen notwendigen Impfungen. Hier in den Bergen von Ladakh brauchen wir uns nicht zu sorgen, die Stechmücken können in einer Höhe von über eintausendfünfhundert Metern nicht überleben.

Am folgenden Morgen benutzte ich nach Flugzeug, Auto, Motorrikscha und Bahn ein neues Fortbewegungsmittel auf meiner Reise. Per Boot ging es von Quilon nach Alleppey durch die Backwaters, einer weitläufigen Wasserfläche im Hinterland der Küste von Malabar. Lagunen, dazu Seen verbunden durch Flüsse und Kanäle bilden eine einzigartige, subtropische Wasserlandschaft. Neun Stunden dauerte die Fahrt auf einem kleinen Dampfboot bis nach Alleppey. Das bedeutete für mich neun Stunden Wasser von unten und die meiste Zeit auch von oben. Die Monsunwolken blieben meine Reisegefährten, trotzdem war die Bootsfahrt ein Erlebnis.

Die Route durch die Lagunen ist keine Attraktion für Touristen, hier verkehren fahrplanmäßige Boote, eine Art Wasserbusse. Die Leute in dieser Gegend sind auf die Bootslinien angewiesen. Wie beim Busverkehr gibt es Haltestellen, an denen die Boote anlegen, Leute an oder von Bord lassen. Im Gegensatz zu den Touristen benutzen die Einheimischen die Boote ausschließlich für kurze Strecken, vermutlich zum nächsten Markt, zur Schule, oder um Verwandte zu besuchen. Mich eingerechnet blieben lediglich drei Reisende die ganze Fahrt über an Bord. Einheimische nahmen für eine durchgehende Reise von Quilon nach Alleppey selbstverständlich den Überlandbus, denn die Backwaters waren für sie keine Sehenswürdigkeit und warum sollten sie neun Stunden vergeuden, wenn sie die Strecke in zwei Stunden zurücklegen konnten. Der Busersatz auf dem Wasser ist vor allem für die Bewohner der unzähligen Inseln, Halbinseln, und Landstriche zwischen den Wasserstraßen unverzichtbar. Boote aller Art sind Ersatz für Laster, Schulbus, Taxi, Lieferwagen oder Privatauto.

Der Monsunregen war unerschöpflich, aber ich hatte das Glück, auf einem überdachten Boot zu fahren. Ich saß auf einer der Holzbänke und sah unter der Kante des Wellblechdaches hinweg über das Wasser. Zunächst ging die Fahrt durch weitläufige Lagunen und Seen von riesigen Ausmaßen aber geringer Tiefe. Es war ein skurriles Bild mitten in einem See, dessen Anfang und Ende nicht zu überblicken war, einen Fischer bis zu den Lenden oder zur Brust im Wasser stehen zu sehen. Das Wasser war trüb, und zwangsläufig nahm ich an, so weit draußen müsste es tief sein. Die Fischer warfen Handnetze aus, warteten, bis sie gesunken waren und zogen sie bedächtig wieder ein. An anderen Stellen tauchten junge Männer ein ums andere Mal zum Grund des Sees und schöpften mit durchlöcherten Eimern unermüdlich Sand in ihre Boote.

Später passierten wir enge Kanäle, dicht umsäumt von Palmen, manchmal entdeckte ich einen kleinen Gemüsegarten, eine Tempelanlage oder eine Kirche. Einige Inseln waren so klein, dass die Bewohner nicht mehr als ein paar Hühner, Kühe, Ziegen oder Schweine auf ihnen halten konnten. Mir war, als hielte unser Boot an jedem Steg, und mir wurde klar, warum wir so viele Stunden nach Alleppey brauchen würden, aber ich hatte nichts dagegen, es wurde nicht langweilig. Ich studierte das besondere Leben in den Backwaters. Manchmal ärgerte ich mich zwar über den Regen, wenn er mir die Sicht versperrte und die Nässe alles klamm und ungemütlich machte, aber die meiste Zeit saß ich zufrieden auf meiner Holzbank und betrachtete das Treiben in Ufernähe.

Kinder machten sich immer wieder den Spaß, so lange es möglich war, mit unserem Boot um die Wette zu laufen, so konnten sie die Fremden an Bord länger mustern und ihnen imponieren. Die Jungen und Mädchen waren flink und mussten meist erst aufgeben, wenn die Insel oder die Landzunge im Wasser endete. Im Gegensatz zum grauen Himmel war die Welt an Land farbenfroh. Rote, blaue, gelbe Häuser und bunte Kleidung, dazu arbeitete man überall an den prächtigen Booten mit den hochgezogenen Bugs und Hecks, den so genannten Schlangenbooten. Sie wurden geputzt, ihre Bemalung auf den Planken mit frischer Farbe nachgearbeitet, denn die berühmten Schlangenbootrennen standen bevor. Diese besonderen Regatten begleiten jedes Jahr die Erntedankzeit Keralas. Mit den Wettkämpfen will man an die lange Seefahrertradition des Landes erinnern, Höhepunkt ist die Regatta um den Nehru-Cup an jedem zweiten Samstag im August.

Die Holzboote sind kunstvoll verziert und von imposanten Ausmaßen, die größten unter ihnen fassen hundert Ruderer und mehr. Während ich durch die Backwaters schipperte, liefen die Vorbereitungen für den großen Festtag auf Hochtouren. Tribünen aus Bambus wurden gezimmert,

Stoffe gefärbt und überall wurden Boote ausgebessert. Da es nur eine knappe Woche bis zum großen Tag war, konnte ich mir überlegen, solange in der Gegend zu bleiben, um das Spektakel zu erleben, aber wegen des anhaltenden Regens entschied ich mich dagegen.

Faszinierend war es, den Fischern bei ihrer Arbeit zuzusehen. Sie bedienen sich in den Backwaters zweier unterschiedlicher Fangtechniken. Beim Fischen auf indische Weise stehen die Männer bis zu den Hüften im Wasser und werfen das Netz aus, Bleie an jeder Ecke lassen es langsam auf den Grund sinken. Wenn es soweit ist, ziehen sie das Netz mit gleichmäßigen Bewegungen ein. Das alles geschieht in solcher Ruhe, dass man meint, die Fische müssten sich allein deswegen in Sicherheit wiegen. Das Ausbreiten des Netzes ähnelt einem Lassowurf in Zeitlupe. Einzig die zappelnden Fische bringen Hektik in das ruhige Bild.

Häufiger sah ich die vom Ufer aus betriebene chinesische Fangtechnik. Ein dreieckiges Netz, auf drei langen Stöcken ausgespannt wie das Segel eines Surfers, schwebt dabei über dem Wasser. Zwei weitere Stöcke dienen als Stützen, wenn man sie mit einem Ruck wegreißt, fällt das Netz ins Wasser und sinkt auf den Grund. Der Rest gleicht der indischen Fangtechnik. Wie überall gab es damals schon ökologische Probleme in den Backwaters. Giftige Abwässer verseuchten das Wasser, das unaufhaltsame Bevölkerungswachstum hier wie in ganz Indien sorgte für immer mehr Landgewinnung, so dass die Wasserfläche ständig kleiner wurde. Wie ist es heutzutage, Henry?“

Alexander sprach Henry an, weil der im Jahr zuvor durch

Indien gereist und unter anderem die Backwaters besucht hatte.

„Natürlich hat man per Gesetz versucht, die Landgewinnung einzudämmen, weil riesige ökologische Systeme dadurch zerstört werden, aber die Bestimmungen haben nicht viel bewirkt. Wie sollten sie auch? Verfechter einer naturnahen Umwelt können leicht den Zeigefinger heben und mahnen, aber wohin sollen die Menschen? Solange man ihnen keine Alternative bietet, wird alles so weitergehen wie bisher."

„Von diesen Problemen wusste ich damals nichts, als ich mit dem Boot durch die Lagunen tuckerte. Ich genoss die stimmungsvollen Bilder am Ufer, die freundlichen Menschen, die bunten Stoffe, die farbenfrohen Boote, die ausgespannten Netze am Ufer, die im Gegenlicht schimmerten und die interessanten Bilder, die es gelegentlich zu sehen gab.

Einmal umfuhren wir eine Miniinsel, sie bestand aus nicht mehr als ein paar Quadratmetern Wiese, auf der ein halbes Dutzend Ziegen graste. Ein alter Mann kreuzte uns in seinem kleinen Boot, stehend stakte er mit Hilfe einer langen Holzstange auf das Eiland zu. Sein Nachen und er selbst wirkten so wackelig, dass ich zwischenzeitlich das Schlimmste befürchtete, aber er erreichte die Insel, legte an und stieg mit einem Eimer in der Hand aus, ohne ins Wasser zu stürzen. Wir passierten die Insel, und ich blickte ihm über das Heck unseres Dampfbootes nach. Ich sah den greisen Inder neben einer seiner Ziegen hocken und sie melken. Bei uns zu Hause in Deutschland, nicht anders als bei euch in Amerika, geht ein Landwirt in den Stall, stülpt seinem Melkvieh die metallenen Zitzenbecher über und schaltet den Strom ein. In den Backwaters fährt der Ziegenbauer mit dem Boot zur Ziegeninsel, melkt jedes einzelne Tier per Hand, nimmt den gefüllten Milcheimer und schippert zu seiner Hausinsel.

Je näher wir Alleppey kamen, desto stärker tobte der Monsun. Es schien, als holten wir den Südwestmonsun auf seinem Weg gen Norden ein. Hatte bis zur Mittagszeit die Sonne wenigstens phasenweise geschienen, regnete es am Nachmittag ohne Unterlass. Kurz vor Alleppey riss der Wolkenhimmel für wenige Minuten auf, und ich konnte für einen Augenblick erkennen, wie schön die Landschaft im hellen Licht war. Spiegelglatte Wasseroberfläche, endlose Lagunen, Seen, Palmenwälder und weite Reisfelder. Das Vergnügen war kurz, sofort verschmolzen die dicken Wolken wieder miteinander.

Ein Einheimischer, der an einer kleinen Insel zugestiegen war, sprach mich auf Englisch an. Er wollte wissen, wohin ich unterwegs war. Ich erzählte ihm von Cochin, meinem nächsten Ziel. Skeptisch kratzte er sich am Kinn und riet mir davon ab, an der Westküste zu bleiben. In diesem Jahr war der Monsun spät gekommen und würde noch lange bleiben, meinte er. Ich sollte ein anderes Mal die Malabarküste bereisen, es konnte noch Wochen so weiter regnen. Er riet mir, Südindien zu durchqueren und zur Ostküste zu fahren. Dort war der Monsun inzwischen vorbei.

Diesen kleinen Anstoß brauchte ich noch, denn langsam machte mich der Regen mürbe. Ständig war alles nass und der subtropische Wasservorhang versperrte einem die Sicht. Damit war beschlossen, dass Alleppey und Cochin

Durchreisestationen für mich wurden. Ich erinnerte mich an Herrn Bhavan, den ich auf dem Flughafen in Colombo kennen gelernt hatte, und seinen Rat, Mahabalipuram südlich von Madras zu besuchen. Er hatte mir die kleine Stadt ans Herz gelegt, und wenn ich dort ein paar Tage verbrachte und später an die Westküste zurückkehrte, war der Monsun vielleicht fortgezogen. Aber bevor ich daran denken konnte, mit der Bahn die Küsten zu wechseln, musste ich erst eine Bahnstation erreichen und die war in Ernakulum, einem Stadtteil von Cochin.

Von Alleppey sah ich nicht viel, ich fuhr noch am späten Nachmittag mit dem Bus weiter Richtung Norden. Wieder einmal hatte ich es mit einem tollkühnen Fahrer zu tun, hinzu kam, dass das Fahrzeug seine besten Tage hinter sich hatte. Der überfüllte Bus war zwar bunt bemalt, aber überall fraß der Rost Löcher in die Karosse. Unser Busfahrer raste, als wäre es helllichter Tag und klare Sicht, dabei war es düster und es regnete in einem fort. Die holprigen Straßen waren mit Tümpeln übersät. Das Wasser klatschte gegen den Unterboden, wenn wir sie durchfegten. Unwillkürlich hob ich die Beine.

Das fahle Licht der Scheinwerfer leuchtete nur wenige Meter aus, zu allem Überfluss wurde an der Straße gebaut, streckenweise war sie nur einspurig befahrbar. Ich hoffte inständig, dass kein Auto entgegenkommen würde, aber es dauerte nicht lange, bis ich ein Paar Scheinwerfer entdeckte. Ein LKW! Das Tempo unseres Busses verminderte sich nur um eine Nuance. Erst in letzter Sekunde wichen beide Fahrzeuge auf die unbefestigten Seitenstreifen aus. Unser Bus geriet ins Schlingern, wir Insassen wurden durchgeschüttelt, Palmwedel schlugen hart gegen das Dach. Nach ein paar schrecklichen Sekundenbruchteilen gelangten wir wieder auf die Straße. Aber kaum hatte sich mein Puls beruhigt, wartete der nächste Schrecken. Ich saß vorn und das schwache Licht der Scheinwerfer leuchtete nur wenige Meter aus. Ich sah genauso früh oder so spät wie der Fahrer einen Fußgänger einen Handkarren durch die Dunkelheit ziehen. Erst im letzten Moment riss unser Chauffeur das Steuer herum. Nach kurzem Schlingern brausten wir weiter durch den unaufhaltsamen Regen.

Ich irrte, wenn ich glaubte, die Regengüsse könnten nicht heftiger werden. In Ernakulum sollte ich es erleben. Aus einem schier unerschöpflichen Reservoir schütteten die Wolken das Wasser über Südwestindien. Durch die Straßen zu gehen bedeutete ständig durch Wasser zu waten und dabei eine nicht enden wollende Wasserwand zu durchschreiten. Vollkommen durchnässt klopfte ich in der Bahnhofsgegend an die Tür der erstbesten Lodge.

Ein Mann mit arabischen Gesichtszügen öffnete mir und hieß mich auf Englisch willkommen. Das Haus entpuppte sich als eine Art Scheune, in der durch Bretterverschläge einzelne Zimmer abgeteilt waren. Die Wände reichten oben nicht bis zur Decke und unten nicht bis zum Fußboden. Die Bauweise glich damit öffentlichen Toiletten bei uns zu Hause, wobei die Räume zugegebenermaßen etwas größer waren, aber nicht viel. Mir war es einerlei. Hauptsache, ich konnte meine Sachen aufhängen und es stand ein Bett in dem Verschlag, auf dem ich meine Beine ausstrecken konnte. Der Vermieter hieß Ali und seine Familie war vor vielen Jahren aus dem Libanon eingewandert, erzählte er mir. Zuvorkommend, mit vielen Verbeugungen fragte er mich, ob ich vor der Nacht etwas zu essen wünschte. Es war wie in einem orientalischen Märchen: Ali trug einen Turban und einen Kaftan, hatte einen Schlafplatz für mich und fragte, ob ich zu essen wünschte. Tatsächlich hatte ich einen Bärenhunger und war froh, mich nicht noch einmal auf den Weg in die Stadt machen zu müssen.

Mit weiteren Verbeugungen entfernte Ali sich und wollte mich rufen, *when dinner is ready*, ich sollte mich derweil einrichten. Also betrat ich meinen winzigen Bretterverschlag, hängte wie immer zuerst mein Moskitonetz auf, und breitete dann so gut es ging meine nassen Sachen aus. Ich war eben fertig und hatte mir ein trockenes T-Shirt übergezogen hatte, als Ali mich rief.

‚Chicken is ready, Sir!'

Schlaraffia! Vor Freude und Appetit rieb ich mir die Hände. Der Trübsinn wegen des Monsuns war verflogen. Hühnerfleisch war genau das, was ich jetzt brauchte, dabei hatte ich schon damit gerechnet, mich an diesem Abend hungrig schlafen zu legen, denn in den Regen wäre ich wohl nicht noch einmal hinausgegangen. Ich verließ meinen Verschlag, von dessen Art vier nebeneinander lagen und ging zur Ecke, in der Ali serviert hatte. Er wartete auf mich und bat mich Platz zu nehmen, wieder garnierte er seinen Auftritt mit vielen Verbeugungen.

Im Licht der nackten Glühbirne über dem Esstisch wirkte er weniger sympathisch als vorher, von der Nase bis zum rechten Ohr zog sich eine tiefe Narbe und dort, wo es normalerweise weiß in den Augen glänzte, schimmerte es bei ihm trüb gelb. Mir war nicht wohl, wenn ich an die

Nacht dachte. Aber ich wollte ihm nicht unrecht tun, er bemühte sich freundlich zu sein, und ich wollte seine Freundlichkeit erwidern. War ich eigentlich sein einziger Gast?

Der Esstisch bestand aus einer einfachen Holzplatte, getragen von zwei Böcken. Auf dem Pflaster, mit dem die Scheune ausgelegt war, wackelte der Tisch beim geringsten Stoß. Vorsichtig zog ich den Hocker zurück und setzte mich. Das Gericht sah köstlich aus. Zwischen Reis und Linsen lag ein Hähnchenschenkel, alles war übergossen mit einer appetitlich duftenden Soße. Ein Glas Tee stand neben dem Teller und mir lief das Wasser im Mund zusammen. Mit weiteren Ehrenbezeugungen verschwand Ali die Treppe hinauf, ich sollte in Ruhe essen, später würde er das Geschirr abräumen.

Der heiße Tee tat meinem trockenen Mund gut. Zu meiner Überraschung lag neben dem Teller eine Gabel, allerdings klebten ein paar Krusten an ihr und zwei Zinken waren verbogen. Ich richtete sie so gut es ging, kratzte die vertrockneten Essensreste mit meinem Daumennagel ab und wischte die Gabel mit einem Zipfel meines T-Shirts gründlich ab. Noch vor wenigen Tagen hätte ich eine neue gefordert, nun rührte ich nach derlei Vorarbeiten etwas von dem Reis unter die Linsen und freute mich auf das Essen.

Meine Lippen, meine Zunge hatten kaum berührt, was ich auf meine Gabel gehäuft hatte, als sie auch schon fürchterlich brannten. Das Essen war nicht heiß, aber es war unglaublich scharf. Meine Zungenspitze schien verätzt und ein Schluck Tee half wenig. Vorsichtig probierte ich vom Fleisch, es war nicht milder. Mein Tee ging langsam zur

Neige. Das Gericht, so verführerisch es aussah, war für mich nicht genießbar. Vielleicht lag es an der Soße, dachte ich und grub ein wenig im Reis. Ich fand ein paar trockene Körner, sie waren essbar, aber es waren nur wenige Gabeln voll, davon wurde ich nicht satt. Ich versuchte die Linsen. Sie schienen eine Ansammlung der schärfsten Gewürze dieser Welt zu bergen, sofort brannte mir der Mund. Ich stocherte mit der Gabel im Fleisch herum und suchte nach soßenfreien Zonen, aber die Tunke hatte alles durchzogen – nach einer Weile gab ich auf.

Mein Gastgeber kehrte zurück, um sich zu erkundigen, ob alles recht sei. Seine ohnehin düstere Miene verfinsterte sich noch beim Anblick meines vollen Tellers. Soviel ich auch erklären mochte, nahm er es doch als persönliche Beleidigung, dass ich sein Essen verschmähte. Für seine Lippen, seine Zunge und seinen Rachen war das scharfe Curry kein Problem und in seinem Land war es gewiss nicht üblich, so ein üppiges Mahl stehen zu lassen.

Mit knurrendem Magen und gehörigem Respekt vor der schlechten Laune meines Gastgebers ging ich zu Bett. Die Tür zu meinem Verschlag quietschte, eine Ratte huschte unter den Brettern hindurch. Das fehlte mir zu meinem Glück, am liebsten hätte ich meine Sachen gepackt und wäre gegangen, aber ich war hundemüde und verspürte keine Lust auf Aquajogging draußen im nächtlichen Ernakulum. Sorgfältig überprüfte ich den Sitz meines Moskitonetzes, ich hoffte darunter einigermaßen sicher vor Ungeziefer zu sein. Immerhin fand ich keine Kakerlaken im Bett. An Alis finstere Miene mochte ich nicht denken.

Ich streckte mich aus, trotz allem war es eine Wohltat zu

liegen, aber würde ich schlafen können? Ich löschte das Licht der nackten Glühbirne, gleichzeitig knipste ich meine Taschenlampe an. Noch mochte ich mich nicht der Finsternis preisgeben. Unter meinem Netz suchte ich nach einer bequemen Lage auf der dünnen Matratze. Als ich es mir auf der Seite liegend eingerichtet hatte, drang ein fauliger Geruch durch das Laken. Für einen Augenblick überlegte ich, ob ich nicht doch aufstehen und das „gastliche" Haus verlassen sollte, aber meine Beine waren schwer und rührten sich nicht. Ich entschied, bei Taschenlampenlicht zu lesen, bis mir die Augen zufielen, aber ich hatte mein Buch im Rucksack vergessen. Noch einmal aufstehen kam nicht in Frage, also tastete ich noch einmal nach meinen Wertsachen und schaltete mutig meine Taschenlampe aus.

Es war stockfinster. Die Treppe knarrte. Ali schlich noch herum. Nach einer Weile hörte ich ihn die Treppe hinaufsteigen, dann blieb es für einen Moment ruhig. Ich sehnte den Schlaf herbei, bevor wieder ein Geräusch zu hören war. Statt Schafe begann ich Filmtitel meiner Lieblingsschauspieler zu zählen. Zu Hause übermannte mich spätestens beim zweiten Schauspieler der Schlaf. Hier in Cochin bei Ali war es anders: Filme mit Harrison Ford, Meryl Streep, Robert Redford und Sean Connery und noch kein Schlaf. Ich ging dazu über, Songs meiner Lieblingssänger aufzuzählen. Beim zehnten Titel von Bruce Springsteen, ausgerechnet *My Hometown*, knisterte es neben meinem Bett. Ich horchte auf. Stille! Nach einer Weile, ich hatte meine Sänger inzwischen vergessen, hörte es sich an, als liefen Vögel rasch über Zeitungspapier. Aber mir war klar, hier hüpfte keine Amsel in der Scheune umher, hier tummelten sich

Ratten. Es fiel mir nichts weiter ein, als laut in die Hände zu klatschen, es gab ein leises Quieken, ein letztes Rascheln, dann herrschte wieder Ruhe.

Ich lauschte fünf Minuten, zehn und irgendwann erlöste mich der Schlaf.

Am nächsten Morgen packte ich in Windeseile meine Sachen, drückte Ali die geforderten Rupien in die Hand und verschwand. Er rief etwas von „breakfeast“ hinter mir her, aber ich verzichtete, womöglich würzte er Marmelade und Toast mit Chili und Curry.“

Sam und Bill lachten. Henry wusste, wovon Alexander redete, er hatte es immer mal wieder mit einem südindischen Thali-Gericht probiert und sich daran den Mund verbrannt.

Inzwischen war es Zeit, sich schlafen zu legen. Mit einem Stück Alufolie erstickten Alexander und Henry das Feuer, sie wollten es nicht mit Wasser löschen, damit sie am Morgen die verkohlten Reste noch einmal entzünden konnten. Nachdem der erste Rauch der erstickten Flammen verzogen war, legten sie die Alufolie locker über die Feuerstelle und beschwerten sie mit ein paar Steinen. In dieser Zeit war es unwahrscheinlich, dass es nachts regnete oder schneite, aber vor plötzlichen Wetterwechseln war man in der Bergwelt nie sicher.

Bill und Sam schliefen in einem Zelt, Henry und Alexander im anderen. Das Surren der Reißverschlüsse hallte unter dem Felsen und hielt sich Sekundenbruchteile in der klaren Nachtluft. Es dauerte eine Weile, bis sich die vier Männer in ihren Schlafsäcken zurechtgelegt hatten, hier drückte eine Falte, dort zog kalte Luft hinein, der Kopf lag nicht richtig im Kapuzenteil, die Füße hatten zu wenig Platz. So raschelten die glatten Außenhäute der Schlafsäcke, bis alle vier eine angenehme Position gefunden hatten. Bevor Henry seine zweite Hand in den Daunensack steckte, sah er fragend zu Alexander, der war ebenfalls soweit und nickte. Henry löschte seine Stirnlampe, die er unter das Zeltdach gehängt hatte.

Die beiden Männer redeten eine Weile über die Strecke, die ihnen noch bevorstand und schätzten den Rest des Weges auf sechs Tagesmärsche, allenfalls sieben. Sam und Bill blieben noch zwei Wochen bis zum Abflug aus Leh via Delhi in die USA. Sie verfügten also über genügend Zeit, auch im Falle von unvorhersehbaren Verzögerungen, wie sie einem das Wetter gelegentlich einbrachte, oder unerwartete Veränderungen in der Landkarte, wenn Wege vom einen auf den anderen Tag nicht mehr existierten, weil sie vom Schmelzwasser fortgespült worden waren oder Steinlawinen sie zerstört hatten.

Für Henry würde es von Leh aus noch weitergehen. Er wollte zur heiligen Quelle des Ganges in der Nähe von Gangotri, dort wo der Bhagirathi in über dreitausend Metern Höhe aus einer Eishöhle des Südhimalaja entspringt. Bhagirathi und Alaknanda, die beiden Quellflüsse, vereinigen sich bei Devaprayag zum Ganges. Bald würden die Hindus die Geburt ihres Gottes Krishna feiern und Henry wollte dann an diesem heiligen Ort sein. Krishna gilt im Hinduismus als die achte Inkarnation Vishnus, jenes Gottes, der zusammen mit Brahma und Shiva die Spitze der hinduistischen Dreifaltigkeit bildet. Vishnu ist der Bewahrer und Erhalter des Universums, der sich der Welt bisher in neun Erscheinungsformen offenbart hat, unter anderem als Krishna, der seinen Anhängern mit Liebe begegnet.

Henry war weder Buddhist, Hindu noch Christ, aber er wollte Kraft aus der Umgebung schöpfen. Die mächtigen Berge der Siwalik-Kette, die heilige Gegend und die gläubigen Hindus sollten ihm die mentale Energie spenden, die er brauchte, um sich zu entscheiden. Er war seit vielen Jahren Manager in einem weltumspannenden Unternehmen, er verdiente gut und konnte selbst bestimmen, wo er geschäftlich seine Schwerpunkte setzte. Nur um ihn zu halten, hatten seine Bosse ihm sogar zugebilligt, dass er alle zwei Jahre für zwei Monate nach Asien verschwand. Im Moment liefen diese acht Wochen und Henry grauste es vor den kommenden zwei Jahren, bis ihm diese lange Auszeit wieder erlaubt war. So ging es nicht weiter. Er konnte kein Manager mehr sein, er mochte die Götter Profit und Expansion nicht mehr anbeten. Er war inzwischen ein halbes Dutzend Mal nach Südasien gereist, war beinahe jedes Mal auch im Himalaja gewandert, und er wusste, das Leben in Amerika war nicht mehr sein Leben, für Europa oder Australien galt das Gleiche, wenn er dort geschäftlich unterwegs war. Aber er hatte Frau und Kinder, die vierköpfige Familie Stevens musste von irgendetwas leben. Henry wusste nicht, ob er in Indien oder Nepal, ob in den Bergen oder anderswo, genug Geld verdienen konnte. Seine Rücklagen würden eine Weile reichen, aber nicht ewig. Sein Verantwortungsgefühl hatte ihn bislang vor einem rigorosen Schnitt abgehalten, aber die vulkanische Aktivität in ihm ließ sich nicht mehr lange unterdrücken, das spürte er.

Er hatte oft und lange mit seinem Freund Alexander über

sein Problem geredet und bekam letztlich immer dieselbe Antwort von ihm: Du musst dich entscheiden, niemand anderes als du selbst kann dein Problem lösen. Was willst du tun? Was vermisst du in den USA abgesehen von der Welt hier in Südasien? Was vermisst du bislang in deinem Leben? Ja, was vermisste er? Wusste er es selbst? Sicher! Er wusste es schon lange. Nächtelang hatte er mit Alice über sein Problem geredet, sie hatte geweint, geschimpft, hatte versprochen mit ihm zu gehen und hatte gedroht ihn zu verlassen. Er konnte ihren Zwiespalt verstehen, in ihm sah es nicht anders aus, nur dass es für Alice keinerlei Grund gab, ihre stabile Welt zu verlassen, außer dem einen, ihre Familie intakt zu halten. Henry drehte sich auf die Seite, für heute wollte er es gut sein lassen und schlafen, aber Alexander ließ ihn nicht.

„Henry?“

„Ja.“

„Wirst du dich an der Gangesquelle entscheiden?“

„Ja!“

„Endgültig?“

„Ja!“

„Weißt du, was du gern arbeiten würdest?“

„Ja.“

„Schon lange?“

„Eigentlich, ja.“

„Okay, viel Glück in Gangotri!“

„Danke. Gute Nacht!“

„Gute Nacht!“

6

Obwohl die Sonne noch nicht aufgegangen war, leuchteten am Morgen die Felsen. Die Gegend hatte sich verändert. Bill kroch aus dem Zelt, seine Blase drückte. Ihm entfuhr ein lautes *Wow*! Weil es nicht seine Art war, sich hinreißen zu lassen, raschelte es in den Zelten.

„Was ist los?" fragte Sam, „Frauen in Sicht?"

„Kannst du auch mal an etwas anderes denken?"

„Schwer. Man lebt so abstinent hier in den Bergen."

„Beweg deinen Hintern aus deinem Schlafsack und sieh dir die Welt an."

„Willst du mich auf den Arm nehmen, um diese Zeit kann man nichts weiter sehen als ein paar schwarze Schatten."

„Hi, Bill!"

Henry und Alexander robbten ein Stück in ihren Schlafsäcken aus dem Zelt. Sie sahen in Richtung Tal, dann zum Himmel und waren so ergriffen wie Bill.

„Wunderschön!" sagte Henry und Sam antwortete aus dem Zelt:

„Wenn ihr glaubt, ihr kriegt mich mit so einem blöden Trick aus meinem molligen Lager, dann habt ihr euch geirrt. Auf so etwas fall ich nicht rein."

„Dann bleib drinnen, ich mach schon mal Feuer."

Sams Neugier war stärker als der Wunsch liegen zu bleiben, und ein paar Minuten später saßen die vier Männer auf einer Aludecke an der Felsenkante in ihre Schlafsäcke gehüllt. Noch hatten sie die angekohlten Fladenreste nicht entzündet und genossen das Nachtlicht. Der Dreiviertelmond glänzte silbern und unzählige Sterne funkelten über den Bergen, im Osten leuchtete das eben aufkommende Sonnenlicht die Gipfellinie aus. Es war, als hätte jemand mit einem goldenen Zauberstift die Kämme nachgezeichnet. Mit leiser Stimme unterbrach Sam die andächtige Stille.

„Wenn wir nur für diesen einen Morgen nach Ladakh gekommen wären, es hätte sich gelohnt. Die Welt kann so schön sein."

Die anderen nickten versonnen, für eine Weile unterbrach niemand die ehrfürchtige Stille, bis Bill etwas flüsterte.

„Was sagst du?"

Sam sah Bill an. Er mochte Bill, vielleicht gerade weil dieser lange, dünne Kerl so ganz und gar anders war als er selbst.

„Ich sagte, du hast recht. Die Welt kann sagenhaft schön sein, und wenn Laura diesen einen Morgen erlebt hätte, wäre sie womöglich nicht gestorben."

Sam wusste, dass Bill Witwer war, verstand aber nicht, was er meinte. Henry und Alexander schwiegen, sie hatten keine Ahnung, dass Bill einmal verheiratet gewesen war. Sie hatten ihn erst in Leh kennen gelernt und bislang hatte er wenig von sich erzählt. Da auch diesmal nicht mehr kam, hakte Sam nach:

„Was meinst du?"

„Du weißt, Laura hat sich vor sechs Jahren das Leben genommen, und vielleicht hätte sie es nicht getan, wenn sie einen Morgen wie diesen erlebt hätte und sich in ihrer Krise daran hätte erinnern können."

Die drei anderen blieben still. Sam dachte, vielleicht will Bill endlich reden, denn selbst er wusste nicht, warum Laura Preston Selbstmord begangen hatte. Sam fand, er hatte in diesem Augenblick die Pflicht, Bill anzustoßen.

„Warum hat sie das getan?"

„Depressionen."

Wieder blieb es still, während das Bild, das der anbrechende Tag von den Bergen malte, von jener intensiven Schönheit war, die den Menschen an die Grenze von Glück und Melancholie trieb.

„Depressionen im Wochenbett", fuhr Bill nach einer Weile fort. „Und mehr als das. Sie konnte nicht mehr."

Bills Halbsätze zerrissen die Stille.

„Was ist damals passiert?"

Sam legte seinen Arm um Bills Schultern und ermunterte ihn mit leichtem Rütteln, diesen wundervollen Morgen in den Bergen dazu zu nutzen, seine Seele zu erleichtern. Sie merkten Bill an, dass er dazu bereit war.

„Laura hat uns damals ein Töchterchen geboren, aber das kleine Mädchen hatte keine Chance. Unsere Kleine starb zwei Tage nach der Geburt und Laura hat es nicht verkraftet. Eine Woche nach Carrys Tod verließ sie nachts ihr Krankenbett, öffnete das Fenster und sprang. Die Geburtshilfestation des Krankenhauses lag im siebten Stock."

Wieder schwieg Bill. Sie sahen ihm die schmerzliche Erinnerung an und spürten, dass er an seinem nächsten Satz arbeitete.

„Seither suche ich nach einem neuen Sinn in meinem Leben. In Stunden wie diesen, hier zusammen mit euch in diesem phantastischen Licht, keimt Hoffnung auf. Hoffnung, dass ich eines Tages wieder leben kann, ohne mich ständig zu erinnern."

Es war nicht nötig etwas zu sagen, Bill hatte geredet, und sie waren bestürzt. Jeder schwieg in eigenen Gedanken. Alexander hoffte für Bill, dass diese gemeinsamen Tage tatsächlich einen neuen Anfang schaffen würden. Henry glaubte an die Magie der Berge und an die Magie Indiens, er baute selbst auf sie, weil es für ihn darum ging, eine Entscheidung zu fällen. Sam schüttelte den Kopf, er dachte daran, sich eine Zigarette anzuzünden, aber er traute sich nicht, die nachdenkliche Stille zu durchbrechen. Bill hatte geredet, dafür war Sam dankbar, ein Anfang war gemacht.

Schließlich erhob sich Henry und kochte Tee für alle. Die heißen Tassen in ihren Händen, die Schlafsäcke über ihren Schultern, beobachteten die Männer, wie sich im Osten das Licht des neuen Tages hinter den Gipfeln hervorschob. Die Sonne löste den Mond mit ihrer strahlenden Kraft ab, so, als wollte sie ihm zeigen, was Leuchten hieß. Während der Mond sich wehrte und für eine letzte Frist seinen blassen Schatten am Himmel hielt, erloschen die Sterne so diskret, dass sie schon verschwunden waren, bevor man noch einmal nach ihnen sehen konnte.

Es war noch zu dunkel, um aufzubrechen, ihr Weg führte weiter steil ins Tal hinab, sie mussten vorsichtig sein. Sie hatten Zeit genug, sie hatten sich von Anfang an entschieden, nicht durch die Berge zu hetzen. Lieber eine kürzere Route, so hatten sie sich gesagt und dafür die Augenblicke intensiver genießen. Jetzt war so ein Augenblick. Die Stille hielt sich, während die Töne in Rot und Gelb sich ausdehnten und nach und nach den Himmel einfärbten. Es war ein großartiges Farbenspiel. Nach einer Weile bat Bill Alexander, er sollte weiter von seiner Reise durch Indien berichten. Alexander nickte. Bills Gedanken hingen vermutlich doch wieder an einem Punkt in der Vergangenheit fest, von dem er gern losgerissen werden wollte.

„Nun, ich bin tatsächlich mit dem Zug quer durch Südindien gefahren, von Cochin-Ernakulum nach Madras, der Megastadt am Golf von Bengalen. Noch am selben Abend des Tages, an dem ich Alis finsteres Gasthaus verließ, verbrachte ich die Nacht auf einer Holzpritsche in einem Liegewagenabteil. Insgesamt teilten sich fünf Personen vier Holzbänke, ein indisches Ehepaar mit seinen zwei Kindern und ich. Mir stand eine der beiden Klappliegen unterhalb der Abteildecke zu, also kletterte ich mit meinem Rucksack hinauf und machte es mir so gemütlich wie möglich. Ein Pullover diente mir als Kopfkissen und mein dünner Bettbezug aus Baumwolle als Decke. Unter dem kleinen Deckenlicht las ich, bis mir vom gleichmäßigen Rattern der Waggonräder die Augen zufielen.

Ich erwachte von der lautstarken Morgentoilette des Familienvaters unter mir. Er hatte sich eine Schale Wasser besorgt, fuhr sich mit feuchten Händen durch Gesicht und Haare und befreite danach Nase und Rachen unter lautem Schnauben vom überflüssigen Schleim. Draußen graute der Morgen. Ich drehte mich auf den Bauch und spähte aus dem Fenster. Ich war selig, keine Wolke am Himmel, also auch kein Monsun. Wie heute Morgen beobachtete ich damals das faszinierende Schauspiel eines Sonnenaufgangs, damals im Bundesstaat Tamil Nadu. Wir durchquerten eine weite, steppenartige Landschaft, die mit einem breiten Pinsel in verschiedenen Rottönen gemalt schien, bis wir Madras erreichten.

Mir lag nicht an der Besichtigung einer Metropole, deswegen fuhr ich sofort mit dem Bus weiter Richtung Mahabalipuram. Indisches Stadtleben wollte ich später in Bombay, Delhi oder Kalkutta kennen lernen, jetzt wollte ich Natur erleben und, wenn es möglich war, mit Einheimischen Kontakt aufnehmen. Laut meinem Reiseführer und den Empfehlungen von Herrn Bhavan war Mahabalipuram eine kleine südindische Stadt mit reicher Kultur, vor allem wegen der einzigartigen Strandtempel und Felsskulpturen. Außerdem hatte Herr Bhavan von einer Oase der Ruhe gesprochen. Nach all dem Lärm und den Regengüssen in Trivandrum, Quilon und Cochin freute ich mich auf lichte, beschauliche Tage. Wie gut meine Entscheidung war, merkte ich, als der Bus Madras durchquerte. Die Stadt pulsierte im ewig dröhnenden Verkehrslärm und im fortwährenden Rattern und Hämmern der Baumaschinen. Es herrschten Hektik und Chaos, und es war schon am Vormittag unvorstellbar heiß. Schlammige Straßen wie an der Westküste gab es hier nicht, hier dominierte feiner Staub, der ständig in dichten Wolken in der Luft hing.

Der Überlandbus war brechend voll, den Fenstern fehlten die Scheiben, Gitterstäbe verhinderten, dass etwas hinausfallen konnte. Der ständige Luftzug ersetzte die Klimaanlage. Die Fahrt von Chennai nach Mamallapuram, was identisch war mit der Route Madras – Mahabalipuram, dauerte drei Stunden für rund sechzig Kilometer. Die meiste

Zeit verbrauchten wir in den Straßen der Großstadt und an den Haltestellen auf dem Land. Als wir schließlich ankamen, waren wir über und über mit Staub bedeckt.

Ich merkte sofort, dass ich mich in Mahabalipuram wohl fühlen würde. Die kleine Stadt lag friedlich da, mit fünftausend Einwohnern war sie, trotz des bescheidenen Tourismus, für indische Verhältnisse ein Dorf. Die Menschen bewegten sich ruhig, es regnete nicht und die Hitze ließ sich ertragen. An der Bushaltestelle sah ich mich um, schulterte meinen Rucksack und schlenderte durch die Straßen. Ich wollte den Ort in Ruhe auf mich wirken lassen und später entscheiden, wo ich wohnen wollte. Es gab keine Schlepper, die mich daran hinderten.

Neben einer Kreuzung zweier unbefestigter Wege lag eine weiße Kuh. Sie wäre mir wohl kaum noch aufgefallen, wenn sie nicht so dicht neben einem Schachbrett gelegen hätte. Zwei Einheimische saßen im Staub und ließen sich in ihrem Spiel von dem Tier nicht stören, das sicher nicht dort gelegen hatte, als sie ihr Brett aufbauten. Ein Publikum von fünf Männern hockte im Halbkreis um die beiden Spieler, neugierig stellte ich mich dazu. Die Partie steckte im Mittelspiel mit leichten Vorteilen für Schwarz, das am Zuge war.

Spieler und Zuschauer analysierten sorgfältig die Stellung der Specksteinfiguren. Der Inder, der die schwarzen Steine spielte, entschloss sich eben zur Dame zu greifen und hätte damit eine mögliche Fesselung des generischen Läufers mit seinem Turm ausgelassen – ein wunderbarer Zug! Selbstverständlich wollte ich mich nicht einmischen, ich selbst mochte keine Kiebitze, die alles besser wussten. Gleichwohl entglitt mir im kurzen Schreck über die verpasste Gelegenheit ein undefinierbarer Ton, der in der angespannten Stille nicht zu überhören war. Sieben indische Augenpaare wendeten sich mir zu. Mein leises ‚sorry' ließ die Gesichter freundlich lächeln und ihr Interesse verlagerte sich wieder auf das Spiel. Der Tourist schien vergessen. Der Spieler allerdings, der am Zuge war, zog seine über der Dame schwebende Hand zurück, überdachte die Situation und entdeckte die Chancen seines Turmes. Drei Züge später gab Weiß auf. Ich hoffte, der Verlierer würde mir nicht böse sein und wollte eben gehen, als der Unterlegene sich erhob und mir liebenswürdig seinen Platz anbot. Ich konnte keine Ironie in seiner Miene erkennen, die mir sagen sollte: Wenn du eh alles besser weißt, spiel doch selbst. Es war eine gut gemeinte Einladung. Die anderen nickten ermutigend, ich sollte gegen den Sieger spielen. Unsicher sah ich in die Runde, aber ich sah nur lächelnde Menschen und nahm das Angebot an.

Während ich die weißen Steine aufstellte, entfernte sich einer der Zuschauer für einen Moment und kehrte im nächsten mit einem Tablett voller Teegläser zurück. Freundlich nickend verteilte er sie, er selbst verzichtete zu meinen Gunsten, bekam aber später von einer Frau ein Glas nachgereicht. Gemeinsam nippten wir am heißen Tee, so hatte ich es mir gewünscht – Indien unter Indern erleben. Ich stellte mein Glas in den Sand und eröffnete das Spiel mit meinem Königsbauern. Mein Gegenüber antwortete mit der sizilianischen Variante. Schach – nach allen Regeln der Kunst, an einer staubigen Straßenecke, unter Palmwedeln, vor einer bescheidenen Hütte, in der ein Radio indische Schlager dudelte.

Die Partie währte drei Gläser Tee lang und endete mit einem Remis. Sie war spannend bis zum Schluss, mal hatte ich die Oberhand, mal fürchtete ich, mich aus der Umklammerung der gegnerischen Figuren nicht mehr befreien zu können. Wir feierten gemeinsam das Unentschieden. Mein Gegner nannte mich *Kasparov*, ich nahm den Spaß auf und nannte meinen Konkurrenten *Anand*. Die Männer sahen einander stumm an. Hatte ich etwas Falsches gesagt? War ich in ein Fettnäpfchen getreten? Ich wollte nur freundlich sein und nebenbei einfließen lassen, dass indische Großmeister des Schachs weltbekannt waren – jedenfalls ein Weltklassespieler wie *Viswanathan Anand*. Vielleicht war *Anand* ein Sikh oder ein Singhalese und hier verhasst wie die Pest? Bevor ich mich erkundigen und mich gegebenenfalls entschuldigen konnte, begannen die Einheimischen aufgeregt zu reden. Sie erklärten mir, dass sie erstaunt seien, dass ein Europäer einen indischen Schachspieler mit Namen kennt.

Höflich verabschiedeten wir uns voneinander und verabredeten uns für einen der nächsten Tage, um in einer zweiten Partie einen Sieger zu ermitteln. Ich schlenderte wieder durch die Straßen und entdeckte später eine kleine Pension in einer Seitengasse, nicht weit entfernt vom Schachplatz. Eine Frau, die sich als die Vermieterin herausstellte, fegte gerade den kleinen Vorplatz, und ich fragte aufs Geratewohl, ob wohl ein Zimmer frei wäre. So fand ich eine saubere Unterkunft mit Dusche und Toilette. Mehr brauchte ich nicht.

Nachdem ich mir den Staub der langen Zugreise und der anschließenden Busfahrt gründlich abgeduscht hatte, sah ich mich nach einem Restaurant um und fand das *Travellers Inn*. Es bestand aus einem Häuschen und einem Riesengarten, in dem Tische und Stühle verteilt waren. Ich setzte mich an einen Tisch für zwei Personen und studierte die Menükarte. Sie las sich wie der Speisezettel vom Paradies. Es gab Kaffee! Richtigen Kaffee *european or italian style*, und es kam mir vor, als hätte ich eine halbe Ewigkeit keinen getrunken. Ich bestellte dieses und jenes und zwei Stunden später saß ich noch immer auf meinem Platz im *Travellers Inn*, trank Kaffee und las die letzten Seiten von Gandhis Biographie, die Julie mir überlassen hatte. Ich fühlte mich sauwohl. Den anderen Gästen schien es ebenso zu gehen, sie saßen mit der gleichen Ausdauer und erzählten sich von ihren Reiseerlebnissen. An fast allen Tischen wurde Englisch gesprochen, die Sprache diente als Brücke zwischen den verschiedenen Nationalitäten.

Einer der Männer vom Nachbartisch lächelte mir zu und band mich in das Palaver ein. Wir rückten zusammen und bis in die Nacht erzählte jeder von seinen Erlebnissen. Ich erinnere mich deswegen so genau, weil ich mich das erste Mal auf meiner Reise selbst als Traveller fühlte, ich gehörte dazu.

Herr Bhavan sollte recht behalten: Mahabalipuram war eine Reise wert. Der erste Tag hatte es gezeigt und mein erster Morgen sollte seine Aussage unterstreichen. In Shorts, dünnem Unterhemd, Badeschuhen und einem Handtuch über der Schulter, wanderte ich vor dem Frühstück zum Meer, das quasi vor meiner Haustür lag – der Golf von Bengalen. Ich lief über den herrlichen Sandstrand, stürzte mich in die warmen Wellen und genoss das Bad in dem Wasser, das im Norden den Ganges aufnahm und im Osten die Küsten Thailands und Malaysias umspülte. Unermüdlich versuchten mich die Wellen an Land zu spülen, und ebenso unermüdlich tauchte ich unter ihnen hindurch oder hechtete über sie hinweg, so lange, bis mein Blick eher zufällig Richtung Süden fiel. Da erst entdeckte ich, in welcher Welt ich badete. Ich war so schnell über den goldgelben, feinen Sandstrand ins Wasser gerannt, dass ich die Gegend um mich herum nicht beachtet hatte.

Es gab Leute, die reisten zehntausend Kilometer, gaben Tausende von Euro oder Dollar aus, nur um die drawidischen Sandsteintempel von Mahabalipuram zu besuchen, die immerhin zum Weltkulturerbe zählten – und ich übersah sie. Albern verbeugte ich mich vor den Wunderwerken frühindischer Kunst und versprach, mich in Zukunft respektvoller zu benehmen.

Später, beim Frühstück, las ich das Wichtigste über Südindiens Strandtempelanlagen nach, dann brach ich auf, um mir diese Kunstwerke aus der Frühgeschichte des Landes genauer anzusehen. Die Tempel sind über den Strand und das daran anschließende Hinterland verteilt, sie beeindrucken auf den ersten Blick durch ihre filigran in Stein gehauenen Darstellungen von Gottheiten, Tieren, Menschen und Mythen. Im Zentrum des größten Strandtempels erhebt sich ein pyramidenförmiger Turm, seine Dachstufen, die *Vimana*, sind verziert mit Ornamenten und Reliefs. Die gesamte Tempelanlage in Mahabalipuram gilt als Schrein für Vishnu und Shiva, die, zusammen mit Brahma, die führenden Gottheiten im Hinduismus darstellen.

Vishnu ist der Gott, der das Universum erhält. Er leitet die Menschen zu richtigem Handeln an und beschützt die wahrhaft Gläubigen. Er gilt als der Erlöser. In seiner Erhabenheit ruht er auf der Weltenschlange Shesha, einem Fabeltier aus der indischen Mythologie. Vishnus Lebensgefährtin ist Lakshmi, sie selbst ist die Göttin des Reichtums und des Glücks und unterstützt Vishnu. Jeder Gottheit ist ein Reittier zugeordnet, zu Vishnu gehört Garuda, ein Geschöpf halb Mensch, halb Adler. Bislang hat Vishnu die Erde in neun verschiedenen Gestalten besucht, die ein und denselben Geist beherbergten. Zu diesen Wesen gehören unter anderen Krishna und Rama. Die Hindus erwarten Vishnus neuerliche Rückkehr unter die Menschen als seine zehnte Inkarnation.

Shiva ist Vishnus Gegenspieler. Obwohl das Wort Shiva aus der altindischen Schriftsprache *Sanskrit* stammt und *Der Gütige* heißt, steht er für Tod und Zerstörung. Aber erst mit ihm ist die Welt komplett, denn ohne Vernichtung keine Wiedergeburt, ohne Tod kein neues Leben. Sein Reittier ist Nandi, ein Zebubulle. Shivas Frau Parvati ist die Tochter des Himalaja. Eines von Shivas und Parvatis gemeinsamen Kindern ist Ganesha, der elefantenköpfige Gott der Weisheit. Ganesha ist einer der beliebtesten Gottheiten in Indien überhaupt. Die Hindus verehren seine Güte und Klugheit, außerdem vereint er die Anbeter Vishnus und Shivas, denn beide Anhänger lieben Ganesha.

Der dritte Gott aus dem hinduistischen Dreigestirn ist Brahma. Er gilt als der Schöpfergott und ist der herausragende Gott im Dreigestirn der Hindus. Brahma ist von allen Gottheiten am wenigsten zugänglich, denn er ist unsichtbar und für den Menschen nur durch die Sinne erfahrbar. Seine Gefährtin ist Saraswati, von der auch behauptet wird, dass sie seine Tochter ist. Brahmas Reittier ist ein weißer Schwan.

Staunend stand ich damals inmitten des größten Tempels, der einst zu Vishnus und Shivas Ehren erbaut worden war. Zur Seeseite wird er durch eine Mauer vor der zerstörenden Kraft des Wassers geschützt. Überall trägt der Sandstein Spuren der Verwitterung. Innen bilden Mauern und Tore, die zum eigentlichen Schrein führen, einen Teil des historischen Bauwerks. Ehrfürchtig dachte ich daran, dass dieses Kunstwerk vor über tausend Jahren, im achten Jahrhundert, von den Drawiden erbaut worden war.. Die Drawiden hatten einst in der Südhälfte Indiens gelebt, bevor sie von indoeuropäischen Einwanderern an den südöstlichen Rand des Subkontinents zurückgedrängt wurden. Heutzutage ist die Mehrheit der Inder indoeuropäischer Abstammung, während die Tamilen im Süden ein Volk drawidischen Ursprungs sind. Sie sind bis heute eine Volksgruppe mit eigener Sprache, Schrift und Kultur, deren Ansprüche auf Eigenständigkeit beständig blutige Auseinandersetzungen auslösen.

Kein Buch, kein Vortrag konnte mir die geschichtlichen und religiösen Zusammenhänge so klar machen wie die fassbaren Spuren der Vergangenheit in Mahabalipuram. Natürlich war es immer noch nicht viel, was ich von der indischen Mythologie, von seinen Urvölkern und dem Hinduismus wusste, aber es war ein Anfang. Zudem hatte ich endlich etwas durchschaut, was mich bis zu meinen Tagen in Mahabalipuram gelegentlich verwirrt hatte: Hinduismus und Buddhismus sind absolut eigenständig, ihre Gemeinsamkeit beschränkt sich im Wesentlichen darauf, dass sie beide ihren Ursprung in Indien haben. *Buddha* ist der Erleuchtete, seine Lehren begründeten einst den Buddhismus. Grundlage des Hinduismus sind die vier *Veden*, vier Bücher, in denen die Geschichte der Götter, allen voran Brahma, Vishnu und Shiva, niedergeschrieben steht. Die vier *Veden* sind damit die Heiligen Schriften der Hindus.

Ich verließ die Tempel, überquerte die Hauptstraße, die Great Raja Street, und erreichte ein riesiges Felsenrelief von siebenundzwanzig Metern Länge und neun Metern Höhe. Es heißt *Arjunas Buße*, aber ob es tatsächlich die Buße König Arjunas darstellt, ist nicht erwiesen. Arjuna ist eine Gestalt aus dem Mahabharata, einem altindischen Epos. Auf dem Felsenrelief soll dargestellt sein, wie er vor Gott Shiva Buße tut, weil er in der berühmten Zehnkönigsschlacht Freunde und Verwandte getötet hat. Eine andere Interpretation besagt, dass die Schöpfung des Ganges durch die Flussgöttin Ganga dargestellt wird, vom Ursprung des heiligen Flusses im Himalaja bis zu seiner riesigen Deltamündung in den Golf von Bengalen. Gleichwie, *Arjunas Buße* ist ein in Stein gehauenes Bilderbuch, prall gefüllt mit mythischen Figuren, Pflanzen und Vögeln sowie prächtigen Elefanten in Lebensgröße. Das Werk ist so figurenreich, dass man immer neue Details entdeckt: Menschen im Alltagsleben, Frauen beim Melken, Männer im Kampf, Tänzerinnen, die ihre geschmeidigen Körper biegen, Yogis, Götter, Tiere und Fabelwesen.

Am oberen Rand, im schattigen Halblicht einer Nische,

erspähte ich die naturgetreue Darstellung einer Ziege. Sie beeindruckte mich solange als gelungenes Kunstwerk, bis sie sich erhob und über schmale Grate und nur um Millimeter hervorspringende Kanten den fast lotrecht abfallenden Fels hinabkletterte. Als lebendes Tier und geschickte Kletterin war sie mindestens ebenso imponierend wie als mutmaßliche Steinfigur.

Ich wanderte weiter und passierte einige *Mandapams*, in Fels gehauene Höhlentempel, in denen Hindus ihren Gottheiten huldigen. In jedem dieser *Mandapams* steht Pulver unterschiedlicher Farbe, mit dem sich die Gläubigen Zeichen auf die Stirn malen, so genannte *Tikas*. Die Anhänger Vishnus erkennt man an den vertikalen Streifen, die Shivas an den horizontalen. Mit einem Punkt in der Mitte der Stirn huldigt man der Göttin Lakshmi, der Gefährtin Vishnus.

Mein Weg führte weiter zu den fünf *Rathas*, sie spiegeln jeweils verschiedene Frühformen drawidischer Tempelbauweise wider. Man kann sie als Übungsstücke der drawidischen Architektur bezeichnen, die sich alle ein wenig voneinander unterscheiden. Eines der *Rathas* ist aus glattem Stein und besitzt ein Spitzdach, das nächste wirkt breit und plump, andere ähneln bereits der endgültigen Pyramidenform."

Alexander legte eine Pause ein und stand auf. Inzwischen war es vollkommen hell. Er ging zu seinem Rucksack und suchte etwas darin. Henry setzte Wasser auf und verteilte gefriergetrockneten Kaffee auf vier Becher. Bill und Sam waren sich einig, dass sie irgendwann einmal auf eine Reise in die Berge verzichten mussten, um den Rest Indiens zu erkunden. Es gab so viel zu sehen in diesem Land, sie wurden ihm nicht gerecht, wenn sie ausschließlich Zanskar und Ladakh besuchten. Im Gegenteil, die Menschen hier oben betrachteten sich kaum als Inder, sie sahen sich als Zanskaris und Ladakhis. Ihre Heimat war nicht nur durch die natürlichen Mauern der Berge abgegrenzt vom indischen Staat, auch mit den beiden Hauptreligionen Indiens, dem Hinduismus und dem Islam, hatten Ladakhis nichts zu tun, sie übten den Lama-Buddhismus aus, eine tibetanische Sonderform des Buddhismus. Wenn man Ladakh Nähe zu einem anderen Staat zuschreibt, dann zu Tibet, wegen der gemeinsamen religiösen Ursprünge.

Henry reichte den anderen die Kaffeebecher.

„Es gibt Theorien, dass die Strandtempel in Mahabalipuram Spuren präastronautischer Wesen sind."

„Was sind denn präastronautische Wesen?" wollte Bill von Henry wissen.

„Nun, das bedeutet, dass es Menschen gibt, die glauben, dass die Erde seit Urzeiten von Wesen aus dem All besucht wird. Die Tempel sollen sozusagen ein Erbe ihrer frühen Besuche sein."

„Aber das ist doch Spinnerei!"

Sam wedelte mit seiner Hand vor der Stirn.

„Glaubst du! Andere fragen, wie konnten Menschen vor über tausend Jahren solche filigranen Skulpturen aus einem einzigen Stein hauen. Die *Rathas* sind nämlich monolithische Kunstwerke."

„Trotzdem ist das Quatsch!"

„Und was ist mit *Krishnas Butterfass*?"

Alexander mischte sich in das Gespräch ein.

„Was soll damit sein? Was ist das überhaupt?“ Sam sah von Alexander zu Henry, sie waren die Experten, aber glaubten sie wirklich an diesen Humbug?

„*Krishnas Butterfass* ist ein Werk aus Stein, exakt zweieinhalb Meter im Durchmesser und zwei Meter tief.“

„Na und, die Drawiden werden doch damals schon Hammer und Meißel besessen haben.“

Sam ließ nicht locker. An etwas glauben, was nicht zu beweisen war, war nicht seine Sache, er sah Henry herausfordernd an.

„Sicher, sie waren großartige Handwerker, das hat man bewiesen und sie besaßen einiges an Werkzeug, unter anderem auch Hammer und Meißel, aber so einfach ist die Sache nicht. Das Butterfass ist aus einem einzigen gewachsenen Felsbrocken millimetergenau herausgeschnitten worden. Geschnitten, sage ich! Es gibt nicht die geringste Spur von Meißelarbeiten und selbst geschicktestes Polieren kann nicht verbergen, wenn etwas mit Schlägen erarbeitet worden ist. *Krishnas Butterfass* ist mit einem einzigen sauberen Schnitt aus einem riesigen Felsbrocken geschnitten worden, Präzisionsarbeit wie mit einer modernen Maschine, allerdings vor tausend Jahren.“

„Du willst mir doch nicht erzählen, dass vor tausend Jahren irgendwelche Oldtimer-Raumschiffe in Mahabalipuram gelandet sind, deren Besatzung handwerklich ein bisschen geprotzt hat, und dann wieder verschwunden ist.“

„Ich will gar nichts. Ich gebe nur wieder, was entdeckt wurde und stelle fest, dass es Dinge gibt, die unerklärlich sind.“

„Die Bauweise der Pyramiden in Ägypten hat man auch

lange nicht klären können. Ich bin sicher, es gibt auch eine natürliche Erklärung für *Krishnas Butterfass.*“

Die vier Männer unterhielten sich beim Kaffee noch eine Weile darüber, ob der Mensch jemals in der Lage sein würde, alle Rätsel der Welt zu lösen. In diesem Punkt wurden sie sich einig, niemals würde das möglich sein. Bill war derjenige, der sie zu Alexanders Indienbericht zurückführte. Er wollte nicht abschweifen, weil er nicht sicher war, wo ihre Exkursion ins Parapsychologische endete. Er hatte Bedenken, dass sie am Ende ihrer mystischen Fragen auf das Jenseits und das Thema Wiedergeburt zu sprechen kamen, und das war für Bill ein heikles Thema, in das er sich nicht vertiefen wollte. Er war zwar kein Anhänger von Reinkarnationstheorien, trotzdem hatte er sich im Zuge seiner Trauerarbeit gelegentlich auf derlei Gedanken eingelassen. Es war ihm nicht gut bekommen. Sehr schnell war er bei der Frage gelandet, ob er je seine Laura wiedersehen würde, und wenn ja, wie würde dann seine kleine Carry aussehen? Würde sie ein ewiges Baby sein? Bill schüttelte diese Gedanken ab, die nun doch wieder in ihm hochgekrochen waren und forderte Alexander auf, weiter von Mahabalipuram zu erzählen.

„Als ich wieder ins Zentrum von Mahabalipuram zurückkehrte, suchte ich nach einem Schneider. Ich wollte mir eine jener leichten indischen Baumwollhosen nähen lassen, die man in der Taille und an den Knöcheln mit einfachen Schnüren bindet. Sie sind bequemer und zweckmäßiger als Jeans oder Shorts. Jeans sind zu warm und zu eng, und eine kurze Hose saugt den Schweiß an den Beinen nicht auf, man kann auf jedem Stuhl mit den nackten Schenkeln festkleben.

Ich fand eine Schneiderei in der Rajastreet, nur ein paar hundert Meter von meiner Unterkunft entfernt. Der Schneider saß im Sitz seines Berufsstandes auf einem quadratischen Tisch und schien mich zu erwarten. Er begrüßte mich so freundlich, als würde er einen alten Bekannten wiedersehen, der ihn längst hätte besuchen sollen. Ich sah mich um, hatte jemand mit mir das Geschäft betreten? Aber ich stand allein im Eingang und ließ den schweren Vorhang hinter mir zurückfallen. Ich erklärte mein Anliegen, und der Schneider sprang aus seinem Sitz, dankte für mein Vertrauen, nannte seinen Namen und griff nach einem Meterband. Im Nu nahm er mit flinken Händen meine Maße, immer wieder unterbrochen von einem ‚*No problem, Sir!*'. Als er soweit war, holte er Stoffballen hinter einem Vorhang hervor und rollte sie für mich ein Stück ab, damit ich Farbe und Qualität beurteilen konnte. ‚*No problem, Sir!*'.

Uma sah nicht aus wie ein Inder, ich hätte ihn eher für einen Spanier gehalten, aber er ließ mir keine Zeit, weiter über seine Herkunft nachzudenken. Er präsentierte mir Stoff um Stoff, schließlich schwirrte mir der Kopf von den unterschiedlichen Rot-, Gelb-, und Blautönen, dabei wollte ich nur eine einfache Hose. ‚*No problem, Sir!*' Ich konnte mich zwischen einem gedeckten Rot und einem kräftigen warmen Gelb nicht entscheiden. Zu Hause in Deutschland wäre es keine Frage gewesen, eine gelbe Hose wäre dort indiskutabel für mich, aber hier in Indien, warum nicht? Uma sah mein kleines Dilemma.

‚No problem, Sir! Very cheap! Only hundred Rupies! The day after tomorrow, all is ready!'

Ich kam nicht mehr dazu, mich zu entscheiden, Uma

schob mich aus seinem Laden. Im ersten Moment war ich ein wenig ärgerlich, woher wollte er wissen, welche Farbe es nun sein sollte, wenn ich es selbst nicht wusste. Zurück auf der Straße erinnerte ich mich daran, dass ich den Schneider hatte fragen wollen, ob er wusste, wo man Wäsche waschen lassen konnte, langsam gingen mir die Hemden aus.

„No problem, Sir! I will do it for you! No problem!“

Alles kein Problem. Ich ging, holte meine Schmutzwäsche, brachte sie Uma und bekam den gleichen Termin wie für die Fertigstellung der Hose – übermorgen. Über die Farbe des Stoffes sprachen wir nicht weiter, er sagte nichts dazu, und ich schnitt das Thema nicht an, weil ich inzwischen gespannt war, wie Uma sich für mich entscheiden würde.

Die Zeit in Mahabalipuram verging so, wie man es für gute Zeiten gewohnt ist – rasend schnell. Für jeden Tag hatte ich ein kleines Programm. Am Tag nach meinem Besuch bei Uma besorgte ich mir ein Rad bei einem Verleih und fuhr damit nach Chengalpattu über Tirukkalikundram, allein diese Ortsnamen klangen nach Fernreise und Abenteuer. Mindestens zehn Mal musste ich mich auf meiner Landkarte der richtigen Buchstabenfolge vergewissern, nur um sie am Abend, beim Eintrag ins Tagebuch, wieder völlig durcheinander zu würfeln. Auf dem Rad unterwegs merkte ich schnell, dass ich auf keinen Fall ohne Getränk hätte losfahren dürfen. Ich hatte einfach nicht daran gedacht. Nach wenigen Kilometern fühlte ich mich in der Hitze und durch den trockenen Wind ausgedörrt, als sei ich tagelang durch die Wüste gepilgert. Die Zunge klebte mir am Gaumen und mein Rachen fühlte sich rissig an.

In einer kleinen Siedlung stoppte ich. Vor einer Hütte stand eine Holzkiste mit Limonade. Die kleinen Flaschen gefüllt mit einer zitronengelben Flüssigkeit waren meine Rettung. Außerdem gab es indische Cola, die mit dem Daumen nach oben, Thumbs-up-Cola, bislang hatte ich sie nicht probiert. Ich kaufte je eine Flasche. Durstig setzte ich zuerst die Cola an und verschluckte mich beinahe, so süß war der Inhalt. In der Hoffnung auf Besseres, aber inzwischen vorsichtig geworden, nippte ich an der einheimischen *Fanta*. Der Zucker, gepaart mit Zitronensäure, brannte mir im Rachen. Durstiger als zuvor, bestellte ich *Chai*, was ich von vornherein hätte tun sollen. Der heiße Tee stillte den Durst besser als alles andere.

Als ich mich nach dem zweiten *Chai* auf mein Fahrrad schwang, sah ich, wie zwei Kinder aus einer dunklen Ecke der Hütte aufsprangen und sich über die Limonade hermachten. Ich hatte sie schon vorher nach dem Fremden spähen sehen, aber sie hatten sich nicht getraut hervorzukommen. Nun kehrte ich um und sie blickten ängstlich auf. Als ich beiden je einen Kugelschreiber schenkte, entspannten sich ihre Gesichter. Ich hatte gelesen, dass Kugelschreiber in Indien sehr begehrt waren und bei der Auflösung meines Kioskinventars waren Hunderte übrig geblieben. Ich hatte eine kleine Plastiktüte voll in meinen Rucksack gepackt und bei Gelegenheiten wie dieser wollte ich sie nach und nach verschenken. Der Bann war gebrochen, die Kinder lachten, als hätte ich einen Walkman oder Gameboy hergegeben und schoben mich auf meinem Fahrrad übermütig an.

Später, auf dem Rückweg nach Mahabalipuram, bog ich in einen Feldweg, der zum Strand südlich des Dorfes führte. Weit und breit war niemand zu sehen. Ich stand vor dem Indischen Ozean, nichts als weißer Strand und Meer, im Norden waren eben die Strandtempel von Mahabalipuram zu erkennen. Hohe Wellen rollten auf das Ufer zu. Ich setzte mich in den Sand und beobachtete das Wasser – halb träumte ich, halb studierte ich den Rhythmus der Wellen. Das Wasser strotzte vor Kraft und Eleganz, aber es fehlte ihm die ruhelose Gewalt unberechenbarer Strömungen. In gleichmäßigen Abständen zog es sich zurück, um dann von neuem in mächtigen Wellen mit weißen Schaumkronen den Strand zu überrollen. Mir schien es jedes Mal, als verharrte das rücklaufende Wasser kurz, um mir etliche Meter des feinsandigen Meeresbodens zu präsentieren und mich damit zu locken. Je länger ich saß und zusah, desto weiter schien sich das Meer zurückzuziehen. Ich folgte den Lockungen, zog mich aus und stellte mich dorthin, wo das Wasser meine Zehenspitzen eben umspülte. Als es wieder einmal ablief, um sich weiter draußen aufzutürmen, lief ich ihm hinterher, unterbewusst registrierte ich, wie abschüssig die Küste an dieser Stelle war und wie tief damit das Wasser im nächsten Moment sein würde. Ich rannte und bereitete mich mit all meiner Kraft auf den bevorstehenden Angriff vor und im nächsten Moment stürzte eine haushohe Welle auf mich zu. Hab ich dich endlich, schien sie zu sagen, riss mich von den Füßen und wirbelte mich durchs Wasser. Sekunden später lag ich am Strand und war vom Sand paniert. Das warme Wasser und der weiche Sand hatten mich nicht verletzt, das Spiel mit der Kraft des Meeres war pures Vergnügen. Wieder und wieder warf ich mich in die Wellen, bis ich erschöpft im Sand liegen blieb, das Wasser rollte weiter

– beständig und stark. Erschöpft und durstig klopfte ich mir den Sand vom Körper, zog meine Shorts an und schob mein Fahrrad aus den Dünen. Bevor ich Mahabalipuram erreichte, hatte mich der warme Fahrtwind von Millionen Sandkörnern befreit."

„So wie dir damals geht es mir jetzt", sagte Bill, der sich inzwischen auf einen kleinen Vorsprung einen halben Meter unterhalb des Felsüberhangs gesetzt hatte und halb liegend in die Luft starrte. Die Sonne schien warm, die Männer hatten die Schlafsäcke von den Schultern rutschen lassen und ihre Jacken ausgezogen.

„Mein Meer ist der Himmel, meine Wellen sind die Berge und meine Verlockung ist diese wunderbare Landschaft. Gott hat das nicht geschaffen, damit man für immer traurig bleibt, oder?"

„Nein", krächzte Sam, dem ein Kloß im Hals saß, er musste sich räuspern, bevor er weitersprach:

„Nein, das hat er nicht. Ich bin sicher, eines Tages wird aus den Glücksmomenten dauerhaftes Glück, dann wirst du an Laura und Carry als an etwas Wertvolles zurückdenken, das du erleben durftest, das gewesen ist, und das, wenn auch mit jahrelanger Verzögerung, ein neues Glück eingeleitet hat."

Bill nickte stumm. Es blieb still, bis Alexander vorschlug aufzubrechen.

„Okay, aber erzähl uns erst noch, was aus deiner indischen Pluderhose geworden ist", forderte Sam ihn auf.

„Ja", fügte Bill hinzu, „ich sollte einen Rekorder laufen lassen und aus deiner Geschichte eine Artikelserie machen. Also, welche Farbe hatte deine neue Hose?"

„Gut, das noch, bevor wir aufbrechen. Zwei Tage später suchte ich Uma in seiner Schneiderei auf. Wieder begrüßte er mich wie einen alten Bekannten und übergoss mich mit einem Schwall seines *Pidgin-English*. Er lud mich zum *Chai* ein, von der Hose, die ich in Auftrag gegeben hatte und von den schmutzigen Sachen, die ich zum Waschen nachgereicht hatte, war keine Rede. Uma fragte mich, wie lange ich noch in Mahabalipuram bleiben wollte und wohin mich meine Reise führte. Ich erzählte ihm von meinem Plan, Indien von Süd bis Nord zu bereisen, und als ich beiläufig eine geplante Zwischenstation in Goa erwähnte, unterbrach er mich mit einem neuen Redeschwall. In blumenreichen Worten betonte er die Schönheit der ehemaligen portugiesischen Kolonie südlich von Bombay und sagte mir, dass er aus Mapusa, Goa stammte.

In Umas Adern floss also portugiesisches Blut, damit war geklärt, warum ich den Schneider für einen Spanier gehalten hatte. Beim zweiten Glas *Chai* schrieb er mir die Adresse seiner Verwandten in Mapusa auf. Ich sollte sie unbedingt besuchen. Ich versprach es und fragte nach meiner Hose und der Wäsche.

‚Yes Sir! Sure! No problem, Sir!‘

Unvermittelt erhob er sich, verschwand im hinteren Teil seines Geschäftes und kehrte mit drei Paketen zurück, zwei kleinen, flachen und einem größeren. Das größere übergab er mir, es war meine saubere Wäsche. Ich bedankte mich. Dann nahm Uma eines der kleineren Pakete und packte eine rote Hose aus. Er hatte sich also für Rot entschieden. Er hatte recht damit getan, es war ein schöner Farbton und passte zum schlichten Schnitt der Hose. Ich probierte sie an und war zufrieden, sie saß perfekt, war leicht und bequem. Inzwischen hatte Uma das zweite Paket geöffnet und eine weitere Hose hervorgeholt, sie leuchtete in dem Gelb, das mir so gefallen hatte. Verdutzt schaute ich den Schneider an. Gestenreich hielt er mir die Hose hin und forderte mich auf, sie ebenfalls anzuprobieren. Sie saß ebenso perfekt wie die erste und die Farbe gefiel mir. Bei mir daheim wäre ich als Kanarienvogel unter Spatzen herumgelaufen, aber hier passte sie. Mein Protest, dass ich nur eine Hose in Auftrag gegeben hatte, fiel milde aus, trotzdem reagierte Uma sofort darauf.

‚No Sir! No problem, Sir! No money for this! It's a gift, from Uma to you!‘

Nun war ich wirklich platt. Indische Kaufleute gelten als sehr geschäftstüchtig, manchmal sogar im Übermaß, und nun wollte mir ein indischer Schneider, den ich bis vor zwei Tagen nicht gekannt hatte, eine maßgefertigte Hose schenken. Das Geschenk konnte ich nicht annehmen, schließlich war ich derjenige, der finanziell auf der Sonnenseite lebte und nicht Uma. Eine Weile wogten die Argumente hin und her, schließlich machte mir mein neuer indischer Freund einen Vorschlag. Ich sollte die Hose ruhigen Gewissens annehmen und ihm dafür einen Gefallen tun. Wenn ich tatsächlich nach Goa reiste, konnte ich seinem Onkel und seiner Tante in Panjim ein Geschenk ihres Neffen überbringen. Diesmal antwortete ich:

‚No problem!‘

Daraufhin verschwand Uma wieder hinter dem Vorhang und schob Sekunden später eine scheue Frau vor sich her. Es war Devi, seine Ehefrau. Schüchtern berührte sie ihre

Stirn zur Begrüßung, verbeugte sich und kehrte hinter den Vorhang zurück. Mit einem Tablett beladen mit Kuchenstückchen und frischem Tee erschien sie wieder. Das Gebäck schmeckte köstlich, und als ich Devi deswegen lobte, verbeugte sie sich wieder, berührte ihre Stirn und verabschiedete sich auf die gleiche, stille Weise, wie sie erschienen war. Uma war stolz auf seine Frau. Sie sei eine ausgezeichnete Köchin, und er, Uma, sei unter einer Anzahl an Bewerbern damals auserwählt worden, ihr Mann zu werden. Nun seien sie schon seit zwanzig Jahren glücklich verheiratet. Ich verschluckte mich an meinem Tee. Uma war allerhöchstens dreißig Jahre alt und Devi Mitte zwanzig, was mein Gastgeber auf meinen Einwand hin bestätigte. Uma sah aber keinen Widerspruch darin. Er erklärte mir, dass es in Indien noch immer üblich sei, im Kindesalter zu heiraten. Zwar seien Kinderehen offiziell nicht mehr erlaubt, aber niemand kümmere sich darum. Mit der Aussteuer verhalte es sich ebenso, erklärte mir Uma. Offiziell sei eine Mitgift verboten, aber das Heiratsgeschenk seiner Schwiegereltern habe für Haus und Grundstück, sein kleines Geschäft und seine Wäscherei gereicht. Stolz bestand er darauf, ein Mann ohne Schulden zu sein und damit zu den Privilegierten in Indien zu gehören.

Heutzutage, wo ich mehr über das Thema weiß, frage ich mich, ob auch seine Schwiegereltern bei diesem großzügigen Brautgeschenk schuldenfrei geblieben sind. Allzu generöse Mitgiften stürzen viele indische Familien, die Töchter zu verheiraten haben, ins Elend. Häufig sind sie nicht in der Lage, die Kredite zu tilgen, die sie für die Hochzeitsbeigabe aufgenommen haben. Das ist ein Grund, warum die indische Regierung ausschließlich geringe Mitgiften erlaubt.

Während Uma und ich also auf dem bequemen Sofa saßen und uns unterhielten, fiel mein Blick auf seine Regale. Sie waren prall voll mit bunten Stoffen. Auf den langen Bügelreihen darunter hingen Kleider, Anzüge und Tücher. Uma entdeckte mein Interesse an den Kleidern und sah mich fragend an. Ich bat ihn um eine Nachhilfestunde in Sachen traditioneller, indischer Kleidung. Wieder kam ein *no problem!*, und er rief nach Devi.

Zuerst griff er nach einer Stoffbahnen, raffte sie in Falten und band seiner Frau einen Teil des wunderschönen blauen Tuches um die Hüften, danach warf er geschickt eine Schlinge, um Schultern und Rücken, steckte sie hier und da in Höhe der Lenden fest, ohne dass ich genau verfolgen konnte, was er tat und breitete zum Schluss zufrieden seine Arme aus. Er zeigte seinem staunenden Gast, was er eben mit einer etwa acht Meter langen und kaum einen Meter breiten Stoffbahn, geschaffen hatte.

‚This is a *Sari*, Sir! The most favourite dress of an indian woman!'

Tatsächlich – vor mir stand Devi im *Sari*, dem üblichen Kleidungsstück für Frauen, nur war dieser blaue Stoff besonders edel und Devi eine Schönheit, die zur Ehre der Göttin *Lakshmi* ein punktförmiges *Tika* auf der Stirn trug. Ein *Sari* besteht also lediglich aus einem einzigen Stück Stoff, das um den Körper geschlungen wird. Uma hatte weder Knöpfe noch Spangen benutzt und heraus kam ein Kleid, das so wunderbar zum Wesen der indischen Frauen passt.

Er erklärte mir, dass ein *Sari* im Bereich des Oberkörpers nur locker geschlungen und geworfen wird, und deswegen die Frauen darunter eine kurze, eng geschneiderte Bluse tragen – eine *Choli*. Während Devi den wunderschönen Stoff ablegte und wieder verschwand, drehte Uma die *Choli* auf einem Kleiderbügel erklärend vor meiner Nase, das winzige Kleidungsstück sah aus wie ein Bustier mit Ärmelansatz. Er hängte *Sari* und *Choli* wieder an ihren Platz und holte einen Anzug hervor. Das Oberteil, die *Kameez* war weit und flatterig, die großzügig geschnittene Hose dazu nannte er *Salwar*. So kleideten sich die Frauen hoch im Norden in Kaschmir, wurde mir erklärt. Danach holte Uma einen enger geschnittenen Anzug hervor. Das auf Körperform geschneiderte Oberteil war mit einem winzigen Stehkragen versehen, er nannte es *Kurta*, die Hose dazu *Churidhar*. Diese Art Bekleidung wird im Land von Frauen und Männern getragen.

Uma fuhr mit seinem Unterricht in Sachen indischer Kleidung fort und griff nach einem Stück Stoff, diesmal ungefärbt. Er wickelte das Tuch um seine Hüften, es war ein *Lungi*, der typische indische Wickelrock für Männer. Der Bequemlichkeit halber kann er beim Gehen hochgekrempelt werden, er wird zum Sitzen aber abgerollt, denn die wenigsten Männer tragen etwas darunter. Zudem schickt sich ein aufgekrempelter *Lungi* innerhalb eines Tempels nicht. Zum Rock tragen die Inder meist ein Hemd im westlichen Stil, oder ihr Oberkörper bleibt unbedeckt. Einen *Lungi* um die Hüften gewickelt und einen Wanderstab in der Hand, so kennt man Mahatma Ghandi von unzähligen Bildern.

Stolz zeigte Uma mir ein paar konventionelle Anzüge wie Europäer sie tragen. Er wollte mir damit zeigen, dass er auch in der Lage war, westliche Kleidung zu nähen. Schließlich erklärte er mir ein langes, schwarzes Gewand mit Haube und Gesichtschutz – eine *Burkha*, das Kleidungsstück traditionsbewusster Moslemfrauen. Ich wunderte mich darüber, dass ein Hindu, und Uma war einer mit Leib und Seele, über alle Konfessionen hinweg schneiderte. Für meinen indischen Freund war das kein Problem, er erklärte es mir. Hindus sehen ihren Hinduismus als Weltreligion, sozusagen als Oberreligion, aus der alle anderen Religionen und Götter entspringen. Solange Christen, Moslems und Buddhisten bestimmte Gebote des Hinduismus nicht verletzen, sind sie willkommen und können Teil ihrer Gemeinschaft sein, ob sie nun Hindus sind oder nicht. Diese Tatsache erklärte auch, warum Christen und Moslems hinduistische Tempel besichtigen dürfen, wenn sie sich an die entsprechenden Vorschriften halten. Als Hindu steht man mit seinem Glauben über den Dingen. Wenn diese Ansicht nur alle Inder verinnerlichten, auch die im Norden, die sich seit Jahrzehnten untereinander verfolgen!

Ich dankte Uma für seine Unterweisungen. Eine Weile saßen wir noch beisammen, bevor ich mich verabschiedete. In der Tür musste ich ihm versprechen, vor meiner Abreise das Geschenk für seine Verwandten in Goa abzuholen. Das war Ehrensache, selbst wenn ich nicht in Umas Schuld gestanden hätte.

Auf dem Weg zurück in meine Unterkunft passierte ich einen Tümpel, dort wuschen einheimische Frauen ihre Wäsche. Ich schüttelte den Kopf, wie konnte in diesem schlammigen Wasser etwas sauber werden. Von weitem erkannte ich Devi."

Henry, Sam und Bill lachten und wollten von Alexander wissen, wie seine Wäsche ausgesehen hatte.

„Sie war sauber und duftete nach frischer Seife. Weitere Gedanken habe ich mir nicht gemacht."

„Wie ist eigentlich die Schachrevanche ausgegangen", wollte Henry wissen, der selbst Schachspieler war.

„Ich habe noch zweimal gegen meinen Schachpartner gespielt, aber es blieb dabei, einen Sieger gab es nicht. Allerdings hätte mein indischer Gegenspieler unsere letzte Partie mit Sicherheit gewonnen, wenn nicht höhere Gewalt ein reguläres Ende verhindert hätte."

„Hat euch der Monsun beim Spiel auf der Straße überrascht?"

„Nein, eine Kuh, sie trottete die Straße entlang. Auf unserer Höhe angekommen, entschied sie ein wenig zu ruhen und legte sich dicht neben unser Schachbrett. Bevor sie einnickte, verscheuchte sie mit dem Schwanz die Fliegen auf ihrem Rücken. Sie erwischte mit dem Streich nicht nur die lästigen Insekten, sondern auch unsere Spielsteine, die Siegstellung meines Partners war zerstört. Die Alternative wäre gewesen, die Kuh rechtzeitig zu verscheuchen, aber nicht einmal ich wäre damals noch auf diese Idee gekommen."

Die drei Amerikaner nickten lächelnd. Kühe waren eben heilig in Indien.

7

Während die vier Männer den Berg hinabstiegen, dachte Alexander an seinen letzten Abend in Mahabalipuram. Der Zufall wollte es damals, dass einige seiner neuen Bekannten aus dem *Travellers Inn* ebenfalls am nächsten Tag aufbrachen. So kam es, dass man an diesem Abend zum letzten Mal in einer großen Runde beisammen saß und eine Abschiedsparty feierte. Der Wirt bereitete dafür eigens ein vegetarisches *Thali*, ein landesübliches Tellergericht mit reichlich *Katoris*, kleinen Extraschalen, in denen Beilagen, Soßen und Gemüsesorten serviert wurden. Die Qualität eines *Thalis* war unter anderem an der Zahl der *Katoris* messbar. An diesem Abschiedsabend waren es mehr als ein Dutzend. Es gab Reis, Linsen, Kartoffeln, Mais, Salate, dazu gelbe, rote, braune und grüne Soßen. Wegen des *Dhals*, eine Art dickflüssiger Linseneintopf, reichte der Wirt seinen Gästen aus der westlichen Welt sogar Löffel, aber wie auf Absprache blieben sie allesamt ungenutzt. Zum Dessert gab es Mokka und *Kulfi*, eine Milchspeise mit Pistazien. Alles in allem war es ein Menü, das den Abschied nicht erleichterte.

Damals lief Ken, der Kanadier, nach dem Essen zur Höchstform auf. In einem stillen, satten Moment begann er ohne ersichtlichen Grund von seiner *Mom* zu schwärmen. Seine *Mom* sei eine wundervolle Frau, und sie sei das, was jeder gute Kanadier als Angehöriger des Britischen Commonwealth eigentlich zu sein hatte, eine glühende Royalistin. Sie liebte die Queen. Erst nach und nach begriff die Runde, dass Ken eine Art Kabarett auf die *Crazy Kanooks*, wie er selbst die Kanadier nannte, aufführte. Er erzählte von seiner *Mom*, die sich wie die Queen kleidete, wie sie aß, wie sie sprach und wie sie beim Abschied mit nach innen gedrehter Handfläche winkte, als fächerte sie sich majestätisch Luft zu. Ken verfiel allmählich in ein gekünsteltes, näselndes Oxford-Englisch, das den anderen am Tisch die Tränen in die Augen trieb, weil er seine Lippen dabei so affektiert spitzte, als wollte er im nächsten Moment ein Lied pfeifen. Immer wieder erwähnte er seine *Mom* und ihre geliebte Queen, bis er auf dem Höhepunkt seiner Show zugab, selbst ein glühender Verehrer dieser Königin, in schrillen Kostümen und ebenso grellen Hüten zu sein. Das Gerede von seiner *Mom* sei nichts als ein Ablenkungsmanöver gewesen, um sich nicht vor den anderen am Tisch zu blamieren. Aber nun dränge es ihn zu sehr, er könne nicht mehr anders, er sei ein Royalist, rief er aus und erhob sich plötzlich mit solcher Vehemenz von seinem Platz, dass er seinen Stuhl dabei umwarf und sang: God save the queen. An der Tafel, die man aus mehreren Tischen zusammengeschoben hatte, brüllten sie vor Lachen. Franzosen amüsierten sich ebenso wie Italiener, Schweizer, Amerikaner und Deutsche.

Ken war entrüstet, statt zu lachen, sollten seine Freunde, wenn sie denn welche wären, in die Hymne einstimmen. Schließlich tobte sein Publikum, als der Kanadier unter der Vorstellung zusammenbrach, eines Tages würde die Queen sterben und England von einem sauertöpfischen Mann regiert werden, der es auf einen Rekord an Kronprinzenjahren in der englischen Geschichte gebracht hatte, und der einen herben, alternden Schwiegermuttertyp, einer zarten blonden Schönheit vorzog. Ken benutzte ein imaginäres Taschentuch für seine royalistischen Tränen, während sich alle anderen um ihn herum tatsächlich die Augen austupften.

Ken hatte es endgültig geschafft, dass allen die Abreise am nächsten Tag schwer fiel, aber irgendwann musste man weiter. Für viele ging das Abenteuer zu Ende und für Alexander war die Indienreise bislang nichts weiter gewesen als eine mit Landeseindrücken garnierte Fahrt von Küste zu Küste und der nächste, allerdings vorläufig letzte Strand, wartete schon – Goa.

Er hatte sich ein Busticket nach Cuddalore gekauft, von dort aus wollte er später per Bahn über Salem und Bangalore nach Margoa in die ehemalige portugiesische Kolonie fahren. Auf dem Weg nach Cuddalore legte er einen dreitägigen Zwischenstopp in der ehemaligen französischen Kolonie Pondicherry ein, um dort den *Ashram* von *Sri Aurobindo* zu besuchen. Der Bus fuhr von Mahabalipuram aus Richtung Süden durch die ausgedörrte Landschaft. Es war früh am Morgen und die Sonne brannte auf das Busdach. Aber während der Fahrt bei offenen Fenstern zu schwitzen, war nichts gegen die Hitze in Pondicherry. Als sie dort ankamen, war es unerträglich heiß und es hämmerte in Alexanders Schädel. Er war durstig, denn ein Liter Wasser für drei Stunden Busfahrt war unter diesen Umständen zu wenig.

Zu dem körperlichen Unbehagen, sicher eine Mischung

aus Flüssigkeitsverlust und Katerstimmung, gesellte sich der beklemmende Anblick der Bahnhofsgegend. Statt pittoresker Häuser im Baustil der früheren französischen Kolonialzeit, wie er es gelesen hatte, sah er Schmutz und Verfall und es roch nach Fäulnis. Am Busplatz lagen halbnackte Bettler, Blinde, die ihre toten Augen nicht hinter einer dunklen Brille verbargen; Beinamputierte, die ihre Stümpfe herzeigten; Kinder, die im Abfall herumkrochen und nicht mehr die Kraft hatten, die aufdringlichen Fliegen von ihren Gesichtern und Leibern zu vertreiben.

Alexander hatte versucht, die ausgestreckten Hände nicht zu beachten, aber es war schwer, das Elend zu ignorieren. Was sollte er tun? Es wurde dringend davon abgeraten, auf Bettler einzugehen. In jedem Ratgeber stand: *Geben Sie einem Bettler eine milde Gabe und Sie riskieren von der Menge, die aus dem Verborgenen auftaucht, erdrückt zu werden!* Er hätte den Kindern und den Alten gern geholfen, aber was würde geschehen, wenn sie ihm tatsächlich in Scharen auf den Leib rückten? Er packte die Trageriemen seines Rucksackes und schritt zügig aus.

Am Rathaus, das in Pondicherry noch Hotel de Ville hieß, obwohl die Franzosen seit Jahrzehnten nicht mehr hier regierten, hielt er an und verschnaufte. Hier in der Stadtmitte fand er schließlich, was in seinem Reiseführer beschrieben war, den Charme der französischen Kolonialzeit vermischt mit indischer Kultur. Hier war es sauber und Leute waren dabei, die Stadt herauszuputzen, der wichtigste politische Feiertag Indiens stand bevor. Am Hotel de Ville in Pondicherry hing ein Außenthermometer neben dem Eingang. Die Quecksilbersäule erreichte dreiundvierzig Grad – im Schatten! Ihm wurde klar, wenn er hier überhaupt zurechtkommen wollte, musste er sich eine Unterkunft mit Ventilator oder Klimaanlage besorgen. Der langsame Schritt, ja sogar das Atmen fiel ihm schwer.

Er überquerte den Government Square, die üblichen Händler verkauften Zuckerrohrsaft, Tee, Maronen und Kokosnussstücke. Im schmalen Schatten des Gandhi–Denkmals, direkt am Meer, studierte er den Stadtplan. Von anderen Rucksackreisenden wusste er, dass es sich in Pondicherry gut in einer Pension oder Herberge, die zum Ashram des Sri Aurobindo gehörte, wohnen ließ. Auf diese Weise erhielt man bereitwillig Auskünfte über den Ashram, der eigentlichen Attraktion Pondicherrys. Er beherzigt diesen Rat und mietete ein Zimmer mit riesigem Ventilator in einem Guest House in der Nähe der Hauptpost. Als es ans Bezahlen ging, erfuhr er, dass die Anhänger des Sri Aurobindo nicht nur Meister der Meditation und des Yoga waren, sondern ebenso Meister der Kalkulation. Für seine Unterkunft bezahlte er doppelt soviel wie bei dem Ehepaar in Mahabalipuram.

Dann ging er auf sein Zimmer, schloss die Tür hinter sich, riss sich die durchgeschwitzten Kleider vom Leib, stellte sich unter die Dusche und ließ das lauwarme Wasser über seinen Körper laufen. Nass wie er war, stieg er aus der Dusche, schaltete den Fan auf Stufe zwei und legte sich aufs Bett. Ein Moskitonetz war nicht nötig, solange der Ventilator sich drehte, der Luftzug vertrieb die Insekten. Nach einer Weile war der kühlende Effekt verpufft, die Hitze wurde trotz der rotierenden Flügel unerträglich. Er wiederholte die Prozedur.

Während sie in der angenehmen Mittagssonne rasteten, erzählte er Sam, Bill und Henry von Pondicherry:

„Die ehemalige französische Kolonie mitten im Bundesstaat Tamil Nadu ist eine eigenartige Mischung von Indien, Frankreich und der Allgegenwart des Meisters Sri Aurobindo. Der Philosoph, dessen Lehren den Hinduismus, das Yoga und die modernen Wissenschaften miteinander verbinden, gründete Anfang des 20. Jahrhunderts einen Ashram, einen Ort der geistigen Übung, der Konzentration und der Besinnung auf das Wesentliche. Dieser Ashram liegt mitten in Pondicherry.

Sri Aurobindo, der Meister, war 1950 gestorben, seitdem hatte die Französin Mira Richard die geistige Führung des Ashrams übernommen. Ihre Anhänger nannten sie einfach *Mutter* und folgten ihrem Glauben an die Einheit der Welt, bis auch sie im Jahre 1973 fast hundertjährig starb. Beide, Sri Aurobindo und die *Mutter*, liegen im Ashram begraben. Überall in den Räumen hängen Porträts vom Meister und der *Mutter* und Hinweise auf ihre Arbeit. Eine Reihe Bilder betreffen die landwirtschaftlichen Projekte, vor allem die verschiedenen Möglichkeiten der Bewässerung und der alternativen Energiegewinnung. Draußen, im Innenhof, unter einem prachtvollen Frangipani-Baum und mit herrlichen Blumen geschmückt, liegen die Gräber der beiden geistigen Führer. Hier unter der Blütenpracht des Baumes und der friedlichen Stille ergriff mich ein wenig die Mystik des Ortes und Respekt keimte auf vor der Idee, das Gute der fernöstlichen Religionen mit dem Fortschritt der westlichen Wissenschaften zu verbinden. Allerdings blieb für mich der fade Beigeschmack eines übertriebenen Personenkults.

Angenehm war, dass die Anhänger des Sri Aurobindo und seiner Nachfolgerin vollkommene Ruhe ausstrahlten, keine Bewegung geschah hastig, keine Erklärung laut und niemand lief mit den verklärten Mienen der Erleuchteten herum, wie man es aus Fotoberichten über den bekannteren Ashram in Poona kannte, wo die Jünger des Sri Bhaghwan leben. Vielleicht lag es an der praktischen Bedeutung dieser Gemeinschaft, dass die Atmosphäre im Ashram mich schließlich doch ansprach. 1968 hatte die *Mutter*, in Zusammenarbeit mit der UNESCO, die Stadt *Auroville* gegründet. Es war ein Versuch, über nationale Grenzen und unterschiedliche Kulturen hinweg, Einigkeit auf der Welt zu demonstrieren. Damals war ein Gefäß, angefüllt mit der Erde aus über hundert Ländern, ins Fundament des ersten Gebäudes eingelassen worden. Ein kleiner Fleck auf dem Globus sollte nach dem Willen der Anhänger Aurobindos zu einer Gemeinschaft der Völker und Gläubigen werden. Die Siedlung liegt im Norden von Pondicherry, und ich besuchte *Auroville*, weil ich mit eigenen Augen sehen wollte, wie das Zusammenwirken funktionierte.

Trotz der Affenhitze und wider alle Vernunft lieh ich mir ein Fahrrad, weil mir vor den engen, staubigen Bussen und den rasenden Taxis grauste, außerdem waren es nur zehn Kilometer. Mit einem Rad Marke Holland 1958 fuhr ich los und schon nach drei Kilometern klebte meine Zunge am Gaumen, dazu war ich von oben bis unten eingestaubt. Ich beschloss zu rasten und etwas zu trinken. So ging es in einem fort und meine kleine Radtour wurde auf diese Weise eine ausgewachsene Unternehmung mit reichlich Verschnaufpausen, die den halben Vormittag dauerte. Während ich schwerfällig in die Pedalen trat, dachte ich an das milde Wetter bei uns zu Hause.

Einmal hielt ich am Verkaufsstand eines Jungen, der eine altertümliche Maschine in einem Holzkasten bediente und damit Limonen auspresste, herauskam ein köstlicher Saft. Noch während ich am ersten Glas trank, bestellte ich ein zweites. Auf der Hälfte der Strecke unterbrach ich meine Tour für ein Bad im Ozean. Das schäumende Wasser lockte unwiderstehlich. So dauerte es zwei Stunden, bis ich endlich *Auroville* erreichte, zwei Stunden für zehn Kilometer!

Die multikulturelle Siedlung *Auroville* wurde 1968 von Deutschen, Franzosen, Holländern, Engländern, Mexikanern, Amerikanern und Indern gegründet, die anders leben wollten als in ihren bisherigen konsumorientierten Bahnen. Sie alle waren fasziniert von der religionsübergreifenden Friedensphilosophie des Sri Aurobindo. Gleichzeitig wollten sie helfen, mit ihren Kenntnissen das dürre Land urbar zu machen. Sie bauten Wohnungen, bestellten Gärten und Felder, forsteten Wälder auf und errichteten Staudämme. Das geistige Zentrum ihrer Anlage bildet das *Matrimandir*, die große Meditationshalle. Ich erfuhr von diesen Umständen in einer Besucherausstellung, las von den Gründerjahren, von den Unruhen nach dem Tod der *Mutter* und von dem unsicheren Status der Stadt. Keiner wusste, wie es mit *Auroville* weitergehen sollte, es gab Streitereien um Kompetenzen, Rechte und natürlich – vor allem um die Finanzen. Ich interessierte mich weniger für diese Formalien, ich wollte sehen, wofür die Menschen ihr gewohntes Leben aufgegeben hatten.

Auf einer Informationstafel stand, man sollte ein paar

Wochen bleiben, wenn man die Arbeit und den Sinn von *Auroville* verstehen wollte. Nun, so weit wollte ich nicht gehen, aber ich radelte umher, sah Leute Beete harken, Dachrinnen reparieren, Wasserrohre schweißen und konnte mir in der trockenen Hitze nicht vorstellen, wozu diese Klempnerarbeiten nötig sein sollten. Mir fiel auf, dass zwar Menschen verschiedener Nationen dort arbeiteten, aber vom traditionellen Indien war nicht viel zu sehen. Lag es daran, dass alles, was aus der westlichen Welt kam, sich besser eignete, um unwirtliches Land zu bestellen? Oder war dabei auch Rechthaberei nach dem Motto, wir westlichen Menschen zeigen euch Indern mal, wie man eine Wüste fruchtbar macht? Es war schwer zu entscheiden, vielleicht musste man dazu wirklich längere Zeit bleiben.

Ich erreichte das *Matrimandir* und nahm an einer Besichtigung teil. Das *Matrimandir* ist ein imposanter Meditationsraum mit Mauern aus weißem Marmor, dessen Zentrum eine riesige Glaskugel enthält, von der das Sonnenlicht über Dachspiegel in das Gebäude hineinreflektiert wird. Imposant, sicher, aber der Prachtbau erinnerte an die Prunkaltäre der Christenkirchen oder an die verschwenderische Bauweise von Moscheen und Synagogen. Viel Geld ist von solch aufwendiger Baukunst über die Jahrhunderte verschluckt worden und meiner Meinung nach wäre es besser bei den Armen aufgehoben. Ich nahm mein Rad und kehrte nach Pondicherry zurück.

Am nächsten Tag, dem 15. August, war Feiertag – Independence Day! Der Jahrestag der Unabhängigkeit von der englischen Kolonialherrschaft im Jahre 1947. Deswegen wurden seit Tagen aufwändige Vorbereitungen getroffen.

Die Stadt wurde mit Blumen und bunten Stoffen geschmückt, Tribünen wurden aufgestellt und Podeste gezimmert. Nun war es soweit. Inderinnen in seidenen Saris, geschmückt mit Blütenketten, herausgeputzte Männer und Soldaten in Uniformen mit glänzenden Orden und in gewienerten Stiefeln paradierten durch die Stadt. Die Veranstaltung gipfelte im Aufmarsch dekorierter und kunstvoll bemalter Elefanten, die Menschen in mächtigen Körben auf dem Rücken trugen.

Die Menschen feierten und jubelten, Musik erklang, Marschmusik einerseits, traditionelle Musik anderseits. Ich freute mich, so ein Fest erleben zu dürfen. Damals wünschte ich mir, jemand aus meiner Heimatstadt könnte mich sehen, wie ich auf der mit Blüten bestreuten Mauer am Gandhi Square saß, hinter mir das Denkmal der *Großen Seele* und das bengalische Meer, vor mir der farbenprächtige Festumzug mit Pferden, Kamelen und Elefanten. So ein Erlebnis kann man nur würdigen, wenn man dabei gewesen ist, Worte sind dafür zu gering. Zur Feier des Tages trug ich meine leuchtend gelbe Hose, dazu ein frisch erworbenes, weißes Seidenhemd. Ich genoss den Tag, und abends ging meine Zeit an der Ostküste Indiens zusammen mit dem Fest zu Ende."

Alexander, der nach dem letzten Satz eine Weile geschwiegen hatte, hörte einen metallischen Klang und sah, wie Henry kupferne Gebetsmühlen anstieß, die am Wegesrand standen. Er missachtete damit den buddhistischen Glauben nicht, jeder durfte die Mühlen anstoßen, wenn er es nicht aus Übermut tat oder gar, um sie zu zerstören. Im Innern der Mühlen lagen auf Papier niedergeschriebene

Gebete, durch das Drehen schickte man den Geist der Worte über die Berge und hinunter in die Täler. Einen ähnlichen Sinn hatten die Gebetsfahnen, auf die man immer wieder traf. Der Wind sorgte für die Verbreitung der Glaubensbekenntnisse, mit denen die Stoffe bedruckt waren.

Die drei Amerikaner waren inzwischen weitergegangen und standen vor einem *Chörten*, einem kleinen Bauwerk aus Stein, ähnlich einem Minitempel mit kuppelförmigem Dach. Alexander hörte, wie Henry mit Bill und Sam sprach.

„In Indien und Nepal nennt man dieses buddhistische Symbol *Stupa*, hier in Ladakh *Chörten*. Es heißt, dass in ihnen der Geist Buddhas wohnt. Eine der größten Stupas steht in der Nähe von Katmandu, der Svayambhunath-Tempel mit dem Auge Buddhas."

„Was weißt du vom Buddhismus?" erkundigte sich Bill.

„Nun, ich bin kein Experte, aber ein paar Dinge habe ich auf meinen Reisen gelernt. In Nepal und Indien kommt man am Hinduismus, am Buddhismus und am Islam nicht vorbei, und ich denke, man versteht mehr von Land und Leuten, wenn man etwas davon weiß."

Sam nickte. Ihm ging es wie Bill, je länger er hier war, desto mehr wollte er von den Menschen und ihrem Denken erfahren, wollte Indien und insbesondere Ladakh besser verstehen; das war auch der Grund, warum er Alexander gern zuhörte.

„Außerdem taugen die Lehren Buddhas nicht nur als religiöse Grundlage, sie sind eher Lebensphilosophie und als solche allgemeingültig. Man betrachte nur die zweite von Buddhas vier Wahrheiten. Sie lautet: Leid entsteht aus Gier nach Macht, Besitz und Glück, durch Hass auf alles, was uns unangenehm ist und durch die Unwissenheit über unsere Vergänglichkeit. Ein Lehrsatz, der so ähnlich von Jesus, Marc Aurel oder Sokrates hätte stammen können. Im Übrigen nutzen wir die buddhistische Philosophie auch in unserer Heimat, man denke nur an eine bestimmte Art der Meditationstherapie, die auf den sogenannten *Chakren* basiert, den Energiezentren im Körper."

Alexander staunte, wie sehr Henry sich mit den Religionen beschäftigt hatte. Er wusste, dass Henry einiges über den Hinduismus gelernt hatte, aber dass ein Mann, der Zeit seines Lebens ein Geschäftsmann war, sich so intensiv mit asiatischen Geisteswissenschaften beschäftigte, war schon besonders. Freilich spürte Alexander seit Jahren, wie Henry sich mehr und mehr von seinem wirtschaftlich geprägten Weltbild löste. Im Grunde hatte es vor sieben Jahren begonnen, drei Jahre nachdem Alexander von seiner ersten Indienreise zurückgekehrt war. Sam unterbrach seine Gedanken.

„Was ist eigentlich genau Buddha?"

Es war genau diese Art direkter Fragen, die Sams Frau an ihrem Ehemann hasste. Er konnte sich auf den Golfplatz stellen und laut fragen, was eigentlich ein Seevogel mit dem Golfsport zu tun habe. In solchen Situationen wollte Ruth Hastings am liebsten im *Green* versinken, das Benehmen ihres Mannes war einfach blamabel. In diesem speziellen Fall ging es um den Begriff *Albatros*, und sie hatte ihm wütend zugezischt, dass er nicht zu wissen bräuchte, was ein *Albatros* beim Golf zu bedeuten hat, damit würde er im Leben nicht konfrontiert werden. Also schlug Sam den Begriff nach und erfuhr, dass es sich bei einem *Albatros* um die herausragende Leistung handelte, den Ball drei Schläge unter Platzstandard einzulochen.

Sam wusste, was eine *Stupa* ist, er hatte sich doch selbst eine im Garten gebaut. Aber bisher hatte sich Sam keine Gedanken darüber gemacht, dass er auf seinem Stuhl im Garten vor einem buddhistischen Symbol saß und vom Leben eines Hindus las. Seine *Stupa* war für ihn nur ein Fixpunkt, es hätte ebenso gut ein Holzkreuz oder ein Hirschgeweih sein können.

„Wenn man von Buddha spricht, meint man in der Regel Siddharta Gautama, genannt Buddha, der Erleuchtete. Buddha ist also ein Ehrentitel. Der historische Buddha Siddharta wurde ungefähr fünfhundert Jahre vor Christus in Indien geboren und begründete den Buddhismus. Er stammte aus einer wohlhabenden Familie und machte sich aus freien Stücken eines Tages auf die Wanderschaft, um die Welt kennen zu lernen. Über Übungen in Askese gelangte er zur Erleuchtung und verbreitete für den Rest des Lebens seine Lehren, unter anderem die vier Wahrheiten, die ich schon erwähnt habe."

Henry legte eine Pause ein, weil Alexander Wasser und Müsliriegel verteilte, aber Bill hakte nach:

„Und was hat es mit dem Lamaismus hier in Ladakh und Tibet auf sich?"

„Der Lamaismus oder Lama-Buddhismus ist eine tibetanischladakhische Sonderform des Buddhismus. Er vermischt Reste eines alten Naturglaubens dieser Region mit den Lehren Buddhas und ist im Grunde eine Mönchsreligion. Lama bedeutet „der Obere". Im Gegensatz zum reinen Buddhismus gibt es also ein religiöses Oberhaupt, ähnlich dem Papst, im Fall des Lamaismus genau genommen sogar zwei, den Dalai Lama und den Pantschen Lama, beides Inkarnationen zweier Buddhas, die nicht mit Siddharta Gautama identisch sind. Den jetzigen Dalai Lama kennt ihr durch seine Auftritte in den Medien und durch seine Bücher. Er hat 1989 auch den Friedensnobelpreis für seinen gewaltfreien Widerstand gegen die chinesischen Besetzung Tibets bekommen."

„Dann ist Dalai Lama genauso wenig ein Name wie die Bezeichnung Buddha, sondern ein Titel?"

Ruth hätte Sam für diese Frage wieder verdammt, sie tat das auch, wenn sie selbst keine Ahnung hatte. Immer schön Fassade bewahren, war ihr Motto.

„Genau! Der jetzige Dalai Lama heißt mit bürgerlichem Namen Tenzin Gyatso und ist der vierzehnte seit Anbeginn des Lamaismus vor über tausend Jahren. Im Zuge der chinesischen Besetzung Tibets hat er 1959 seinen Amtssitz im Kloster von Lhasa verlassen und lebt seither in Nordindien."

Bill schenkte sich Wasser nach und seufzte.

„Ich kann verstehen, wenn man in dieser herrlichen Welt gläubig wird. Seht euch das nur an, dieses herrliche weite Tal vor uns, tief unter uns die grünen Einsprengsel der fruchtbaren Felder, überall die ungestümen Flüsse und Bäche und das wilde Gestein, da muss man doch ehrfürchtig werden."

„Das ist sicher ein Grund für die intensive Religiosität in dieser Region", antwortete ihm Alexander, „aber ein anderer ist das karge Leben, könnte ich mir denken. Stellt euch nur mal vor, hier in einem kleinen Dorf einen Winter zu verbringen. Einen Winter, bitterkalt, schneereich, der acht Monate lang jedes Fortkommen verhindert. Eine Religion, die den Verzicht auf irdisches Gut predigt und die Besinnung auf das Wesentliche fordert, hilft sicher, dieses schwierige Leben zu meistern. Immer und immer wieder Mantras zu beten, lenkt die Gedanken von Wünschen ab, die nicht erfüllbar sind, vom Besitz, der nicht erreichbar ist und vom Neid, der nicht zu befriedigen ist."

„Om Mani Padme Hum! Om Mani Padme Hum! Om Mani Padme Hum!"

Henry sagte eines der bekannteste Mantras auf: Oh, du Juwel in der Lotusblüte. Er erklärte den anderen, dass damit einerseits Gautama Buddha gemeint sein könnte, das erste Juwel im buddhistischen Glauben. Das zweite Juwel sei *Dharma*, das religiöse Gesetz und das dritte *Sangha*, die Glaubensgemeinschaft. Andererseits treffe dieses Mantra auch auf Padmasambhava zu, den Begründer des Lamaismus, der im achten Jahrhundert aus dem Lotus geboren wurde, wie es heißt. Er gründete 747 nach Christus das erste Lamakloster.

„Das soll fürs Erste reichen!", meinte Sam. Es gab so viel zu lernen, und er wollte begreifen und nicht verwirrt werden.

Die Männer erhoben sich von den Steinen, schulterten ihre Rucksäcke und setzten ihren Weg fort. Alexander erinnerte sich an die nächste Etappe seiner ersten Indienreise: Die Bahnfahrt nach Goa. In Cuddalore, einem kleinen Eisenbahnknotenpunkt südlich von Pondicherry, war er Richtung Margoa, einer Bahnstation im mittleren Goa gestartet. Die Fahrt ging über Salem, weiter in die Berge nach Bangalore, nach Davangere und schließlich über Hubli nach Goa. Aus dem Zug heraus sah er Elefanten Felsbrocken von den Feldern ziehen oder Holzstämme aus dem Wald, angetrieben von ihren Führern, den *Mahouts*. Männer hüteten Viehherden, Frauen balancierten Lasten auf dem Kopf. Einmal hielt der Zug für eine Zeit an einem Signal, und er konnte beobachten, wie eine staubige, unebene Chaussee asphaltiert wurde. Männer kochten Teer in großen Kesseln, daneben hockte eine Gruppe Frauen und zertrümmerte Feldsteine mit Fäusteln zu kleinen Brocken, eine andere die Brocken zu körnigem Schotter. Vermischt mit dem flüssigen Teer wurde der Steinschutt auf der Straße verteilt und mit einer Dampfwalze planiert. Die Sonne brannte gnadenlos vom Himmel, dazu köchelte wenige Meter entfernt schwarze Teermasse in einem rostigen Kessel, aus dem der Qualm stieg und die ohnehin flirrende Luft zusätzlich erhitzte.

Im Verkehrsknotenpunkt Hubli hielt der Zug eine Stunde. Ein paar Waggons wurden abgehängt andere angehängt. Von Hubli aus ging es weiter Richtung Norden nach Bombay oder ins Landesinnere nach Haiderabad, Richtung Osten nach Madras oder gen Süden nach Bangalore, die Richtung, aus der er selbst gekommen war. Die Strecke nach Margoa wurde von hier an eingleisig und bot in den kommenden Stunden ein faszinierendes Zusammenspiel von spektakulärer Natur und altmodischer Technik.

Die Waggons Richtung Goa waren überfüllt, freiwillig verzichtete Alexander auf seinen Platz im Abteil und suchte sich einen Platz im Übergangsbereich zweier Anhänger, nahe einer Tür. Der Fahrtwind zog durch das offene Fenster, er konnte atmen und die Landschaft bewundern. Bis

Bangalore ging es ständig bergauf, jetzt schob sich der Zug hinunter Richtung Meer. Die Schienen führten in Serpentinen durch Felder, Sümpfe und Wälder. Neben den Gleisen sprangen Affen von Baum zu Baum und begleiteten den Zug mit lautem Kreischen. Als wollten sie die Zugpassagiere zerstreuen, vollführten sie die waghalsigsten Kunststücke in den Wipfeln und an dünnen Ästen. Brach einer der allzu schwachen Zweige ab, wirkte das wie eine eingeplante Extraeinlage. Lässig fingen sich die Tiere am ausgestreckten Arm ab, um mit unvergleichlicher Eleganz ein Baumstockwerk tiefer sicher im Geäst zu landen.

Führte uns die Trasse zwischendrin ein Stück bergauf und das Tempo des Zuges verlangsamte sich bis auf Schritttempo, versuchten die Affen auf den Zug zu springen. Manchen gelang es, sie turnten für eine Weile auf dem Dach herum und hüpften später zurück in die Bäume, bevor der Zug bergab wieder Fahrt aufnahm. Einige der übermütigsten Gesellen verpassten allerdings den Zeitpunkt. Die Lokomotive war zu schnell geworden, und es war zu spät für einen risikolosen Satz zurück in den Wald. Im dichten Buschwerk entlang der Strecke sah man sie als Schattenspiel auf dem Dach ratlos auf- und ablaufen. Dabei kreischten sie, wie es schien aus Angst, weil sie sich unaufhaltsam von ihrer Heimat entfernten und der Zug inzwischen den Berg hinunter raste. Die Bäume flogen vorbei. Es blieb den blinden Passagieren nichts weiter übrig, als auf ein Flachstück oder einen kleinen Anstieg zu warten. Als es soweit war, sprangen sie aufgeregt ins Dickicht zurück und Alexander fragte sich, ob sie je den Weg zurück zu ihren Familien finden würden.

Einmal mussten sie lange auf einem Ausweichgleis die Durchfahrt eines Gegenzuges abwarten und ihr Zug hielt neben einem mächtigen Baum voller kleiner Kugelnester. Es waren bestaunenswerte Bauwerke, an denen von eifrig hin und her fliegenden Vögeln letzte Korrekturen angelegt wurden. Später erfuhr Alexander, dass der Baumriese mit seinem spärlichen Laubwerk ein Heim für Hunderte von Webervögeln bot.

Als der Zug schließlich in Margoa hielt, hatte Alexander vierundzwanzig Stunden auf Schienen verbracht, für wenig mehr als tausend Kilometer. Er hatte Südindien durchquert, war von „Frankreich" nach „Portugal" gefahren.

8

Auf dem Bahnhof von Margoa herrschte ein unvorstellbares Gewimmel. Menschen über Menschen, Angehörige der unterschiedlichsten Völker und Kulturen boten ein buntes Bild der früheren portugiesischen Exklave. Weil eine Brücke über den Zuvari eingestürzt und der Bahnverkehr Richtung Goas Norden dadurch unterbrochen war, drängte alles auf die Straßen. Sie waren vollgestopft mit Menschen, Autos, vor allem mit überfüllten Bussen. Es schien, als platzte Goa aus den Nähten. Man bekam eine Ahnung davon, was es bedeutet, dass in Indien eine Milliarde Menschen leben.

Die Mündungsgebiete der beiden großen Flüsse Goas, Zuvari und Mandovi, behinderten den Verkehrsstrom in der Nord-Süd-Richtung. Der Ausfall der großen Zuvari-Brücke komplizierte die Situation der Transportwege bis an den Rand des Kollapses. Das war das eine Bild, das andere waren die abseits der Stadtzentren gelegenen traumhaften Strände. Wenn man bis ans Meer gelangt war, beispielsweise in Colva, Anjuna oder Chapora, war es, als schlüge jemand die Tür hinter einem zu und sperrte die hektische Welt aus. Fein und weiß war der Sand der unüberschaubar weiten Strände, dazu das blaue Meer, Palmen, und trotz der Aussteiger aus Europa und Amerika, der Touristen aus aller Herren Länder, traf man am Meeresufer auf wenig Menschen. Wenn man bereit war, ein paar hundert Meter zu gehen, konnte man im Sand unter Palmen liegen oder im lauwarmen Meer baden, ohne jemandem zu begegnen.

Aber so weit war es noch nicht. Zunächst wollte er, so erinnerte sich Alexander, Richtung Mapusa, also über beide Flüsse hinweg nach Norden, dorthin, wo Umas Verwandtschaft wohnte. Bevor er zum letzten Mal Strandleben genoss, um dann über Bombay ins Landesinnere zu fahren, wollte er seine kleine Aufgabe erledigen, die er in Mahabalipuram übernommen hatte. Die Fahrt durch die ehemalige portugiesische Kolonie wurde zu einem Abenteuer, vor allem wegen des behelfsmäßig organisierten Fährverkehrs über den Zuvari. Am Fluss herrschte ein unbeschreibliches Gedränge und Geschrei. Er, der Tourist, stand mittendrin, sorgte sich um sein Hab und Gut und schließlich auch um sein Leben.

Die Fähren sahen wenig Vertrauen erweckend aus. Ihm schien, als hätte man alte, längst aussortierte Bestände notdürftig flottgemacht. Der Bootsmann rief:

„Punschm! Punschm! Punschm!“

Punschm war Slang und meinte die Stadt Panaji, die auch Panjim genannt wurde. Wegen der halb verschluckten Buchstaben begriff er zuerst nicht, dass seine Fähre gemeint war, und als er es verstanden hatte, wollte er es nicht glauben. Zwar besaß er eine Karte für die Überfahrt, aber als er das Boot sah, wollte er auf der Stelle umkehren. Es war ein rostiges Wrack, nicht mehr als ein Haufen überladener Schrott. Er wollte, ja er musste auf der Stelle umkehren, wenn ihm sein Leben lieb war. Niemand zwang ihn, den Norden Goas zu besuchen, notfalls konnte er das Geschenk für die Cabrals, so hießen Umas Verwandte, in einen Karton packen und per Post verschicken. Aber die Wirklichkeit sah anders aus. Er hatte keine Wahl. Er musste mit auf die Fähre! Einmal in die Nähe des Steges geraten, riss ihn die Menschenflut einfach mit. Stand man im Einzugsbereich der Pendler, wurde man auf die Fähre gedrückt, gezogen und geschoben, ob man wollte oder nicht. Er musste dem Druck der Masse nachgeben, dagegen zu halten war so unmöglich, wie nach dem Ende eines Fußballspiels ein Stadion zu betreten, während sich hunderttausend Zuschauer hinausdrängten und, verglichen mit der speziellen Situation am Zuvari, war nur ein kleines Stadiontor geöffnet.

An eine Fahrkartenkontrolle war nicht zu denken. Jeder versuchte, sich so gut es ging auf den Beinen zu halten, während die Masse schob und zerrte. Einmal auf dem Boot wurde Alexander gegen die Reling gepresst. Er betete, dass sie hielt und er nicht über Bord ging, noch bevor der Kahn wegen Überlastung sinken würde. Das grässliche Geschiebe hatte erst ein Ende, als am Heck die Schranke fiel und das Bündel Rost ablegte. In Deutschland hätte der *TÜV* so einer Fähre nicht einmal gestattet, einen Tümpel zu überqueren, geschweige denn einen mächtigen Strom, da war sich Alexander sicher. Gesetzt den Fall, das Boot wäre tatsächlich technisch hundertprozentig in Ordnung gewesen, hätte es in Deutschland allenfalls eine Zulassung für ein Viertel der Passagiere bekommen, die sich an diesem Morgen auf dem Deck drängten.

Kaum war der Seelenverkäufer ein paar Meter auf den Fluss hinausgefahren, wurde er von der starken Strömung erfasst und abgetrieben. Es war ihm schleierhaft, wie jemand annehmen konnte, diese Höllenfahrt würde ein gutes

Ende nehmen. Für ihn grenzte es an ein Wunder, dass sie sich der gegenüberliegenden Flussseite überhaupt näherten. Aufs Wasser durfte er nicht sehen, es war nur eine handbreit Platz zwischen Wasserspiegel und Oberkante des Decks.

Am anderen Ufer des Flusses drängte sich eine Menschenmenge, ähnlich der, die gerade auf dem baufälligen Schiff fuhr. Es war kaum zu glauben, dass überhaupt jemand die Ankunft der Fähre erwartete, denn er hatte eher den Eindruck, als triebe sie machtlos auf ein unbestimmtes Ziel zu, letztlich aufs offene Meer. Aber er täuschte sich. Ungeachtet aller Vorbehalte kam die Fähre zum guten Schluss am Nordufer des Zuvari an und, abgesehen von ein paar Rippenknuffen und Fußtritten, war er unverletzt.

So ging es über Mapusa weiter nach Chapora, wo er wenige Schritte vom Meeresufer entfernt ein kleines Zimmer mietete und sich erschöpft aufs Bett warf.

Mit einem letzten Anstieg über eine Bergkuppe erreichten die vier Männer das Tal von Shade. Weit ausgebreitet lag es unter ihnen, die wenigen Häuser des Dorfes schmiegten sich an die bleichen Felsen. Terrassenförmige Felder leuchteten als grüne und gelbe Tupfer in der an Farben armen Landschaft. Seit Hunderten von Jahren lebten und arbeiteten hier die wenigen Familien von Shade, keine Straßen, keine Stromkabel, keine Wasserleitungen führten hierher und würden es wohl auch in hundert Jahren nicht. Die Menschen grüßten sie freundlich, reagierten aufgeschlossen und zugewandt auf Fremde wie allgemein die Ladakhis und Zanskaris.

Sie trafen einen Jugendlichen, der Englisch sprach und Alexanders Frage nach einer Übernachtungsmöglichkeit verstand. Natürlich hätten sie wieder, wie die Nächte zuvor, im Zelt schlafen können, aber auf diese Weise gewann man einen Einblick in das Leben der Einheimischen. Der Jugendliche führte sie zu Angtschuk, einem Bauern, der vor seiner Tür in der Abendsonne saß und Buttertee trank. Julee, julee, hieß es und dann sollten sie sich zu ihm auf die Steinmauer setzen, die Frau des Hauses würde mehr Buttertee bringen. Ein Zimmer für die Nacht war vorhanden, selbstverständlich eines für alle Vier, Wohnraum gab es hier nicht im Überfluss. Über den Preis wurde nicht gesprochen, gezahlt wurde am Schluss, was als Summe genannt wurde. Dinge wie Wucher und Abzocken gab es hier nicht.

Bill und Sam verzichteten auf den Buttertee. So Leid es ihnen tat, aber sie brachten die Bouillon aus Tee, Butter und Salz nicht herunter, sie hatten es versucht, aber der ranzige, abgestandene Geschmack löste einen Würgereiz bei ihnen aus, so sehr sie sich auch bemühten. Angtschuk lachte, er kannte die Menschen aus dem Westen, die nicht wussten, was gut war. Für ihn war ein Tag mit vierzig Tassen Buttertee ein normaler Tag und seine Familie konnte sich einen hohen Butteranteil leisten, denn sie waren fleißige Leute und zusammen mit ihren Vorfahren hatten sie auf ihrem kargen Land fruchtbaren Boden gewonnen, dazu besaßen sie Schafe und Yaks.

„Yaks sind die eierlegenden Wollmilchsäue der Hochlandbewohner. Die zotteligen Tiere geben eine fettreiche Milch, ihr getrockneter Mist ist gutes Brennmaterial, sie sind hervorragende Lasttiere, die zwei Zentner tragen können und erst über viertausend Metern Höhe richtig aufleben. Mit ihren speziellen Hufen finden sie sogar im rutschigen, steilen Gelände Halt, und wenn die alten Tiere sterben oder, was seltener geschieht, geschlachtet werden, spenden sie schmackhaftes Fleisch. Ihre Knochen werden zu Leim verarbeitet, aus dem Zottelhaar werden Seile geflochten oder Säcke und Teppiche gewebt, ihr Schwanz, mit der praktischen Endquaste, dient als Fliegenwedel oder als religiöse Requisite, wenn er zum Festtag an eine Stange gebunden wird und vor dem Haus im Wind baumelt. Sogar der Penis eines Yaks kommt als biegsamer Quirl beim Buttern zum Einsatz. Die wilden Yaks sind nicht leicht zu handhaben, sind störrisch, zuweilen böswillig, deswegen hat man sie mit den indischen Hauskühen gekreuzt, und was man jetzt gemeinhin als Yakvieh in den Bergen des Himalajas sieht, ist das brave Dzo."

So hatte Alexander den anderen die Bedeutung des Tieres erklärt, als sie vor Tagen auf die erste Yakherde gestoßen waren.

Angtschuks Frau stand mit weiteren Tassen Buttertee in der Tür, ihr Mann stand auf und nahm sie ihr ab. Der junge Mann aus dem Dorf, der die Besucher hierher geführt hatte, erklärte ihnen das Verhalten der Frau, weil er bemerkt hatte, dass zumindest Bill und Sam sich darüber wunderten. Tashi hatte vor drei Wochen einen Jungen geboren und würde noch für eine weitere Woche im Haus bleiben. Nach der Geburt galt sie für einen Monat als unrein und wollte mit ihrer Anwesenheit die Feldgötter nicht erzürnen.

Alexander und Henry ließen den jungen Tsering, der sie hierher geführt hatte, Glückwünsche zur Vaterschaft an

Angtschuk übermitteln. Sam und Bill nickten stumm dazu, die fremde Welt faszinierte sie und machte sie sprachlos. Der Hausherr bedankte sich stolz, wollte aber nicht weiter darüber sprechen, weil tausend Geister das Leben Dokmas in den ersten Tagen bedrohen konnten. Dokma hieß das Kind also und Tsering fügte hinzu, das bedeutete Hirtenmädchen. Weil sich die Männer aus dem flachen Land überrascht zeigten, dass man einen Jungen Hirtenmädchen nannte, erklärte ihnen Tsering auch dies:

„Bei uns in den Bergen heißen alle Babys zunächst Dokma, einerlei, ob Junge oder Mädchen. Der Name soll vor den bösen Geistern schützen, die gern Neugeborene rauben, besonders Söhne. Und welcher Geist gibt sich schon mit einem einfachen Hirtenmädchen ab."

Alexander dankte für die Erklärung und gratulierte Tsering zu seinem guten Englisch.

„Ich habe schon ein paar Mal Amerikaner und Europäer durch die Berge geführt. Sie haben es mir beigebracht, und Tsewang unten im Dorf war sogar schon einmal in Delhi, aber er hat es dort nicht ausgehalten. Er spricht gut Englisch und unterrichtet mich. Später will ich nach Leh gehen und Trekkinggruppen durch die Berge führen."

Alexander erklärte Tsering, dass die Touristen sich glücklich schätzen könnten, wenn sie später auf einen wie ihn treffen würden. Tsering bedankte sich und erklärte sich bereit, den Männern am nächsten Morgen zu zeigen, wie sie am besten weiterkämen. Den Weg Richtung Zanskar-Fluss auf Alexanders Karte gab es seit über zwei Wochen nicht mehr, Schmelzwasser hatte ihn fortgerissen. Die Männer verabschiedeten sich voneinander und verabredeten sich für den Morgen. Angtschuk ging mit Tsering, um im Dorf etwas zu erledigen, er wollte bald wieder zurück sein.

„Und wann gehen wir morgen los? Ihr habt keine Zeit abgesprochen?"

Sam dachte immer praktisch, aber was für Washington zweckmäßig war, galt nicht unbedingt für Zanskar und Ladakh.

„Morgens bedeutet eben morgens, möglicherweise, wenn der Tag anbricht oder wenn wir gefrühstückt haben. Ich denke, wir werden uns nicht verpassen", antwortete Alexander.

Bill grinste, ihm war es wie Sam gegangen. Eine Verabredung ohne Uhrzeit war für einen Amerikaner keine Abmachung, dann fiel ihm etwas ein:

„Apropos Abmachung! Hast du das Päckchen vom Schneider aus Mahabalipuram eigentlich in Goa übergeben?"

„Selbstverständlich. Es war das Erste, was ich in Goa unternahm. Nachdem ich mir am Ankunftstag ein Zimmer besorgt hatte, erfüllte ich am nächsten Tag meine Pflicht und fuhr mit dem Taxi Richtung Mapusa. Es war ein Freitag Nachmittag, und ich versuchte es aufs Geratewohl, eine Telefonnummer hatte ich nicht und im Telefonbuch auf dem Postamt in Colva standen spaltenweise Cabrals.

Tatsächlich waren Umas Tante Maria und seine Cousine Rosa zu Hause. Die junge Frau beäugte mich so skeptisch wie die ältere. Ich wollte erklären, wer ich war und in welcher Absicht ich kam, dabei hatte ich nicht an die Sprachprobleme gedacht. Mit Deutsch, Englisch und ein paar Brocken Französisch konnte ich dienen, aber Tante Marias

Sprachkenntnisse beschränkten sich offensichtlich auf Hindi und Portugiesisch. Gottlob konnte die wohl zwanzig Jahre alte Rosa englisch sprechen. Sie musste der Mutter haarklein jedes Wort, das ich sprach, übersetzen. So dauerte es eine Weile, bis ich den beiden Frauen den Grund meines Besuches klar machen konnte, und sie meine freundliche Absicht erkannten. Die letzten Schranken fielen, als ich die Geschenke des Schneiders aus Mahabalipuram überreichte. Die Päckchen wurden geöffnet und kostbare Stoffe kamen zum Vorschein. Maria Cabral überschüttete mich mit einem Wortschwall, von dem ich kein Wort verstand, außer den Namen Uma und Devi, das junge Ehepaar, das bald Silberhochzeit feiern würde, wenn es so ein Jubiläum in Indien überhaupt gab.

Die ältere der beiden Frauen drückte mich an ihren enormen Busen, als sei ich von Stund an einer ihrer Neffen. Schade, dass die Tochter dieser Art der herzlichen Begrüßung nicht folgte. Rosa war eine dunkelhaarige Schönheit."

Sam grinste, aber Bill verbat ihm mit einer Handbewegung jeden Kommentar.

„Rosa wurde stattdessen in die Küche beordert. Als sie mit Kaffee und Kuchen, ganz im europäischen Stil, zurückkehrte, saßen wir zu dritt beisammen. Ich musste von Uma und Devi aus Mahabalipuram erzählen. Mindestens ein halbes Dutzend Mal sollte ich versichern, dass es der Verwandtschaft gut ging und Rosa wollte wissen, wie ich die beiden kennen gelernt hatte. Ich wies auf meine Hose, für diesen Tag hatte ich die rote gewählt, und erzählte von meiner ersten Begegnung mit dem tüchtigen Schneider und Rosa übersetzte. Sie fragten auch nach den Kindern, und erst da fiel mir auf, dass ich von Kindern nichts gesehen hatte. Sie waren sicher in der Schule, meinte Maria, die ältere der beiden Cabrals.

Später verabschiedete ich mich und die Mutter wies ihre Tochter an, mich für den kommenden Sonntag zum Mittagessen einzuladen. Ich versprach zu kommen und gerührt von so viel Herzlichkeit winkte ich den beiden Inderinnen, die aussahen wie Portugiesinnen, beim Abschied zu. Bis zum Sonntag waren es zwei Tage ..."

„... in denen du am Strand gefaulenzt hast", behauptete Henry.

„Richtig! Aber zunächst habe ich am nächsten Tag beim Morgenspaziergang in der Nähe des Strandes eine wunderbare Einrichtung entdeckt, die mir eine große Sorge nahm. Ich hatte fast zwei Drittel meiner Bücher gelesen und fürchtete um meinen Lesestoff, als ich in Colva am Strand auf etliche Bücherstände stieß. Hier konnte man auch die eigenen Bücher gegen andere gebrauchte eintauschen. Dieser Handel machte Sinn, denn wer wollte schon auf einer langen Reise die ausgelesenen Bücher weitertragen. Ich tauschte insgesamt fünf Bücher ein und war wieder für eine Weile versorgt. Mit meinen Neuerwerbungen ging ich zum Strand und legte mich in den Sand. Ich begann mit Conrads *Lord Jim* und nach einer Weile hörte ich aus weiter Ferne ein:

‚Pardon, Sir?'

Ich musste eingeschlafen sein, denn ich hatte Mühe mich zu orientieren. Verwirrt schaute ich mich um, ich hatte geträumt. Vor mir stand ein Mann im grellen Sonnenlicht und redete auf mich ein. Seine undeutlich ausgesprochenen

Worte sorgten für wenig Klarheit in meiner Zwischenwelt. Ich versuchte wach zu werden, nahm mein Buch von der Brust und richtete mich auf. Der Mann trug einen verschlossenen Leinenrucksack und hielt ein leeres Tablett in den Händen. Geschickt holte er eine Orange hinter dem Rücken hervor. Der Nebel lichtete sich. Für ein paar Rupien bot er mir frisch gepressten Orangensaft an.

Das war ein wunderbares Angebot, denn im Pudersand von Goa spürte ich meinen trockenen Mund. Der Saftverkäufer machte sich daran, mir ein Getränk zuzubereiten. Er setzte seinen Rucksack ab, packte einen Holzkasten und ein halbes Dutzend Orangen aus, zusammen mit einem großen Glas platzierte er die Sachen auf seinem Tablett. Er öffnete die Kiste und hob eine Obstpresse mit Kurbel heraus. Flink halbierte er die Orangen, drückte eine Hälfte nach der anderen auf eine Holzspitze und begann zu kurbeln. Danach löste er mit einem kurzen Ruck einen kleinen Topf unterhalb der Presse, schenkte den frischen Fruchtsaft ins Glas, reichte es mir und animierte mich zu trinken. Köstlich! Der Inder freute sich an meinem Durst, öffnete aufs neue seinen Rucksack und hielt eine Pampelmuse in die Höhe. Ich nickte.

Zwanzig Seiten weiter in meinem Conrad kam der Nächste, der mir etwas Gutes wollte – ein Ohrputzer!

‚Ear cleaning, Sir! Berry cheap! Berry good!‘

Sein Pidgin-Englisch verstand ich zwar, aber als der gute Mann sein weiches Tuch entrollte und ich all seine Instrumente sah, Pinzetten, Miniaturlöffel, -haken und -besen, wehrte ich entsetzt ab. Die Vorstellung, jemand bohrte mit diesen Werkzeugen in meinen Ohren herum, gruselte mich.

Mit Schaudern gedachte ich meiner Großmutter, die vorzugsweise mit einer aufgebogenen Büroklammer oder einer Stricknadel ihre Ohren reinigte. Ich lehnte höflich aber bestimmt ab. Erst später erfuhr ich, dass diese Art der Pflege nicht nur zur Säuberung der Gehörgänge dient, sondern zugleich ein meditatives Ritual ist.

Weitere zehn Seiten später, erneut stritten der Schlaf und Conrads Worte miteinander, kam der Nächste, der zu wissen schien, was mir fehlte. Dieses Mal ging es nicht um mein leibliches Wohl oder um die Hygiene, diesmal sorgte man sich um meine Zerstreuung. Ein kleiner, drahtiger Mann tanzte um mich herum und wiederholte immer wieder dieselben Sätze.

‚Sahib, you bill see a berry good pight! Mungo against Kobra! Only twenty Rupees, Sir!'

Nach der zehnten Wiederholung wurde es mir zu viel, seine Litanei und sein aufgeregtes Temperament störten meine Ruhe, außerdem roch der angekündigte Kampf eines Mungos gegen eine Schlange für mich nach Tierquälerei. Wie beim Ohrenputzer lehnte ich ab, aber diesmal war es nicht so leicht.

‚Sahib, I have poor children and a wife!'

Er sah aus, als finge er jeden Moment an zu weinen. Natürlich war er ein ausgekochtes Schlitzohr. Ich blieb bei meiner Entscheidung, aber der Mann ließ nicht locker. Nach einer Weile zückte ich meinen Geldbeutel und gab ihm einen Fünf-Rupienschein, für den ich keine Gegenleistung erwartete. Er verstand und bedankte sich, aber auf meinen Frieden musste ich noch eine Weile warten. Jetzt wollte er mir unbedingt beweisen, dass er kein Bettler war.

Für die Rupien wollte er mir wenigstens eine Kurzvorstellung bieten. Also gut.

Der Schausteller holte drei Kieselsteine aus seiner Stofftasche und verschluckte sie kurzerhand, danach rülpste er ausgiebig. Ich staunte nicht schlecht. Plötzlich quollen seine Augen hervor, und er würgte die Steine wieder heraus. Ich war sicher, dass es ein Trick war. Offenbar erriet der Mann meine Gedanken.

‚Sahib, honestly! No trick! No magic! I show you again!'

Erneut verschluckte er die Steine, so groß wie Mandarinen und stellte sich mit weit aufgerissenem Mund vor mich hin. Ich konnte seine Zahnlücken und sein Zäpfchen erkennen. Er gab einen grunzenden Laut von sich und schon drängte der erste Stein über den Rachen in den Mund, er spuckte ihn aus und die beiden anderen folgten. Mein Staunen galt wohl die Rupien ab, jedenfalls trollte sich der Mann mit seiner Kiste und seiner Stofftasche.

Nun ja, wie gesagt, zwei Tage später war ich wieder bei den Cabrals. Das Sonntagsessen war ein Erlebnis. Zunächst sollte ich erfahren, dass ich bisher nur einen Bruchteil der Familie kennen gelernt hatte. Zum Mittagsmahl begrüßten mich José, Marias Mann, Paolo und Antonio, Rosas Brüder und die greise Mutter des Hausherren. Der Rest der Familie war genauso herzlich wie die beiden Frauen, die ich bereits kannte. José Cabral, das Familienoberhaupt, behandelte mich wie einen verlorenen Sohn, der endlich heimgekehrt war und Geschenke in Hülle und Fülle mitgebracht hatte. Man schien völlig zu übersehen, dass ich lediglich Umas Bote war. Antonio ermunterte mich ständig, Nachschlag zu nehmen. José lachte, wenn ich auf meinen vollen Bauch zeigte. Er amüsierte sich köstlich darüber, dass ich auf eine Stelle wies, an der ich, im Gegensatz zu ihm, nichts vorzuweisen hatte.

Nach dem Mittagessen, während eines Spazierganges durch den üppigen Garten der Cabrals, nutzte ich die Gelegenheit und fragte Paolo, einen der Brüder Rosas, nach den Toiletten. Er zeigte mir diskret den Weg in ein kleines Nebengebäude. Im Gegensatz zum sonstigen Wohlstand wirkte dieser Ort eher primitiv. Auf einem Holzpodest klappte man einen Deckel europäischen Formats hoch und setzte sich auf eine Brille. Da mein Darm drängte, machte ich mir keine Gedanken um die Spülung, wohl hatte ich einem kurzen Blick in das Becken geworfen, aber nichts entdeckt, was auf einen Abflussweg hingewiesen hätte. Am ehesten hatte ich einen offenen Boden erwartet, weil alles andere, das Holzhaus und das Podest, mich an ein Plumpsklosett erinnerte, aber da war weiter nichts als eine Emailleschüssel mit einem schwarzen Boden.

Mit dem Nachdruck der scharfen Speisen der letzten Tage entleerte ich mich, und plötzlich umwehte mich ein Luftzug von unten her. Ich war so beschäftigt, dass ich mir nichts dabei dachte, außer: Also, doch ein Plumpsklo. Im nächsten Augenblick schoss ich von meinem Sitz in die Höhe. Unter mir pfiff nicht nur der Wind, sondern es grunzte und schmatzte furchterregend. Vorsichtig äugte ich über den Rand der Toilettenbrille ins Becken – nichts war zu sehen, weder etwas, was die Geräusche auslösen konnte, noch meine Hinterlassenschaft – die Schüssel war leer.

Nach genauerer Inspektion entdeckte ich, dass der

schwarze Boden der Toilettenschüssel zu flattern schien. Ich nahm die Bürste, die zum Säubern bereitstand, und drückte sie gegen den Boden. Er bewegte sich tatsächlich und klappte schließlich auf. Was ich im nächsten Moment zu sehen bekam, konnte ich nicht glauben. Ich vergaß, dass ich eigentlich noch gar nicht fertig war, säuberte mich und zog die Hosen hoch. Nun lag das Papier noch in der Schüssel, erst jetzt entdeckte ich einen Wasserkrug auf dem Holzpodest. Ich goss ein wenig von seinem Inhalt in die Toilette, um meine Spuren zu beseitigen. Abermals klappte der Boden nach unten weg und gab den Blick auf das frei, was sich darunter abspielte. Keineswegs handelte es sich um ein düsteres, stinkendes Loch, wie man es in einem Plumpsklosett erwarten konnte, sondern es drang helles Tageslicht von unten ein. Das Grunzen und Schmatzen hatte seinen Grund. Unter der Latrine tummelten sich Schweine! Der Bereich unter dem Klo war Teil ihres Auslaufes. Die Tiere sorgten als Allesfresser dafür, dass nichts umkam. Ich schüttelte mich entsetzt, später erfuhr ich, dass so ein *Schweineklosett* in Indien nichts Ungewöhnliches ist.

Irgendwie mussten die Cabrals bemerkt haben, dass mich mein Toilettengang verändert hatte. Meine Stimmung war hinüber. Vielleicht nahmen sie an, ich hätte Darmprobleme, weil ich auf den herrlichen Kuchen zur Kaffeetafel verzichtete. Später verabschiedete ich mich höflich und versprach, die Familie zu besuchen, falls ich je wieder nach Goa kommen sollte."

Henry, Bill und Sam diskutierten über Sinn und Unsinn dieser Art von Resteverwertung. Henry war jemand, der in allem erst einmal Verständnis für das Andere an Indien aufbrachte und diese Einstellung als Basis seiner Beurteilung nahm. Aber selbst er schüttelte sich.

„Aber das war noch nicht alles, was es von Goa zu berichten gibt."

Alexander schilderte seine abenteuerlichen Fährenfahrten, hoch in den Norden Goas und zurück, wie gefährlich dieses Transportmittel im Grunde war, und wie froh er gewesen war, als er wieder heil in Margoa an den Gleisen stand.

„Im Bahnhof von Margoa wartete ich auf meinen Zug nach Bombay. Da ich wie immer reichlich Zeit einkalkuliert hatte, kaufte ich mir eine indische Tageszeitung – die *Times of India*. Ich hätte gern ein paar Worte mit meinem indischen Kollegen im Kiosk gewechselt, aber der Besitzer des Ladens war ein wortkarger Mann. Also trollte ich mich, setzte mich auf eine der Holzbänke im Wartesaal und begann zu lesen. Als ich die Bedeutung des Titelbalkens erkannte, verschlug es mir den Atem. Das konnte doch nicht wahr sein!

Tragisches Unglück auf dem Zuvari!

Darunter stand: *Völlig überlastete Fähre gekentert! Vierhundert Menschen trieben im Fluss! Mindestens 47 Tote!*

Auf einem Foto sah man eine auf der Seite treibende Fähre. Es füllte beinahe die halbe Frontseite. Aufgeregt las ich von der verunglückten Fähre, die hoffnungslos überladen und in einem desolaten Zustand gewesen war. Eine Schilderung, die exakt meine Gedanken widerspiegelte, als ich den Fluss überquert hatte. Am Tage der Katastrophe herrschte eine besonders starke Strömung, sie brachte das Boot zum Kentern und nur einem glücklichen Zufall war es zu verdanken, dass nicht weitaus mehr Menschen ihr Leben hatten lassen müssen. Ein vorüberfahrendes Frachtschiff konnte viele der im Fluss schwimmenden Passagiere aufnehmen. Mir war schleierhaft, wie die Offiziellen oder die Journalisten zu einer verlässlichen Aussage über die Anzahl der Toten kommen konnten. Meiner Meinung nach hatte niemand den geringsten Überblick über das Gewimmel auf den Fähren. Die Anzahl der verkauften Tickets sagte überhaupt nichts über die Zahl der Fahrgäste aus. Wer kaufte schon eine Fahrkarte, wenn niemand in der Lage war, das Gewimmel zu kontrollieren?

Zwar war das Unglück nicht an der Stelle geschehen, an der ich über den Fluss gesetzt hatte, aber das war doch letztlich egal. Der Fluss, die Beschaffenheit der Fähre und die Überladung waren genauso. Die Havarie hatte sich während meiner ruhigen Tage in Chapora zutragen. Pures Glück hatte mich vor einem Unheil bewahrt. Eine Lehre konnte und musste ich aus diesem Unglück ziehen: Keinesfalls durfte man in Indien so reisen, wie man es in Deutschland oder Europa tat – im Vertrauen darauf, dass alles seine Ordnung hatte. Bei jedem Schritt, den man tat, war man selbst aufgefordert, darüber nachzudenken, ob es der richtige war. Dass Hunderte von Menschen eine Fähre bestiegen, war noch lange kein Grund, es ihnen gleich zu tun."

„Das ist wahr!" bestätigte Henry Alexanders Fazit. „Ich habe mir zum Beispiel zur Regel gemacht, mir jeden Jeep und jeden Bus genau anzusehen, bevor ich einsteige. Zwar bin ich kein Experte und kann ein Fahrzeug nicht gründlich inspizieren, aber einmal habe ich auf diese Weise festgestellt, dass der Busfahrer mit einem fast platten Hinterreifen in die Berge fahren wollte. Man stelle sich das auf den steilen Schotterstraßen vor. Blindes Vertrauen auf einen ordnungsgemäßen Gang der Dinge ist nicht angebracht."

Angtschuk, ihr Gastgeber, kehrte zurück und bat die Besucher ins Haus. Er schenkte Buttertee nach. Bill und Sam blieben dabei, sie lehnten ab und fragten nach Wasser für Beuteltee. Henry und Alexander bedankten sich bei Angtschuk, leider war eine Unterhaltung mit ihm nicht mehr möglich, weder Angtschuk noch Tashi sprachen Englisch und Tsering war nicht mehr da.

Alexander hatte Bombay erwähnt und Henry kam darauf zurück. Er sprach von seinem Besuch in der Riesenstadt, dort hatte er zum ersten Mal indischen Boden betreten, als er von Europa aus nach Asien geflogen war. Wie viele Städte, die etwas Besonderes haben, war Bombay als Megacity faszinierend und abstoßend zugleich:

„Mit Bombay, Kalkutta und Delhi ist das nicht anders als mit New York, Chicago und Los Angeles. Mumbai, wie man heute sagen muss, besticht vor allem in der Mischung aus indischem Großstadtleben einerseits und altenglischem Kolonialstil andererseits. Riesige exotische Märkte, unzählige Dhaba Wallahs um die Mittagszeit, historische Tempel auf der Insel Elephanta repräsentieren Indien; der palastartige *Victoria Terminus,* ein gotischer Prunkbau der Engländer, der nichts weiter als ein Hauptbahnhof ist, dazu Bauwerke wie das *Gateway of India* und das *Hotel Taj Mahal* stellen Wahrzeichen übertriebenen kolonialen Herrschaftsstils dar."

Henry musste Sam und Bill natürlich erklären, wovon er sprach und begann mit den Dhaba Wallahs von Bombay.

„Dhaba Wallahs sind eine ganz spezielle Einrichtung der Stadt. Jeden Tag warten die ganz in Weiß gekleideten Männer mit ihren typischen Nehru-Kappen in den Bahnhöfen *Victoria Terminus* und *Churchgate* auf die Vorortzüge. Mit ihnen kommen die Dhabas an, das sind kleine Metallbehälter, in denen das Mittagessen für über hunderttausend Büroangestellte in der Stadt enthalten ist, und zwar für jeden Angestellten das für ihn zugedachte, von der eigenen Frau gekocht und eingefüllt. Hunderttausend Essgeschirre aus Aluminium werden aus hunderttausend Haushalten in den Vororten eingesammelt, in die Züge verfrachtet und von einer unübersehbaren Schar Männer in die entsprechenden Büros verteilt. Obwohl weder Buchstaben- noch Zahlencodes verwendet werden, weil viele der Dhaba Wallahs Analphabeten sind, funktioniert das System einwandfrei. Die Dhabas werden mit eigens ausgetüftelten Farbzeichen markiert, einer Methode, die seit Jahrzehnten jeder Expansion standhält. Verwechslungen von Dhabas sollen extrem selten sein."

„Dhabas sind also kleine Essensbehälter und was sind Wallahs?"

Sam wollte es wieder genau wissen.

„Wallahs sind Personen, die eine bestimmte Aufgabe erfüllen, in diesem Fall die Personen, die Dhabas verteilen. Es gibt auch Dhobi Wallahs, das sind Kleiderwäscher und was Taxi Wallahs sind, könnt ihr euch denken."

Mit einem Gedankensprung wechselte Henry zu Bombays geographischer Lage.

„Die Stadt mit ihren fünfzehn Millionen Einwohnern liegt auf einer Insel. Vom Festland trennt sie ein riesiges Hafenbecken, hier ankern Passagierschiffe und Frachter aus der ganzen Welt. Mitten in der Bucht liegt die kleine Insel Elephanta, ein Kleinod reich an Tempeln und Skulpturen, die vor mehr als tausend Jahren aus den Felsen gehauen wurden. Ein mächtiger Steinelefant hat der Insel ihren Namen gegeben. Die Höhlentempel sind Shiva geweiht, der in der größten Höhle als dreiköpfiger Gott dargestellt ist und so die Rolle Vishnus und Brahmas in sich vereint."

Alexander erzählte, dass er in Bombay vor allem von den Parsentürmen in der Gegend von Malabar Hill beeindruckt war. Henry stimmte dem zu und erklärte den anderen beiden, was es damit auf sich hatte.

„Malabar Hill ist eine Gegend des Wohlstands mit üppiger Pflanzenwelt und turtelnden Pärchen. Man spaziert durch die *Hängenden Gärten*, die ihren Namen dem besonderen Untergrund verdanken. Der Grünanlage dient sozusagen als Abdeckung für das riesige Trinkwasserreservoir der Stadt. In einer Art Megatank unter dem Park lagern bis zu 120 Millionen Liter Wasser als Vorrat für die Einwohner der Metropole.

Ganz in der Nähe, vollständig abgeschirmt von neugierigen Blicken, stehen die *Türme des Schweigens* der *Parsen*. Die Religionsgemeinschaft der *Parsen* glaubt an ihren guten Gott *Ahura Masda*, dem der böse *Angra Mainyu* gegenübersteht. Der Kampf dieser beiden Götter bestimmt das Schicksal der Menschen. Wandelt ein Mensch auf dem rechten Pfad des Lebens, kann er damit den Sieg des guten Gottes begünstigen und helfen, das Böse zu überwinden.

Die größte Parsengemeinschaft, die es auf der Welt gibt, lebt heutzutage in Mumbai, also Bombay. Die Parsen sind eine Religionsgruppe, die sich ursprünglich aus dem persischen Islam abgespaltet hat, sie verehren das Feuer, das Wasser und die Erde. Die drei Elemente sind ihnen heilig und dürfen niemals verunreinigt werden. Dies ist der Grund, warum sie ihre Toten weder verbrennen, noch begraben oder auf See bestatten, denn die Leichen der unvollkommenen Menschen würden die heiligen Elemente beschmutzen. So übergeben sie ihre Toten der Luft. Die Leichname der Parsen werden auf die Plattformen der Türme gelegt und verwesen dort im Freien. Geier und Krähen helfen auf ihre Weise bei dieser eigentümlichen Form der Bestattung.

Bäume, Büsche und Mauern schützen die Parsentürme vor der Sensationslust der Touristen, deren Neugierde die ehrwürdige Atmosphäre dieses Ortes entweihen würde. Für die Besucher geben einzig die zahlreichen Geier, die überall in den Bäumen sitzen, Zeugnis vom Geschehen hinter dem Dickicht."

Schweigend tranken die Männer ihren Tee, draußen war es inzwischen finster und sie waren müde. Am nächsten Tag wollten sie weiter durch schweres Gelände mit harten Anstiegen und steilen Abhängen. Von Shade aus wollten sie über eine nordwestliche Route wieder Richtung Leh. Es lagen hohe Berge vor ihnen und die Pfade waren schwierig, aber sie verzichteten bewusst auf den einfacheren Weg über Padum, den die meisten nahmen, die hier in der Gegend wanderten. Sie suchten die Einsamkeit und schwierige Wege waren eine Herausforderung. Wenn ihnen der Sinn danach stand, konnten sie bis auf sechstausend Meter klettern.

Mit einer Schüssel Wasser gingen die Männer nach draußen, putzten sich die Zähne und benutzten den Abort. Ohne Sonne war es kalt in den Bergen, Shade liegt über viertausend Meter hoch. Am Tage waren die enormen Temperaturdifferenzen zu spüren, wenn man eine Weile im Schatten eines Berges wandern musste. Schwitzte man vorher in der Sonne, musste man sich im Schatten eine Jacke überziehen. Ladakhis hüllen sich deswegen im Sommer wie im Winter in ihre dicken roten Mäntel.

Angtschuk gab ihnen Yakfelle für den Steinboden, so hatten sie ein warmes, weiches Nachtlager. Sie krochen in ihre Schlafsäcke und Angtschuk löschte das Talglicht.

„Julee!“

„Julee!“

9

Die vier Männer lagen auf ihren Yakfellen und hingen ihren Gedanken nach. Sam, dessen übliches Leben in Amerika von Angtschuks Dasein als Bergbauer so weit entfernt war wie die Erde vom Mond, träumte davon, in der Ruhe Ladakhs zu leben. Kein money-makes-the-world-go-around, kein Fernsehen, keine Illustrierten, die einem auf Hochglanzfotos zeigten, wie die Welt aus den Fugen geriet, kein Brennen im Magen, keine Tabletten gegen Bluthochdruck. Aber das war eine Illusion. Nach wenigen Monaten würde er das Wasser vermissen, das nach Bedarf warm oder kalt aus der Leitung floss, die italienische oder die mexikanische Küche, American Football, ein kaltes Bier aus dem Kühlschrank, eine Zigarre aus der Klimabox und sogar der Stress würde ihm fehlen, der Ärger über die unfähigen Mitarbeiter, die Niederlage eines Verlustgeschäftes und natürlich die Freude an einem genialen Coup. Sam war für ein einsames Leben nicht gemacht, aber er träumte gern davon.

Bill spürte, wie die Trauer der letzten Jahre ihn verließ. Er döste vor sich hin und sehnte sich nach der Nähe einer Frau. Zum ersten Mal seit langem schob er diese Sehnsucht nicht erschrocken beiseite, sondern ließ sie vorbehaltlos durch seinen Körper fließen. Sechs Jahre hatte er sich die Vorstellung verboten, eine andere Frau als Laura in seinen Armen liegen zu haben. Nun schwebte eine Trekkerin durch seine Wachträume, er hatte sie in einer Teestube in

Leh sitzen sehen. Sie hatten nicht miteinander geredet, sie wussten nichts voneinander, nicht einmal ihre Namen, sie hatten sich nur angelächelt, und jetzt sah er sie, zog ihr den Wollpullover über den Kopf, öffnete ihre Schuhe und streifte sie zusammen mit den Strümpfen von ihren Füßen, löste den Druckknopf ihrer Jeans und zupfte an ihrem T-Shirt. Das Leben war nicht dazu da, für immer traurig zu bleiben, das hatte er heute gelernt. Am Morgen hatte erst der blasse Mondschein die Berge mit Silberglanz überzogen, und dann das strahlende Sonnenlicht die Gipfel in tausenderlei Rottöne getaucht. Er hatte gespürt, wie dieses betörende Farbenspiel seine Trauer entmachtete.

Henry verscheuchte seinen ewigen Gewissenskonflikt, in dem es immer um ein und dieselbe Frage ging: Sollte und durfte er aus seinem Leben aussteigen oder nicht? Stattdessen ließ er die Tage in den Bergen Revue passieren. Bill und Sam waren verträgliche Kameraden und Alexander war seit langem sein Freund. Ihre Bergwanderung zu viert war eine wunderbare Unternehmung, die eine weitere Woche dauern würde und bevor sie zu Ende ging, ihnen noch einiges abverlangen würde.

Alexander lauschte den Yaks, die nebenan im Stall standen. Er hörte ihr Schnaufen, das durch die zugige Bretterwand kaum gedämpft wurde, dann und wann scharrten sie mit ihren Hufen. Auch er dachte an den vergangenen Tag, seine Erinnerungen an Goa, das Thema Bombay und die immer aufs Neue beeindruckenden Bilder Ladakhs. Indien bot unglaubliche Impressionen, Indien war verrückt – liebenswert verrückt. Allein der scharfe Umschnitt von Goa nach Bombay, der sich irgendwo auf seiner Bahnfahrt ereignet hatte, war wie die Reise von einer Welt in die andere. Er war durch die herrliche Landschaft des östlichen Goa Richtung Hubli gefahren, diesmal die Berge hinauf, und die Zugbegleiter vom Hinweg waren wieder aufgetaucht. Die Affen schienen zu wissen, dass es bergauf weniger risikoreich war, auf den Zug zu springen. Manchmal brachte es die Lokomotive nur auf Schritttempo, wenn es regelrechte Rampen zu erklimmen galt, Abspringen war dann mühelos möglich. Der Zug schlängelte sich durch Sumpflandschaft, später durch dichten Dschungel, und dann hoch in ein saftig grünes Mittelgebirge. Katarakte stürzten im hohen Bogen über die Gleise in die Tiefe, manche Sturzbäche wurden in gemauerten Abflussrinnen gebändigt, heftig tobend und spritzend ließen sie sich widerstrebend unter dem Bahndamm hindurchlenken. Der Monsun hatte für reichlich Wasser gesorgt, es gestaltete die Landschaft mit seiner strömenden Kraft und ließ sie erblühen.

An den steilsten Stellen musste die Diesellok passen, und es boten sich Passagen perfekter Eisenbahnromantik. Eine alte Dampfmaschine schnaufte von einem Abstellgleis heran und half von hinten schiebend den zwölf rostbraunen Waggons den Berg hinauf. Mit vereinten Kräften zogen und schoben die beiden Lokomotiven die Anhänger über Brücken und Viadukte, durch zahllose Tunnel und tiefe Felseinschnitte. Wenn sie eine der zahlreichen Haarnadelkurven durchfuhren, beobachtete Alexander im Blick zurück das Ende des eigenen Zuges, der durch das herrliche Hinterland Goas rollte.

Abends, in Miraj, stieg er in einen Zug mit Schlafwagen nach Bombay um, kurz vor der Abfahrt schwang ein Teeverkäufer seine Glocke unter dem Abteilfenster und pries Tee und Gebäck an. Er ließ sich einen Snack vom Bahnsteig ins Abteil reichen, verzehrte ihn genüsslich, bis ihm nach einer Weile das Geschirr in den Sinn kam. Das Glas und der Aluminiumteller waren für den Mann mit seinem Verkaufswagen sicher von einigem Wert und die Abfahrt rückte näher. Hektisch hielt er nach dem Verkäufer Ausschau, während der Schaffner bereits die Kelle hob. Da sprach ihn jemand von der Abteiltür her an.

„Sir, please, my plate and my glass!“

Der Teeverkäufer streckte seine Hand nach dem Geschirr aus, verbeugte sich, verschwand und sprang Sekunden später aus dem anrollenden Zug. Es war wie mit den Dhaba Wallahs in Bombay, derlei Dinge funktionierten in Indien.

Stunden später hatte Alexander die Idylle verlassen und erreichte Bombay. Zwei Tage nachdem er im grünen Hinterland Goas die altmodische Bergbahnfahrt genossen hatte musste er lernen, was es hieß, im Moloch einer Megacity zu stecken, und er musste lernen, dass Vorsichtsmaßnahmen auf einer Reise wie seiner nur so lange etwas wert waren, wie man achtsam war. Er erlebte das schöne, exotische, pulsierende Bombay, und er erlebte das kriminelle Bombay mit seinen Dieben und Betrügern. Das war eine Geschichte, die Sam und Henry interessieren würde, Henry kannte sie schon.

Am Morgen kochte Angtschuk Buttertee und Alexander bereitete Tee nach indischer Art mit Gewürzen und in diesem Falle mit Yakmilch. Buttertee zum Frühstück war nur etwas für Einheimische und Hartgesottene. Tashi hatte ihnen eine Tsampa bereitet, geröstetes Gerstenmehl mit Butter und Zucker zu einem Brei vermischt, dazu gab es frische Aprikosen. Während die Männer aßen, traf Tsering ein und setzte sich zu ihnen. Alexander zwinkerte Sam zu, dessen Problem mit der ungenauen Verabredung damit erledigt war.

Nach dem Frühstück zahlte Alexander wenige Rupien für Übernachtung und Frühstück und Sam wünschte sich, dass Angtschuk sein Feuerzeug als Geschenk nahm. Daraufhin holte der Hausherr eine kupferne Gebetsmühle mit Handgriff und überreichte sie Sam, der sie glücklich mit kreisenden Bewegungen in Gang brachte und *Om mani padme hum* dazu sprach. Das Ehepaar Tashi und Angtschuk freuten sich und winkten den Männern nach, die von so weit her kamen, wie sie es sich nicht vorstellen konnten, nur um in ihren Bergen zu wandern.

Tsering führte sie durch ein Seitental, über eine leicht zu nehmende Hügelkette in ein Hochtal, an dessen Ende ein Junge Ziegen hütete. Bis hierher hatte Tsering sie begleiten wollen, nun wollte er seinem Bruder helfen, die Tiere zu einem anderen Weidegrund zu treiben. Tatsächlich wäre Alexander einen anderen Weg gegangen und hätte, wie ihm Tsering erklärte, einen halben Tagesmarsch weiter nordöstlich umkehren müssen, weil der Pfad vom Schmelzwasser fortgespült worden war. Die Männer verabschiedeten sich voneinander und der ladakhische Führer deutete auf eine Kerbe zwischen zwei etwa fünftausend Meter hohen Gipfeln, dort mussten sie hindurch auf ihrem Weg zum Zanskar.

Die Kerbe schien so nah, aber erst sechs Stunden später passierten sie den zerklüfteten Einschnitt. Streckenweise stieg der schmale Pfad abrupt in engen Kurven an, aber die Männer spürten die Übung der letzten Wochen. Sie hatten noch Kraft, ein Nachtlager aufzuschlagen war noch zu früh. Es war nachmittags und nach einer Rast wollten sie noch zwei oder drei Stunden marschieren. Vor ihnen lag eine leichtere Etappe durch ein breites Hochtal, das sich über Kilometer in die von ihnen geplante Richtung zog. An seinem Ende wollten sie den Fluss, der das Tal formte, durchqueren und auf der anderen Seite übernachten. Bäche und Flüsse wurden in dieser Jahreszeit zu einem Hindernis, selten gab es Brücken, und das reißende Wasser mit dem Gepäck auf dem Rücken zu durchwaten war eine heikle Angelegenheit. Vorsichtig musste man Schritt für Schritt setzen und durfte nicht auf den glitschigen Steinen ausrutschen, allerdings reichte das Wasser selten höher als bis an die Hüften.

Wie jeden Abend wurde die Arbeit vor der Nacht aufgeteilt. Während Bill und Henry die nassen Hosen zum Trocknen über die Spannleinen der Zelte hängten und die feuchten Schuhe mit dem Schaft nach unten auf die Steine legten, kochten Sam und Alexander. Tashi hatte Tsampa in einen ihrer Töpfe gefüllt, den Getreidebrei vermischten sie jetzt mit Milchpulver und Wasser aus dem Fluss. Sam teilte ein halbes Früchtebrot auf, ein Rest von einem Bäcker aus Leh. Schließlich saßen sie um den Gaskocher, und Alexander knüpfte an ihr Gespräch vom Vorabend an, als sie über Bombay gesprochen hatten.

„In Bombay musste ich damals, auf meiner ersten Indienreise, Lehrgeld bezahlen, was Diebe und Betrüger betraf. Eines Morgens machte ich mich auf den Weg zum Hauptpostamt in der Nähe des Victoria Terminus, Bombays riesigem Bahnhof. Ich hatte ein Päckchen mit Diafilmen gepackt, die ich bis dahin verschossen hatte. Ich wollte sie nach Hause schicken, damit ich sie nicht den Rest der Reise mit mir herumtragen musste und riskierte, sie zu verlieren. Auf dem Postamt drängten sich die Menschen in dichten Trauben. In der Schalterhalle herrschte Chaos. Menschenmassen schoben sich ins Innere des Gebäudes, andere drängten ins Freie, die Scharen kreuzten sich auf den Wegen zu den Schaltern, es war unvorstellbar. Ich war froh, die wichtigsten Sachen in meinem Gürtel und meinem Brustbeutel verstaut zu haben, lediglich eine Stofftasche hatte ich dabei, in der ich mein Schreibzeug und meine Kamera trug. Die Henkel der Tasche hatte ich mir fest über die linke Schulter gezogen, den Inhalt spürte ich in der Achsel. Das Päckchen mit den Filmrollen, dem ich eine aus Holz geschnitzte Darstellung des Gottes Shiva und einen Brief an meine Eltern beigelegt hatte, trug ich fest umschlossen in der Hand. Nach einer Reihe von harmlosen Knuffen bekam ich plötzlich einen kräftigen Stoß in den Rücken. Schmerz und Schreck durchzuckten meinen Körper, ärgerlich drehte ich mich um. Ein schüchterner Junge wies verlegen nach hinten, er wollte mir wohl erklären, dass er selbst geschubst worden war. Ich griff nach meinem Beutel, ertastete den Inhalt, es war nichts passiert

Das Hauptpostamt ist ein imposantes Gebäude. Im selben Stil erbaut wie der riesige Victoria Terminus stammt es aus der Zeit der englischen Kolonialherrschaft. Das Gewimmel in der Halle nahm kein Ende, dazu flogen zahllose Tauben unter der mehrere Stockwerke hohen Decke hin und her. Im Sonnenlicht, das durch die Fenster im Deckengewölbe einfiel, tanzten ihre Federn, und immer neue stieben bei jedem Flügelschlag auf. Die Vögel landeten auf den Simsen, gurrten und warteten auf Krumen, die für sie abfielen. Die Steinwände waren übersät mit ihren Kotflecken.

Plötzlich klatschte etwas Feuchtes, Warmes auf mein Hemd. Ich konnte eben den Reflex unterdrücken, sofort nach meiner Schulter zu greifen, ich hätte unweigerlich in ein gelblichweißes Häufchen gefasst. Auf unappetitliche Weise zog die breiige Masse in den Stoff, angewidert sah ich hinauf zu den Tauben. Der nette Junge hinter mir schimpfte Richtung Decke, gleichzeitig wurden wir vorwärts geschoben. Er zückte ein Tuch und erbot sich, den Dreck abzuwischen. Er putzte eifrig und mir war, als würde gerade in diesem Moment das Geschiebe heftiger. Hier ein Stoß, dort ein Knuff, an meiner Schulter das Scheuern des Jungen, ich hatte genug. Ich wollte raus aus diesem grässlichen Gedränge. Ich dankte dem Jungen und machte ihm energisch klar, dass er nun genug gerubbelt und gerieben hatte. Ich griff nach meinem Beutel, alles in Ordnung, und drängte ins Freie.

Durchgeschwitzt, beschmutzt und entnervt setzte ich mich draußen auf eine Mauer und atmete durch. Während sich meine Schultern ein ums andere Mal hoben, meinte ich, dass sich meine Stofftasche eine Spur zu leicht anfühlte. Erschrocken tastete ich nach dem Inhalt, etwas stimmte nicht. Ich riss den Beutel auf und sah die Bescherung. Statt meiner Schreibmappe und der Kamera lagen zwei Stück

Holz ähnlichen Gewichts und annähernd identischer Form darin. Meinen Fotoapparat und meine Mappe war ich los. Vor Wut hätte ich schreien mögen, schamlos hatten Diebe es ausgenutzt, dass mir die Tauben das Hemd verschmutzt hatten.

Ich hob den Beutel in die Höhe und entdeckte eine zwanzig Zentimeter lange Öffnung an der Rückseite. Mit dem glatten Schnitt einer Rasierklinge oder etwas Ähnlichem war der Stoff aufgetrennt worden. Über dem Loch entdeckte ich einen weiteren Klecks von dem Taubendreck, der auf mich herabgestürzt war. Aber hier wirkte die Masse seltsam bräunlich, nicht so weißlich gelb wie der Fleck auf meinem Hemd. Ich sah nach meiner Schulter, der Fleck hatte sich ebenfalls ins Bräunliche verfärbt, ich schnupperte an dem vermeintlichen Kotspritzer auf der Stofftasche, der Geruch hatte nichts Fauliges, im Gegenteil, der Klecks verströmte ein fruchtiges Aroma. Auf keinen Fall handelte es sich um Kot. Da endlich begriff ich und schlug mir mit der Hand an die Stirn. Die Masse war kein Vogelmist, sondern ein farblich geschickt angerührter Fruchtmus, auf den ich hereingefallen war, und nun verfärbte sich der Bananen- oder Apfelanteil an der Luft, wie es typisch war für einen Obstbrei. Ich war wütend auf die Stadt, auf die Menschen, die hier lebten, auf die Tauben, aber vor allem war ich wohl wütend auf mich selbst.

Grollend machte ich mich auf den Weg in ein Café, das ich schon mehrmals besucht hatte. Bei einer Tasse Kaffee, einem Stück Kuchen und einer Zigarette wollte ich mich beruhigen. Unterwegs sprach mich einer von den illegalen Geldwechslern an, die in der Stadt herumlungerten. Eine düstere Gestalt bot mir für einen Dollar wesentlich mehr indische Rupien an, als der offizielle Wechselkurs hergab. Ich schickte ihn zum Teufel und bewegte mich dabei hart an der Grenze zu einer weiteren Dummheit, denn der Typ sah nicht danach aus, als ließe er sich beschimpfen. Allerdings war ich nicht wirklich mutig, ich fluchte auf Deutsch.

Im *Leopold*, so hieß das Travellercafé, war meine Wut noch nicht verraucht. Ich muss sehr grimmig ausgesehen haben, denn ein Engländer, den ich vom Sehen kannte, setzte sich an meinen Tisch und fragte mich, was mich so zornig machte. Er war ein sympathischer Typ, und ich machte meinem Ärger bereitwillig Luft. Tom verstand mich und spendierte mir einen Kaffee. Bei der zweiten Tasse schilderte ich ihm auch meine Begegnung mit der düsteren Gestalt, die mich wegen des illegalen Geldwechsels angesprochen hatte. Tom beruhigte mich und erklärte mir, das sei in Bombay kein wirkliches Verbrechen, der Handel sei Gang und Gäbe und man könnte dabei etliche Rupien herausschinden. Er empfahl mir sogar meinen Verlust, den ich durch den Diebstahl erlitten hatte, auf diese Weise wieder auszugleichen. Der Gedanke war verlockend und Tom versicherte mir, dass von der Polizei in Bombay nichts zu befürchten sei, sie duldete diese Machenschaften sogar stillschweigend. Ich sollte mir deswegen keine Sorgen machen, er kannte einen Typen, mit dem er ein Treffen arrangieren konnte, wenn ich wollte.

Mir war nicht wohl bei dem Gedanken, andererseits, wer half mir? Den Diebstahl meiner Kamera bei der indischen Polizei anzuzeigen, wäre reine Zeitverschwendung gewesen. Wie wollten die Beamten unter den zehn Millionen

Einwohnern der Stadt, Zugereiste nicht eingerechnet, die Spitzbuben ermitteln, die mich bestohlen hatten? Wenn die Polizei tatsächlich meiner Geschichte zuhörte, was sollte ich ihr dann sagen? Ich hatte einen Jungen gesehen, flüchtig, falls er einen Komplizen gehabt hatte, war er mir nicht aufgefallen. Und der Junge, wie sah er aus? Dreizehn, vierzehn Jahre alt, brauner Teint, schwarzes Haar, schlank, etwa einen Meter fünfzig groß, dunkle Augenfarbe. Eine dürftige Beschreibung in einer Stadt wie Bombay.

Am späten Nachmittag traf ich mich mit Tom vor dem *Leopold*, und wir gingen gemeinsam drei Straßen weiter in eine kleine Gasse. Vor einem offenen Tor zu einem Hinterhof wartete ein pockennarbiger Inder und begrüßte uns ausgesprochen freundlich. Der Typ behagte mir nicht, er wirkte keinesfalls so nett, wie ihn Tom beschrieben hatte, eher düster und wenig vertrauenerweckend. Seine Kleidung, seine Haare und sein ganzes Benehmen wirkten schmierig. Ich wollte die Sache schnell hinter mich bringen und traf dabei auf Verständnis, dem zwielichtigen Typen ging es nicht anders. Entschlossen, fast rabiat, schob er mich durch das Tor in den Innenhof. Tom, mein englischer Freund, verabschiedete sich mit einem kurzen Gruß und verschwand. Ich war entsetzt! Was machte ich hier? War ich noch bei Trost? Ich war auf dem besten Wege, mir den nächsten Ärger aufzuhalsen, und der einzige, den ich kannte, der mir eine Stütze sein konnte, verließ mich in dieser heiklen Situation.

Der Inder mit der spiegelnden Sonnenbrille drängte mich in eine dunkle Ecke, hilflos blickte ich zurück, in der Hofeinfahrt bauten sich zwei Gestalten auf. Ich schwitzte aus allen Poren, es war pure Angst. Mein schmieriger Geschäftspartner beruhigte mich.

‚No problem! Don't be afraid! How many dollar you want to change?'

Ursprünglich hatte ich dreihundert wechseln wollen, aber ich besaß so viel Geistesgegenwart, mein Anliegen auf hundert Dollar zu reduzieren. Mein Gegenüber schien enttäuscht.

‚Only hundred dollar?'

Der Schieber hatte wohl mehr erwartet, aber die Geschichte wurde mir zu heikel. Er nannte sein Angebot. Tom hatte mir empfohlen, auf jeden Fall zu handeln, aber das sparte ich mir, ich wollte fertig werden und nichts wie weg. Ich nickte, meine Hände zitterten, und ich spürte, wie sich der Schwarzhändler amüsierte. Lässig zog er einen Packen Scheine aus seiner Jacke und zählte die Hundert-Rupien-Scheine vor meinen Augen. Ich holte meine Hundert-Dollar-Note aus ihrem Versteck im Socken. Zum Glück hatte ich die drei ursprünglich für den Tausch vorgesehenen Scheine einzeln versteckt. Ich hielt den Hundert-Dollar-Schein fest in meiner Hand und der Typ zählte noch einmal die Rupien durch. Mein Gott, das dauerte. In mir kroch die Angst hoch. Was war, wenn uns die Polizei erwischte, und es keineswegs um ein Kavaliersdelikt ging? Was wusste ich schon? War Tom so vertrauenswürdig, wie er sich gab, oder würde es mir ergehen wie einem Drogenschmuggler in Malaysia? Würde man mich ausweisen oder gar ins Gefängnis stecken? Worauf hatte ich mich bloß eingelassen? Ich wollte schnell wechseln und nichts wie weg.

Das hatte ich kaum zu Ende gedacht als geschah, was

nicht geschehen durfte. Im Hofeingang rührte sich etwas. Die beiden Männer, die im Zwielicht des Halbschattens Schmiere standen, winkten aufgeregt und riefen etwas mit heiserer Stimme. Mein Herz schlug mir bis zum Hals, und dass der coole Sonnenbrillenträger mir gegenüber ebenfalls vom Schreck gezeichnet war, gab mir den Rest. Eilig schnürte er sein Bündel Rupienscheine.

‚Police! Police! Police!'

Entsetzt raunte er mir diese schrecklichen Worte zu. Wie gelähmt verfolgte ich das Geschehen, in meiner Angst versuchte ich mir vorzugaukeln, dass ich nichts mit dieser entsetzlichen Szene zu tun hatte. Der Inder merkte, dass ich mich vor Schreck nicht rührte und trieb mich zur Eile. Er stopfte mir meinen Packen Rupienscheine in die Brusttasche meines Hemdes, zog die Dollarnote aus meinen Fingern und versuchte mich aus dem Hof zu schieben. Seine Stimme überschlug sich dabei:

‚Hurry! Hurry! Police! Police!'

Sein Gestammel drang von weit her an meine Ohren, erst das Geschrei der Wachposten und ihre kopflose Flucht weckte mich aus meiner Starre. Ich holte die Rupien aus meiner Hemdtasche, packte sie fest, nickte dem Inder kurz zu und rannte los. Froh, der Enge im Hof entronnen zu sein, spähte ich kurz die Straße hinauf und hinab, keine Polizei zu sehen. Gott sei Dank herrschte reger Betrieb auf den Straßen und Fußwegen. Plötzlich, aus einem dunklen Winkel heraus, zeigte mir jemand, den ich nie zuvor gesehen hatte, die Richtung, in die ich flüchten sollte. Ich hob meine Hand zu einem flüchtigen Gruß und jagte zwischen erschrockenen Fußgängern hindurch, umkurvte Radfahrer und Autos, kreuzte Straßen und riskierte Zusammenstöße. Es interessierte mich nicht. Ich rannte kopflos, keinen Blick zurück, keine Pause – einfach flüchten.

Ich musste mindestens einen Kilometer hinter mich gebracht haben, als mein Verstand wieder einsetzte. Meine Angst war um keinen Deut gemindert, aber ich merkte, dass ich nicht die geringste Ahnung hatte, wo ich mich befand. Leichtsinnig sprang ich vor ein Taxi und zwang es zu halten. Ich warf mich auf die Rückbank und nannte das erstbeste Ziel, das mir in den Sinn kam. Victoria Terminus.

Ängstlich prüfte ich durch die Heckscheibe, ob wir von der Polizei verfolgt wurden, aber es war nichts zu sehen. Wenn ich logisch hätte denken können, wäre mir aufgefallen, dass ich bisher keinen einzigen Polizisten gesehen hatte, keine Uniform und keinen Streifenwagen. Aber so klar war mein Kopf nicht, nur allmählich beruhigte die unübersichtliche Lage auf den Straßen Bombays meinen Puls. Ich zwang mich tief durchzuatmen. Wie sollte uns in diesem Gewimmel jemand verfolgen können, vor allem nach meinem Sprint durch die Gassen und zwischen den Menschen hindurch.

Als wir am Bahnhof ankamen, war ich halbwegs wieder bei Verstand. Ich zahlte meinem zufälligen Fluchthelfer den überhöhten Fahrpreis und lief, wie ein Verbrecher mich ein ums andere Mal umschauend, in das riesige Gebäude. Ich suchte eine Toilette und wollte mich einsperren. Was ich fand, war eine Kloake. Immerhin hatten die Kabinen Schlösser, die man verriegeln konnte.

Erleichtert lehnte ich mich von innen an die schmutzige Holztür und verschnaufte einen Moment. Ich war mit dem

Schrecken davongekommen. Doch meine Entspannung war von kurzer Dauer. Es klopfte an der Holztür! Panik erfasste mich. Man hatte mich doch erwischt. Herr im Himmel, hilf mir! Draußen rief jemand aufgeregt in einer indischen Sprache. Ich verstand kein Wort. Aber bevor ich vollkommen den Verstand zu verlieren drohte, begriff ich, dass die Szene sich zwei Kabinen weiter abspielte und nichts mit mir zu tun hatte.

Ich war in Sicherheit, und ich war ein Idiot. Wie konnte ich nur für ein paar lumpige Rupien meine Indienreise aufs Spiel setzen? Gefängnis in Bombay, wie konnte ich so etwas riskieren? Die Knöchel meiner Finger waren weiß, so fest hielt ich das Bündel Rupienscheine noch immer. Ich war dankbar, heil aus der Sache herausgekommen zu sein. Krumme Dinger lohnten sich nicht, dieser Satz galt in Indien wie anderswo. Und wie wenig sie sich lohnten, sollte ich erst noch erfahren.

Ich rollte das Geldbündel auseinander, es war ein dicker Packen, alles Hunderter. Nein! – Nicht alles Hunderter! Ich blätterte die Scheine durch und entdeckte, dass nur die Deckscheine Hunderter waren. Wenige Hunderter umschlossen viele Zehn-Rupien-Scheine. Ich konnte nicht glauben, was ich sah und starrte das Bündel an. Es dauerte bis ich begriff. Zehn-Rupien-Scheine waren im Vergleich zu Hundertern wertloser Plunder. Man hatte mich betrogen. Man hatte mich mit einer wohl durchdachten, wahrscheinlich vielfach erprobten Schmierenkomödie reingelegt. Polizei? Es gab keine Polizei! Angst? Es gab keinen Grund zur Angst und es gab keine phantastischen Wechselkurse! Es gab keinen netten, hilfreichen Tom. Was es gab, war eine Bande von Spitzbuben und ein einzelnes, dummes Schaf.

Ich entriegelte die Toilettentür und resümierte die Bilanz des Tages. Fotoapparat futsch, Schreibmappe futsch, und einen guten Teil von hundert Dollar verzockt. Mach nur so weiter, sagte ich mir, mach nur so weiter. Nimm dein Geld und wirf es mit vollen Händen in den Ganges, das wäre einfacher und besser als dieses dämliche und gefährliche Spiel. Unglücklich trottete ich zum Fahrkartenschalter und reservierte mir einen Platz für einen Zug Richtung Ahmedabad. Ich wollte weg – weiter nach Rajasthan."

10

„Der Zug von Bombay Richtung Delhi über Ahmedabad durchquerte anfangs den nördlichen Teil des Bundesstaates Maharashtra, passierte dann Gujarat von Süd nach Nord und erreichte Rajasthan. Man hatte mir übel zugesetzt, aber andererseits war ich es gewesen, der keinen Fehler ausgelassen hatte. Am meisten ärgerte ich mich darüber, dass ich geglaubt hatte, meine Zufallsbekanntschaft Tom aus dem Café Leopold war nur dazu da, um mir zu helfen, und hatte nur nach mir Ausschau gehalten, um meinen Verlust auszugleichen. Selbstverständlich steckte er mit den kriminellen Typen unter einer Decke und blieb für mich nach dem Vorfall unsichtbar, obwohl ich noch zweimal im Café nach ihm suchte.

Ich zwang mich damals, die beiden ärgerlichen Vorfälle positiv zu sehen. Schließlich war ich zum ersten Mal in Asien, zum ersten Mal in Indien und zum ersten Mal hatte ich mich in einer der größten indischen Metropolen aufgehalten. Die Episode war überstanden, und ich war unversehrt geblieben. Genauso gut hätte man mich im Hinterhof niederschlagen und ganz und gar ausrauben können. Meine Erfahrungen aus Bombay musste ich für meine weitere Reise nutzen, vor allem schwor ich mir, mich auf keine zwielichtigen Geschichten mehr einzulassen. Mit diesen Gedanken verließ ich die Millionenstadt und nahm Kurs auf Udaipur im Bundesstaat Rajasthan.

Zum Abschied präsentierte mir Bombay einen Blick in eines seiner Elendsviertel. Vorbei an armseligen Hütten, die entlang der Gleise aufgereiht waren, vorbei an schmutzigen, bedauernswerten Gestalten fuhr der Zug und verließ die Stadt. Reiste man durch Indien, musste man sich an ein ständiges Wechselbad der Gefühle und Eindrücke gewöhnen. Eben noch hatte ich im Prunkbau des *Victoria Terminus* gestanden und die Mischung aus gotischer und indischer Baukunst bewundert. Noch am Vormittag hatte ich mir das *Gateway of India* angesehen, ein imposanter Triumphbogen aus Basalt, wie der Prachtbahnhof ein Schaustück übertriebenen Pomps, errichtet einzig, um dem Flecken Erdboden zu huldigen, auf dem einst der englische König Georg V. zum ersten Mal indischen Boden betreten hatte. Gleich gegenüber dem *Gateway* sah man auf Indiens wohl berühmteste Nobelherberge – das *Taj Mahal*, benannt nach dem bekannten Grabmal. Das Gebäude gleicht eher einem Schloss als einem Hotel. Gerade hatte ich also all diese Monumente unermesslichen Reichtums und phantasievoller Baukunst bestaunt, da ratterte mein Zug an einem Slum vorbei, dessen Anblick nur beklemmend war. Aber das Elend verschwand so schnell, wie es aufgetaucht war – man sauste vorbei. So brutal war das und so einfach.

Mitten in der folgenden Nacht hielt der Zug in Ahmedabad. In der Hauptstadt Gujarats hatte ich vier Stunden Aufenthalt. Obwohl ich in dieser Zeit das Bahnhofsgebäude nicht verließ, wurde es mir nicht eine Sekunde langweilig. Die riesige Halle bot ein nicht enden wollendes Schauspiel. Ständig betraten Hunderte Menschen das Gebäude und genau so viele verließen es wieder. Die Ein- und Ausgänge funktionierten wie das Adersystem eines Kreislaufes, immerfort pulsierende Menschenströme wogten über sie hinein und flossen ebenso beharrlich wieder ab. Als Ersatz für einen Clan von Sikhs kam eine tamilische Großfamilie mit Kinderschar, Großeltern, Tanten und Onkeln. Ein Trupp Soldaten wich einer Busladung Internatskinder in Schuluniform, und eine Feldhockeymannschaft ersetzte eine Gruppe hinduistischer Mönche. Dazu riefen Zeitungsverkäufer die neuesten Nachrichten aus, und Teekocher sowie Bauchladenverkäufer rühmten ihr Angebot. Es gab Reisende, die suchten sich ein ruhiges Fleckchen für ein wenig Schlaf, andere rollten ihre Decken zusammen, sahen auf die Uhr und eilten zum Bahnsteig. Wieder andere erhoben sich vom Nachtlager, weckten die Familie und breiteten ihren Reiseproviant aus.

Von meinem Standpunkt auf der Empore hatte ich einen wunderbaren Überblick. Ich lehnte am Geländer und erfreute mich am bunten Treiben. Direkt unter mir, ein Stockwerk tiefer, streckte mir jemand ein paar nackte Fußsohlen entgegen. Es war ein Yogi, der Kopf stand und in dieser Stellung verharrte, sooft ich hinsah. Im Bahnhofsgebäude von Ahmedabad zeigte sich, dass der normale Alltag Indiens die wahre Sehenswürdigkeit war. Daneben erfasste mich eine ganz neue Stimmung, sie entsprang der Aura der Stadt. Hier hatte Mahatma Gandhi seinen Ashram gegründet, seine Anhänger um sich geschart und den gewaltlosen Kampf gegen die britische Okkupation begonnen. Er war kurz zuvor aus Südafrika zurückgekehrt, wohin er, der aus der Kaste der Händler stammte, gezogen war, um als Rechtsanwalt zu praktizieren. Rassistische Ungerechtigkeiten in seinem Gastland Südafrika, Zeitungsberichte von Unruhen in Indien und die Briefe von Freunden aus der Heimat ließen ihn Jahre später zurückkehren. Er spürte von jeher den inneren Drang, gegen Willkürherrschaft zu kämpfen und begann mit dem friedlichen Widerstand gegen die britische Obrigkeit. Seine indischen Landsleute lernten in ihm einen durch und durch politischen Menschen kennen, der an Freiheit, Gerechtigkeit und Gewaltlosigkeit glaubte und daran unbeirrbar festhielt. In Ahmedabad, der Stadt, in deren Bahnhof ich auf meinen nächsten Zug wartete, hatte er seinen Kampf begonnen. Am Ende hatte er sein Volk von der britischen Kolonialherrschaft befreit. *Mahatma*, die Große Seele, war seitdem ein Teil Indiens, wie es das *Taj Mahal* war oder der heilige Ganges. Mein Zug nach Udaipur fuhr mit vierzig Minuten Verspätung ab, ich hätte noch Stunden auf ihn warten können.

Während der Bahnfahrt schlief ich wieder auf einer Holzpritsche und erwachte, noch bevor die Sonne aufgegangen war. Wir hatten inzwischen Rajasthan erreicht, und weil ich nicht wieder einschlafen konnte, verließ ich mein Abteil, ging zum nächsten Waggonübergang und sah aus einem Fenster auf der Ostseite des Zuges. Dort beobachtete ich, wie das erste Licht des Tages in der Ferne auftauchte. Nach und nach schob sich der rot glühende Ball über die Grenzlinie zwischen Himmel und Erde weit hinten in der Wüste. Die Farbtöne waren unglaublich intensiv und dicht, es schien, als sei man hier im Osten der aufgehenden Sonne näher als bei uns in Deutschland. Einzelne Fäden und Streifen hingetupfter Zirruswolken formten bizarre Muster und bemalten den ansonsten klaren Himmel mit wechselnden

Farben. Im Zug war es still, alles schien zu schlafen, einzig die Eisenräder ratterten unablässig über die Schienenstöße. Dieser immer gleiche Rhythmus war die Musik zur Farbkomposition am Himmel.

Ich genoss die wunderbare Atmosphäre, blickte über das weite trockene Land und spürte, wie ich Indien näher kam. Mir wurde bewusst, dass Indien in keine Schublade passte, und dass man über ein Land wie Indien nicht urteilen konnte, wenn man seinen Puls nicht am eigenen Leib gespürt hatte. Man konnte nicht einfach über das Kastenwesen oder mangelnde Hygiene die Nase rümpfen, wenn man Indien nur aus dem Fernsehen kannte. Es war überheblich und anmaßend, das Christentum über Hinduismus und Buddhismus zu stellen, wenn man nie empfunden hatte, wie sehr diese Religionen mit Volk und Geschichte verwoben waren, und wie viel Weisheit im Hinduismus und Buddhismus für jedermann auf der Welt steckte. Wie konnte man die Tradition der Hindus verachten, mit den Fingern zu essen, Attentaten auf Indira und Rajiv Gandhi mit striktem Unverständnis begegnen, über die dauernd schwelenden bürgerkriegsähnlichen Zustände im Norden den Kopf schütteln, wenn man das Land nie gefühlt hatte. Es war überheblich, die rituellen Waschungen im Ganges als Bad im Dreckwasser abzutun, und wer im eigenen Land gegen Schweinepest und Rinderwahn kämpfte, sollte die Verehrung der Heiligen Kühe durch die Hindus nicht abfällig kommentieren. Und was auf Indien zutraf, galt wohl auch für Pakistan, Afghanistan, Iran, Irak, Vietnam, Korea oder die bis heute heimatlose Nation der Palästinenser."

Henry, Bill und Sam hatten aufmerksam zugehört, hatten Alexanders Geschichte von der Bahnfahrt über Ahmedabad nach Udaipur gelauscht wie all seinen Geschichten und waren mit einem Mal aus der Erzählwelt gerissen. Überrascht spürten sie, dass sie zuletzt auch als Amerikaner angesprochen waren. Sam unterdrückte eine impulsive Reaktion. Sein Nationalstolz war ihm, wie vielen Amerikanern, in die Wiege gelegt, war von Eltern und Lehrern gepflegt und gefördert worden. Bill, der gegen jede Gewalt war, nickte andächtig. Henry steckte hier wie anderswo in einer Übergangsphase und äußerte sich dementsprechend vage:

„Aber ein starkes, demokratisches Volk darf doch nicht zusehen, wie andere Völker unterdrückt werden. Man muss doch eingreifen, wenn Diktatoren ihre eigenen Landsleute foltern und umbringen lassen …"

Es herrschte Stille, weil Henrys Satzmelodie verriet, dass er noch nicht zu Ende gesprochen hatte.

„… aber man darf auch nicht in einer Art besinnungslosem Rachefeldzug Massaker mit Massaker beantworten."

Es war nicht das erste Mal, dass sie vom 11. September sprachen, aber zum ersten Mal schien es jetzt um die Antwort der Amerikaner in Afghanistan zu gehen.

„Wir haben Tausende unschuldige Afghanen getötet, dazu hatten wir kein Recht!"

Henry hatte in seinen wenigen Sätzen Position und Gegenposition vertreten. Bill schüttelte nachdenklich den Kopf und Sam antwortete halbherzig.

„Was hätten wir denn machen sollen? Hätten wir einfach hinnehmen sollen, dass man mit Flugzeugen, in denen harmlose Passagiere saßen, in unsere Wolkenkratzer fliegt, gleichsam Bomben auf New York wirft? Was sagst du dazu, Alexander?"

Alexander war vorsichtig. So vorsichtig, wie seiner Meinung nach Menschen einer Nation zu sein hatten, deren eigene Geschichte von Gräueltaten strotzte. Er zögerte und Bill antwortete für ihn.

„Es geht ja nicht allein um Afghanistan, es geht um Vietnam, es geht um Korea, es geht um Israel und Palästina und es geht um Libyen."

„Um Libyen? Wir Amerikaner waren nie in …"

Sam starrte Bill ungläubig an, aber der unterbrach ihn.

„Richtig! Wir waren nie in Libyen. Das ist absolut richtig. Warum waren wir nie in Libyen, wenn wir Diktaturen so hassen? Gaddhafi regiert seit über dreißig Jahren von uns unbehelligt mit innerem und äußerem Terror. Warum, frage ich dich?"

Sam antwortete nicht, er wusste keine Antwort und wusste sie doch. Alexander sprang ihm zur Seite.

„Keiner von uns kann wissen, was richtig ist und wie die Krisenherde auf der Welt auf Dauer zu lösen sind. Aber das ist ja genau der springende Punkt: Wir wissen nicht viel über die fremden Länder und Kulturen, wir kennen uns nicht aus in ihrem Alltag. Wenn Leute wie Bush und Rumsfeld sich die Mühe machten, Länder und Menschen zu besuchen, bevor sie sie bombardierten, gäbe es weit weniger Kriegstote auf der Welt. Sie würden begreifen, dass sie Menschen töten, die nichts besitzen und niemandem etwas nehmen wollen. Krieg ist ein Computerspiel geworden, man drückt auf Knöpfe und hier und da fliegt etwas in die

Luft. Ob es ein Munitionslager oder ein Kindergarten ist, bedeutet nicht mehr als den Unterschied zwischen einem Treffer und einem Kollateralschaden."

Alexander benutzte das Wort *collateral damage* und Sam protestierte.

„Wie soll man sich gegen Feinde wehren, deren Hauptschäden in einer normalen kriegerischen Auseinandersetzung Nebenschäden wären. Ich will nicht abstreiten, dass Amerikaner Wohnhäuser oder Büros bombardieren, aber das geschieht doch unabsichtlich."

„Hoffst du! Glaubst du! Wünschst du!"

Bill zischte seine drei kurzen Sätze, und es wurde wieder still. Nach einer Weile fragte Sam:

„Glaubt ihr, dass Kampf heute noch so möglich wäre, wie Gandhi ihn damals geführt hat, gewaltfrei und ausdauernd?"

„Vielleicht nicht auf die Art wie in Indien damals", sagte Bill, „aber möglicherweise so ähnlich. Heutzutage müsste eine gewaltfreie Revolution durch eine weltweite Koalition gefordert und vorangetrieben werden. Es ist der falsche Weg, Verbündete gegen den Terrorismus zu suchen, wie Bushs Amerika es tut. Richtig wäre meiner Meinung nach, Verbündete zu suchen, um die Konflikte auf der Welt friedlich zu lösen. Natürlich muss man die Drahtzieher vom 11. September finden und bestrafen, aber eben die und nicht Tausende Unschuldige. Ob im Nahen oder im Mittleren Osten, es ist unser Umgang mit den Moslems, der immer aufs neue Gewalt schürt. Der Islam ist anders, sicher, aber er ist eine durch und durch gewaltfreie Religion. Dass in seinem Namen trotzdem Kriege geführt werden, widerspricht dem nicht. Schaut euch das Christentum an."

Bill wurde in den Bergen noch zum Redner. Alexander fand, er hatte Recht und fügte hinzu, was für ihn von herausragender Bedeutung war:

„Wichtig ist, dass man sich mit der Kultur, mit dem Denken und den Religionen in den Krisenländern beschäftigt. Lösungen dürfen nicht an den Gegebenheiten vorbei eingerichtet werden, sonst passiert so etwas wie in Afghanistan immer wieder. Nach dem Ende des sowjetischafghanischen Krieges waren es die Amerikaner, die die Talibanregierung eingesetzt, begünstigt und unterstützt haben. Sie haben die Geister selbst gerufen, die sie später mit so hohen Verlusten an Menschenleben vertrieben haben."

„Eine Art Gandhi müsste amerikanischer Präsident werden, hart, unbeugsam aber friedfertig", philosophierte Sam.

„Aber stinkreich und nicht bettelarm", ergänzte Bill.

„Warum?" fragte Alexander erstaunt.

„Damit er frei ist von den amerikanischen Zwängen, als da wären – Öldollar, Rüstungsdollar, Investmentdollar und Dollardollar."

Henry beschloss die Diskussion vorläufig, indem er aufstand und frischen Tee kochte. Bis auf das Zischen des Gaskochers und das Plätschern des Flusses war nichts zu hören. Es war dunkel, der Mond war noch nicht aufgegangen und die Sterne funkelten in der klaren Nacht. Je länger man sie betrachtete, desto mehr traten zum Vorschein. Myriaden von ihnen waren da oben und machten klar, dass die Erde weniger war als ein Staubkorn, und die fünf Milliarden Menschen waren Bewohner dieses Weniger-als-ein-Staubkorn. Aber dieses Wissen half einem nichts, wenn man in einem der brennenden Zwillingstürme steckte oder im Gazastreifen mit dem Schulbus fuhr.

Später beim Tee erzählte Alexander, wie bunt und vielfältig der indische Alltag wurde, je weiter er nach Norden reiste. Das galt für die Kleider ebenso wie für die Architektur und die Tierwelt. Neben Kühen, Wasserbüffeln, Ziegen, Schweinen, Geiern und Affen bereicherten jetzt Pferde, Esel und Kamele die Straßenszenen, dazu krächzten Pfauenhähne in den Bäumen, um die Hennen zu beeindrucken.

„Von Ahmedabad nach Udaipur waren es kaum mehr als dreihundert Kilometer, aber die alte Lokomotive, die durch Steppe, Wiesen, Wälder, Felder und später durch die Wüste ächzte, brauchte für die Strecke über zehn Stunden. Mir machte die Bummelei nichts aus, ich genoss die Sightseeing-Tour durch den Süden Rajasthans. Für einen Westeuropäer wie mich bildete gerade dieser Bundesstaat den Inbegriff von Indien, und ich denke, bis heute hängt ihm etwas Märchenhaftes an.

Im Bahnhof von Udaipur wurde ich von einem fünfköpfigen Komitee empfangen. Nicht, dass ich jemanden in der Stadt gekannt hätte, oder sich jemand darum scherte, dass ich an diesem Nachmittag in dieser romantischen Stadt mit den exotischen Palästen eintraf, es waren fünf Angestellte von verschiedenen Hotels am Ort, die um mein Wohlwollen warben. Ich hatte inzwischen genügend Erfahrungen gesammelt, um auf einen derartigen Empfang vorbereitet zu sein. Ich kannte bereits die Namen derjenigen Unterkünfte, die für mich in Frage kamen und konnte so dem Gerede auf dem Bahnsteig gelassen zuhören. Ich setzte mich auf eine Mauer und lauschte den verschiedenen Lobpreisungen und entschied mich nach einer Weile für ein Hotel, für das ich längst entschieden war.

Wenn man das wenige Moderne wegließ, wie die Autos und ein paar dudelnde Radios, war Udaipur, besonders im Licht des Abendrots, noch immer eine Stadt wie aus der Maharadschazeit. Im Wasser der Seen, das die Inselpaläste umspülte, schimmerte der weiße Marmor im Schein der untergehenden Sonne. Strich man die Gegenwart aus seinen Gedanken, bekam man einen Eindruck von der indischen Welt zu Zeiten der unvorstellbar reichen Herrscher mit den kunstvoll gewickelten Turbanen, den hühnereigroßen Diamanten vor der Stirn, den prunkvoll verzierten Krummdolchen und ihren samtenen Schuhen mit den schnabelförmigen Spitzen.

Noch vor wenigen Wochen hatte ich den Monsun verflucht, aber in Udaipur hatte er mit seinen Wassermassen die Seen aufgefüllt und präsentierte so die Stadt im schönsten Gewand. Im Venedig des Ostens spiegelten sich die Türme und Mauern der Paläste im Wasser; die Sonnenstrahlen am Tage und das Funkeln der Sterne bei Nacht erstrahlten in doppeltem Glanz.

Wenn die Dämmerung über Udaipur hereinbrach, tauchte die sinkende Sonne alles, den gelben Sand, die kargen Felsen, die weißen Häuser und die blauen Seen in ein unwirkliches, faszinierendes Rot. War der glühende Ball in rasendem Tempo hinter dem Horizont verschwunden, flammten die Lichter der Stadt auf und glitzerten im Wasser. Mitten in den Seen leuchteten die Paläste und klärten jeden Besucher Udaipurs mit ihrem Anblick darüber auf, warum man die alten Zeiten Indiens mit der Welt der Märchen verband. Später in der Nacht, wenn die meisten der künstlichen Lichter erloschen waren und der Sternenhimmel sich in unheimlicher Klarheit ausbreitete, schien das halbrunde Firmament so nah, als könnte man nach den Sternen greifen.

Stundenlang schlenderte ich durch die Gassen der Stadt, sie waren sauber und die Menschen mit ihren offenen Gesichtern wirkten sehr freundlich. Ich war zu einer Zeit eingetroffen, in der man überall die Häuser und Straßen putzte, schmückte und verzierte. *Ganesh-Charturthi* stand bevor, ein Fest zu Ehren des Gottes Ganesh, des Sohnes Shivas. Der elefantenköpfige Gott der Weisheit gehört zu den guten Göttern und ist eine der beliebtesten Gottheiten in Indiens reichhaltigem Olymp. Ich hatte in Mahabalipuram von ihm gehört und gelesen, seine Mutter ist Parvati, die Tochter des Himalaja und damit eine Erscheinungsform der hinduistischen Muttergottheit Devi.

Ganesh besitzt also Eltern von allerhöchstem Rang, den Elefantenkopf hat er dem Jähzorn seines Vaters Shiva zu verdanken. Der war nach einer langen Reise heimgekehrt und hatte seine Frau Parvati in flagranti ertappt. Im rasenden Zorn eines mächtigen Gottes schlug er mit seinem Schwert um sich und hackte in seiner ungezähmten Wut seinem Sohn *Ganesh* den Kopf ab. Damit war selbst eine der obersten Gottheiten der Hindus zu weit gegangen. Parvati verlangte von ihrem Mann, den toten Sohn wieder zum Leben zu erwecken. So sollte es sein. Shiva besaß genügend göttliche Kraft, um Ganesh wieder Leben einzuhauchen und ihm einen neuen Kopf aufzusetzen, allerdings kannte auch seine Macht Grenzen. Shiva konnte nicht einfach den Kopf seines Sohnes wieder aufsetzen, es war ihm lediglich möglich, den Kopf des ersten Lebewesens, das den göttlichen Weg kreuzte, auf die Schultern seines Sohnes zu pflanzen. Zufällig war es ein Elefant, der auf die Szene im göttlichen Hause zukam und von diesem Tag an war und blieb Ganesh der Gott mit dem Elefantenkopf. *Ganesh-Charturthi* stand also vor der Tür und die Einwohner Udaipurs erwarteten das Fest mit fieberhaftem Eifer.

Während meiner Wanderungen durch die Stadt entdeckte ich die Auslagen eines kleinen Ladens mit Kunstgegenständen aller Art. Die Besitzer, zwei Moslems, hießen mich herzlich willkommen, sie luden mich zum Kaffee ein und zeigten mir stolz ihre Ware. Herrliche Teppiche formvollendet geknüpft, dazu Schnitzereien aus Holz und Speckstein. Am meisten faszinierten mich die Malereien mit Steinfarben auf Seide. Die farbenprächtigen Darstellungen von Göttern, mythischen Szenen und Tieren waren wunderschön. Hinzu kam aus der Sicht des Reisenden, dass das durchscheinende Gewebe so gut wie nichts wog und leicht zu verstauen war. So ein Kunstwerk war also ein ideales Andenken, was mir noch bestätigt wurde, als mir die beiden Kaufleute versicherten, dass weder Knicken noch Zerknüllen den Farben und Stoffen etwas anhaben konnten.

Zwei Stunden blieb ich im Laden der kunstverständigen Moslems und kaufte schließlich zwei Seidenstücke, die mit Steinfarbe bemalt waren. Eines zeigte eine kunstvoll gemalte Elefantenkuh mit sieben Rüsseln, in deren Bauch sich ein Zwillingspaar Kälber balgte. Auf dem anderen waren untereinander ein Pferd, ein Kamel und ein Elefant dargestellt. Selim, einer der beiden Kaufleute, erklärte mir, dass in der indischen Mythologie die drei Tiere für verschiedene Eigenschaften ständen: Das Pferd für die Schnelligkeit, das Kamel für die Zähigkeit und der Elefant für die Weisheit.

Ich verabschiedete mich von den Kaufleuten und setzte meinen Streifzug durch die Stadt fort. Ich suchte nach einem Laden, in dem ich mir Zigaretten kaufen konnte, und traf auf einen eigentümlichen Kiosk. Es war ein Bretterverschlag, aufgestellt an einer Hauswand, die Front war zur Hälfte aufgeklappt und ruhte auf Holzstützen. Die Bude ähnelte damit einem überdimensionalen Sekretär, auf dessen ausgeklappter Schreibplatte ein Greis im Lotussitz saß. Ein Tuch um die Hüften gewickelt und den Kopf mit einem Turban bedeckt, döste mein Berufskollege im Schatten, fünftausend Kilometer südöstlich von meinem verlorenen Kiosk, der hundertmal luxuriöser gewesen war als dieser.

Hinter dem greisen Ladenbesitzer waren auf groben Regalbrettern Flaschen, Tüten und kleine Kartons mit für mich undefinierbarem Inhalt aufgereiht. Weitere Artikel waren um den Mann selbst aufgebaut: Zigaretten, Kautabak, Bidis und Süßigkeiten. Die Sachen standen stapelweise um ihn herum, und als ich mich gerade fragte, wie der Gute wohl ins Zentrum seiner Waren gelangt war, entdeckte ich über ihm an der Wand einen Flaschenzug. Einen Augenblick war ich geneigt zu glauben, der alte Mann, der aussah, wie man sich einen Fakir auf dem Nagelbrett vorstellte, hatte sich in Millimeterarbeit mit Hilfe des Flaschenzuges zwischen seine Waren gehievt. Es war ein skurriles Bild und da der Ladenbesitzer zu schlafen schien, durchbrach ich mein selbst auferlegtes Tabu, Menschen direkt mit meinem Objektiv zu belästigen. Ich zückte die Kamera und fokussierte die Szene, die ich mir als Bild an der Wand meines neuen Kiosk vorstellte. Ich hoffte auf die unausgesprochene Erlaubnis meines Berufsgenossen.

Als ich meinen Fotoapparat wieder verstaut hatte, entdeckte ich meine damalige Zigarettenmarke im Regal. Aber ich wagte es nicht, den Mann zu wecken. Ich fürchtete, er könnte im Schreck sein Gleichgewicht verlieren und vornüber von der wackligen Platte kippen.

‚Yes? Sahib?‘

Unter dem Turban sprach jemand mit dünner Stimme. Der alte Mann hatte mich also wahrgenommen, vielleicht hatte er nicht geschlafen sondern meditiert, im Yogasitz, und verband so die angenehme Entspannung mit dem nützlichen Geschäft.

Ich fragte nach meiner Zigarettenmarke, und er demonstrierte mir seine erstaunliche Gelenkigkeit. Ohne die geringste Bewegung unterhalb der Gürtellinie und ohne sich mit den Händen abzustützen, drehte er sich zum Regal in seinem Rücken, griff nach der gewünschten Schachtel und drehte sich mit harmonischem Schwung zurück. Der alte Mann bewegte sich so leicht und so geschmeidig, dass es mich nicht weiter gewundert hätte, wenn er seine Körperdrehung im Uhrzeigersinn zu einer 360°-Wende vollendet hätte. Aber der Meister der Konzentration war kein Zauberer. Er reichte mir die gewünschten Zigaretten, nahm meine Rupien und lächelte mich an.

Noch bevor er in seine Trance zurückfiel, bat ich ihn um die Erlaubnis, ein Foto von ihm und seinem Laden machen zu dürfen. Mein Gewissen verlangte nach seinem nachträglichen Einverständnis. Wieder lächelte er und stimmte mit der unbestimmten Kopfbewegung der Inder zu, indem er fragte:

‚Another one?'

Nach der Hektik in Bombay war Udaipur eine Oase der Ruhe. Stunde um Stunde wanderte ich durch die Gassen, besichtigte die Stadt und ihre Parkanlagen, fuhr mit dem Boot zum Inselpalast, genoss die historische Aura der gemauerten Kunstwerke und kühlte zwischendurch meine müden Füße im See. Kleine Wasserschildkröten ruderten vorwitzig zu den Neuankömmlingen im Wasser, sie waren wie Welpen, die neugierig die Welt beschnupperten, schwammen dicht bis an meine Zehen heran und paddelten davon, wohl enttäuscht, dass meine Füße nicht zu ihrer Speisekarte gehörten.

So wanderte ich umher, bis die Dämmerung hereinbrach. Das Halblicht wich schließlich der Dunkelheit und plötzlich hörte ich Schüsse hinter mit. Erschrocken drehte ich mich um. Sofort dachte ich an Anschläge, die in Indien immer möglich sind. Verschiedene Religionen und verschiedene Nationen schaffen immer Raum für Fanatiker und Separatisten. Meine meditative Stimmung war zerstört, wie eine glatte Wasseroberfläche, in die jemand einen Stein geworfen hatte.

Aber meine Sorge verflog so rasch wie sie gekommen war. Am Himmel verteilten sich bunte Leuchtspuren in Kreisen, Spiralen und Bögen. Richtig! *Ganesh-Charturthi* – das Fest für den elefantenköpfigen Gott wurde gefeiert. Erleichtert bewunderte ich das Feuerwerk und dachte an die Frauen, die mir tagsüber in bunten Saris begegnet waren und an die Männer mit ihren kunstvoll gewickelten Turbanen in allen Farben. Das Feuerwerk währte eine halbe Stunde, und ich genoss das leuchtende Farbenspiel doppelt, einerseits am Abendhimmel, andererseits im Spiegel des Wassers.

Von Udaipur ging es für mich weiter nach Pushkar. Die kleine Stadt lag nicht an einer Bahnlinie, so nahm ich den Zug bis nach Ajmer und fuhr mit dem Bus weiter nach Pushkar.

Pushkar war damals und ist heute noch ein verschlafenes indisches Städtchen in Rajasthan, wenn nicht gerade Kamelmarkt ist. Kleine weiße oder gelbe Häuser drängen sich dicht an einen See und bis auf einen Tempel gibt es dort keine bemerkenswerten Bauwerke. Einmal im Jahr allerdings, wenn nach hinduistischer Zeitrechnung Vollmond im *Kartika* ist, was der Zeit Ende Oktober, Anfang November entspricht, pulsiert im sonst so ruhigen Pushkar das Leben. Dann gerät das Städtchen außer Rand und Band, ich habe diesen Rummel einmal auf einer späteren Reise erlebt. Im Herbst verwandelt sich Pushkar in *das* Zentrum des indischen Viehhandels, mit einem Kamelmarkt, der auf der Welt seinesgleichen sucht. Statt der 13 000 Einwohner tummeln sich dann bis zu 200 000 Menschen im Ort, dazu kommen 50 000 Kamele und jede Menge anderes Vieh. Wenn *Kartika* vorüber ist, legt sich Pushkar wieder für ein Jahr schlafen.

Ihr werdet fragen, warum es mich gerade nach Pushkar

zog? Wie so oft spielten bei solchen Entscheidungen Empfehlungen anderer Reisender eine Rolle. Jemand am Strand von Goa hatte mir von dem Städtchen vorgeschwärmt, und ich sollte es nicht bereuen, dass ich dem Rat gefolgt war. Bis zum jährlichen Viehmarkt war es auf meiner ersten Indienreise noch eine Weile hin, so konnte ich das ländliche Rajasthan erleben. Pushkar war nichts Besonderes, aber es war sehr freundlich und idyllisch und es sollte mir eine Menge bieten.

Ich entschied mich für das kleine Hotel *White House*, dessen Außenputz seinem Namen Ehre machte. Das *White House* gehörte einer netten Inderin und so frisch und hell, wie es der Außenanstrich versprach, so sauber war das Haus auch drinnen. Der Preis war moderat und betrug, wie Frau Tekwani freimütig zugab, lediglich ein Fünftel der Summe, die ich während des Kamelmarktes hätte zahlen müssen, wenn in Pushkar sozusagen Frankfurter Automobilausstellung und Buchmesse in einem war.

Die Zimmer des *White House* verteilten sich über drei Etagen. Auf jedem Stockwerk gab es eine Dusche und zwei Toiletten. Auf dem Weg über die Treppe im Innenhof bis ins zweite Geschoss, lernte ich ein paar meiner Mitbewohner kennen. Es waren Traveller wie ich, die in der heißen Mittagszeit jede Bewegung vermieden, halbnackt auf ihren Betten lagen und den kühlenden Luftzug ihres *fans* genossen. Ihre Türen standen sperrangelweit auf, Zugluft war die Devise. In der flirrenden Hitze war Privatsphäre Nebensache. Am Ende des Flures entdeckte ich die Nummer vierundzwanzig – mein Zimmer.

Müde trottete ich an der Dreiundzwanzig vorbei, auch

diese Tür stand weit auf. Eine junge Frau, nur mit einem Slip bekleidet, lag ausgestreckt auf ihrem Bett auf dem Bauch, ihre Brüste quollen seitlich ein wenig hervor. Meinen Gruß erwiderte sie mit einem nachlässigen Wink ihrer rechten Hand. Es wäre auch zu schön gewesen, wenn sie sich gedankenverloren umgedreht hätte."

Sam lachte dröhnend und Henry meinte:

„Lange Zeit allein oder unter Männern reisen hat auch Nachteile, nicht wahr?"

Eine Weile beschäftigte die Männer das Thema Entzug von körperlicher Nähe auf Reisen, wobei Sams Ehe so funktionierte, dass er Bekanntschaften gegenüber nicht abgeneigt war und sich für Bill das Problem bislang nicht gestellt hatte, weil er nie an eine andere Frau als seine Laura denken mochte.

Alexander war damals unabhängig gewesen, weil Ulrike ihn verlassen hatte, und blickte sehnsüchtig auf den ebenmäßigen Rücken und die glänzende Haut. Was für ein Anblick nach so vielen Wochen Abstinenz! Am liebsten hätte er gewartet, bis diese Rückenschönheit vom Hunger oder sonst einem Bedürfnis aus dem Bett getrieben wurde. Er sehnte sich nach körperlicher Nähe und hätte sich gern auf die Bettkante gesetzt, um den nackten Rücken zu streicheln. Aber er konnte doch nicht einfach das Zimmer einer fremden Frau betreten und sie liebkosen.

In seinem Zimmer war die Temperatur erträglich. Der Ventilator lief und durch die geöffneten Nordfenster strömte Zugluft. Wie immer richtete er zuerst sein Moskitozelt, und wie so oft saßen die Haken passgenau in den Wänden. Als er soweit war, zog er sich aus und ging, nur mit einer Badehose bekleidet, über den sonnendurchfluteten Flur zur Dusche, kehrte wenig später mit nachlässig abgetrocknetem Körper in sein Zimmer zurück und legte sich auf sein Bett. Wie die anderen im Haus genoss er die kühlende Wirkung des Propellers über ihm. Als er eine bequeme Lage gefunden hatte, hörte er wie jemand sagte:

„The wonderful *White House* with a shower and a fan!"

Es sprach der schöne Rücken von nebenan. Die Frau dazu schlurfte in ein Badelaken gewickelt über den Flur, vorbei an Alexanders Zimmer, Richtung Erfrischung. Sie hatte an seinem Zimmer angehalten und in die offene Tür gesprochen.

„It's my third shower today and not my last, for sure!"

Sie verschwand und kurz danach hörte er das Wasser rauschen. Seine Nachbarin wählte seine Taktik aus Pondicherry gegen die Hitze. Er freute sich auf ihren Rückweg. Sein Bett stand so, dass er sie für einen Moment würde sehen können, wenn er sich auf den Rücken drehte. Aber ihre Rückkehr zog sich hin, es dauerte und dauerte, derweil starrte Alexander an die Decke. Die gleichmäßigen Umdrehungen des Ventilators, dazu das Summen machten seine Lider schwer und Phantasie ging in Traum über. Plötzlich drehte sich nicht mehr der Ventilator über ihm, sondern neben ihm die Schönheit aus dem Nachbarzimmer. Sie tanzte mit nichts weiter bekleidet als einem blassblauen Seidentuch, dessen dünner Stoff nicht in der Lage war, etwas zu verbergen. Der schöne Traum blieb damals eine Weile, aber nun schüttelte Alexander die Erinnerung ab und erzählte den anderen weiter von Pushkar.

„Das *White House* war ein ausgezeichneter Tipp. Die

sauberen Zimmer mit Ventilator, die Duschen auf jeder Etage und die freundliche Frau Tekwani sorgten dafür, dass wir uns als Gäste wohl fühlten. Jeden Morgen zauberte unsere Hausherrin ein köstliches Porrigde auf Wunsch mit Bananen, Orangen oder Äpfeln, dazu gab es ‚Cohfie' statt des ewigen *Chai.* Serviert wurde das Frühstück auf dem Flachdach des Hauses, früh morgens war es dort sehr angenehm. Vom Dach sah man über das Städtchen bis zum See und hinaus in die Wüste.

Später spazierte ich durch Pushkar, schlenderte durch die Gassen und beobachtete unauffällig die Menschen und ihr Treiben. Ich setzte mich in eine Teestube am Marktplatz und lernte den Besitzer kennen. Ich ließ mir erklären, wer was an den Ständen verkaufte, verabschiedete mich wieder und wanderte um den Pushkar-See herum. Ich ließ mich von einem Pfauenpaar erschrecken, das im Baum saß und plötzlich zu einem ohrenbetäubenden Kreischen ansetzte, als ich vorbeiging. Ich kehrte zurück ins *White House*, als es mir zu heiß wurde, duschte, legte mich unter meinen Ventilator und las. Später am Tag, wenn die Hitze nachließ und mich der Hunger trieb, stieg ich zu Frau Tekwani ins Parterre, besorgte mir Chapati, Obst und eine Kanne Tee und stieg mit den Sachen auf die Dachterrasse.

Die Sonne hatte ihre stärkste Kraft verloren, es wehte ein leichter Wind und die Luft war angenehm trocken. Ich setzte mich auf einen der Stühle am Rand des Daches und entdeckte, wie unten in einer der nahen Gassen, eine alte Frau einen Handwagen beladen mit Wäschekörben über das Pflaster zog. Sie kam offenbar vom Waschplatz am See und bog in den kleinen Innenhof im Haus gegenüber ein.

Sie hielt vor der Freitreppe, packte einen der Körbe und trug ihn schwerfällig steigend aufs Dach. Dort waren Leinen gespannt, sie stellte den Korb ab und verschnaufte einen Augenblick. Die Szene bis hierhin war der Auftakt zu einem Schauspiel, das ich sozusagen in der Rangloge sitzend genoss, mit freiem Blick auf die Bühne, bestehend aus dem Dach gegenüber, einer Freitreppe und einem Innenhof, der zu meiner Seite offen war. Ein kleines Wäldchen hinter dem Haus der Wäscherin bildete die dicht bewachsene Kulisse. Während die Frau begann, den ersten Korb nasser Wäsche aufzuhängen, schlürfte ich meinen Tee und knabberte am Chapati, mein Buch lag auf dem Tisch.

Schließlich war der erste Korb geleert und die Frau stieg die Treppe hinab, um den nächsten vom Handwagen zu holen. Sie war kaum auf dem Treppenabsatz angekommen, als sich im Gebüsch etwas regte. Zweige wichen auseinander und neugierige Köpfe lugten hervor. Als sie sich sicher glaubten, sprang eine Horde Affen hervor, sie tollten auf dem Dach herum, schlugen Purzelbäume, jagten einander, und begannen sich für die Wäsche zu interessieren. Sie inspizierten die Kleidungsstücke, als prüften sie ein günstiges Angebot und noch bevor sich einer der Affen entschließen konnte, die Offerte anzunehmen, hörten sie das Schlurfen und Stöhnen der alten Frau. Die Artisten verschwanden im Wald.

Neue Tücher, Saris und Hosen füllten die Leine, dann hieß es wieder hinabsteigen für den nächsten Korb. Wie auf Regieanweisung sprangen die geschickten Kletterer aufs Neue aus dem Buschwerk und hielten sich diesmal nicht mit Spielereien auf, sondern rissen ohne weitere Umstände an den Kleidern herum. Bis die Frau zurück war, hatten sie vier Stücke von der Leine gezerrt und waren damit im Wald verschwunden. Ich war so fasziniert von dem Schauspiel, dass ich gar nicht auf die Idee kam, einzugreifen.

Die Wäscherin bemerkte den Verlust sofort, und obwohl nichts mehr von den wendigen Dieben zu sehen war, wusste sie anscheinend sofort, was geschehen war. Sie griff nach einem Holzstiel und schlug in Richtung des Waldes Löcher in die Luft; dabei schimpfte sie laut und gestikulierte so wild in der Nähe der Dachkante, dass ich um ihr Leben fürchtete. Die Affen schienen sich nichts daraus zu machen, sie hockten im sicheren Versteck und rührten sich nicht. Aber das währte nur so lange, bis die Frau wieder auf dem Weg nach unten war, dann starteten sie den nächsten Überfall und stahlen weitere Kleidungsstücke. Ihr Nachwuchs amüsierte sich derweil mit einer himmelblauen Hose, die sie einander zuwarfen. Die Kleinen waren so in ihr Spiel vertieft, dass sie die Rückkehr der Frau nicht bemerkten. Aber was nützte es ihr? Bevor sie noch den Holzstiel zu fassen bekam, war das freche Volk im Geäst untergetaucht. Dabei sprangen sie vom Dach, als gäbe es keinen Abgrund.

Unschlüssig verharrte die alte Frau zwischen den Wäscheleinen. Sie konnte unmöglich den Korb Wäsche aufhängen, die Kleider danach unbewacht lassen und die letzte Kiepe aus dem Hof holen. Sie konnte nicht einmal Hilfe holen, ohne die Affen zum nächsten Diebstahl einzuladen. Es dauerte eine Weile, bis sie einen Entschluss fasste. Sie stellte sich hin und schrie die Freitreppe hinunter. Natürlich verstand ich keines ihrer Worte, aber das war nicht nötig, denn eine jüngere Frau tauchte im Eingang zum ersten Stock auf, antwortete und stieg dann in den Innenhof hinab, um den letzten Korb zu holen.

Nun gut, die Sache mit dem Korb war gelöst, aber ich war gespannt, wie die Alte den drohenden Diebstahl für den Rest des Tages verhindern wollte, schließlich reichte es nicht, die Kleider aufzuhängen, sie mussten auch trocknen. Ich sollte meine Antwort bekommen.

Noch während die alte Frau die letzten Wäschestücke aufhängte, tauchte die jüngere wieder auf der Treppe auf, diesmal trug sie einen Stuhl in der einen Hand und eine dampfende Schale in der anderen und stieg aufs Dach. Die Alte nahm die Schale an, der Stuhl wurde zwischen die Wäsche gestellt, dann setzte sie sich. In der linken Hand hielt sie einen Stock, klopfte damit mechanisch auf den Beton und sang dazu. Von Zeit zu Zeit nippte sie an der Schale. Keine Frage, sie wollte warten, bis die Wäsche trocken war. Das Schauspiel war vorerst beendet. Ich nahm mein Buch, aber die gleichmäßige Melodie des Liedes wiegte mich in den Schlaf. Ich schreckte erst hoch, als mein Buch polternd aufs Dach fiel.

Noch sang die Frau nebenan, und ich war entschlossen, der Vorstellung auf dem Dach bis zum Ende zu folgen, also wartete ich wie sie. Allerdings war ich inzwischen wieder durstig und hungrig geworden. Bananen lagen noch auf dem Tisch, aber mein Tee war mir ausgegangen, deswegen stand ich kurz auf und besorgte mir neuen von meiner Wirtin. Zurück auf dem Dach erlebte ich, wie die Dinge sich ändern konnten. Meine Bananen waren verschwunden und ein Bündel Seiten aus meinem Buch herausgerissen. So eine Frechheit! Ich sah zum Wäldchen hinüber und erkannte, wie die alte Frau auf dem Nachbardach mich anlachte. Oder sie lachte mich aus – ich wusste es nicht.

Wie kam ich nur auf die Idee, dass die diebischen Affen ausschließlich an Wäschestücken interessiert sein könnten? Ausgerechnet Bananen auf dem Dach liegen zu lassen, da hätte ich das Waldvolk auch persönlich einladen können.

Die Sache mit der trockenen Wäsche löste sich auf denkbar einfache Weise: Als es schon dunkel war, füllte die alte Frau die Körbe und die jüngere trug einen nach dem anderen ins Haus."

11

Die vier Männer hatten sich in ihre Zelte zurückgezogen und sich tief in ihre Schlafsäcke verkrochen. Inzwischen war es draußen kalt, und sie warteten auf den Schlaf. Alexanders Gedanken blieben noch eine Weile in Pushkar, er dachte an Cathy. Sie war die Amerikanerin, die im *White House* im Zimmer nebenan gewohnt hatte. Im Laufe der Tage hatte er mehr von ihr kennen gelernt als ihre Rückenansicht und ihre Stimme. Sie waren sich beim Frühstück auf dem Dach begegnet, hatten sich gegenseitig von ihrer Reise erzählt, ein paar harmlose Nettigkeiten ausgetauscht, und danach hatte jeder für sich Tagesausflüge gestartet. Darüber hinaus trafen sie sich tagsüber gelegentlich im Hotel, wenn die Dusche und der Ventilator des *White House* lockten, oder wenn es in der Mittagshitze draußen nicht mehr auszuhalten war.

Alexander erinnerte sich noch gut daran, wie er die Kunst, Cathy zufällig auf dem Flur zu treffen, zu perfektionieren begann. Mit jedem Mal wurden ihre Blickkontakte intensiver, und es fiel ihnen immer etwas ein, worüber sie reden konnten, bevor sie sich zögernd voneinander trennten. An seinem dritten oder vierten Tag in Pushkar trat Alexander wieder einmal aus der Duschkabine und rannte Cathy beinahe um. Er war in Gedanken versunken gewesen und hatte sie nicht kommen hören. Der Stoß brachte sie aus dem Gleichgewicht, aber sie konnte sich nicht mit den Händen an der Wand abstützen, weil sie mit ihnen das Badetuch über ihrem Busen hielt. Alexander hielt sie fest und drückte sie an sich, nicht nur um ihr Halt zu geben. Er spürte, wie gut ihm ihre körperliche Nähe tat und wie fremd ihm das Gefühl inzwischen geworden war, eine Frau in den Armen zu halten. Es waren einige Monate ohne Leidenschaft ins Land gegangen. Von ihm aus konnte diese trostlose Zeit sofort ein Ende finden, aber Cathy schubste ihn sanft zurück.

„Ich bin verschwitzt und möchte duschen."

Ihr amerikanischer Dialekt klang weich und freundlich, ihrer Stimme war nicht anzuhören, ob sie sich über sein Verhalten ärgerte, sie klang eher wohlwollend. Er gab ihr den Weg zur Dusche frei, ging zurück in sein Zimmer und legte sich bäuchlings auf sein Bett, das feuchte Handtuch um die Lenden gewickelt. Über ihm drehte sich der *fan*, und er träumte mit offenen Augen von Cathys weichem Körper.

Als er aufstehen wollte, um die Tür zu seinem Zimmer zu schließen, weil es an der Zeit war, mit den erotischen Gedanken allein fertig zu werden, da spürte er eine Veränderung. Mit einem Luftzug, der nicht vom Ventilator ausging, wehte das Aroma eines Parfüms herein. Er rührte sich nicht. Sein Herz schlug wild, als sich das Moskitonetz bewegte, und er im nächsten Augenblick spürte, wie sich jemand auf sein Bett setzte. Er fühlte zarte Hände auf seinem Rücken und seinen Schultern.

„You're feeling good?"

Es war Cathys sanfte Stimme. Natürlich war es Cathys Stimme, wer sonst sollte ihn in diesem Augenblick streicheln, er hatte nur kurz befürchtet, es könnte nicht wahr sein. Es gab nicht so viele *verys* auf der Welt, wie er sie vor dieses *good* hätte setzen mögen, als er ihr antwortete. Alexander drehte sich auf die Seite und zog Cathy in seine Arme. Aus dem Augenwinkel erkannte er, dass sie die Zimmertür hinter sich geschlossen hatte. Behutsam, als könnte er sie verletzen oder den Stoff zerreißen, öffnete er den Knoten in ihrem Badetuch, und mit sanftem Streicheln schob er es von ihrem Rücken. Er fühlte ihre unglaublich weiche Haut. Cathy seufzte, sie schien die Liebe ebenso vermisst zu haben wie er. Sie ließen sich Zeit. Eine Frau aus Kalifornien und ein Mann aus Nordrhein-Westfalen liebten sich in Indien, ausgehungert und seltsam vertraut.

Als sie zugleich aus einem langen Mittagsschlaf erwachten, war Cathy schon spät dran. Sie war mit ihren Freundinnen zu einer Fahrt in die Wüste verabredet. Alexander kannte die beiden Kanadierinnen vom Frühstück, sie wohnten eine Etage tiefer. Die drei reisten gemeinsam gen Süden, seit sie sich zufällig in Neu-Delhi getroffen hatten.

„Bye, Alexander, see you!"

Mit einer Kusshand war Cathy verschwunden. Sie trennten sich ohne Verabredung, aber im *White House* verlor man sich nicht aus den Augen.

Als Alexander wenig später zum Nachmittagstee aufbrach, war er überrascht, Cathy auf ihrem Bett liegen zu sehen. Ihre Freundinnen waren ohne sie losgefahren, der Fahrer des Jeeps wollte nicht warten, und sie konnten Cathy nicht finden. Alexander lud sie ein, mit ihm zu gehen. Wenn sie wollte, konnte er ihr Vidjai vorstellen, den Besitzer der Teestube am Markt. Er kannte zahllose geheimnisvolle Geschichten aus dem Alltagsleben Pushkars und Rajasthans. Es waren Geschichten vom Aberglauben und von Familienfehden, verwoben mit Vidjais Phantasie. Wenn sie Glück hatten, würde er sich zu ihnen setzen und erzählen.

Für die meisten Reisenden war Pushkar eine Zwischenetappe auf dem Weg nach Jaisalmer, der märchenhaften Stadt im Westen der Wüste Thar. Kamelsafaris nach Jaisalmer, das sich wie eine Fata Morgana aus dem endlosen Einerlei von Sand und Stein erhob, waren ein Muss für jeden Touristen. Die Festung aus goldgelbem Sandstein mit ihren Residenzen, dem Palast und dem Jain-Tempel leuchteten in der Sonne honigfarben und sollte zum schönsten gehören, was Indien zu bieten hat. Aber zu diesem Zeitpunkt lag Alexander nichts an touristischen Ausflügen auf einem Kamelrücken, er hatte genug vom Sightseeing, ihm lag an Indiens Alltag. Selbst wenn er dabei etwas Außerordentliches versäumte, setzte er sich lieber tagelang vormittags und gegen Abend vor Vidjais Teestübchen an den Marktplatz und ließ seinen Blick wandern, als sich mit dem Bus oder dem Jeep durch die Wüste und zurück karren zu lassen. Er blieb eine Woche in Pushkar, auch wegen Cathy.

Auf Vidjais Terrasse hatte man eine gute Übersicht über die Straßen und den Platz. Das Handeln und Treiben auf dem Markt bot andauernde Zerstreuung: Inderinnen in Saris, Schüler in Uniformen, Männer mit Turbanen, dazu Händler, die ihre Ware im Lieferwagen heranfuhren, im Viehkarren, oder sie in einer Kiepe auf dem Rücken trugen. Bettler streckten ihre mageren Hände aus oder wiesen auf ihre ausgezehrten Leiber, freundliches Lächeln hier, dunkle Gestalten dort, spielende Kinder, zwei Yogis meditierten im

Lotussitz, während um sie herum das Leben brauste. Unter all die Menschen mischten sich Hunde, Katzen, Hühner, Ziegen, Pfaue, Kamele, Pferde, Esel, Affen und selbstverständlich Kühe. Sie lagen in der Sonne und bildeten Tabuzonen für den nie versiegenden Strom von Menschen und Fahrzeugen in den Gassen.

Vidjai, der Geschichtenerzähler, kannte Pushkar von seiner Kindheit an. Er lud Cathy und Alexander ein, sich an einen der Tische zu setzen, sie waren die einzigen Gäste. Vidjai verschwand in der Teeküche, um frischen Gewürztee aufzubrühen, und kurze Zeit später saßen sie zu dritt am Tisch. Alle drei blickten über den Marktplatz. Alexander rückte damit heraus, dass er Cathy in die Teeküche eingeladen und ihr eine von Vidjais Geschichten in Aussicht gestellt hatte.

Geschichten über Menschen und Leben in der Gegend gebe es genug, antwortete Vidjai, man brauchte nur den Blick über den Marktplatz kreisen zu lassen. Er tat es und wies auf einen alten Mann in zerrissenen Lumpen, der in wenigen Schritten Entfernung an der Terrasse vorbeihumpelte und sich schwer auf seinen Wanderstab stützte. Vidjai fragte Cathy, wie alt sie den Mann schätzte. Sie hob die Schultern und griff wegen der suggestiven Tones in Vidjais Frage nicht zu hoch.

„Fünfundsechzig Jahre vielleicht?“ entschied sie sich.

Alexander hätte den Mann eher auf über siebzig geschätzt. Zwar konnte man das Gesicht nicht sehen, weil es hinter einem herabhängenden Kopftuch verborgen war, aber Haltung und Bewegung sprachen für ein hohes Alter.

„Dieser Mann ist zweiunddreißig Jahre alt und bis vor

ein paar Monaten war er ein angesehener Bürger dieser Stadt!“

Vidjai legte eine Kunstpause ein und genoss die Verblüffung seiner beiden Gäste, dann fuhr er fort.

„Vor knapp einem Jahr hat eine Töpferin aus dem Ort eine Figur aus Teig vor seiner Haustür vergraben, nun verfällt sein Körper Tag für Tag.“

Cathy und Alexander verstanden nicht und Vidjai erhob sich, um für mehr Tee und frisches Gebäck zu sorgen. Neugierig warteten die beiden auf seine Erklärung. Als Vidjai so weit war, holte er im Stile eines professionellen Erzählers aus, und es folgte eine ebenso spannende wie unglaubliche Geschichte von religiöser Weltordnung und Geisterglauben.

„Kumar, der scheinbar alte Mann auf der Straße, kam vor zwei Jahren nach Pushkar. Er behauptete ein *Vaisya* zu sein. Seine Frau, die ihm keine Kinder schenken konnte, sei gestorben, und er wollte sein Glück auf der Wanderschaft suchen.“

„Was ist ein *Vaisya*?“

Vidjai erklärte stolz, dass zum Beispiel er ein *Vaisya* sei, und weihte dann die beiden Touristen in das indische Kastenwesen ein. Er erklärte kurz das komplizierte Gebilde von der Rangordnung in der hinduistischen Religion.

„An oberster Stelle in der indischen Gesellschaft stehen die *Brahmanen*, die Kaste der Priester. Seht, meine Freunde, dort hinten, die beiden, die da hocken sind Priester. Sie gehören zur Kaste der *Brahmanen* und sind hoch angesehene Männer.“

Er deutete auf die beiden Yogis, die nur mit einem Wickelrock bekleidet im Lotussitz am Straßenrand saßen. Ihre Haut, ihre Haare und ihre Bärte waren mit dem grauen Schlamm von Asche bestrichen, sie rührten sich nicht und ihre Gedanken schienen in eine andere Welt gerichtet zu sein. Sie wirkten nach westlichen Maßstäben wie Bettler und nicht wie Privilegierte.

„Standeszugehörigkeit hat nichts mit Reichtum zu tun. Es gibt arme Brahmanen und reiche *Dalits*, so genannte Unberührbare oder Kastenlose. Es ist nicht anders als in eurer Welt, dort gibt es arme Adlige und Tellerwäscher, die es zu Millionären bringen, nicht wahr?"

Cathy und Alexander nickten. Vidjai wollte ihnen also sagen, dass der Stand nicht unbedingt etwas mit der wirtschaftlichen Lage des einzelnen zu tun hatte, wenn auch die *Dalits*, die Unberührbaren, weit häufiger als die Kastenangehörigen zu den Slumbewohnern zählen. Vidjai war ein geduldiger Lehrer, er ging auf die Kaste unterhalb der *Brahmanen*, die *Kshatriyas* ein. Sie bilden die Gesellschaftsschicht der Soldaten und Beamten, dann folgen die *Vaisyas*, die Künstler und Händler wie Vidjai. Schließlich sprach er über die *Sudras*, die Bauern, die unterste Kaste und kam dann zu jenen, die außerhalb des Systems rangieren, den kastenlosen *Dalits*, auch *Parias* oder Ausgestoßene genannt. Diese Niedrigsten der Niedrigen in der hinduistischen Hierarchie nennt man auch *Harijans*, Kinder Gottes, fuhr Vidjai fort und beendete seine Erklärungen. Er kam auf den Anfang der Geschichte zurück.

„Also, Kumar, der Mann dort, der sich so schwer auf seinen Stock stützt, behauptete damals, aus einer *Vaisya*–Familie zu stammen, einer Familie von Kaufleuten. Da sich bald zeigte, dass er gut rechnen und handeln konnte, gab es keinen Grund, an seinen Aussagen zu zweifeln. Der Stoffhändler dort drüben gab ihm seine jüngste Tochter zur Frau, sie war gerade vierzehn Jahre alt. Es wurde eine prächtige Hochzeit, denn Kumar war ohne Verwandtschaft, auf diese Weise sparte der Vater der Braut einen großen Teil der Mitgift und investierte einen Teil der Einsparungen in das Fest.

Es verging kein Jahr, da wurde dem jungen Paar ein Sohn geboren, das Glück schien perfekt. Aber es war nicht von Dauer. Eines Tages, es ist jetzt wiederum fast ein Jahr her, kam ein Korbmacher mit seinen beladenen Kamelen vorbei. Er verkaufte seine hervorragende Ware in unserem Ort und entdeckte einen alten Bekannten – Kumar! Der aber wollte nichts vom Korbmacher wissen, er ignorierte ihn hochnäsig, und darüber ärgerte sich der Händler aus der Fremde.

Beim Tee unten am See schimpfte er über den eingebildeten Kumar und meinte, er solle bloß nicht so großspurig tun, schließlich kenne er ihn von Kindesbeinen an. Für einen Mann wie ihn gebe es keinerlei Grund für Hochmut. Die anderen in der Teestube horchten auf und löcherten den reisenden Korbmacher mit Fragen, bis er bereitwillig von Kumar und dessen Familie erzählte. Alles in allem hörten sie nichts Besonderes, bis der Händler eher beiläufig erwähnte, dass Kumars Familie den *Dalits* angehörte. Sofort hob ein wildes Getuschel an. Der Korbmacher wusste nicht, was die Aufregung zu bedeuten hatte, bis man ihm erklärte, dass Kumar unter Vorspiegelung falscher Tatsachen in eine *Vaisya*-Familie eingeheiratet hatte. Es dauerte keine halbe Stunde, bis die neue Kunde den Ort durcheilt hatte und das Haus des Stoffhändlers erreichte. Man kann sich denken, dass die Nachricht dort wie ein Blitz einschlug. Ein *Unberührbarer* hatte die Tochter eines Mannes aus der Händlerkaste geheiratet. Unvorstellbar!

Mit Schimpf und Schande wurde Kumar aus dem Haus gejagt, alle Zimmer, die Wäsche, das Geschirr, alles was nur irgendwie mit Kumar in Berührung gekommen war, wurde gründlich gereinigt oder, wenn das nicht möglich war, verbrannt. Kumars Frau jammerte wochenlang über ihr Unglück. Ihr Sohn war in Schande geboren und gehörte jetzt weder zu den *Vaisyas* noch zu den *Parias*, sondern zu einer der vielen Unterkasten, die im Laufe der Jahrzehnte und Jahrhunderte entstanden sind. In diesem Fall war es die Kaste der *Tandoris*, Nachkommen aus der Vermischung von Pariablut mit dem eines *Vaisyas*. In indischen Großstädten sind solche Mischehen nicht mehr so ein Problem, aber hier auf dem Land sind sie ein Skandal – ein unauslöschlicher Makel. Die geschändete Ehefrau sprach wochenlang vom Selbstmord und es gab niemanden, der ihr diesen Gedanken ausgetrieben hätte, ihre Eltern eingeschlossen.

Aber Kumar kam zurück, er war nicht bereit, Pushkar zu verlassen, denn er liebte seine Frau und seinen Sohn. Zwar lebte er in einer armseligen Hütte in der Nähe seiner Familie, aber für den Stoffhändler war es so, als wäre der geächtete Schwiegersohn in sein Haus zurückgekehrt. Die Sünde nahm kein Ende. Es war nicht genug damit, dass die eigene Tochter zu feige für den Feuertod war. Der Stoffhändler suchte nach anderen Möglichkeiten, sein Haus und seine

Familie von der Schande zu befreien. Er wandte sich an die alte Töpferin im Dorf. Sie ist eine bekannte Zauberin, die sich mit dem alten Naturglauben auskennt und weiß, ihn mit den Gesetzen Gott *Brahmas*, *Shivas* und *Vishnus* in Einklang zu bringen. Für das schändliche Vorgehen des jungen Ehemannes gab es nur eine einzige Strafe – den Tod! Die Töpferin erklärte dies dem unglücklichen Vater und Schwiegervater, der sofort einverstanden war und den Preis für ihre Dienste gern bezahlen wollte.

Noch am gleichen Tage formte die Töpferin eine menschliche Figur, nicht wie üblich aus Ton, sondern aus Brotteig, und buk sie in ihrem Ofen. Als das Backwerk fertig war, trieb sie einen Stock durch den Körper der Brotpuppe, dann wartete sie auf die Nacht. Als es so weit war, schlich sie zu der armseligen Hütte, in der Kumar seit seiner Rückkehr wohnte und vergrub die magische Backware vor dessen Tür. Seit dieser Nacht zerrt jede Woche an Kumars Lebensgeistern wie ein ganzes Jahr. Der einst stattliche Mann verfällt so rasch, wie der Teig vor seiner Haustür vermodert. Woche um Woche wird er kränker und hinfälliger und heute, kaum ein Jahr später, schätzt ihr ihn auf über sechzig Jahre, obwohl er erst eben über dreißig ist und hättet ihn wohl gern auf achtzig geschätzt, nicht wahr?“

Für Cathy und Alexander klang die Geschichte wie ein Teil der Erzählungen *Aus tausendundeiner Nacht*. Während sie noch zweifelten, kam der junge Greis zurück. Sein Kopftuch war ihm heruntergerutscht, und sie blickten in das Gesicht eines Schwerkranken. Vielleicht litt der Mann unter einer auszehrenden Erkrankung wie Tuberkulose oder

Krebs, dachte Alexander. Aber gab es wirklich immer eine vernünftige Erklärung?

Cathy und Alexander zahlten für Tee und Gebäck und dankten für die Geschichte, die eine düstere Stimmung hinterließ. Gemeinsam spazierten sie Richtung See und waren sich schließlich einig, dass Kumar ein schwerkranker Mann war.

Unten am See beobachteten sie das Leben am *Ghat*, dem treppenförmigen Wasch- und Badeplatz, dabei hielten sie Abstand und gingen vorbei, ohne anzuhalten. Sie wollten nicht gaffen, *Ghats* sind intime Plätze, an denen Inder nicht nur ihre Kleidung waschen oder aus Vergnügen baden, hier reinigen sie ihre Körper, auch wenn sie dabei meist vollständig angekleidet bleiben.

Am See wimmelte es von Menschen. Innerhalb weniger Quadratmeter Wasserfläche sahen sie einen Mann bis zur Hüfte im Wasser stehen und seinen Körper mit Seife reinigen, während sich um ihn herum Kinder vergnügten, und eine Frau mit einem flachen Stein Wäsche wusch. *Stonewashed* war hier kein modischer Spleen, sondern Ersatz für fehlende Waschbretter und Waschmaschinen. Ein alter Mann saß am Ufer und bürstete sich die Füße, während eine Frau mit schöpfenden Bewegungen ihrer Hände ein Baby wusch. Es fiel schwer, diese faszinierenden Szenen nicht zu fotografieren, aber Cathy und Alexander waren entschlossen, die Regeln zu akzeptieren. Ein Stück weiter des Weges setzten sie sich ans Ufer des Sees und genossen das Lichtspiel der untergehenden Sonne.

Alexander, müde vom Tag und den Erinnerungen, kuschelte sich in seinen Schlafsack, er nahm sich vor, am nächsten Tag Henry auf Vidjai anzusprechen. Henry war, wie der Inder aus Pushkar, ein guter Erzähler, und konnte sicher noch mehr von Vidjais Geschichten nacherzählen. Wenig später war Alexander eingeschlafen.

Am Morgen, beim Frühstück im Halblicht des anbrechenden Tages, berichtete Alexander, woran er vor dem Einschlafen gedacht hatte. Die Liebe mit Cathy erwähnte er dabei nicht, sondern erzählte von Pushkar und von Vidjai. Henry sprang sofort darauf an.

„Vidjai ist ein unerschöpflicher Fundus an Märchen, Gerüchten, Geschichten, ja, ganzen Schicksalsromanen, geschmückt mit Phantastereien. Man weiß nie, ob es wahr ist oder gesponnen, was er einem erzählt. Wenn man ihn fragt, ist er entrüstet, dass man zweifelt. Ich kann euch zwei Beispiele geben und ihr könnt euch selbst ein Urteil bilden."

Sam und Bill lauschten gespannt. Sie liebten es, Geschichten zu hören und freuten sich auf den Tag, an dem sie selbst voller Erlebnisse und Abenteuer stecken würden.

„Eines Tages saß Vidjai im Schatten seiner Markise und war Gast im eigenen Haus. Er hatte sich an diesem Tag frei genommen, denn sein Sohn half im Laden. Ich fragte ihn, ob ich mich zu ihm setzen dürfte und er wies mit einladender Geste auf den Stuhl neben ihm. Damals war ich mit Alexander unterwegs, der aber an dem Tag die Festung in Jaisalmer besichtigte, wozu es auf seiner ersten Indienreise nicht gekommen war."

Alexander nickte, und Henry fuhr fort.

„Zunächst begann Vidjai vom Dorfleben zu erzählen, er

brabbelte undeutlich vor sich hin, es schien, als wäre es nicht sein Tag. Ich dachte mir, vielleicht hat er nicht nur Urlaub von der Teeküche, sondern auch vom Geschichtenerzählen. Aber als er ein paar Kinder entdeckte, die vor uns auf der Straße spielten, wechselte er plötzlich das Thema. Er verriet mir, dass Kinderehen, obwohl sie seit mehr als zwanzig Jahren verboten waren, vor allem in Rajasthan noch immer üblich waren. Inder verheirateten manchmal ihre Nachkommen, so Vidjai, noch bevor sie laufen oder sprechen konnten. Dieser Brauch hatte gesellschaftliche und wirtschaftliche Gründe. Das System der Hochzeitsabsprachen sollte eine gewisse Ordnung in den Dorfgemeinschaften aufrechterhalten, außerdem halfen Zweckbündnisse, Kontakte zu anderen Ortschaften zu festigen, oder die Erbfrage für bestimmte Ländereien zu regeln. Nicht zuletzt mussten die Vorschriften der Kastenlehre eingehalten werden.

‚Manchmal', so flüsterte Vidjai, als eröffnete er mir ein Geheimnis, ‚gibt es Ehen, in denen es mit dem Nachwuchs nicht so klappt, wie sich das Paar und deren Eltern das wünschen. Für die indischen Männer, ob Ehemann, Vater oder Schwiegervater, ist die Sache klar: Der Fehler liegt bei der Frau. Ehemänner so genannter unfruchtbarer Frauen haben das Recht, sich eine Zweitfrau zu nehmen, aber bevor es so weit ist, versuchen ihre Ehefrauen alles Mögliche, doch noch schwanger zu werden. Im Falle von unerfülltem Kinderwunsch sind Baumwolltücher kinderreicher Frauen beliebt, die diese während ihrer Menses als Vorlage benutzen. Sie werden ihnen gestohlen oder abgekauft, wohlgemerkt benutzte, sonst helfen sie nicht. Besitzt eine Unfruchtbare so eine Reliquie wird sie ausgekocht und der Sud ist ein kostbares Elixier, das zur erhofften Schwangerschaft führt. Es muss im Rahmen eines streng vorgeschriebenen Rituals getrunken werden.'"

Bill setzte seinen Kaffeebecher ab und Sam behauptete sofort, dass diese Geschichte gelogen sei.

„Wie du meinst", sagte Henry und fragte, ob sie mehr hören wollten.

„Nur zu", ermunterte ihn Bill.

„Vidjai servierte uns eben Tee und Kuchen, als eine Frau mit einer breiten Narbe über der Stirn, die sich bis ins linke Auge hineinzog, die Teestube passierte. Ohne dieses rotglänzende Mal, das ihr Gesicht zur Hälfte entstellte, wäre sie sicher sehr hübsch gewesen.

‚Willst du wissen, woher die Frau ihre hässliche Narbe hat?' fragte mich Vidjai scheinheilig, als ob ich je eine seiner Geschichten nicht hatte hören wollen. Ich nickte, und das war der Auftakt zu einer neuen Story. Ich fragte mich, ob Vidjai Glück gehabt hatte, dass die Frau mit der Narbe ausgerechnet in diesem Augenblick vorbeigekommen war, oder ob er sie einbestellt hatte. Vielleicht ging sie aber jeden Tag um diese Uhrzeit vorbei, und er hatte das wohl kalkuliert. Oder er hatte sie einen Augenblick früher entdeckt als ich, und diese wenigen Sekunden reichten ihm, um eine neue Mär zu spinnen. Vidjais Talent ließ alle Varianten zu, ebenso gut war es möglich, dass er einfach drauf los erzählte und am Anfang selbst nicht wusste, welches Schicksal er dieser Frau andichten würde.

‚Diese Narbe ist ein Mal der Schande', begann Vidjai. Nun gut, dachte ich, nach nichts anderem sieht der schlecht verheilte Riss aus, aber Vidjai begann mit einer neuen Geschichte.

‚Es ist eine Weile her, dass der Ehemann dieser Frau sie verdächtigte, ihn mit einem anderen Mann zu betrügen. Als sie eines Abends behauptete, sie müsse ihre Mutter besuchen, um ihr im Haushalt zu helfen, verfolgte er sie heimlich. Und richtig! Er sah sie im Hause eines fremden Mannes verschwinden. Der misstrauische Ehemann schlich ums Haus und beobachtete durch das Fenster des fremden Schlafzimmers, wie die beiden ihre schamlosen Liebesspiele trieben. Gebannt sah er, wonach es seiner Frau gelüstete. Es waren Freuden, in deren Genuss er nie gekommen war, die ihr aber in den Armen ihres Geliebten großes Vergnügen zu bereiten schienen. Hemmungslos zeigte sie sich ihrem Liebhaber, und ebenso hemmungslos genoss sie dessen Körper. Ihr Ehemann war entsetzt, niemals hatte sie ihn auch nur für einen kurzen Moment nackt sehen wollen, und niemals hatte sie ihn je so berührt, wie sie es bei ihrem Geliebten tat. Sie streichelten und liebkosten sich bei Kerzenschein nach allen Regeln des Kamasutra.

Der Betrogene erkannte die Erregung seines Widersachers, sie war nicht zu übersehen und steigerte sich in eine Mordwut. Rasend vor Eifersucht brach er in das Haus ein, bahnte sich mit Gewalt den Weg zum Schlafzimmer und trat die Tür ein. In seiner Rage stolperte er beinahe über eine Katze, die in diesem Moment aus dem Zimmer flüchtete. Endlich stand er wütend vor dem Ort der Lust, fand aber nur den nackten Mann, keine Frau, schon gar nicht die eigene. Einziges Indiz für die eben veranstaltete Liebesorgie war das hoch aufgerichtete Glied des Galans. Wie gebannt starrte der betrogene Ehemann es an und registrierte trotz seiner Raserei die Ausmaße. Der Nackte grinste frech, nahm sein stattliches Organ in die Hand und gab schnurrende Laute von sich. Das erinnerte den Hitzkopf an die Katze.

Schlagartig wurde ihm klar, dass seine Frau eines von jenen weiblichen Wesen war, die sich bei Dunkelheit in eine Katze verwandeln konnten. Er hatte das geschmeidige Tier zwar kaum wahrgenommen, aber jetzt fiel ihm ein, dass die Katze ein schwarzes Fell trug und ein auffälliger, weißer Streifen durch ihr Rückenhaar lief, entsprechend einem kleinen Fehler in der Hautfarbe seiner Frau an selber Stelle. Er schnappte sich einen Besen, der im Flur des Hauses stand, und jagte der Katze hinterher. Mit ihrer besonderen Zeichnung musste sie doch zu finden sein.

Die halbe Nacht irrte er durch die Stadt, und das Tier trieb Spielchen mit ihm, zeigte sich hier und miaute da, leckte sich schnurrend die Pfote und sprang doch im letzten Moment auf und davon, wenn er sie schon beinahe erwischt zu haben glaubte. Ein einziges Mal übertrieb die Katze ihre Dreistigkeit, sie überschätzte das eigene Geschick und täuschte sich in der Wut ihres Ehemannes, die ihn zu ungeahnter Wendigkeit trieb. Es war der Moment, als er die Katze mit dem Rückenstreifen auf dem Holzgeländer vor dem Krämerladen entdeckte und sich an sie heranschlich. Sie hatte ihn längst bemerkt, doch blieb sie provozierend lange sitzen. Zu lange! Mit unerwarteter Energie und Schnellkraft sprang ihr sonst so träger Ehemann auf sie zu und bevor sie ihm entwischen konnte, sah sie den Besenstiel auf sich zufliegen, der ihr fast den Schädel zertrümmerte.

Verletzt taumelnd versuchte sie einen Sprung auf ein naheliegendes Dach, bevor ihr Mann sie mit einem zweiten Hieb erschlagen konnte. Zu schwach, um in einem Satz die Dachkante zu erreichen, hing sie mit den Vorderpfoten an der Dachrinne, und schon zerrte ihr Mann einen herumstehenden Stuhl heran. Von Todesangst getrieben zog sich die verletzte Katze mit letzter Kraft hoch, kroch erschöpft übers Dach und verschwand in der Dunkelheit. Ihr Mann verlor sie aus den Augen.

Vier Wochen blieb die Frau verschwunden. Der Ehemann konnte sich denken warum. Sie war entweder als Katze an ihrer Verletzung gestorben oder wieder zur Frau geworden und vor der Schande geflüchtet, denn dass seine Frau die Katze gewesen war, die aus dem Schlafzimmer des Liebhabers geflüchtet war, stand für ihn so fest wie das *Taj Mahal* am Ufer des Yamuna. Aber der Mann irrte, wenn er annahm, seine Frau kehre nie wieder heim. Eines Tages stand sie vor der Tür und erzählte eine abstruse Geschichte von Entführung und Verschleppung. Ihr Mann glaubte ihr kein Wort angesichts der frischen, breiten Narbe über Stirn und Wange. Das Mal verunzierte ihre glatte Gesichtshaut genau an jener Stelle, an der er vor Wochen die Katze mit dem hellen Streifen getroffen hatte.

Seine Frau warf sich auf die Knie, unterwürfig wie nie zuvor und war bereit alles zu tun, was ihr Herr und Gebieter von ihr forderte. Sie wusste, was sie als Ausgestoßene erwartete, wenn ihr Mann sie nicht zurücknahm, es war ein Leben in Armut und Verachtung. Der betrogene Ehemann fragte sie, ob sie wirklich alles für ihn tun würde, und die Frau antwortete: ‚Ja, alles!‘ Er öffnete die Tür und ließ sie ins Haus. Beim Anerbieten ihres unbedingten Gehorsams dachte der Betrogene vor allem an die lustvollen Liebesspiele, die er am bewussten Abend beobachtet hatte. Gefügig erfüllte die reumütige Frau die neuen Wünsche ihres Ehemannes und schenkte ihm ihren makellosen Körper. Als Gegenleistung verfocht er vor allen anderen im Dorf oder in der Verwandtschaft ihre Version von der Entführung und Misshandlung durch Wegelagerer. So erklärten sie einträchtig jedem, der sich dafür interessierte, ihre lange Abwesenheit und ihren Makel im Gesicht."

„Und wenn sie nicht gestorben sind, dann leben sie noch heute", ergänzte Sam und machte klar, was er vom Wahrheitsgehalt dieser Geschichte hielt.

„Ja, vielleicht hast du Recht und die Frau ist einfach beim Hochziehen eines schweren Wassereimers unglücklich auf eine Brunnenkante geschlagen. Vielleicht hat Vidjai einfach angefangen zu phantasieren, als er die Frau auf der Straße entdeckt hat, aber das ist doch eigentlich egal, oder?", meinte Henry, goss sich heißes Wasser in seinen Becher und rührte Kaffeepulver hinein.

„Es gibt eine Geschichte, deren Wahrheitsgehalt noch vielmehr bezweifelt werden kann", mischte sich Alexander ein. „Es ist eine Bergsteigergeschichte, die im Flachland des Wüstenstädtchens Pushkar beginnt. Selbstverständlich stammt auch diese Geschichte von Vidjai. Wollt ihr sie hören?"

Natürlich wollten sie. Sam und Bill nickten und waren gespannt, was nun folgte. Henry wusste, was kommen würde, lehnte sich zufrieden gegen einen Felsblock und blies über seinen heißen Kaffee. Die Bergsteigergeschichte gefiel ihm besonders, sie hatte Klasse und ließ einen nicht mehr los. Henry hätte wetten mögen, dass es Sam und Bill so gehen würde wie Alexander und ihm. Er sah zu seinem Freund hinüber, der sich zurechtsetzte und begann. Die Bergsteigergeschichte brauchte Zeit.

„Es ging los wie immer. Ich saß beim Tee und Vidjai setzte sich zu mir. Eine Weile plauderten wir über dies und das, dann ließ Vidjai seinen Blick über den Marktplatz kreisen. Es war wie ein Ritual, er schaute, als wollte er sehen, was an diesem Tag im Angebot war. Diesmal pickte er sich keinen jungen alten Mann heraus, keine Frau mit einer Narbe, diesmal war es ein Gewürzhändler, der auf der gegenüberliegenden Seite des Platzes einen Stand betrieb. Auf seiner Ladentheke, die aus einer breiten Holzbohle bestand, türmten sich die bunten Pulverberge der verschiedenen Gewürzmehle, leuchtend gelbes Safran, rotes Chili, grüner und schwarzer Pfeffer und verschiedene Currys eigener, geheimer Rezeptur. Der Gewürzhändler war sein Onkel, behauptete Vidjai jedenfalls, und ich machte mir darüber keine weiteren Gedanken. Von mir aus konnte er darauf bestehen, dass der Mann seine Tante war und war sicher, dass Vidjai auch dafür eine lange und vor allem einzig wahre Erklärung gefunden hätte. Rath Sarma, sein Onkel also, hatte eine ganz besondere Lebensgeschichte hinter sich, versicherte mir Vidjai:

‚Im Jahre 1933 hat dieser Mann im Zuge einer meditativen Übung‘, begann er und legte eine Kunstpause ein, bevor er fortfuhr, ‚allein den Mount Everest bestiegen!‘“ „So ein Unsinn! Das geht zu weit. Das gibt’s doch gar nicht“, entrüstete sich Sam, „es waren nachweislich Sir Edmund

Hillary und Tenzing Norgay, die 1953 zum ersten Mal den höchsten Berg der Welt bestiegen haben – zwanzig Jahre später."

„So ähnlich habe ich auch reagiert", bestätigte Alexander, „aber Vidjai wischte meinen Einwand mit einer Handbewegung beiseite. ‚Ich sage dir, wie es war', fuhr er unbeirrt fort, ‚mein Onkel durchlebte damals eine tief religiöse Phase, in deren Verlauf er den Tschomolungma bestieg, nur mit einem *Lungi* bekleidet. Tschomolungma, die Muttergöttin der Erde, so nennen die Nepalesen den Mount Everest.'

Natürlich wollte ich auf der Stelle wissen, wie diese abenteuerliche Geschichte zu beweisen war, euch geht es sicher nicht anders. Ich empfand damals wie Sam, Vidjai war diesmal deutlich über das Ziel hinausgeschossen. Eine übermenschliche Heldentat, Onkel Rath allein am Mount Everest, mit einem Wickelrock bekleidet, kein künstlicher Sauerstoff, keine Stiefel, keine Landkarten – nichts! Es war einfach nicht glaubwürdig, aber Vidjai ließ sich nicht beirren.

‚Nun, die Sache ist ganz einfach zu belegen. Mein Onkel hat nach der Rückkehr vom Berg den Weg seiner Erleuchtung exakt beschrieben, und zwar nicht nur den spiritistischen, sondern auch den tatsächlichen, der ihn hinauf auf den Berg führte. Er hat markante Punkte des Südaufstiegs beschrieben, die heute als Khumbu-Eisfall, Südostgrat oder Hillary Step bekannt sind, und die damals nirgendwo beschrieben waren.'"

„Das ist erstaunlich, aber doch kein Beweis, hielt ich dagegen", nickte Alexander den drei Amerikanern zu. Sam und Bill waren der gleichen Meinung, Henry hielt sich schmunzelnd zurück. Noch hörte sich alles wie eine abstruse Lügengeschichte an, aber Sam und Bill würden schon sehen, dachte Henry. Alexander sprach nun mit Vidjais Worten, der die Geschichte folgendermaßen weiter erzählte oder ausspann, ganz wie man meinte.

„Einen stichhaltigen Beweis gibt es leider nicht, aber wir in Pushkar wissen, dass es so war. Mein Onkel hat seinen Bericht in einem Kloster im Himalaja geschrieben und ihn dort von buddhistischen Mönchen aufbewahren lassen. Seit er von dort im Mai 1933 heimgekehrt ist, hat er Pushkar nicht länger als zwei oder drei Tage hintereinander verlassen. In diesem Zeitraum kann man nicht zum Mount Everest und zurück reisen und ihn auch noch besteigen."

Alexander wandte sich an Sam und Bill:

„Die letzte Aussage stimmt natürlich, man kann den höchsten Berg nicht in zwei oder drei Tagen besteigen, schon gar nicht von Pushkar aus, aber immerhin hätte man das Tagebuch per Post versenden oder jemandem mitgeben können, um es nachträglich im Kloster abzuliefern, und zwar nachdem Hillary und Norgay auf den Berg gestiegen waren und Einzelheiten vom Aufstieg berichtet hatten. Das alles entgegnete ich Vidjai, aber der hielt dagegen, dass die Mönche nachweislich die Umstände um Onkel Raths Tagebüchlein bestätigten. Wenn es so war, wie Vidjai mir erklärte, machte das die Sache zwar um einen Gran authentischer, aber sie klang immer noch nach reiner Phantasie. Positiv war allerdings zu bewerten, dass die Geschichte um Onkel Raths Everestbesteigung nicht von ihm selbst an die Öffentlichkeit gebracht worden war, sondern von Europäern, die während einer Himalajawanderung zufällig auf das

Tagebuch im besagten buddhistischen Kloster stießen, dort wo Rath Sarma es geschrieben und deponiert hatte. Diese zufällige Entdeckung geschah dreißig Jahre nach der offiziellen Everestbesteigung durch Hillary und Norgay, also fünfzig Jahre nach Sarmas angeblichem Gipfelsturm – 1983!"

„Aber das ist doch alles ganz unmöglich! Heute scheitern immer noch Expeditionen trotz Hightech-Ausrüstung wie Sturmzelten und Sauerstoffflaschen, trotz modernster Ernährung und Supertextilien und dieser Mann will, nur im Wickelrock, allein den Mount Everest bestiegen haben, sozusagen im religiösen Rausch mit einem Wanderstab und Brahma oder Vishnu hat ihm den Weg gewiesen?"

Bill schüttelte den Kopf, er war immer dokumentarischer Journalist gewesen, hatte jedes Faktum doppelt abgesichert, und wenn es besonders unglaubwürdig klang – dreifach. Die Geschichte um Rath Sarma war einfach nicht zu glauben und doch wuchs in Bill ein winziges Pflänzchen Ungewissheit heran, denn warum sollten buddhistische Mönche die Lügen eines hinduistischen Sadhus unterstützen, und warum lächelte Henry so süffisant, als Alexander den Faden wieder aufnahm?

„Nun, die Geschichte geht noch weiter. Hört, was geschehen ist und was mir Vidjai erzählt hat: Die Europäer, zwei Schweizer und zwei Italiener, haben natürlich im Bergkloster eine Sensation gerochen. Einer der Italiener war Journalist und holte sich von seinem Arbeitgeber die Erlaubnis, die Angelegenheit auf Kosten der Zeitung auf ihren Wahrheitsgehalt hin überprüfen zu lassen. Er erhielt sie und begab sich sofort auf die Suche nach Rath Sarma, dem vermeintlich verwegenen Bergsteiger aus den Dreißiger Jahren. Das war kein einfaches Geschäft, denn es gab keinerlei Hinweis auf Rath Sarmas Heimat in dem Tagebuch, jedenfalls keinen offensichtlichen. Ganz davon abgesehen, dass weder die Mönche noch der Italiener den in Rajasthani verfassten Text lesen konnten oder überhaupt sagen konnten, in welcher Sprache er geschrieben war. In Delhi erkannte ein indischer Journalist die Schrift, konnte sie aber nicht lesen. Immerhin, jetzt wusste Paolo Bertini, der italienische Zeitungsmann, dass er sich nach Rajasthan zu orientieren hatte. Aber auch in Jaipur, der Hauptstadt des Bundesstaates, wurde das Problem nicht im ersten Anlauf gelöst, doch man kam auch hier einen Schritt weiter. Der einzige Hinweis auf Rath Sarmas Herkunft fand sich nämlich in verschlüsselter Form. Im letzten Absatz seiner Aufzeichnungen dankte Vidjais Onkel seinem Gott Vishnu für das Vertrauen. Er, Rath Sarma, habe sein Möglichstes getan, um die Mission am Everest, er schrieb Tschomolungma, im Sinne der Götter zu vollenden. Nun kehre er an den Ort zurück, an dem Gott Brahma einst eine Lotusblüte aus der Hand fallen ließ.

Nun, dort wo die Lotusblüte einst den Boden berührt hat, ist das Kleinod Pushkar entstanden, so will es das Mahabharata, eines der urindischen Epen. Diese eindeutige Spur führte den Italiener schließlich zu Vidjai, der sofort wusste, worum es ging und ein Treffen mit seinem Onkel in der Teestube arrangierte. Nach vielen Kilometern und einigem Hin und Her saß Paolo Bertini aus Turin Rath Sarma aus Pushkar gegenüber.

Wenn man Vidjais Einschätzung glauben darf, hätte

Paolo Bertini zwar Spaß an einer Riesensensation gehabt und liebend gern einen großen Artikel oder gar eine Serie über die sensationelle und wahre Erstbesteigung des Mount Everest geschrieben, aber er glaubte nicht daran. Bertini bezweifelte, dass es so hieb- und stichfeste Beweise für Sarmas Erstbesteigung geben konnte, dass er damit an die Öffentlichkeit gehen durfte, was für ihn natürlich einen enormen Karriereschub bedeutet hätte. Die Dinge, die er sich erhoffte, waren: Ein interessanter Bericht über einen liebenswerten religiösen Spinner, geschmückt mit schönen Farbfotos vom buddhistischen Kloster am Mount Everest, vom Berg selbst und von Sehenswertem aus dem Bundesstaat Rajasthan. Und selbstverständlich eine Fotoserie von dem Mann aus Pushkar, der behauptete, der Erstbesteiger des höchsten Berges der Erde zu sein, zwanzig Jahre bevor dieses Abenteuer einem Neuseeländer und einem Sherpa gelungen war. So kam es, dass Paolo Bertini etwas versprach, was er später bitter bereute.

Rath Sarma war, als er den italienischen Journalisten traf, siebzig Jahre alt, und das Abenteuer, um das es ging, lag fünfzig Jahre zurück. Dafür, dass er dem Italiener Beweise bieten wollte, sollte der ihm versprechen, dass nichts von der Geschichte veröffentlicht wurde, bevor er nicht gestorben war. Bertini dachte nach, taxierte einerseits den hageren, alten Mann, andererseits war er sich des Undenkbaren sicher und stimmte der Bedingung zu. Im Beisein von Vidjai und einem englischen Fotografen wurde der Pakt besiegelt. Die beiden Europäer waren eher amüsiert, weil für sie, je mehr sich der Akt in die Länge zog, Hirngespinste eines alten Mannes immer wahrscheinlicher wurden. Rath Sarma seinerseits war sehr ernst und fügte hinzu, dass er alles abstreiten würde, falls Bertini etwas vor seinem Tode an die Öffentlichkeit brächte, danach wäre es ihm einerlei. Alle nickten und Rath Sarma begann zu erzählen:

‚Es war im August 1932, als ich zu den Quellen des Heiligen Ganges aufbrach, um dort zu beten. Es gab Gründe für mich, Vishnu, dem Erhalter der Welt, zu danken. Obwohl meine Familie keine Hoffnung mehr gehabt hatte, war ich zu jener Zeit von einer schweren Krankheit genesen. Mit meiner Askese und meinen Gebeten wollte ich Dankbarkeit bezeugen und mit dem Quellwasser des Ganges wollte ich mich von den Sekreten des für mich beinahe tödlichen Fiebers reinwaschen. Ich wanderte los, nur mit einem *Lungi* bekleidet und einem Holzstab als Stütze. Ich betete und meditierte, bettelte um Reis und Linsen und schritt jeden Tag aus, solange die Sonne am Himmel stand. Der Vollmond hatte sich zum zweiten Mal wiederholt, als ich die Quellen des Heiligen Flusses erreichte. Während ich in den Bergen viele Tage Vishnu, dazu Shiva, Brahma und natürlich Ganga, der Flussgöttin huldigte, gab mir eine innere Stimme den Auftrag, Tschomolungma, der Muttergöttin der Erde zu helfen. Ich fragte nicht danach, wie ich das anstellen sollte und warum das nötig war, ich wanderte los.

Ich hatte während der Wochen, die ich unterwegs war, die Fähigkeit erworben, in Trance zu wandern, so dass ich die Kälte des einbrechenden Winters nicht spürte. Von Westen her erreichte ich das Königreich Nepal und durchquerte es. Ich stieg über Bergpässe, wanderte entlang der Flüsse, fand alte Handelspfade und erreichte schließlich die Straße nach Katmandu. Von dort aus schlug ich den Weg zum höchsten Berg der Welt ein. Um die Richtung brauchte ich mich nicht zu sorgen, Vishnu bestimmte den Kurs.

Schließlich erreichte ich den Berg der Berge. Inzwischen stand die Sonne wieder höher am Himmel und in den Tälern war der Frühling eingezogen. Ich sah hinauf zum Gipfel des Mount Everest, wie ihr ihn nennt und wusste nichts, nur dass ich dort hinaufklettern sollte, um der Muttergöttin zu helfen. Ich wusste nicht, was es hieß, einen Achttausender zu besteigen, und ich wusste nicht, wie ich einer Göttin helfen sollte, aber ich stieg und stieg. Ich überwand riesige Barrieren aus purem Eis, steile Felswände, schmale Grate, Gletscherspalten, meine Finger und Zehen krallten sich in Eis und Schnee, aber sie spürten die Kälte nicht, solange ich mich auf meine Aufgabe konzentrierte. Sechs Tage und Nächte später, ich hatte am frühen Morgen ein letztes Hindernis aus Fels und Eis überwunden, da sah ich es, das Haupt der Muttergöttin, das Haupt der Welt. Ich stieg hinauf, setzte mich auf die Spitze des Berges, schloss die Augen und wartete auf ein Zeichen. Es war still dort oben, kein Wind wehte, keine Wolke verstellte den Strahl der Sonne.

Das Zeichen kam. Zuerst war es ein winziges Geräusch, das ich nicht einzuordnen wusste, aber es wurde lauter und lauter, schließlich dröhnte es über die Täler und Gipfel. Es war, als wollten Ungeheuer mit Gebrüll die Göttin angreifen. Das Getöse erinnerte mich an die selbstfahrenden Karren, die ich auf meiner Wanderung in Delhi gesehen hatte. Ich öffnete die Augen und entdeckte zwei riesige Vögel am Himmel. Sie waren die Feinde, die ich zu verjagen hatte, das wurde mir sofort klar. Als die Vögel das Haupt der Göttin erreichten, erhob ich mich, ohne dass ich vorher darüber nachgedacht hätte, stellte mich direkt auf die Spitze, streckte meine Arme gen Himmel und schrie so laut ich konnte. Erst in diesem Moment entdeckte ich, dass in beiden Vögeln Menschen saßen, einer spähte unten aus dem vorderen Vogel heraus und schien mit einer Waffe den Berg zu bedrohen. Als er mich sah, wie ich die Fäuste zum Himmel streckte und die dröhnenden Bestien verwünschte, ließ er vor Schreck die Waffe fallen. Im gleichen Moment stürzte der Vogel in die Tiefe und der zweite folgte ihm. Die Vögel waren natürlich Flugzeuge, aber das wusste ich damals noch nicht.

Schließlich erkannte ich die beiden Maschinen nur noch als Punkte in der Tiefe. Sie stürzten nicht ab, sie fingen sich und stiegen noch einmal auf, aber inzwischen war ein mächtiger Sturm aufgekommen und blies Schnee weit über die umliegenden Berge, es war der eisige Atem von Tschomolungma. Die Muttergöttin zog mächtige Wolken über sich zusammen und verhüllte ihr Haupt. Die Flugzeuge sah ich nicht wieder.

Ich hatte meinen Auftrag erfüllt und hatte Tschomolungma vor dem Angriff einer mir unbekannten Menschenrasse bewahrt. Ich stieg fünf Tage und fünf Nächte hinab, erreichte das Kloster Thyangboche unterhalb des Berges und schrieb dort meine Erlebnisse nieder. Ich war sehr erschöpft, aber mit Buttertee und Tsampa halfen die Mönche mir wieder auf die Beine, so dass ich später nach Pushkar zurückwanderte und Gewürzhändler wurde wie mein Vater.‘“

Alexander war am Ende mit der Berggeschichte und es

blieb eine Weile still, schließlich räusperte sich Sam und sagte:

„Und was ist nun mit der Geschichte? Ist sie wahr? Das ist doch Wahnsinn! Ein Halbnackter kann doch nicht so ohne weiteres auf den Mount Everest gestiegen sein, ob in Trance oder nicht. Hat jemand mal versucht, die Geschichte mit den beiden Flugzeugen zu bestätigen? Kann es sein, dass damals zwei Maschinen über den Everest geflogen sind? Wahnsinn!"

Sam wusste nicht, ob er begeistert oder entrüstet sein sollte. Bill blieb still und Alexander schlug vor aufzubrechen. Sie konnten an diesem Tag einige Stunden am Fluss entlang wandern, es war genügend Platz, um nebeneinander zu gehen und zu erzählen.

„Wenn wir unterwegs sind, wird Henry uns mit weiteren Details füttern, nicht wahr?"

Henry nickte Alexander zu und grinste Sam an. Trotz seiner Stupa im Garten seines Hauses in Washington, trotz seiner Bewunderung für Gandhis friedliche Revolution und trotz seiner Liebe zur mystischen Schönheit des Himalaja war Sam zu bodenständig, um eine Geschichte wie die um Rath Sarma glauben zu können.

Die vier Männer brachen auf und hielten sich an den Lauf des Flusses. Das Bett, das offenbar in manchen Jahren für mehr Wasser reichen musste als in diesem, bot genug Platz für bequemes Wandern. Verglichen mit den schmalen Bergpfaden war das Flussbett eine ausgebaute Straße.

Henry wanderte zwischen Bill und Sam, Alexander an der Seite von Bill. Eine Weile ließ Henry die Geschichte noch auf sich beruhen, er sah, dass Bill und Sam noch an dem arbeiteten, was sie zu hören bekommen hatten, denn beide schüttelten von Zeit zu Zeit ihre Köpfe. Schließlich war es Bill, der es nicht mehr aushielt.

„Sam hat Recht, es muss doch Flugdaten von den beiden Maschinen geben und Fotografien, denn es wird keine Waffe gewesen sein, die Rath Sarma erkannt hat. Waffen machen in der Einsamkeit der Berge keinen Sinn, aber Kameras."

Henry sah zu Bill, der, genau wie Sam, das Thema nicht mehr als reines Märchen betrachtete, soviel hatte sich immerhin geändert.

„Es gibt jede Menge Puzzleteile und ein erstaunliches Bild, wenn man sie zusammenfügt. Paolo Bertini hat genauso auf die Geschichte reagiert wie ihr und wir vor ein paar Jahren. Er wollte mehr erfahren und hielt eine Sensation nicht mehr für vollkommen abwegig. Vielleicht war Rath Sarma tatsächlich so eine Art Leif Eriksson, der Wikinger, der fünfhundert Jahre vor Kolumbus Amerika entdeckt hatte? Bertini trug Puzzleteil um Puzzleteil zusammen. Er ließ sich von Vidjais Onkel die Flugzeuge genauestens beschreiben und kehrte dann noch einmal in das Kloster am Fuße des Everest zurück. Er wollte versuchen, ein genaues Datum zu ermitteln, mit Sarmas Nächten, Tagen, Monden und Jahreszeiten konnte er nicht viel anfangen. Tatsächlich war es nach einigem Hin und Her möglich, den Tag von Rath Sarmas angeblicher Everestbesteigung auf den 3. April 1933 zu datieren. Der Zufall wollte es, dass sich eine Gruppe österreichischer Bergsteiger am 31. März 1933 in das Gästebuch des Klosters eingetragen hatte. Wie sich einer der älteren Mönche erinnerte, geschah das acht Tage, bevor Rath Sarma erschien. Zog man die fünf Tage ab, die Sarma benötigt hatte, um vom Berg herunterzukommen, kam man auf den 3. April.

Der zweite wichtige Hinweis war die Beschreibung der beiden Flugzeuge. Rath Sarma hatte behauptet, sie hätten vier Flügel gehabt und beide hätten ein Zeichen auf dem Rumpf getragen – ein roter Punkt umgeben von einem weißen und einem blauen Ring – das Zeichen der britischen Luftwaffe. Der Rest war einfach. Bertini hatte schnell ermittelt, dass es sich um zwei Westland-Doppeldecker handeln musste, und wenn man über diesen Flugzeugtyp etwas nachlas, stieß man schnell auf die Geschichte, wie zwei dieser Maschinen 1933 den Everest überflogen haben – am 3. April!"

Sam und Bill blieben stehen, der eine mit offenem Mund und der andere sagte:

„Das ist doch nicht wahr, oder?"

„Es ist wahr! Es ist noch viel mehr wahr. Die Helden um Lord Clydesdale, dem Chefpiloten, und seiner Mannschaft, die damals in den beiden Flugzeugen saßen, haben die Fotos vom Mount Everest natürlich für die Öffentlichkeit geschossen, genauer gesagt für die *Times* in London."

„Sag' bloß dieser Bertini hat ein Gipfelfoto entdeckt mit unserem Rath Sarma darauf?"

Sam setzte sich auf den nächsten großen Stein und stemmte seine Hände in die Flanken.

„Nein, das nicht, aber es kommt noch besser. Wenn wir Raths Bericht richtig interpretieren, ist eine Kamera aus dem Flugzeug gefallen, weil sich der Fotograf im Flugzeug vor dem Wesen auf dem Gipfel erschreckt hat. Am 4. April war ein großer Bericht in der *Times*, der den spektakulären Flug der beiden Doppeldecker beschrieb und der atemberaubende Fotos vom Mount Everest ankündigte. Die Leser mussten sich damals noch gedulden, weil es nur die Möglichkeit gab, die Filmplatten direkt nach London zu fliegen, Internet oder Faxgeräte gab es 1933 noch nicht."

„Also hat Vidjais Onkel doch gelogen und es gab Fotos?"

Bill saß jetzt neben Sam auf dem Stein.

„Nun, es bestand die Möglichkeit einer zweiten Kamera, aber ihr wisst ja, was Rath erzählt hat. Ihm war, als stürzten die Vögel plötzlich ab und so ähnlich war es auch, wie Lord Clydesdale zugab. Wegen eines Abwindes verlor seine Westland mit einem Schlag sechshundert Meter an Höhe, und das andere Flugzeug folgte ihm. Als sie wieder aufstiegen und eine zweite Kamera hätten benutzen können, war der heilige Berg des Himalaja zugezogen, so berichtete es jedenfalls Onkel Rath."

„Aber du hast doch gesagt, sie hätten Fotos vom Mount Everest in der *Times* gehabt."

Sam verstand gar nichts mehr.

„Habe ich gesagt und haben sie behauptet, aber es stimmte nicht ganz. Am 24. April 1933 brachte die Times einen groß aufgemachten Bildbericht mit einem Riesenfoto vom Mount Everest als Aufmacher. Nur, dass es nicht der Mount Everest war, der auf dem Bild zu sehen war, es war nachweislich der Makalu, ein Achttausender aus der Nachbarschaft des Everest!"

Henry ließ seine letzten Sätze wirken, er sah, wie es in Bills und Sams Köpfen arbeitete, bis Bill sich vorwagte:

„Also, noch erscheint mir vieles verworren, aber eines ist

doch klar geworden: Bei so viel übereinstimmenden Details müssen wir wohl davon ausgehen, dass Vidjais Onkel Rath nicht gelogen hat ..."

„... und wenn er nicht gelogen hat, ist er der Erstbesteiger des Mount Everest!" ergänzte Sam und wusste nicht, ob er sich fühlen sollte wie nach einer gewonnenen oder nach einer verlorenen Schlacht. Dann fuhr er fort:

„Warum haben sie erst am 24. April 1933 die Bilder veröffentlicht, und dann auch noch falsche, wo sie vorher den Text prompt am Tag nach der Fotoexkursion veröffentlicht haben?"

„Genau, das ist der Punkt. Eine Flugreise von Nepal nach London dauerte auch damals nicht länger als zwei oder drei Tage, sagen wir vier, also hätten die Filmplatten spätestens am 7. oder 8. April in der Zeitungsredaktion sein können. Wenn man nun die Berichte von Lord Cydesdales Truppe und Rath Sarma abgleicht, ist es wahrscheinlich, dass die Flieger vom 3. April keine Fotos hatten, jedenfalls keine mit freier Sicht auf den Mount Everest, weil sie die wichtigste Kamera durch die Bodenluke verloren hatten. Indirekt haben sie das im Artikel vom 4. April sogar zugegeben. Dort steht, dass sie Schwierigkeiten mit den Kameras gehabt hätten. So kann man es auch nennen. Sie behaupteten, die Sauerstoffzufuhr des Fotografen wäre defekt gewesen, er hätte eine zeitlang Probleme gehabt, bei Bewusstsein zu bleiben und ihm wäre die Kamera heruntergefallen. Sie haben bloß nicht zugegeben, wie weit sie ihm heruntergefallen ist. Alles in allem war es wohl so, dass die Mannschaft um den adligen Piloten noch einmal losmusste. Allerdings bot das Wetter erst eine Woche später die Möglichkeit für perfekte Fotos, daher die verspäteten Bilder, die im Durcheinander von alten und neuen Filmplatten auch noch verwechselt wurden, so dass es zur Blamage mit dem Foto vom Makalu kommen konnte. Der Fehler wurde erst Wochen später im Zuge einer Fotoausstellung korrigiert. Colonel Blacker, der schreckhafte Fotograf, scherzte bei dem Geständnis vom falschen Berg, er sei sicher, dass sie nicht in den Anden gewesen wären. Ich finde dieser Jux spricht Bände und sagt mehr darüber aus, wie unheimlich das Erlebnis über dem Mount Everest gewesen sein muss, als jeder hieb- und stichfeste Beweis."

„Das ist wahr. Jetzt gibt es nur noch eines, was mich wundert: Warum hat man nie von der Geschichte erfahren? Wenn ich dich richtig verstanden habe, hat Bertini Sarmas Geschichte 1983 bestätigt und Vidjais Onkel war damals siebzig Jahre alt, lebt Rath Sarma denn noch?"

Bill sah Henry fragend an, der hinüber zu Alexander blickte, damit der die Frage beantwortete:

„Wenn alles gut geht, wird Onkel Rath nächstes Jahr neunzig Jahre alt!"

„Armer Bertini!" entfuhr es Sam.

„Er ist noch ärmer, als du denkst. Bertini hat nämlich schließlich die Geschichte geglaubt und fand, er habe genug Beweise für eine Veröffentlichung. Ungeduldig wartete er auf Rath Sarmas Tod, aber der Onkel starb nicht. Paolo Bertini ging trotzdem an die Öffentlichkeit und kam schließlich mit einer ganzen Wagenladung Leuten aus seiner Zeitung in Pushkar an. Was er in den Händen hielt, klang ja gut, wie ihr jetzt selbst wisst. Aber in Pushkar erlebte Bertini ein Fiasko. Rath Sarma war nicht zu einem Gespräch mit den Europäern zu bewegen, er schwieg und Vidjai, sein Neffe, gab an, er wisse nicht, wovon der italienische Journalist redete, den er nie zuvor gesehen hätte. Die ganze Geschichte löste sich in Luft auf und Bertinis Kollegen und Vorgesetzte hatten es plötzlich gleich gewusst, das Bertini ein Spinner war. Ihm wurde gekündigt und man hat nie wieder etwas von ihm gehört oder gelesen."

Stumm wanderten die Männer bis zur nächsten Rast nebeneinander her. Die Abenteuergeschichte um Rath Sarma bot genug Stoff zum Nachdenken. Als sie sich um die Mittagszeit an den Fluss setzten, um zu rasten, sagte Alexander zu Bill und Sam:

„Wisst ihr noch, wie die Geschichte anfing? Vidjai versicherte mir, dass sein Onkel, der alte Gewürzhändler vom Marktplatz, im Jahre 1933 im Zuge einer meditativen Übung allein den Mount Everest bestiegen hat – nackt bis auf einen Wickelrock!"

Henry ergänzte:

„Entweder ist Rath Sarma ein Held der Berge oder Vidjai ein Held der Dichtkunst."

12

Am Nachmittag verließen die vier Männer das Flüsschen und wanderten auf eine Bergkette zu. Alexander wusste, dass dieser Höhenzug das letzte Hindernis vor dem Zanskar war. Am nächsten Tag würden sie das wilde Wasser erreichen, das sich ungestüm durch die Schluchten drängte und Trekkingtouristen anlockte. Aber die vier Männer wollten dem Fluss nicht folgen. Sie wollten zurück durch die einsame Bergwelt, in der man selten auf andere Menschen traf, allenfalls auf ein paar Nomaden.

Alexander schätzte, dass der Bergpass vor ihnen um achthundert Höhenmeter höher lag als das Flusstal, einen Teil dieses Anstieges wollten sie noch vor der Nacht nehmen. Sie waren jetzt alle in der Verfassung, die einen spüren ließ, wie gut Muskulatur und Kondition auf langgezogene Anstiege eingestellt waren. Schweigend kletterten sie im Gänsemarsch. Alexander dachte noch einmal an Cathy zurück, die damals von Pushkar aus mit ihren Freundinnen nach Süden weitergefahren war, während er selbst seine Reise Richtung Delhi fortgesetzt hatte. Ihr Abschied voneinander war schwer und leicht zugleich, beide wollten in dieser Phase ihres Lebens keine Bindung und beide wussten, dass sie die Zärtlichkeiten vermissen würden.

Während Alexander Cathy in den Bus nach Bombay steigen sah und auf diese Weise für einen Moment in der Vergangenheit weilte, war Bill dabei, jeden Bezug zu Zeit und

Raum zu verlieren. Er stieg inzwischen weit vor den anderen den Berg hinauf und wanderte sich in die *Zone* hinein. Die *Zone* war eine Phase körperlicher Belastung, in der man die Anstrengung nicht mehr wahrnahm, von Bedeutung war nur das Glück, das man in einer Art mentalem Rausch empfand. In diesem Fall war es das Gefühl, endlos so weiter steigen zu können, und seien es achttausend Höhenmeter und nicht achthundert. Körper und Seele wurden gleichermaßen von Glückshormonen überflutet und dieser Strom machte es Bill möglich, einen Teil seiner Jahre alten Kummers hinwegzuspülen. Bill begann wieder Glück zu erleben. Das Steigen selbst war das Glück, und nie wieder würde er eine körperliche Anstrengung fühlen oder einen seelischen Schmerz erleiden, diese Phase seines Lebens war überwunden, sagte ihm sein Hochgefühl, und er stieg unaufhaltsam.

Alexander tippte Sam auf die Schulter und wandte sich zu Henry um. Er wies auf Bill und legte seinen Zeigefinger auf die Lippen. Bill marschierte, nein, er stürmte den Berg hinauf und seine drei Freunde ließen ihn gewähren. Alexander wusste, dass man selten sicherer trat als in dieser Phase, in der man seine Umwelt kaum wahrnahm. Es dauerte fast eine Stunde, bis Bill aufblickte und sich umsah. Alexander hatte auf die Uhr gesehen. Bill hatte die anderen, die sich an Sam orientierten, weit hinter sich gelassen. Jetzt genoss er den Blick zurück ins Tal und staunte, wie hoch er gestiegen war, und erst jetzt spürte er Müdigkeit. Er schätzte, dass sie kapp die Hälfte des Anstieges geschafft hatten. Als er den Berg hinaufsah, fiel ihm eine Einbuchtung in der Felswand auf der rechten Seite auf. Es war, als hätte jemand mit einer

Riesenfaust den Stein eingedrückt, ein idealer Platz zum Übernachten, sie brauchten nicht einmal ihre Zelte aufzuschlagen.

Das Abendessen übernahmen Sam und Bill. Es gab Reis mit Linsen aus einer Fertigpackung und Vollkornzwieback dazu. Außerdem spendierte Bill eine Runde Proteinriegel mit Vanillegeschmack. Wie so oft kümmerte sich Henry um den Tee. Während Sam den Linsenbrei auf die Teller verteilte, kam er auf das Thema Rath Sarma zurück, es ließ ihm keine Ruhe. Er fragte sich, wann es so weit war, dass die Geschichte des Bergsteigens umgeschrieben werden musste.

„Habt ihr eigentlich mal mit dem Onkel von diesem Vidjai gesprochen?“ fragte er Henry und Alexander.

„Ja, einmal“, antworte Henry ausweichend.

„Und? Worüber?“

„Über seinen Aufstieg zum Mount Everest natürlich. Er hat kein großes Geheimnis daraus gemacht, solange kein Rekorder lief oder man ihn nicht fotografieren wollte. Im Prinzip ist er Hillarys Weg über den Südsattel und den Südostgrat gegangen, nur eben zwanzig Jahre früher.“

„Man müsste die Kamera finden“, flüsterte Bill.

„Was?“

„Ich sagte, man müsste die Kamera finden. Vielleicht ist ein Foto von Rath Sarma im Lungi darauf, das wäre was.“

Alexander und Henry sahen sich an und Alexander sagte:

„Der Tag wird kommen, an dem die Welt die Wahrheit erfährt. Nur es wird noch ein bisschen dauern.“

„Wie willst du das wissen?“

Sam sah von seinem Teller auf und blickte erst Alexander und dann die anderen beiden an.

„Wie gesagt, wir haben mit Onkel Rath gesprochen. Er hat uns gesagt, er wird vierundneunzig Jahre alt. Im Jahre 2007 wird er sterben und sein Neffe wird das Tagebuch und die Kamera erben."

„Was sagst du da? Rath Sarma hat die Kamera?"

Sam hustete, er hatte sich am trockenen Reis verschluckt.

„Ja, er hat auf seinem Abstieg nach ihr gesucht und sie gefunden. Sie liegt an einem sicheren Ort, Vidjai weiß Bescheid."

„Wenn nicht Vidjai und sein Onkel zu den größten Märchenerzählern aller Zeiten gehören!"

Henry grinste und Bill murmelte:

„Ja, wenn …"

Es war dunkel geworden. Bill, Sam, Henry und Alexander lagen nebeneinander auf ihren Isomatten in ihre Schlafsäcke gehüllt. In dem Felseinschnitt war es nahezu finster. Hätte jemand mit einer Restlichtkamera die vier Männer gefilmt, hätte man sie in einer Reihe liegen sehen, alle die Hände hinter dem Kopf verschränkt und jeweils dem aufmerksam lauschend, der gerade erzählte. Sam wollte noch einmal zum Ausgangspunkt von allem zurückkehren, zur ersten Indienreise von Alexander.

„Wie ging es nach Pushkar für dich weiter? Bist du von dort aus direkt nach Delhi?"

„Nein, ich habe in Jaipur Zwischenstation gemacht. Ihr wisst schon, die Hauptstadt Rajasthans mit dem *Palast der Winde* in der Altstadt *Pink City.* Nach den unbeschwerten

Tagen in Pushkar war ich wieder bereit für Besichtigungen. *Pink City* heißt so, weil dieser Teil Jaipurs aus rotem Sandstein erbaut worden ist. Die rosarote Stadt besteht aus vielen eindrucksvollen Bauwerken, allen voran *Hawa Mahal* – dem *Palast der Winde*. Allerdings ist dieser ‚Palast' nicht mehr als eine Steinkulisse mit einem ausgeklügelten System an gemauerten Fenstern, Pfeilern und Bögen, durch deren Öffnungen seit zweihundert Jahren der Wüstenwind seine Lieder singt.

Der größte Teil von *Pink City* ist im achtzehnten Jahrhundert entstanden, unter dem Maharadscha *Jai Sing*. Der Herrscher war, für jene Zeit sehr ungewöhnlich, ein besessener Astronom, deswegen ließ er im Jahre 1728 das Observatorium *Jantar Mantar* erbauen. Wissenschaftler sagen, dass er hier die Position der Sterne erstaunlich genau bestimmen konnte.

Ich habe mich in Jaipur nicht lange aufgehalten und bin mit dem Zug nach Neu-Delhi weitergefahren. Die Hauptstadt wurde für den Rest meiner Reise zu einer Art Knotenpunkt, insgesamt bin ich dreimal dort angekommen und dreimal von dort aus losgefahren. Das dritte Mal in eine Richtung, die nicht geplant war.

Mein erster Ausflug von Neu-Delhi aus ging nach Agra, zum *Taj Mahal*. Nach knapp drei Monaten war ich also am ursprünglichen Ziel meiner Reise angekommen. Das Grabmal hielt, was all die Erzählungen meines Onkels und meine Träume versprochen hatten. Es gab nicht den Hauch von Ernüchterung durch die Realität, wie es manchmal ist, wenn man sich zu viel unter einer Sache vorstellt. Das *Taj Mahal* ist einfach großartig. Wenn man in der Gegend ist, darf man es auf keinen Fall versäumen. Ich ging also, wie mein ‚entfernter' Onkel Jahre zuvor, durch die symmetrischen Gärten, betrat die riesige marmorne Grundplatte, auf der das faszinierende Bauwerk steht, und ging um das *Taj* herum. Ich stieg schließlich in die Gruft hinab zum Grab von Mumtaz Mahal und ihrem Ehemann Shah Jahan. Der Hauch der Geschichte umweht einen, wenn man vor dem *Taj Mahal* steht und über den Yamuna blickt, einem Nebenfluss des heiligen Ganges, und deswegen ebenso heilig.

Ich tat, was mein Onkel unbedingt gefordert hatte, wenn man schon das Taj Mahal besuchte, ich blieb den ganzen Tag. Immer wieder beobachtete ich das Farbenspiel der unterschiedlichen Sonneneinstrahlung auf dem weißen Marmor des Bauwerks, bis schließlich die Sonne leuchtend rot hinter dem Yamuna verschwand und nach den grandiosen Rot- und Gelbtönen des Tages, das *Taj Mahal* in das Grau des Abends entließ, das einen trotz der Hitze frösteln ließ."

Sam und Bill waren zum ersten Mal in Indien, und wenn man es genau nahm, waren sie nicht in Indien, sondern in Ladakh, das mit Indien ja kaum mehr gemeinsam hatte als die Währung. Sie nahmen sich vor, eines Tages das Land weiter im Süden zu bereisen, aber sie wussten, es würde ihnen schwer fallen, dafür ihre Zeit im Himalaja zu opfern. Alexander fuhr fort:

„Bauwerke wie das *Taj Mahal* laufen Gefahr zum Klischee zu werden. In jedem Heft oder Buch über Indien ist es abgebildet, bei jeder Rundreise ist es Pflichtprogramm, und wenn jemand nicht viel über Indien weiß, so kennt er doch meist das *Taj Mahal*. So ist es und so wird es bleiben, und dieser Wirbel um das Gebäude hat seinen Grund. Das

Grabmal ist von makelloser Schönheit und jeder, der es selbst gesehen hat, spürt das Besondere und möchte es anderen erzählen. Mir erging es nicht anders, im Bann des Farbenspiels von Licht und Schatten über dem weißen Marmor vergaß ich die Zeit. Erschrocken blickte ich abends auf die Uhr, ich war drauf und dran, den letzten Zug nach Delhi zu verpassen. Ich lief auf den Platz vor dem *Taj Mahal* und suchte nach einem Taxi, aber es war keins mehr zu sehen. Ich hatte eine Reservierung für den letzten Zug, meine Buchung und mein Ticket würden verfallen, und ich würde diese Nacht, neben meiner Unterkunft in Neu-Delhi, für ein zweites Zimmer in Agra zahlen müssen. Zu Fuß brauchte ich es zum Bahnhof von Agra gar nicht zu versuchen, ich hätte viel zu lange gebraucht. Als ich mich umsah, erkannte ich, dass ich nicht der letzte war, der aus dem Park gehetzt kam. Ein junger Mann sah sich genauso hilflos um wie ich, Beat aus der Schweiz hatte sich wie ich in der Zeit vertan. Wir waren beide ratlos, kein Auto, keine Motorrikscha, nichts zu sehen außer für mich indiskutable Fahrradrikschas.

In Indien, besonders in der Nähe von Sehenswürdigkeiten, blieben ratlose Touristen nicht lange allein, selbst dann nicht, wenn sich der Tag dem Ende neigte. Der Fahrer einer Fahrradrikscha trat kräftig in die Pedale und bremste vor Beat und mir. Er bot uns seine Sitzbank an. Eigentlich hatte ich mir geschworen, auf keinen Fall einen derartigen Sklavendienst in Anspruch zu nehmen, aber ich wankte. Eile war geboten. Immerhin war es kein Rikschakarren, der von einem Inder im Laufschritt gezogen wurde. Aber auf keinen Fall wollte ich zulassen, dass der schmächtige Mann zwei ausgewachsene Europäer zum Bahnhof radelte. Beat schienen ähnliche Skrupel zu quälen, er hatte die rettende Idee. Auf der anderen Seite des Platzes stand eine zweite Fahrradrikscha. Beat winkte den Fahrer heran. Jeder sollte einen von uns zum Zug bringen. So würden unsere Skrupel und die Last halbiert werden und ihr Verdienst verdoppelt.

Der Inder verstand zwar, was Beat meinte, aber man sah ihm an, wie absurd er diesen Einfall fand. Warum sollte man für zwei Rikschas bezahlen, wenn eine reichte? Aber weil Eile geboten war, verbot sich jede Diskussion. Über den Preis wurden wir uns schnell einig, denn weder Beat noch ich waren bei dieser Art Fronarbeit gewillt, Rabatte auszuhandeln. Erst wollten wir zwei Rikschafahrer, wo einer gereicht hätte, und dann verzichteten wir auf das übliche Handeln, man sah den Indern an, wofür sie uns hielten.

Uns war es einerlei, endlich saßen wir auf den gepolsterten Bänken, und es konnte losgehen. Die Zeit war knapp genug. Ich tröstete mich damit, dass indische Züge grundsätzlich zu spät abfuhren. Die beiden Fahrradrikschas standen direkt nebeneinander, plötzlich wurde ich in den Sitz gedrückt, so kräftig trat mein Fahrer in die Pedale. Ich hätte seinen hageren Extremitäten so einen Blitzstart gar nicht zugetraut. Sein Kollege wollte wohl nicht nachstehen und legte sich ebenfalls ins Zeug.

‚Die machen ein Rennen draus!‘

Beat zeigte auf unsere Chauffeure, einer versuchte den anderen zu überholen.

‚Ich mag diese Art Wettkampf nicht‘, erwiderte ich, aber wir ließen die beiden Rennfahrer gewähren. Sie trampelten mit voller Kraft und legten sich in jede Kurve, so dass wir uns am Chassis festhalten mussten. Über ihre nackten Oberkörper rann der Schweiß, aber sie schienen sich zu amüsieren, jedenfalls lachten sie und stachelten sich gegenseitig an. Zeitweise standen sie auf den Pedalen, wie Radprofis im Gebirge. Beat begann, das Schauspiel lustig zu finden, er feuerte seinen Fahrer an und prompt drehte sich meiner nach mir um, als erwartete er dasselbe von mir, aber so weit mochte ich nicht gehen. Allerdings begann ich, die beiden Rikscharennfahrer zu bewundern. Schließlich rackerten sie seit einer ganzen Weile auf höchster Belastungsstufe, dabei redeten und gestikulierten sie noch. Die Fahrt vom *Taj Mahal* zum Bahnhof wurde auf diese Art jedenfalls zu einem besonderen Erlebnis.

Als wir das Bahnhofsgelände erreichten, drosselten unsere beiden Chauffeure das Tempo nicht, im Gegenteil, sie rasten mit waghalsigen Schlenkern um das Bahnhofsgebäude herum und fuhren bis auf den Bahnsteig. Es fehlte nicht viel, und sie hätten den Schaffner überfahren, der gerade seine Pfeife in den Mund stecken wollte. Erschrocken sprang er vor den Rikschafahrern zur Seite, die scharf bremsten und wild in Richtung des Bahnbediensteten gestikulierten.

Es war unser Zug, der dort abfahrbereit stand und es war der Schaffner unseres Zuges, der im Schrecken verharrte. Einer der beiden Rikschafahrer bedeutete uns, dass wir die Sekunden der Starre ausnutzen sollten und scheuchte uns Richtung Waggontür. Erst da wurde uns klar, dass die Hetzerei der Rikschafahrer keinem Wettkampf gedient hatte, sondern dass sie besser als wir wussten, wie knapp die Zeit bis zur Abfahrt des Zuges bemessen war. Der verdatterte Schaffner, der immer noch die Pfeife auf halber Höhe hielt, ließ uns die Zeit, unseren Rikschapiloten zu danken. Wir bezahlten sie gut für ihren Dienst, und weil Beat und ich unbedingt ein Erinnerungsfoto vom Rikscharennen haben wollten, baten wir dafür um Erlaubnis. Unsere Rennfahrer nickten, der Schaffner verstand so viel, dass er Teil einer aufregenden Geschichte war und fotografierte uns vier. So kam es, dass der letzte Zug von Agra nach Delhi an diesem Tag wieder nicht pünktlich war. Der Schaffner sah die kurze Verspätung gelassen, und als Beat zum guten Schluss seine Kamera auf ihn richtete, hob er sofort seine Kelle in die Höhe, so dass wir uns sputen mussten, denn der Lokführer unterschied nicht zwischen einer gestellten und einer ernst gemeinten Geste."

13

„Zwei Tage nach meiner Rückkehr aus Agra verließ ich Delhi Richtung Norden und die Stimmung meiner Reise veränderte sich. Ihr wisst, wie die Situation in Jammu und Kaschmir, im Pandschab und in der Region Ladakh ist."

„Ehrlich gesagt, weiß ich das nicht", unterbrach Bill und bat Alexander, die politische Lage zu skizzieren.

„Im Norden Indiens und den angrenzenden Gebieten gibt es dauerhaft schwelende Unruhen. Dies liegt vor allem daran, dass die dort verlaufenden Grenzen, ja ganze Staaten, künstliche Gebilde sind. Pakistan wurde nach der Unabhängigkeit Indiens im Jahre 1947 als moslemischer Staat indischer Nation abgespalten, und zwar als West- und als Ostpakistan, beide Teilstaaten fast zweitausend Kilometer voneinander entfernt. Westpakistan ist zum heutigen Pakistan geworden und Ostpakistan wurde zu Bangla Desh. Diese Situation bildet unter anderem den Sprengstoff zwischen Hindus und Moslems.

Daneben gibt es aber die Forderung der religiösen Gemeinschaft der Sikhs nach einem unabhängigen Staat Punjab. Ihre Nation, wie sie es bezeichnen, lebt einerseits im indischen Bundesstaat Punjab, andererseits im östlichen Teil des angrenzenden Pakistan, hier geht es also um religiösen und staatsübergreifenden Konfliktstoff. Dazu kommen Kaschmirs Streben nach Unabhängigkeit, beziehungsweise Pakistans Ansprüche auf ein pakistanisches Kaschmir. Gebietsforderungen Russlands, Tadschikistans, Afghanistans und Chinas ergänzen das politische Chaos. Überdies ist dieser riesige Konfliktherd eingebettet in einen politisch unsicheren Teil Asiens. Man braucht nur gen Osten zu blicken und findet den nächsten Zündstoff im riesigen Tibet, das von China drangsaliert wird oder im Gebiet des früheren Indochina, wo sich beinahe alle Weltmächte der Erde einmal versuchten und nichts als Zwist und Unsicherheit hinterlassen haben. Und wie es Richtung Westen aussieht, wird uns mit der Situation in Afghanistan, im Iran und im Irak vor Augen gehalten, an deren Länder sich Staaten wie Syrien, Jordanien, Libanon und Israel anschließen und wo das Konfliktpotential über die Türkei mit ihrem Kurdenproblem Anschluss an Europa gewinnt.

Kompliziert wird das Ganze dadurch, dass es in dem einen Gebiet um religiöse Kämpfe geht, im anderen um Staatsdünkel und anderswo um die Ideologie, also um Kommunismus, Demokratie, Militärdiktatur oder Monarchie. Jeder ist absolut überzeugt, das Richtige zu wollen und zu tun, und jeder ist bis an die Zähne bewaffnet. Und glaubt mir, gerade wir Europäer und Amerikaner wissen wahrhaftig nicht immer, wohin es führt, wenn wir uns einmischen. Wenn es einen Krieg gegen den Irak in den nächsten Wochen und Monaten geben sollte, wird nur eines sicher sein, nämlich dass nichts sicherer dadurch werden wird, und dass viele unschuldige Menschen ihr Leben verloren haben werden, wenn er zu Ende ist."

Alexander holte Luft und die anderen blieben still. Alexander hoffte, ihre bis zu diesem Zeitpunkt gewachsene Freundschaft hielt seinen Vorwurf an die Amerikaner aus, er meinte ja nicht Sam, Bill und Henry, er meinte die, die das Land regierten. Schweigend starrten sie Richtung Felsendecke, die sie im Dunkeln nicht sahen und es war Bill, der den Bann brach.

„Wenn der Mensch eine Sache regeln will, kommt häufig nichts dabei heraus, außer Chaos, Schutt und Asche. Die so genannten Völkerbefreiungen hatten doch immer zwei Seiten."

„Es gibt Ausnahmen", sagte Alexander als Deutscher.

„Hm", brummelte Sam, als sei er zufrieden, dass den Amerikanern wenigstens das halbwegs gelungen war. Wieder blieb es eine Weile still, bis Sam wissen wollte, ob Alexander damals nach Kaschmir gereist war.

„Damals, als ich in Indien unterwegs war, herrschte in Kaschmir vorübergehend Waffenruhe und die indische Regierung ließ Touristen einreisen. Das konnte sich zwar jeden Tag ändern, weil die Straße nach Srinagar, der Hauptstadt Kaschmirs, teilweise entlang der indischpakistanischen Grenze verläuft und damit zwangsläufig durch unsicheres Gebiet führt. Man streifte die Gegend um Amritsar, die heilige Stadt der Sikhs, dort waren immer Unruhen zu befürchten, aber ich war damals ehrlich gesagt ziemlich unbedarft, was die politische Situation betraf.

In Neu-Delhi wohnte ich in *Ringos Guest House*, einer einfachen Unterkunft für Traveller. Die Meinungen dort, was eine Reise nach Kaschmir betraf, gingen ziemlich weit auseinander. Die einen sagten, man sollte sich nicht ins Hemd machen, die Welt sei eben nicht sicher und Kaschmir zu verpassen wäre eine Sünde. Die anderen argwöhnten, man sollte das Schicksal nicht herausfordern. Jederzeit könnten Waffenunruhen losbrechen, und die Gefahr, dass Extremisten Touristen entführten, bestand immer.

Für mich war es schwierig, eine Entscheidung zu treffen. Heute, im Spätsommer 2002, braucht man nicht zu überlegen, in der Region herrscht eine Art Dauerkriegszustand und man bekommt als Tourist kein Visum für eine Reise nach Kaschmir. Damals war es für Monate ruhig und gegen eine Änderung meiner Reiseroute sprach, dass ich nicht nur unbedingt Kaschmir sehen wollte, sondern auch Ladakh, und es gab zu jener Zeit noch keine direkte Straßenverbindung von Neu-Delhi über Manali nach Leh. Wenn man, wie ich, kein Flugticket besaß, führte der Weg über Jammu und Srinagar.

Gegen eine Reise in den Norden sprach, dass ich kein Held war, und dass von einem Besuch in Kaschmir oder Ladakh nicht meine Glückseligkeit abhing. Wie viele Menschen auf der Welt gab es, die ohne einen Besuch im Himalaja zurechtkamen. Aber ich eben nicht! Ich fuhr, und es war gut so, wenn es unterwegs auch ein bisschen heikel wurde. Meine Lebensumstände gaben den Ausschlag. Ich brauchte keine Rücksichten zu nehmen, zu Hause warteten keine Frau und keine Kinder. Meine Eltern würden mich sicher vermissen, aber für sie trug ich keine Verantwortung. Also reiste ich nach Kaschmir und folgerichtig auch nach Ladakh.

Bevor ich *Ringos Guest House* verließ, wurde ich mit Ratschlägen überhäuft, ein paar davon wollte ich beherzigen. Zum Beispiel gab mir ein Australier den Tipp, auf keinen Fall mit der Bahn durch den Punjab nach Jammu zu fahren. Die Stadt Jammu bildet den nördlichen Endpunkt des indischen Eisenbahnnetzes. Sollten sich die Spannungen im Punjab kurzfristig verschärfen, konnte ein Zug nicht ausweichen, ein Bus dagegen war in der Lage Umwege zu fahren, wenn es gefährlich wurde. Also nahm ich den Bus.

Ein zweiter Hinweis, der mir etwas wert schien, kam von Pat aus Neuseeland. Er erzählte mir, dass die Busreise von Srinagar nach Leh eine gewagte Fahrt über eine teils unbefestigte Berg- und Talpiste sei. Häufig kam es vor steil aufragenden Felsen und bodenlosen Schluchten zu brenzligen Situationen. Manchmal sei sogar ein Teil der Trasse vom Regen fortgespült und früh im Jahr, bereits ab Oktober, konnte es vorkommen, dass die Straße wegen Schneeverwehungen unpassierbar wurde. Auf einer derart verwegenen Route würde ein hinduistischer Busfahrer in ernster Gefahr auf das Nirwana hoffen, ein Moslem auf Allah vertrauen und ein Sikh würde sich fragen, wie die Lage und vor allem er selbst zu retten war. Obwohl ich fand, dass Pat ziemlich viel Aufhebens um eine Busfahrt von vierhundert Kilometern machte, wollte ich mir die Sache merken.

Ich hatte kaum eine Stunde Busfahrt auf meinem Weg nach Srinagar, Kaschmir, hinter mir, da wurde mir klar, dass man auch nach drei Monaten Indienreise noch Fehler machte. Es ging dabei nicht um einen Überfall, es betraf die Kategorie Bus, die ich gewählt hatte. Bis ins Kaschmir-Tal waren es sechsundzwanzig lange Stunden Fahrt, deswegen hatte ich nicht die billigste Klasse gewählt. Mit meinen langen Beinen wären die engen Sitzreihen der einfachsten Kategorie zur Qual geworden, also buchte ich die um eine Stufe bessere Ausstattung, die sich *Videocoach* nannte. Die Platzverhältnisse waren europäischen Körpermaßen angemessen und der Bus war mit einer Klimaanlage ausgestattet. Dem zusätzlichen Angebot, Videofilme während der Fahrt betrachten zu können, maß ich keine Bedeutung bei. Mehr als einen Tag und eine Nacht lang später, bei der Ankunft in Srinagar, war mir klar, dass ich in Zukunft eher meine Knie ans Kinn nehmen würde, als noch einmal dem vermeintlichen Luxus von Videofilmen ausgesetzt zu sein. *Videocoach*-Klasse zu fahren, bedeutete nämlich, Berieselung durch indische Billigfilme während der gesamten Busfahrt, und zwar ununterbrochen – sechsundzwanzig Stunden lang – ein Film nach dem anderen aus der indischen Filmfabrik Bombay. Das hieß Kitsch am laufenden Band. Schmachtende Liebesfilme mit wohlhabenden Jünglingen, die anmutige Frauen verehrten, untermalt von indischen Massenschlagern. Schlager sind nirgends auf der Welt ein Kunstgenuss, aber indische Schlager sind nach dem dritten unerträglich. Sie triefen vor Schmalz, sind entsetzlich eintönig und dabei so aufdringlich, dass man sie nicht überhören kann. Selbst wenn man sich noch so sehr auf ein Buch konzentriert, man kann der indischen Billigmusik nicht entrinnen.

Mit den Filmen war es noch schlimmer. Wenn bisweilen Filme aus Hollywood vor Liebe, Schmerz und heiler Welt nicht zu ertragen sind, so erfüllen Filme aus der Massenproduktion Bombays – entsprechend Bollywood genannt, den Tatbestand der Körperverletzung. Nach sechsundzwanzig Stunden *Videocoach* war ich Experte in dieser Frage. Das indische Publikum selbst nennt die Schmachtstreifen Masala-Filme, weil sie gleich den bekannten Gewürzmischungen von jedem etwas enthalten. Eine Prise Liebe, eine Prise

Tanz mit entsprechender Musik, eine Prise Action, einen Esslöffel Moral, eine Messerspitze Gewalt dürfen ebenfalls nicht fehlen, und dazu jede Menge Romanze mit einem Körnchen Erotik, allerdings nur angedeutete Erotik, denn ein gefilmter Kuss ist in Indien Pornografie. Am unerträglichsten ist an diesen Filmen, dass alle Menschen in Indien wunderschön und unermesslich reich zu sein scheinen.

Aber es gab ernstere Probleme auf meiner Reise in die Berge als die Videofilme. Sie gingen einem schließlich nur auf die Nerven, etwas anderes war es da schon, den Punjab zu durchqueren. Der Punjab ist von jeher eine der reichsten Regionen des indischen Subkontinents. Das liegt einerseits am fruchtbaren Boden und andererseits an der wirtschaftlichen Intelligenz seiner Einwohner. Trotzdem, oder gerade deswegen, müssen die Menschen dieser Region immer wieder Leid ertragen. 1947, während der künstlichen Abtrennung Pakistans von Indien, hat man eine willkürliche Trennungslinie durch den Punjab gezogen. Der westliche Teil wurde dem moslemischen Pakistan zugeschlagen, der östliche dem Vielvölkerstaat Indien. Millionen von Hindus wanderten von West nach Ost, Millionen von Moslems von Ost nach West und die Sikhs blieben, wo sie waren, ihre Heimat war teils diesseits, teils jenseits der Grenze. Es kam in jener Zeit zu unvorstellbaren Massakern, die Rachegelüste auslösten, die bis heute nicht vergangen sind. Im Gegenteil, wie im Konflikt zwischen Israelis und Palästinensern gibt einer dem anderen die Schuld, mit immer neuen Gewaltaktionen begonnen zu haben. Die Rachemotive sammeln sich über Generationen und jede der Parteien verfügt über tausend ‚gute' Gründe für eine gerechte Vergeltung.

Kurz hinter Pathankot, an der Grenze vom Punjab zum Bundesstaat Jammu und Kaschmir, hielt unser Bus plötzlich auf freier Strecke. Die beiden Busfahrer, die sich abwechselten, sprachen aufgeregt miteinander und gestikulierten dabei ängstlich. Ich saß vorn im Bus und beobachtete ihre beunruhigenden Reaktionen. Draußen war es inzwischen dunkel, im Scheinwerferlicht erkannte man mitten auf der Straße Männer, die Gewehre in die Luft hielten und unseren Bus an der Weiterfahrt hinderten. Unser Beifahrer öffnete zaudernd die automatische Tür, mir schien, er hätte sie lieber verbarrikadiert. Die Männer aus dem Dunkel schritten auf unseren Bus zu, und ich entdeckte neben den Gewehren Pistolen und Patronengürtel, am Hosenbund baumelten Gegenstände, die ich als Handgranaten identifizierte. Jetzt war es soweit! Es war doch falsch gewesen, die Fahrt nach Kaschmir zu wagen. Ich hatte Angst.

Im Fernsehapparat über dem Fahrersitz dudelte wie immer indische Schmalzmusik. Ein junges Liebespaar aus besten Verhältnissen deutete eine Umarmung an. Oben, unter dem Busdach flimmerte die heile Welt, die so in Indien wohl kaum existierte und direkt darunter ein Bild wie im Krieg. Mir flößten die vier Soldaten einen höllischen Respekt ein. Oder waren es gar Terroristen? Mit Schrecken dachte ich an eine Entführung, solche Verbrechen geschahen hier nicht selten. Ein deutscher Tourist, wie ich einer war, konnte Geld einbringen und zudem die Terrorgruppe international bekannt machen.

Die bewaffneten Männer begannen, den Bus zu filzen. Sie kontrollierten jede Sitzreihe, hoben mit ihren Gewehrläufen Rucksäcke, Koffer und Plastiktaschen an. Wie gern hätte ich verstanden, was sie sagten. Mir war nicht klar, ob es sich bei ihnen um Inder handelte, die nach Pakistani fahndeten, oder um Pakistani, die nach Indern suchten. Vielleicht waren es auch Moslems, die hinduistische Spione auftreiben wollten, oder Hindus, die nach moslemischen Agenten spähten. Oder waren es Sikhs, die grundsätzlich ihr eigenes Süppchen kochten? Im Grenzgebiet Indien-Pakistan wusste man nie genau, mit wem man es zu tun hatte, und ich schon gar nicht!

Ehrlich gesagt waren mir die indischpakistanischen Querelen und die Sorgen der Sikhs in diesem Moment einerlei, mir war wichtig, dass die Waffenfetischisten möglichst schnell wieder verschwanden. Aber diesen Gefallen taten sie mir nur zur Hälfte – zwei stiegen aus, zwei blieben. Bevor unser Bus sich auf ein Zeichen ihres Anführers wieder in Gang setzte, schaltete der zweite Fahrer den Fernseher aus. Unsinnigerweise blitzte in mir der Gedanke auf, dass der Besuch der Miliz in diesem Punkt segensreich war. Aber ich hatte diesen läppischen Gedanken kaum zu Ende gedacht, da klopfte einer der Bewaffneten mit der Gewehrspitze an die Mattscheibe. Er war ein Fan von Bollywood. Der Kasten sollte anbleiben.

Bis Jammu fuhren wir unter Begleitschutz oder unter Bewachung oder wir waren entführt, ganz wie man es sah und die Sache ausging. In Jammu verließ uns das indische Militär, wie uns einer der Busfahrer erklärte, als sie uns draußen zur Weiterfahrt aufforderten. Ich war nicht der einzige, der tief durchatmete. Einige der Passagiere im Bus wirkten bleich. Was immer sie zu befürchten hatten, es war überstanden.

Ab Jammu verließen wir das indischpakistanische Grenzgebiet und fuhren ins Landesinnere des indischen Nordzipfels. Uns allen wurde wohler. Die Straße begann sich zu schlängeln, und der Bus stieg in niedrigen Gängen die Berge hinauf. Die Sonne erhob sich hinter den östlichen Hügeln, und wir durchquerten eine fruchtbare Landschaft, umringt von den schneebedeckten Gipfeln der Siwalik- und der Pir-Panjal-Kette. Wir durchfuhren den Jawahar-Tunnel, an dessen Ende wir in das weite, grüne Kaschmir-Tal eintauchten. Vom wunderbaren Bild dieser fruchtbaren Ebene am Ausgang des Tunnel überrascht zu werden, gehörte zu einem jener Momente im Leben, deretwegen sich manche Mühsal und manches Risiko lohnen. Die Schönheit Kaschmirs ist Legende und nichts daran ist übertrieben.

Wir erreichten das Ufer des Jhelum, dem wir bis Srinagar folgen würden und rasteten in einem kleinen Dorf. In einer Garküche schien man darauf eingerichtet zu sein, von einer auf die andere Minute hungrige Mäuler stopfen zu müssen. Es gab Dhal, den dicken Linsenbrei mit Curry gewürzt und dazu frisches Chapati. Die Brotfladen wurden in einem mannshohen halbkugeligen Lehmofen gebacken. Durch die Ofenklappen sah man in die lodernden Flammen. Der einfache Mehl-Wasserteig wurde platt geklopft und auf breite Stangen gelegt. Dann öffnete man den Feuerschlund und schlug die Fladen an die Innenwand des Ofens. Die klebrigen Scheiben blieben hängen, und nach und nach wurde die Halbkugel mit ihnen austapeziert. Rechtzeitig, damit der durchgebackene Teig nicht ins Feuer fiel, wurden die fertigen Chapatis mit den breiten Blechenden der Stangen abgekratzt und mit einer geschickten Drehung aufgefangen. Das alles ging so rasend schnell und so behände, dass keines der Brote in der Glut landete und dort verkohlte. Mit frischgebackenem Chapati Linsenbrei zu löffeln ist ein köstliches Mahl, und wenn man sich einigermaßen an die scharfen südindischen Speisen gewöhnt hat, kommen einem die nordindischen Gerichte mild vor.

Trotz aller Sorgen vor der Reise in den Norden kam ich wohlbehalten in Kaschmirs Hauptstadt an. Das Stadtbild von Srinagar wird von mehreren Moscheen beherrscht, denn hier ist der Islam die dominierende Religion, Hindus und Buddhisten bilden die Minderheit. Das riesige Kaschmir-Tal liegt malerisch eingebettet zwischen den Ausläufern der beiden höchsten Gebirge der Welt, dem Himalaja und dem Karakorum. Im Zentrum des Tales schmiegt sich Srinagar an den Dal-See und wird durchzogen von dem sich schlängelnden Jhelum, der hier gen Norden fließt, aber tausend Kilometer flussabwärts über den Chenab in den Indus mündet.

Als unser Bus an seiner Endstation hielt, atmete ich tief durch. Bis hierher war alles gut gegangen. Wie nicht anders zu erwarten war, empfingen uns Schlepper an der Haltestelle. Jeder von ihnen hatte das beste, schönste und preiswerteste Hausboot zu bieten, das es überhaupt auf dem See gab. Die Hausboothotels auf dem Dal-See gehören zu Srinagars Touristenattraktionen. Diese Eigenheit hat die Hauptstadt ihren einheimischen Herrschern im neunzehnten Jahrhundert zu verdanken, denn sie untersagten ihren Untertanen strikt, Land an die fremden Engländer zu verkaufen. Die britische Weltmacht hatte zwar zu jener Zeit weitgehende Teile Indiens erobert, aber im Paradies Kaschmir waren sie nur Erholungsgäste. Ohne eigenen Grund und Boden konnten sie keine eigenen Häuser bauen, das war die Ausgangslage der Engländer, als sie auf die Idee kamen, Hausboote zu konstruieren. So umgingen sie die restriktive Politik von Kaschmirs Herrschern. Es entstanden Hausboote in allen Varianten, manche klein und schlicht, andere luxuriös wie schwimmende Paläste. Heutzutage sind die meisten von ihnen Hotels.

Ich folgte Abdul, einem Moslem etwa in meinem Alter. Er besaß ungelogen, bei der Ehre seiner Mutter, das allerschönste Hausboot von allen, dabei war es, beim Leben seines Vaters, so preisgünstig wie kein anderes, ganz ehrlich. Ich ging davon aus, dass Abdul eine Vollwaise war, aber er war mir auf den ersten Blick sympathisch.

Das Boot hieß *Dal-Queen* und hatte seine besten Jahre lange hinter sich. Wie es aussah, tippte ich, dass es zu den ersten auf dem See gehört hatte. In einem kleinen Kahn näherten wir uns der Königin des Sees. Abdul hatte uns durch ein verwirrendes System von Wasserstraßen gerudert, in denen überall Hausboote in langen Reihen ankerten. Die *Dal-Queen* zeigte mit dem Bug auf den See, das Heck steckte im dichten Gestrüpp. Auf dem Sonnendeck döste ein Mann, ein Europäer oder ein Amerikaner mit wettergegerbter Haut und weißblondem Vollbart. Über eine schmale Holztreppe an der Bordwand stiegen wir aufs Boot und Abduls Frau empfing mich herzlich. Sie zeigte auf einen Sitzplatz in der Bugspitze, dort sollte ich es mir bequem machen, während sie sofort wieder verschwand. Einen Augenblick später kehrte sie mit starkem Kaffee zurück, den ich dankbar annahm. Ich fühlte mich zerschlagen von den Reisestrapazen und blinzelte über das glitzernde Wasser. Aber auf Ruhe musste ich noch ein wenig warten, Abdul hatte noch ein paar wichtige Dinge mit mir zu besprechen.

‚You have a sleepingbag?'

Selbstverständlich besaß ich einen Schlafsack. Mein dünner Jugendherbergs-Schlafsack begleitete mich seit Wochen durch Indien, allerdings war es nicht mehr als ein Bettbezug, der mir bislang ausreichende Dienste geleistet hatte. Ich antwortete Abdul, aber er blieb skeptisch, wohl, weil er keinen Schlafsack sah, sondern nur meinen Rucksack.

‚In there?'

Ich nickte, aber etwas passte Abdul nicht. Schließlich wechselte er das Thema und fragte, ob ich in die Berge wandern wollte. Eine gute Idee, bloß meine Müdigkeit ließ es im Moment nicht zu, mich mit diesem Thema näher zu befassen. Ich vertröstete Abdul auf den nächsten Tag und bat ihn, mir mein Zimmer zu zeigen. Es war erst später Nachmittag, aber ich war entschlossen, mich ins Bett zu legen. Die durchwachte letzte Nacht im Bus forderte ihren Tribut.

Abdul zeigte mir meine Kajüte, setzte sich auf das Bett und wippte ein paar Mal auf und ab. Er demonstrierte die Qualität der Matratze.

‚Best quality!'

Wahrscheinlich die beste Qualität in ganz Indien, beim Augenlicht seines Großvaters.

Abdul öffnete den Schrank und wies auf einen Stapel Decken, falls ich welche benötigte. Wieder warf er einen skeptischen Blick auf meinen Rucksack. Ich fragte mich, was der Unsinn mit den Decken sollte, mir war warm. Inzwischen wies Abdul auf eine Holzkommode, dort standen eine Schale und ein Porzellankrug.

‚This is good water. Not from the lake.'

Ich wäre nie auf die Idee gekommen, das klare Wasser im Krug für Seewasser zu halten, draußen vor meinem Fenster tanzten die wunderschönen Seerosen in einer braunen Brühe. Die Führung ging weiter zur Toilette. Auf das stille Örtchen war ich gespannt. In Deutschland säße man sicher auf einem dieser Kästen, deren zyanblaue Chemikalie im Tank jede Bakterie in Angst und Schrecken versetzte. Abdul öffnete die Holztür – nichts Besonderes, eine winzige Kammer mit einem Plumpsklo und einem Öllämpchen. Unter diesem Klo konnten sich jedenfalls keine Schweine suhlen. An einem Haken hing in Stücke gerissenes Zeitungspapier. Ich nickte Abdul zu und ging zurück in meine Kajüte. Es war sechs Uhr abends, ich ging zu Bett.

Mitten in der Nacht weckte mich ein fremdes Gefühl – ich fror. Wie immer in den letzten Wochen war ich nur mit einem T-Shirt bekleidet in meinen dünnen Schlafsack gekrochen. Die meiste Zeit war mir sogar dieses Stück Baumwolle zu viel gewesen, aber jetzt war es eindeutig zu wenig. Fröstelnd suchte ich nach den Decken im Schrank. Es dauerte eine Weile, bis meine Körpertemperatur wieder so weit gestiegen war, dass ich einschlief. Aber der Schlaf währte nicht lange, wieder wurde ich geweckt. Diesmal war es nicht die Kälte, diesmal war es ein seltsames Geräusch, es jagte mir instinktiv Angst ein. Aufrecht sitzend horchte ich eine Weile – nichts. Vielleicht hatte ich schlecht geträumt?

Kaum lag ich wieder, eingehüllt in die Decken, hörte ich ein Wummern, danach ein Pfeifen und schließlich einen Knall. Der Lärm schien mir weit entfernt zu sein, aber diesmal war ich so wach, dass ich nicht an eine Sinnestäuschung glaubte. Ich begriff nicht, was das für Geräusche gewesen sein sollten, aber da war wieder dieses mulmige Gefühl. Ich sprang aus dem Bett und wollte aus dem Fenster sehen. Es war ein richtiges Holzfenster, kein Bullauge. In meinem Eifer hatte ich die eisige Kälte für einen Moment vergessen. Das Fenster war beschlagen, ich konnte nichts sehen, also drehte ich den Griff, zog daran, aber es rührte sich nichts. Ich ruckelte und riss daran, schließlich sprang es mit einem Knistern auf. Herrje! Die Scheiben waren nicht beschlagen sondern vereist und die Scharniere eingefroren.

Ich hatte natürlich von dem Klimawechsel gelesen, aber ich war so erschöpft, dass ich einfach nicht daran gedacht hatte. Selbst Abduls Skepsis hatte mir nicht auf die Sprünge geholfen. Zwei Tage zuvor hatte ich in Neu-Delhi noch bei vierzig Grad im Schatten geschwitzt und jetzt fror ich bei Temperaturen unter dem Gefrierpunkt. Als ich am Tage in der Sonne in Srinagar angekommen war, war es zwar nicht heiß aber angenehm warm. Dass es in der Nacht frieren könnte, auf die Idee war ich einfach nicht gekommen. Als ich frierend am Fester stand wurde mir klar, warum Abdul mich wegen eines Schlafsackes angesprochen hatte. Er hatte die typische Rolle der Touristen nicht an meinem Rucksack entdeckt und wollte mir wohl einen verkaufen.

Ein kurzes Leuchten am Himmel riss mich aus meinen Gedanken, gleich darauf folgte ein Knall. Ohne jemals

Kriegszeiten erlebt zu haben, war mir klar, diese Lichter und die Knallerei stammten nicht von einem Gewitter, sondern von Granaten, Kanonen oder ähnlichem. Es wurde also ernst! Kampfhandlungen waren nicht mehr reines Hörensagen, sondern hatten mich aus dem Schlaf geweckt. Ich beruhigte mich damit, dass sich die Gefechte in einiger Entfernung abzuspielen schienen. Bis zum Morgen wurde ich noch zweimal von Schüssen geweckt, aber soweit ich es beurteilen konnte, waren die Kämpfe nicht näher gerückt.

Beim Frühstück lernte ich Greg kennen, den Mann, der bei meiner Ankunft auf dem Sonnendeck gedöst hatte. Wir aßen zusammen, und ich merkte sofort, dass er kein Greenhorn war.

‚Hier ist immer etwas los. Keine Woche ohne Schießereien. Gestern Nacht, das war gar nichts. Letzte Woche war es schlimmer.'

Tröstlich, dachte ich und wollte wissen, wer gegen wen kämpft. Aber Greg blieb mir eine konkrete Antwort schuldig. Moslems gegen Hindus, Hindus gegen Sikhs, Sikhs gegen Muslims, Pakistani oder Kaschmiris gegen Inder, Moslems unter sich, ich durfte mir etwas aussuchen. Falls ich empfindlich sei, sollte ich mich lieber davonmachen. Aha! War es empfindlich, wenn man sich um kriegerische Aktionen Gedanken machte, die quasi einen Steinwurf entfernt waren? Ich kam nicht dazu, Gregs Kommentar zu erwidern, denn Abdul erschien bestens gelaunt im Esszimmer. Bevor er etwas sagen konnte, fragte ich ihn nach den nächtlichen Schüssen.

‚Don't worry!'

Das war Abduls Kommentar, mehr nicht, dann kam er

aufs Trekking zu sprechen. Sein Schwager sei einer der besten Führer des gesamten Kaschmir-Tals, wenn nicht der Beste überhaupt. Obwohl er immer ausgebucht sei, wollte Abdul sehen, was er für mich tun konnte. Mir fielen die ausgebuchten Flüge von Colombo nach Trivandrum ein, die besten Kokosnüsse von Kerala, der schönste Strand der Welt, das schönste Hausboot, alles war immer bestens. Aber Abdul brauchte nicht mit mir über das Thema Trekking zu verhandeln, das war mir in dieser Gegend zu unsicher. Durch Berge zu wandern, wo hinter jedem Felsvorsprung ein Freischärler stecken konnte, war nicht meine Sache. Weil es mich interessierte, erkundigte ich mich trotzdem nach dem Preis.

‚Only 270 Dollar!'

Greg hustete laut, er hatte sich an seinem Marmeladentoast verschluckt. Abdul strafte ihn mit einem grimmigen Blick, während ich verständnislos vom einen zum anderen sah. Was war los? Ich fand die Summe angemessen, schließlich handelte es sich um eine mehrtägige Tour zum Kolahoi-Gletscher, eine ähnliche Unternehmung hätte in den Alpen sicher ein Vielfaches gekostet. Greg erklärte seinen Hustenanfall nicht und machte sich stattdessen über seinen Porridge her. Ich dankte Abdul für das Angebot und kam auf einen Schlafsack zu sprechen.

‚Kein Problem!'

Er beugte sich zu mir herunter und flüsterte mir plötzlich direkt ins Ohr. Greg lächelte amüsiert.

‚Mein Schwager hat ein Geschäft, er verkauft Schlafsäcke, gefüllt mit den feinsten Daunen. Ich werde einen guten Preis für dich aushandeln.'

Ich zeigte verhaltenes Interesse und verschob die Sache auf später. Erst wollte ich zu Ende frühstücken, sagte ich Abdul. Vor allem aber wollte ich Greg zu diesem Thema befragen, nachdem Abdul das Zimmer verlassen hatte. Greg war kein übler Kerl, vielleicht etwas wortkarg, aber gegen Ende unseres Frühstücks begann er zu erzählen, ohne dass ich ihn dauernd löchern musste. Für einen unerfahrenen Rucksacktouristen wie mich gab es nichts Besseres, als auf einen erfahrenen Abenteurer zu treffen. So einen Mann musste man sich warm halten, denn Leute wie Greg konnten eine wahre Goldgrube an guten Tipps sein. Ich schätzte ihn ein paar Jahre älter als mich ein, vielleicht Mitte dreißig, allerdings konnte sein Vollbart täuschen.

‚Solche Touren, wie Abdul sie vorgeschlagen hat, bekommst du hier leicht für fünfzig Dollar. Er hat dir einen Phantasiepreis für Ahnungslose genannt. Kaschmiris sind Geschäftsleute durch und durch. An jeder Ecke haben sie einen Bruder, einen Schwager, einen Vetter, einen Sonstwas, der Sachen zu scheinbar günstigen Preisen anbietet. Merke dir, das Erste woran ein Kaschmiri denkt ist – Geld, das Zweite ist – Geld und das Dritte ist – Geld! Dann kommt eine Weile gar nichts und dann kommt wieder Geld. Genauso ist es mit dem Schlafsack. Willst du wirklich einen kaufen?‘

‚Eigentlich wollte ich nur einen leihen, denn ich werde ihn höchstens zwei bis drei Wochen brauchen, dann bin ich wieder in wärmeren Gegenden.‘

‚Dann leih dir einen und lass dich nicht zum Kauf überreden. Es gibt genügend Leute, die dir einen gegen Geld überlassen, dafür brauchst du Abdul nicht unbedingt.‘

Still aßen wir eine Weile weiter. Ich dachte darüber nach, wie schnell sich meine Reise veränderte. Plötzlich war die feuchte Schwüle verschwunden. Die Berge ringsherum waren schneebedeckt. Nichts war sicher hier, bis auf die Unsicherheit, und überall, so schien es mir, lauerte ein Geschäft oder ein Geschütz. Eigentlich hatte ich vorgehabt, zwei, drei Wochen in Nordindien zu bleiben, und in dieser Zeit hatte ich neben Kaschmir auch Ladakh besuchen wollen. Andererseits, wenn mir hier nicht wohl war, sollte ich vielleicht lieber zurück nach Delhi fahren und von dort aus in die Gangesregion und nach Westbengalen reisen. Auf diese Weise hätte ich mehr Zeit für Benares und Kalkutta. Greg las offensichtlich meine Gedanken.

‚Ich würde dir nicht raten, hier in Kaschmir zu bleiben. Wenn du die Bergregion genießen willst, fahre nach Ladakh, dort ist es ruhig, solange du nicht zu dicht an die chinesische Grenze gerätst. In Ladakh kannst du gefahrlos herrliche Bergtouren unternehmen.‘

Das war eine gute Lösung. Greg gab mir eine Adresse in Leh. Damals kannte ich Sonam noch nicht, und ohne Empfehlung würde ich wohl kaum ein Zimmer bei ihm bekommen, meinte Greg. Ich sollte Sonam vom *broccoliman* grüßen. Ihr wisst inzwischen, was es damit auf sich hat.

Greg arbeitete als Trekkingführer, er war gerade dabei, eine Gruppe zusammenzustellen, die durch das Zanskar-Tal wandern wollte. Damals war das noch eine außergewöhnliche Unternehmung. Er arbeitete mit einer amerikanischen Reisefirma zusammen und führte deren Kunden in die Berge. Die Sache brachte ihm das Geld zum Leben. Die reichen Yanks, seine Landsleute, sollten ruhig bezahlen.

Eine Tour kostete sie über das Reisebüro dreitausend Dollar, die meisten fanden es preiswert, und Greg verdiente pro Person dreihundert Dollar, dabei hätte er den Trip für dreißig Dollar anbieten können und hätte immer noch etwas dabei verdient.

Greg und ich rauchten eine Zigarette, als Abdul seinen Kopf in die Tür steckte, er wollte los in die Stadt. Wenn ich kein Extra-Boot bezahlen wollte, sollte ich mich beeilen. Ich versicherte ihm, dass ich in wenigen Minuten abfahrbereit wäre und verschwand Richtung Plumpsklo. Normalerweise kontrollierte ich seit meiner Erfahrung in Goa automatisch mit einem kurzen Blick, ob Schweine auf meine Verdauungsreste warteten. In der Eile vergaß ich es diesmal, wahrscheinlich hatte mein Unterbewusstsein das Schiffsleben bereits abgespeichert und meine Phobie reichte nicht so weit, dass ich mit Wasserschweinen rechnete.

In meiner Ahnungslosigkeit erging es mir ähnlich wie in Goa. Kaum hatte ich meinen Darm erleichtert, sprang ich, wie vor Wochen bei den Cabrals, aus dem Sitz. Diesmal hörte ich kein Grunzen und Schmatzen, diesmal spritzte mir etwas Kaltes, Nasses an die Pobacken. Es dauerte einen Wimpernschlag, bis ich begriff. Das Feuchte war nicht etwa die Schnauze eines Schweins, wie ich wohl für den Bruchteil einer Sekunde befürchtet hatte – das Feuchte war Wasser. Natürlich Seewasser! Ich saß auf einem Plumpsklo! Ich weiß nicht, womit ich gerechnet hatte, aber unter dem Plumpsklo gab es keinen Fäkalientank oder ähnliches, unter dem Klo war der Dal-See. Bei dem, was ich gelegentlich als Treibgut um die Boote herum schwimmen sah, hatte ich bereits einen Verdacht in diese Richtung gehabt, allerdings hatte ich nicht glauben wollen, dass die Fäkalienentsorgung tatsächlich derart einfach war. Der berühmte Dal-See im noch berühmteren Kaschmir-Tal! Wie konnten sie nur? Schließlich war der See nicht nur Verkehrsweg, sondern auch Bade- und Waschplatz.

Abduls Hinweis, dass das Wasser im Krug kein Seewasser sei, fiel mir wieder ein, dieser Service bedeutete viel mehr, als ich bisher angenommen hatte."

Bill und Sam lachten, während Henry sich an seine eigenen Erfahrungen auf dem Dal-See erinnerte.

„Abdul und ich ruderten gemeinsam Richtung Stadt. In den engen Geschäftsgassen der Altstadt wimmelte es von Abduls Verwandtschaft. Der Schneider – sein Schwiegervater; die Autowerkstatt – sein Vetter; der Bäcker – sein Bruder, schließlich das kleine Geschäft für Trekkingbedarf – sein Schwager. Ali, der Bruder von Abduls Frau, war sehr nett, sogar überschwänglich, und er wusste bereits, worum es ging. Er bedauerte zutiefst, dass er grundsätzlich keine Schlafsäcke verleihe, er betreibe einen reinen Verkaufsladen. Er zeigte mir eine beachtliche Kollektion an Expeditionsgut – mit stattlichen Daunenschichten und ebenso stattlichen Preisen. Trotz der ausgezeichneten Ware schüttelte ich beharrlich den Kopf, was sollte ich mit einem teuren Schlafsack, wenn ich zwei bis drei Wochen später in die Hitze der Gangesebene reiste. Ich setzte dem Handel ein Ende.

‚Wenn dein Schwager keine Schlafsäcke verleiht', sagte ich zu Abdul, ‚habe ich hier nichts verloren. Ich werde mir die Stadt ansehen.'

Ich fügte hinzu, dass er nicht auf mich zu warten bräuchte, ich würde mir ein Boot zurück zur Dal-Queen mieten. Kaum war ich an der Tür, sprang Schwager Ali aufgeregt auf.

‚Weil du ein Freund meines Schwagers bist, mache ich eine Ausnahme für dich. Ich bin zwar Händler und kein Verleiher, aber was macht das schon bei Freunden des Ehemanns meiner Schwester?'

Alles hohles Geschwätz, trotzdem fragte ich nach der Leihgebühr. Ali nannte einen moderaten Betrag. Greg hatte mich in die üblichen Preise eingeweiht. Ich drückte den Betrag um ein paar weitere Rupien und verabschiedete mich. Abdul wollte den Schlafsack für mich mitnehmen.

Für einen Bummel durch die Gassen von Srinagar war das Wetter lästig. Wanderte ich in der Sonne, wurde mir schnell zu warm, und ich schwitzte, wechselte ich auf die andere Straßenseite in den Schatten, wurde es kühl. Die Temperaturunterschiede waren verblüffend. Vier Tage zuvor wäre ich am liebsten in Badehose durch Agra spaziert, jetzt hatte ich mir einen Schlafsack mit Daunenfüllung geliehen.

Viele Geschäfte waren auf Trekker und Kletterer eingerichtet, dort besorgte ich mir warme Kleidung für Leh. Srinagar liegt 1800 Meter hoch, Ladakh durchschnittlich zweitausend Meter höher, es erwarteten mich kühle Tage und kalte Nächte. Ich kaufte ein paar feste Bergstiefel und eine Funktionsjacke, die Teil der Ausrüstung einer K2-Expedition gewesen waren – falls diese Geschichte des Verkäufers keines der üblichen verkaufsfördernden Märchen war. Die Sachen waren gebraucht, aber kaum beansprucht. Greg klärte mich später darüber auf, dass die Sachen tatsächlich zu einer Expeditionsausrüstung gehört haben konnten, in dieser Gegend vor allem für Gipfelbesteigungen des K2 und des Nanga Parbat. Aber ich durfte mir das nicht so vorstellen, dass die Bergsteiger zu den Händlern gingen und die Sachen gebraucht verkauften. Zelte, Schlafsäcke, Stiefel, Jacken und dergleichen wurde nach dem Ende der Expedition häufig als Ballast abgeworfen und später wurde der Edelmüll von den Einheimischen nach Brauchbarem durchsucht.

Gott sei Dank sind heutzutage die Auflagen strenger geworden. Jede Expedition ist für ihren Müll verantwortlich und es gibt empfindliche Strafen für diejenigen, die sich nicht daran halten, denn der Himalaja und das Karakorum drohten zu Müllhalden zu verkommen.

Zurück am See bestieg ich eine *Shikara* und buchte eine Seetour. Selten hatte ich mein Geld besser angelegt. *Shikaras* sind luxuriöse Wassertaxis auf dem Dal-See, teilweise kunstvoll gebaute Boote, die den Gondeln in Venedig ähneln. Mein Sitz war mit weichen Plüschkissen ausgelegt, die hatten zwar ihre beste Zeit hinter sich, eigneten sich aber wunderbar zum Ausstrecken. Halb sitzend, halb liegend ließ ich mich über den See schippern, der in der Sonne glitzerte, vorbei an schwimmenden Gärten. Weiter draußen tauchten wir in ein Blütenmeer ein. Wie auf kleinen Kanälen führte die Bootstour durch Felder aus Tausenden von Lotusblüten in Gelb und Rot hindurch.

Später legten wir auf meinen Wunsch längsseits eines schwimmenden Kiosks an. Ich kaufte mir einen Becher Kaffee, den es in der muslimischen Region wieder problemlos gab, dazu englisches Gebäck und Schweizer Schokolade. Ich wies meinen Shikaraführer an, aufs offene Wasser hinauszufahren, und das Paddeln einzustellen. So trieb ich in der warmen Sonne in absoluter Stille, am Fuße schneebedeckter Berge des Karakorum und des Himalaja. Irgendein großer Mogul hatte auf seinem Sterbebett geseufzt: Nur Kaschmir! Lang ausgestreckt auf meiner *Shikara* konnte ich diese letzte Schwärmerei nachvollziehen. Kaschmir, insbesondere Srinagar, hatte etwas vom Paradies und das Tal war wie gemalt.

Trotz aller Schönheit verließ ich Srinagar zwei Tage später. Die Gegend blieb unsicher. Früh morgens um halb sechs stand ich an der Bushaltestelle nach Leh. In der Ferne hörte man die letzten Böller der nächtlichen Kämpfe, sie erleichterten mir den Abschied. Die Busse wurden nach Bedarf eingesetzt, für diesen Morgen wurde ein Konvoi von vier Bussen zusammengestellt, alle fuhren in die karge Bergwelt der Region Ladakh. Selbstverständlich dachte ich an den Tipp, der sich auf die Religionszugehörigkeit der Busfahrer bezog: Wenn du mit dem Bus nach Leh fährst, suche dir einen Bus, der von einem Sikh gelenkt wird!

Die Tickets sagten nichts darüber aus, in welchen Bus ich einzusteigen hatte, also ging ich die Busse ab und hielt nach den Fahrern Ausschau. Ich erkannte zwei Moslems an ihren *Gefiyas*, den typischen Kappen. Am dritten Bus stand ein Hindu, er trug den typischen gewickelten Rock und ein dünnes weißes Kragenhemd, mich fror bei seinem Anblick. Die drei verließen sich also in brenzligen Situationen auf Allah oder fanden sich mit dem Nirwana ab, nichts für mich. Im vierten Bus saß tatsächlich ein Sikh auf dem

Fahrersitz und notierte etwas auf einem Zettel. Das war mein Mann! Sikhs verließen sich auf sich selbst und auf ihren Instinkt, sie wollten überleben, und das war mir sympathisch. Ich schulterte meinen Rucksack, auf den ich meinen Leihschlafsack geschnallt hatte, bestieg den Bus und wählte den Mittelplatz auf der hintersten Sitzbank, so konnte ich während der langen Fahrt meine Beine ausstrecken.

Als ich mich gerade eingerichtet hatte, verließ der Sikh den Bus, bestieg den nebenan und der Hindu von nebenan nahm Platz in meinem. Ein Hindu als Fahrer war die allerschlechteste Variante. Ich murmelte irgendetwas vor mich hin, als ob es jemanden interessierte, was ich trieb und verließ den Bus. Der Sikh saß jetzt im Nachbarbus hinter dem Steuer, und bevor ich mir aufs Neue einen Sitzplatz suchte, fragte ich ihn, ob er genau diesen Bus nach Leh fahren würde. Er sah mich an, wie es sich für einen Sikh gehörte, in kerzengerader Haltung, ohne eine Gemütsregung, mit gelangweilter Miene und nickte. Diesmal wählte ich den Sitz neben dem Fahrer, so konnte ich schneller auf Veränderungen reagieren und meine Beine ab und zu in den Treppenaufgang hängen lassen.

Zehn Minuten später klopfte der kalte Dieselmotor des Busses im Leerlauf, der Mann mit dem Turban quälte weithin hörbar den Schaltknüppel in den ersten Gang und die längste Achterbahnfahrt meines Lebens begann. Den fernen Schüssen von Kaschmir entrann ich, um in die bergige, wüste, vereiste, unerschlossene Welt des Himalaja einzutauchen – auf Straßen, die keine waren, über Berge hinweg, die höher waren als die meisten Alpengipfel und an Schluchten entlang, die tiefer waren, als ich es mir je hätte vorstellen könne.

Ich wusste damals nicht, dass meine Indienreise sehr bald zu Ende gehen würde und ein neues Leben für mich begann. Ich fuhr zum ersten Mal in die Region Ladakh, das Land, das neben Nepal zu meiner Heimat geworden ist.“

14

Am nächsten Tag, während die Männer über Pässe stiegen und Täler durchwanderten, diskutierten sie im Frieden der einsamen ladakhischen Berge über den Sinn von Kriegen. Am Ende des Tage mussten sie feststellen, dass es mit ihnen war wie mit den Politikern der Welt: Sie konnten sich nicht einig werden, ob und unter welchen Voraussetzungen Kriege erlaubt waren. Verständigen konnten sie sich darauf, dass der Mensch zu leichtfertig zu den Waffen griff, um Probleme zu lösen. Mit dem Schlusssatz, dass die Schwelle zur Kriegsbereitschaft zu niedrig lag, brachten Bill, Sam, Henry und Alexander den Tag zu Ende. Mitunter hatten sie so hitzig argumentiert, dass die dünne Luft in vier- oder fünftausend Metern Höhe knapp wurde. Einig waren sie sich auch, dass nicht viel Gutes blieb, wenn man an die deutsche und amerikanische Kriegsgeschichte dachte.

Tags darauf verließen die vier die Region um den Zanskar und begaben sich auf den letzten Teil ihrer Wanderung. Drei Tagesmärsche waren es noch bis ins kleine Dorf Stok, meinte Alexander und von dort war Leh nur fünfzehn Straßenkilometer entfernt. Auf ihrem Weg nach Stok über das Dorf Markha und den mehr als fünfeinhalbtausend Meter hohen Golep Kangri, berichtete ihnen Alexander vom letzten Teil seiner ersten Indienfahrt. Er begann mit der Busreise von Srinagar über Kargil nach Leh, einer Fahrt von zweimal zwölf Stunden, das hieß zwei volle Tage halsbrecherischer Busfahrt für eine Strecke von gut vierhundert Kilometern.

„Manchmal waren die Spitzkehren so eng, dass der Bus vorne über die Straßengrenze hinausragte. Auf meinem Platz sah ich durch die Fenster der Bustür erst wieder Grund unter den Füßen, wenn der Fahrer am Lenkrad kurbelte und die nächste Haarnadelkurve in die Gegenrichtung nahm. Kurz hinter Sonamarg endete die asphaltierte Strecke und die Straße wurde noch schmaler. Ich fragte mich, wie auf einer derartig engen Piste zwei Autos aneinander vorbeikommen sollten, und das an diesen Abhängen ohne den geringsten Seitenschutz. Ich bekam meine Antwort. In Sonamarg fuhren wir auf einen Parkplatz. Die Busfahrer stiegen aus und betraten eine Teestube, ihre kurze Erklärung lautete: Anderthalb Stunden Pause. Die Einheimischen kannten das offenbar, die Touristen sahen sich perplex an. Gut, die Busfahrer brauchten eine Rast, die Fahrt war anstrengend und kräftezehrend, das war klar. Also besorgte ich mir ein großes Glas Tee und packte mein Früchtebrot aus, das ich bei einem deutschen Bäcker in Srinagar gekauft hatte. Es schmeckte süß von den getrockneten Aprikosen und Nüssen. Als etwa die Hälfte der angekündigten Pausenzeit vergangen war, wirbelte eine Lastwagenkolonne auf der Straße oberhalb unseres Rastplatzes Staub auf. Sie kam aus Richtung Leh und hielt Kurs auf Sonamarg. Sie schlängelte sich den Berg hinunter, bis sie schließlich Richtung Srinagar an uns vorbeibrauste.

Kurze Zeit später winkten uns unsere Fahrer in die Busse zurück, obwohl erst eine Stunde vergangen war. Die Lösung des Rätsels war, dass die Strecke hinauf zum Zoji-La, einem Pass in dreitausendfünfhundert Meter Höhe, tatsächlich einspurig war. Entweder gab es eine Abmachung, wann welche Richtung zu befahren war, oder es gab eine Funkverbindung, von der ich nichts mitbekommen hatte. Jedenfalls stiegen wir mit unseren Bussen den Berg hinauf, und als wir den Zoji-La überquerten, verließen wir das Tal von Kaschmir und erreichten die Region Ladakh.

Es war dunkel, als wir am Abend Kargil erreichten und die erste Tagesetappe nach beinahe zwölf Stunden Fahrt endete. Zweihundert Kilometer Richtung Leh waren geschafft und am nächsten Morgen sollte es weiter gehen. Kargil, nach Leh die zweitgrößte Stadt Ladakhs, ist ein karges Nest aus grauen Häusern, eingebettet in kahle Berge. Der Ort wirkte so lieblos, als sei er mit seinem Dasein als reine Zwischenstation zufrieden. Selbstverständlich wartete eine Gruppe einheimischer Jungen an der Bushaltestelle, aber es gab keinen Konkurrenzkampf, sie waren nur dazu da, die Leute aus den Bussen gleichmäßig aufzuteilen. Unsere Nachtlager waren so wie der ganze Ort, einfach, lieblos und kalt, es ging nur um ein paar Stunden Schlaf.

Am nächsten Morgen trafen sich alle wieder auf dem Busparkplatz, die zweite Etappe auf dem Weg nach Leh konnte beginnen. Ein geschäftstüchtiger Dorfbewohner war so klug, heißen Tee anzubieten, dazu gab es Chapati. Aus meinem Rucksack zauberte ich ein kleines Glas Honig aus Srinagar. Nach diesem opulenten Frühstück ging es weiter, wiederum waren zwölf Stunden bis Leh vorgesehen. Die zweite Etappe der Karussellfahrt in den ladakhischen Bergen begann.

Etwa nach der Hälfte der Strecke passierten wir Lamayuru, das berühmte tibetanische Kloster mit seiner spektakulären Lage tief in felsigen Einschnitten. Umgeben von steilen Berghängen, ist es fast verschmolzen mit seiner Umgebung. Wie konnte man vor tausend Jahren in solch einer unwirtlichen Landschaft eine derartige Klosteranlage bauen? Mir war und ist das ein Rätsel! Wenn wir in Leh sind und noch genügend Zeit haben, fahren wir mit dem Jeep dorthin und besichtigen das Kloster, einverstanden?"

Bill, Sam und Henry nickten. Ladakhische Klöster zu besichtigen hatte etwas Feierliches und wegen der freundlichen Mönche war es meist ein Vergnügen. Sie erinnerten sich an das Kloster Thikse, zwanzig Kilometer südöstlich von Leh, das sie besucht hatten, bevor sie auf ihre Trekking-Tour gestartet waren. Das imposante Klostergebäude lag auf einem Hügel, an dessen Hang die Mönchsquartiere gebaut waren. Sie stiegen den Pfad zum Kloster hinauf und wurden von buddhistischen Mönchen willkommen geheißen. Thikse, ein Großkloster mit über hundert Mönchen, thront wie eine Burg über dem Industal. Die vier Besucher durften sich frei auf dem Gelände bewegen und alles ansehen. Im Gebäude steht die berühmte Buddhafigur des Gelbmützenklosters, die über drei Stockwerke reicht. Die Mönche mit den gelben Mützen vertreten eine Glaubensrichtung des Lhama-Buddhismus, eine andere die Rotmützen.

Am Ende des Tages war es den Besuchern erlaubt, einen besonderen Raum zu betreten. Sie mussten vorsichtig sein, hastige Bewegungen waren nicht erwünscht, jeder Luftzug musste vermieden werden. Im Raum, der keinerlei Einrichtung enthielt, dessen Wände mit Malereien und Gebetstexten bedeckt waren, hatten Mönche ein Sandmandala erschaffen. Es wirkte auf dem Steinfußboden wie ein kreisrundes Gemälde. Phantasievolle Formen, Figuren und Verzierungen in leuchtenden Farben und in vollkommener Symmetrie wurden auf diesem besonderen Mandala dargestellt. Sam und Henry, die Väter waren, hatten beide schon Mandalas begutachtet und gelobt, wenn ihre Kinder sie mit Buntstiften ausgemalt hatten; auch Bill und Alexander wussten, was Mandalas sind, aber so etwas hatten sie alle vier noch nie gesehen und es konnte gut sein, dass sie nie wieder im Leben so etwas zu sehen bekommen würden. Das Sandmandala war ein aus gefärbtem Sand gestreutes Kunstwerk in allen Farben, die man sich vorstellen konnte. Sieben Mönche hatten sieben Wochen daran gearbeitet und ihr Kunstwerk auf den Boden des Betraumes gestreut, nun zur Erntezeit war es fertig geworden und galt als Dank an die Götter, die ihnen das Getreide, die Aprikosen und alles andere, was sie zum Leben brauchten, geschenkt hatten.

Bill, Sam, Henry und Alexander dachten an die Stunden im Kloster Thikse zurück und erinnerten sich daran, wie sie später im Licht der Nachmittagssonne auf einer der Mauern des Klosters saßen und eine einfache Melodie zu ihnen hinaufklang. Unterhalb des Hügels sangen Frauen aus dem Dorf bei der Arbeit. Yakvieh stampfte im Kreis über Getreide und drosch es auf diese Weise, die Frauen fuhren mit einer Forke in das Stroh und warfen es singend und lachend in die Luft. Der Wind trennte die Spreu von der Gerste.

So, wie es die vier Männer vor gut zwei Wochen gesehen hatten, so hatte es Alexander vor zehn Jahren zum ersten Mal beobachtet, und er setzte seinen Bericht fort:

„Am Nachmittag, zwei Stunden früher als erwartet, erreichte der Bus das Tal von Leh, es leuchtete grün in der Sonne. Ihr wisst ja, wie fruchtbar das Land im Hochtal des Indus ist. Zuerst stach mir natürlich der riesige Königspalast oberhalb der Stadt ins Auge, das neunstöckige Schloss mit hundert Zimmern, vor vierhundert Jahren errichtet. Ich stieg aus dem Bus, ein paar Einheimische, die vorübergingen grüßten freundlich. Julee! Julee! Ich setzte meinen Rucksack auf und wollte sofort los, zu Sonams Guesthouse, ich hatte einen kleinen Stadtplan und wusste den Weg. Aber die knappe Luft bremste mich, ich war zum ersten Mal dreitausendfünfhundert Meter über dem Meeresspiegel, wenn man die kurzen Passüberquerungen mit dem Bus ausnahm. In meinem Kopf summte es, und obwohl ich mich ohne Hast bewegte, rang ich nach Luft.

Nun, schließlich habe ich das *Odzer Guest House* erreicht. Leh, Sonam und die gemütliche Atmosphäre bei ihm waren Schuld daran, dass ich nicht fünf oder sechs Tage in Ladakh blieb, sondern über zwei Wochen, und am Ende dieser Tage hatten sich meine Pläne, wie der Rest meiner Indienreise ablaufen sollte, komplett verändert. Doch der Reihe nach!

Sonam, ihr kennt ihn ja inzwischen, öffnete mir die Tür, und ich fragte nach einem Zimmer. Er antwortete mir, er bedauerte es sehr, aber er hätte so viele Stammgäste, die er nicht enttäuschen wollte, Fremde würde er nicht mehr aufnehmen. Seine Freunde, so nannte und nennt er seine

Gäste, die er seit Jahren kennt, sollten jederzeit ein Bett bei ihm bekommen können, und er erwartete zu jener Zeit eine Gruppe Männer aus den Bergen. Die Tatsache, dass Sonam mit heimkehrenden Bergsteigern rechnete, machte für mich das Haus noch interessanter, und ich beherzigte Gregs Rat: Ich grüßte Sonam von ihm.

‚Du kennst Greg? Meinen Freund Greg?' fragte mich Sonam ungläubig in recht gutem Englisch. Ich sah, dass er zweifelte.

‚Ja, ich kenne ihn. Er hat mir dein Haus empfohlen. Er sagte, ich solle Sonam Grüße vom *broccoliman* ausrichten.'

Die Zweifel wichen aus Sonams Gesicht. Das Stichwort *broccoliman* war für ihn wie eine geheime Parole.

‚Komm rein! Sein Zimmer soll deins sein. Woher kennst du Greg?'

‚Wir haben in Srinagar auf demselben Hausboot gewohnt, der Dal-Queen.'

‚Ja, richtig! Das Boot von Abdul. Dort wohnt Greg immer kostenlos. Abdul schuldet ihm was.'

Ich fragte mich, woher sich Sonam und Abdul kannten, wo doch der eine im Kaschmir-Tal lebte und der andere hoch in den Bergen von Ladakh, eine halbe Weltreise voneinander entfernt? Was war geschehen, das Abdul sich in Gregs Schuld befand? Vielleicht würde ich es noch erfahren. Jedenfalls war ich Greg dankbar, dass ich auf seine Empfehlung hin im *Odzer Guest House* bleiben konnte.

Sonam ging voran und zeigte mir das Zimmer. Später beim Abendessen, es gab übrigens Brokkoli mit Ziegenkäse überbacken, klärte mich Sonam über seine Gärtnerleidenschaft auf. Wir saßen fast mit einem Dutzend Leuten am

Tisch, er erzählte von Greg, der mir gegenüber, wie ich jetzt erfuhr, bescheiden geblieben war, denn Sonam und ein paar andere am Tisch lobten ihn als einen der besten Trekking-Führer im Kaschmirtal. Danach wies Sonam auf Jean aus Frankreich, der ihm Weißkohl mitgebracht hatte und nun der *cabbageman* war. Jean war ein bärtiger Mann, der in der Nähe des Kaminfeuers saß und ein Stück Teig am Stock in die Flammen hielt. Dann zeigte Sonam auf eine junge Frau neben Jean und sagte:

‚Dort drüben sitzt Marejke aus Holland, sie schenkte mir Gurkensamen und ist mein *cucumbergirl.*'

Die Frau, die Marejke hieß, zwinkerte Sonam zu und der referierte weiter über verschiedene Gemüsesorten, aber ich hörte ihm nicht mehr zu, ich sah nur noch Marejke an. Wir nickten uns zu und genau genommen gehörten wir von diesem Augenblick an zusammen, wenn wir vorläufig auch noch an verschiedenen Enden des Tisches saßen.

Es wurde ein herrlicher Abend. Wir versammelten uns ums Feuer und Sonam fragte, wer ein Bier haben wollte. Er brachte Tsingtau-Bier, chinesisches Bier, gebraut nach deutscher Tradition aus der früheren Kaiserkolonie Tsingtau. Feierlich schenkte ich mir mein erstes Glas seit den Tagen in Goa ein und lehnte mich zurück, um die Berggeschichten zu genießen. Ich merkte sehr bald, dass Marejke eine respektierte Bergsteigerin war und ihr Spitzname *cucumbergirl* eine zweite Bedeutung besaß, frei nach der englischen Redensart, *as cool as a cucumber.* Thomas, ein Österreicher, schwärmte, dass sie bei Gefahr kühl und ruhig reagiere und dass auf sie Verlass sei. Ich wünschte mir, selbst einmal einen der berühmten Pfade zu gehen, ob in Ladakh oder

Nepal. Wenn ich auch vorerst das Zuhören genoss, wollte ich irgendwann selbst einmal erzählen können."

„Was dir ja inzwischen gelungen ist. Jetzt sind es Bill und ich, die gern in den Himalaja zurückkehren möchten, um wieder mit dir zu wandern", sagte Sam.

„Das könnt ihr jederzeit. Ihr seid in guter Verfassung; das zeigt, wie ihr diese anspruchsvolle Tour meistert. Damals war ich nicht in so einer Form und fragte kleinlaut die anderen, ob es möglich sei, dass ich auch einmal eine Trekking-Tour bis in fünf- oder sechstausend Metern Höhe schaffen könnte. Bevor einer aus der Runde antworten konnte, riss jemand den Vorhang beiseite, der zwischen Haustür und Essraum hing. Ein Hüne betrat den Raum. Sein Vollbart war mit Raureif überzogen, draußen war es kalt geworden, und der Mann stand wie Knecht Ruprecht persönlich in der Tür. Er hatte meine Frage nach einer Bergwanderung in Nepal gehört, und er antwortete für die anderen.

‚Jeder kann das, man muss es nur wollen. Man muss trainieren! Man muss sich richtig vorbereiten, dann schafft man es!'

Der Neue klopfte sich den Reif von der Jacke, zog sich sein breites Wollstirnband vom Kopf und löste die Schnüre seiner Wanderstiefel. Er musste an die sechzig Jahre alt sein, er sah nicht unbedingt jünger aus, aber er wirkte kraftvoll wie eine Naturgewalt. Die Liebe zu den Bergen stand ihm in der gegerbten Gesichtshaut geschrieben.

‚Der *Jomosom-Manang-Trek* um den *Annapurna* herum, das ist der richtige Anfang. Nicht, dass er einfach wäre, aber man kann jederzeit umkehren und die Versorgung ist unterwegs im Vergleich zu früher inzwischen geradezu luxuriös. Am Ende eines jeden Tages kann man ein warmes Gericht und ein Bett bekommen. Wenn man den Thorung-La, eine Passhöhe in fünftausendvierhundert Meter Höhe bewältigt, schafft man den Rundkurs. Wie gesagt, es ist eine Frage der Kondition und des Wollens, man muss nicht klettern können.‘

Das waren die ersten Sätze, die ich von Ewald hörte. Ewald, so hieß die Naturgewalt. Er wurde zum Mittelpunkt der Gesellschaft. Er kam von einer eintägigen Bergtour zurück und erzählte seine Erlebnisse. Selten war ich so hin- und hergerissen wie an diesem Abend. Einerseits hörte ich Ewald gebannt zu, andererseits träumte ich von eigenen Bergtouren, dazu stieg mir das Bier zu Kopf, und ich war auf dem besten Wege mich zu verlieben.

Ewald war in den Bergen der Ladakh-Kette Richtung Nubratal gewandert. In der herrlichen, einsamen Welt hatte er die Zeit vergessen und war zu spät umgekehrt, so dass er einen Teil des Rückweges im Dunkeln zurücklegen musste. Eine gefährliche Sache, meinte er, die einem nicht passieren sollte. Man konnte sich auf den steinigen Pfaden leicht die Knochen brechen, aber es war alles gut gegangen. Ewald erzählte bis tief in die Nacht von Expeditionen und Gipfelbesteigungen und niemand spürte das Verlangen aufzustehen und ins Bett zu gehen. Er reihte Geschichte an Geschichte und jede war spannend. Zum Schluss fragte ich ihn, was einer wie ich, der schon in der Höhe von Leh Probleme mit der Atmung hatte, am besten unternehmen konnte, um seine Kondition zu verbessern, und zwar so, dass es für eine Bergtour langte. Ewalds Antwort klang lapidar.

‚Eine Zeit hier verbringen und: Trainieren, trainieren, trainieren! Jeden Vormittag und jeden Nachmittag einen Viertausender erklimmen, dann kommst du in Form. Hier hinterm Haus steht einer.‘

Die anderen am Tisch lachten und im ersten Moment dachte ich, Ewald wollte mich auf den Arm nehmen, als er meinte, ich sollte zweimal täglich einen Viertausender besteigen, aber dann fiel mir ein, dass wir uns auf dreieinhalbtausend Meter Höhe befanden. Er meinte es ernst und fügte hinzu, ich sollte möglichst viel zu Fuß unternehmen, wenn ich die Gegend erkundete. Es gäbe zwar örtliche Busse, aber wandern sei besser. Er schlug mir zum Beispiel einen Fußmarsch zum Kloster *Thikse* vor, so wie ich es mit euch gemacht habe – zehn Jahre später.

Am nächsten Morgen genossen wir das Frühstück im Freien. In der aufgehenden Sonne war es warm genug, wenn man sich eine Jacke anzog und eine Mütze aufsetzte. Genau wie ihr es erlebt habt, reichte Sonam uns Korb um Korb selbst gebackenes Toastbrot, dazu eigenen Honig und selbst gekochte Marmelade. Einer nach dem anderen kam aus den Betten gekrochen und gesellte sich an den großen Tisch, mit herrlichem Blick auf das Industal und die schneebedeckten Berge gegenüber. Der Blick war für mich ein Traum und ist es heute noch. Alles war also bestens und trotzdem litt ich unter Kopfschmerzen und hatte schlecht geschlafen. Mareijke klärte mich über die typischen Symptome der Höhenlage auf und riet mir, viel zu trinken und die Tage ruhig angehen zu lassen. Ich begann mit Tee, Kaffee und Orangensaft. Ewald erschien, er war mit Abstand der Älteste von uns, aber er war das blühende Leben und die fleischgewordene Abenteuerlust. Er zeigte in die Ferne über den Indus auf die andere Seite des Tales und wies auf einen der schneebedeckten Gipfel.

‚Den Berg dort drüben, mit der pyramidenförmigen Spitze und den kleinen Felszacken direkt unterhalb, will ich morgen besteigen. Nachher breche ich auf.'

Das, was Ewald sagte, hatte nichts mit Aufschneiderei zu tun, er sagte, was er geplant hatte und tat es. Ich beneidete ihn damals um seine Erfahrung und seinen Tatendrang. Er hatte sich einen Jeep gemietet und wollte bis an den Fuß des Berges fahren, noch am gleichen Tag ein Stück steigen und dann zur Nacht sein Zelt aufschlagen. Am nächsten Morgen wollte er früh aufbrechen. Er rechnete mit ein oder zwei Tagesmärschen für den Auf- und Abstieg, in drei oder vier Tagen wollte er wieder zurück sein. Der Gipfel, auf den Ewald mit seinem Finger gewiesen hatte, war ein Sechstausender, der Stok Kangri, morgen werden wir ihn auf unserem Weg zurück nach Leh sehen.

Ewald frühstückte kurz, packte seinen Rucksack, sein Zelt und sein Kochgeschirr zusammen und verabschiedete sich von uns, als führe er zum Einkaufsbummel in die Stadt. Als er weg war, erklärte Sonam uns, dass Ewald so war, solange er ihn kannte, und das waren immerhin zwanzig Jahre. Zwanzig Jahre Ladakh, das hieß, Ewald gehörte zu denen, die hier zuerst gewandert waren.

In den nächsten Tagen begann ich mein Training, erst einen Stadtbummel durch Leh und Spaziergänge in die Umgebung, später den empfohlenen Marsch nach Thikse und schließlich ging ich den Viertausender hinterm Haus an. Während Ewald zurückkehrte und wieder verschwand, fuhr ich damit fort, mich gegen die Höhenlage abzuhärten und meine Kondition zu verbessern. Das Wetter blieb beständig. Leh lag am Tage im strahlenden Sonnenschein und nachts herrschte Frost.

Gut eine Woche nach meiner Ankunft gab es Aufregung in unserer Runde. Ewald war überfällig. Die Frage tauchte auf, ob man etwas unternehmen musste, ob wir vielleicht Hilfe alarmieren sollten. Aber Sonam sagte uns, wir sollten uns nicht sorgen, eine Bergtour ist nicht bis ins Detail planbar, irgendetwas wird Ewald aufgehalten haben. Ewald braucht keine Hilfe, sagte Sonam, und falls doch, wo sollte man anfangen zu suchen? Er hatte Recht.

Ich vermisste Marejke, die zu einer Wildwassertour auf dem Zanskar unterwegs war. Jeden Vormittag bestieg ich meinen Viertausender, und am Nachmittag ging ich im Zentrum von Leh spazieren. Trotz der Tour vom Vormittag war ich noch voller Energie, als ich am Poloplatz von Leh vorbeikam. Dort kickten ein paar Ladakhis mit einer alten Lederkugel und in mir regte sich der Fußballer, es juckte mir im Fuß. Zwei anderen Travellern schien es ebenso zu gehen, sie standen in meiner Nähe und blickten sehnsüchtig dem Flug des Balles hinterher, wenn einer der Einheimischen zu einem Schuss angesetzt hatte. Plötzlich flog mir der Lederball vor die Füße. Ich hielt ihn mit der Fußspitze fest, stieß ihn an, gab ihm dabei einen kurzen Rückwärtsdrall, damit er auf meinen Fußrücken rollte. Von dort ließ ich vom rechten auf den linken Fuß springen, beförderte ihn weiter zu den Knien und hinauf zum Kopf, dort tanzte er eine Weile auf meiner Stirn, bis ich ihn wieder über die rechte Hacke auf meinen linken Fuß fallen ließ und ihn, kurz bevor er den

Boden berührte, mit dem Außenrist aufs Spielfeld zurückkickte.

Die Einheimischen starrten mich an und neben mir klatschte jemand betont lahmen Beifall. Ich hatte mich vom Ball hinreißen lassen und stand nun wie ein Angeber da.

‚Ich hatte einfach Lust auf Fußball', rechtfertigte ich mich, wie immer sprach ich Englisch zu Fremden.

Die beiden neben mir nickten und zeigten Verständnis.

‚Okay! Where are you from?'

‚From Germany!'

Es gab es ein kurzes Hallo, denn die beiden stammten aus München, und sie gaben zu, auch ihnen juckte es in den Füßen. Während wir uns einander vorstellten, bemerkten wir nicht, dass die fünf ladakhischen Fußballer zu uns herübergekommen waren. Sie standen jetzt vor uns, und einer von ihnen sprach uns an.

‚Where are you from?'

‚From Germany!' antworteten wir drei gleichzeitig.

Der Einheimische, der die Frage gestellt hatte, ein kleiner drahtiger Fußballer, dessen gute Technik mir aufgefallen war, lachte und klatschte in die Hände, dann rief er etwas, was wir nicht verstanden. Es klang nach:

‚Ruhmnik? Bäkbur?'

Wir drei Deutschen sahen uns fragend an und zuckten einträchtig mit den Schultern. Ein anderer wiederholte dieselben Worte.

‚Ruhmnik? Bäkbur?'

Wir konnten uns keinen Reim darauf machen. Was meinten sie bloß? Wie zur Erklärung nahm einer von ihnen den Ball, jonglierte mit ihm, ähnlich wie ich es vorher getan hatte. Wieder kam das *Ruhmnik? Bäkbur?* und wieder antworteten wir mit unseren Schultern. Dann nahm einer, der vorher eher durch eine etwas plumpe Ballbehandlung aufgefallen war, die Lederkugel, legte sie behutsam vor sich auf den Boden, wie man es vor einem Freistoß oder einem Elfmeter tat und streichelte ihn mit dem Außenrist. Diesmal kam dazu nur:

‚Bäkbur?'

Mir ging ein Licht auf!

‚Ach! Jetzt weiß ich, was sie meinen!' rief ich.

Fünf Ladakhis sahen mich in freudiger Erwartung an.

‚Sie fragen nach Beckenbauer und Rummenigge!' klärte ich meine Landsleute auf und die Einheimischen nickten begeistert.

‚Yes, Bäkbur, Ruhmnik!'"

Henry wusste um die beiden deutschen Fußballstars, aber Sam und Bill konnten mit den berühmten Namen nichts anfangen, Soccer interessierte sie nicht. In dieser Hinsicht waren sie typische Amerikaner, die sich vor allem für American Football, Baseball und Basketball begeisterten, allenfalls Golf und Tennis galten noch als Massensportarten in den USA. Alexander erklärte ihnen, dass Beckenbauer und Rummenigge mit Michael Jordan im Basketball oder Andre Agassi im Tennis vergleichbar waren, sie verstanden, worum es ging, und Alexander fuhr fort.

„Rummenigge und Beckenbauer waren zwar zu *Ruhmnik* und *Bäkbur* entstellt, aber der Ruf der deutschen Stars war bis in die einsamen Berge von Ladakh gedrungen. Mit wenigen Brocken Englisch, dazu mit Händen und Füßen, versuchten wir ein Gespräch mit den Ladakhis. Auf jeden

Fall waren wir uns einig, dass Fußball der beste Sport der Welt war und vereinbarten am Ende ein Spiel für den nächsten Tag – Ladakh gegen Deutschland, ein Länderspiel sozusagen. Die beiden Bayern waren sicher, dass wir noch ein paar Landsleute auftreiben würden. Das Polofeld war kleiner als ein Fußballplatz, deswegen einigten wir uns auf sieben Feldspieler plus Torwart. Treffpunkt war das Polofeld am nächsten Tag um drei Uhr nachmittags.

Zu dritt machten wir Deutschen uns auf den Weg zum *Tibetian Friends Corner*, das Restaurant ist bis heute ein beliebter Treffpunkt für Reisende aus aller Welt. Tatsächlich fanden wir dort genügend Leute für eine deutsche Fußballmannschaft. Ein paar Italiener und Franzosen bekamen Wind von der Sache und wollten mitspielen, aber wir lehnten dankend ab. Ein Länderkampf zwischen Ladakh und Deutschland war abgemacht, den anderen blieb nur der Neid.

Am nächsten Nachmittag war es soweit. Alle Spieler trafen pünktlich ein. Einer der beiden Münchner wurde zum Mannschaftsführer bestimmt. Da wir unsere fußballerischen Qualitäten nicht kannten, qualifizierte ihn allein die Tatsache, dass er aus der Stadt der ehemaligen Bayernstars Beckenbauer und Rummenigge stammte. Unser Kapitän schritt zur Seitenwahl und begrüßte den Mannschaftsführer aus Leh. Am Spielfeldrand hatten sich etliche Einheimische versammelt, sogar eine Gruppe buddhistischer Mönche wartete auf den Anpfiff. Als die Frage nach einem Schiedsrichter aufkam, bogen die Italiener und Franzosen um die Ecke und in ihrem Gefolge eine Anzahl Touristen. Sie wollten sich das Spiel wenigstens ansehen.

Allessandro stellte sich als Schiedsrichter zur Verfügung. Bei der Frage nach einer Pfeife zeigte er auf seinen Mund und seine Finger. Wir klärten noch schnell, dass es kein Abseits geben sollte, dann forderte Allessandro mit der dramatischen Geste eines Italieners den Ball, platzierte ihn in der Mitte des Feldes, wo sie seiner Meinung nach war und stieß einen schrillen Pfiff durch seine Zähne. Es ging los! Wir Deutschen waren beinahe so etwas wie eine repräsentative Vertretung unseres Heimatlandes: Im Tor stand ein Bremer, die Verteidigung bildeten zwei Bayern und ein Pfälzer, das hessisch-niedersächsiche Mittelfeld sollte Pässe für einen weiteren Bayern und mich als Westfalen im Sturm liefern. Die Begegnung war auf zweimal eine halbe Stunde angesetzt.

Es zeigte sich rasch, dass wir Deutschen, obwohl wir uns untereinander nicht kannten, den Ladakhis überlegen waren. Die Männer aus den Bergen rannten zwar unermüdlich den Platz rauf und runter, aber es fehlte ihnen an taktischem Geschick. Häufig liefen sie alle in der Nähe des Balls zusammen, selten löste sich mal einer von ihnen, um sich für einen öffnenden Pass anzubieten. Wir Deutschen waren allesamt erfahrene Fußballer mit Blick für den freien Raum, zwei, drei kurze Zuspiele und eine Flanke brachten beinahe zwangsläufig eine gute Torchance. Manchmal warf sich der mutige Torwart der Ladakhis uns Stürmern vor die Füße oder parierte einen strammen Schuss, dann erntete er den Beifall von den Mönchen, den Travellern und von uns Spielern.

Mein Sturmpartner und ich waren beide ballverliebt, trotzdem gewöhnten wir uns lange Dribblings und Alleingänge schon nach den ersten Minuten ab, die Luft war dafür einfach zu dünn. Wenn man anfing, die Gegner auszuspielen, schaffte man den ersten Verteidiger mühelos, den zweiten mit Ach und Krach und dem dritten hätte man den Ball am liebsten freiwillig überlassen. Gegen Ende der ersten Halbzeit führten wir überlegen sechs zu eins, allerdings kurz bevor Allessandro zur Pause pfiff, fiel das sechs zu zwei. Das späte Gegentor für die Einheimischen war ein Ergebnis ihrer überlegenen Kondition, wir waren froh, als endlich Halbzeitpause war und wir zehn Minuten Luft schöpfen konnten. Bis auf unseren Torwart keuchten wir alle, als hätten wir bereits eine Verlängerung hinter uns, dabei hatten wir erst eine halbe Stunde gespielt.

Nach dem Wiederanpfiff fiel schnell das sieben zu zwei, dann war unser frischer Schwung verpufft. Es ging einfach nichts mehr, wir mauerten. Bis eine Viertelstunde vor Schluss betrug unser Vorsprung fünf Tore und doch sollte es nicht zu einem Sieg reichen. Rapide blieb uns die Puste weg. Gegen Ende waren wir kaum noch in der Lage, einen vernünftigen Kurzpass zu spielen. So erbarmungslos, wie wir vorher unsere überlegene Technik ausgenutzt hatten, spielten jetzt unsere Gegner ihre überlegene Kondition aus. Wir waren stehend k.o. und ließen ein Tor nach dem anderen zu. Meist standen wir machtlos auf einem Fleck, die Hände in die Lenden gestützt und pumpten Luft in unsere Lungen.

Kurz vor dem Ende der Partie fiel das sieben zu sieben, wir Stürmer sahen aus der Ferne, wie unsere Verteidiger als Slalomstangen benutzt wurden. Unser Torhüter tat sein Bestes, aber er sah sich vier ladakhischen Stürmern gegenüber, so stand es Sekunden später unentschieden, und wir hatten wieder einmal Anstoß. Einer unser Mittelfeldspieler trat müde hinter den Ball, der daraufhin meinem Sturmpartner vor die Füße fiel. Mit einer schlaffen Bewegung kickte er ihn weiter zu mir. Obwohl dieser verunglückte Kurzpass kaum einen Meter von mir entfernt liegen blieb und der nächststehende Ladakhi vier Meter laufen musste, war er schneller am Ball. Unfähig, etwas zu unternehmen, sah ich zu, wie der gegnerische Stürmer den Ball in unsere Hälfte kickte, hinterher lief und unsere Verteidigung ignorierte. Schließlich stand er allein vor unserem Torwart, der gegen den platzierten Schuss nichts ausrichten konnte. Es stand acht zu sieben und Allessandro sah bereits auf seine Uhr. Das Unentschieden, das wir unbedingt hatten halten wollen, war durch meinen groben Schnitzer dahin.

Es wurmte uns mächtig, dass wir zurücklagen und schon wieder zum Anstoß antreten mussten. Mit ein paar Spielern steckten wir die Köpfe zusammen, tuschelten geheimnisvoll miteinander, als ob unsere Gegner die Mischung aus bayrisch und hochdeutsch hätten verstehen können, dann führten wir den Anstoß aus. Während wir versuchten, den Ball in den eigenen Reihen zu halten, schlenderte ich in Richtung gegnerischen Strafraum, ich tat, als sei ich vollkommen ausgelaugt, sonderlich zu schauspielern brauchte ich dafür nicht. Wie abgesprochen schlug unser Mittelfeldstratege aus Hessen unvermittelt einen langen Pass, den ich mit letzter Kraft annahm. Mühsam brachte ich den Ball unter Kontrolle und bevor unsere Gegner richtig gemerkt hatte, was passiert war, lief ich auf ihr Tor zu oder sagen wir, ich ging schnell. Meine Kondition reichte eben, um mich in eine günstige Schussposition zu bringen, bevor mich die Verteidiger erreichten, die über den Platz rannten, als wäre das Spiel eben erst angepfiffen worden. Der Torwart kam ebenfalls auf mich zugehechtet, und das war sein Fehler. Für einen strammen Fernschuss hätte ich nicht mehr die Kraft gehabt, aber es langte für einen Heber ins kurze Torwarteck. Vergeblich reckte sich der Tormann im Fallen nach dem Ball, die Flugbahn reichte knapp über seine Fingerspitzen. Drei Meter vor dem Tor setzte der Ball auf und kullerte Richtung Linie. Mir blieb nur übrig ihm nachzustarren, nachlaufen hätte keinen Zweck gehabt, meine Gegner waren wesentlich schneller als ich. Gespannt wie die Zuschauer am Spielfeldrand sah ich zu, was passieren würde. Fiel das Unentschieden oder wurde der Ball noch vor der Linie weggeschlagen? Die Sache war knapp und ich hatte meine letzten Energien verpulvert.

Der Ball war noch zwei handbreit von der Torlinie entfernt, als ein Ladakhi im Sprint heranpreschte, er holte aus, um ihn wegzuschlagen und in diesem Moment versprang die Lederkugel auf einer kleine Unebenheit des Poloplatzes. Wahrscheinlich war der Abdruck eines Pferdehufs Schuld, jedenfalls änderte der Ball seine Richtung um eine Idee. Der im vollen Tempo heransausende Verteidiger konnte darauf nicht mehr reagieren und grätschte ins Leere, der Ball hoppelte über seinen Fuß – ins Tor. Acht zu Acht! Ladakh gegen Deutschland – 8:8!

Meine Mitspieler beglückwünschten mich, ich hatte meinen Fehler wieder ausgebügelt. Am Spielfeld applaudierten die Zuschauer, inzwischen waren es sicher hundert. Die Einheimischen jubelten ebenso wie die neugierigen Fremden, Allessandro schnappte sich den Ball und pfiff das Spiel ab. Unsere Gegner freuten sich mit uns. Sie fanden, dass ein Remis eine gerechte Sache war, wir hätten die erste Halbzeit gewonnen und sie die zweite. Es wurde noch eine Weile über die Tore in den allerletzten Sekunden geradebrecht, dann reichten wir uns die Hände. Uns Deutschen blieb kaum die Luft, uns anständig zu verabschieden. Als ich schließlich den Platz verließ, klatschte etwas abseits des Trubels, ein einzelner Zuschauer Beifall und rief:

‚Bravo! Gut gemacht! Du hast Biss, Junge!'

Es war ein Hüne mit grauem Vollbart und rotbraunem Gesicht – Ewald. Er war zurück aus den Bergen. Er sah müde aus. Wie ein Vater legte er mir einen Arm um die Schulter und lobte meine Kondition. Ich war stolz wie ein Kind. – Das war's."

„Wie, das war's?" fragte Sam.

„Das war meine Indienreise. Ewald nahm mich von nun an unter seine Fittiche und wir wanderten in den Bergen. Zwei Tage nach dem Fußballspiel kehrte Marejke vom Zanskar zurück, sie hatte sich zusammen mit Ewald eine Trekkingroute in Nepal vorgenommen. Die beiden nahmen mich mit. Zwar wollte ich nicht der störende Dritte sein, aber Ewald meinte, wenn er Marejke und mich so betrachtete, wäre ihm schon klar, wer hier bald überflüssig war.

Wir flogen nach Neu-Delhi. Ich ließ meinen Leihschlafsack bei Sonam. Er meinte, Greg würde bald kommen und ihn später mit nach Kaschmir nehmen. Greg und Abdul hatten sich im Übrigen am Kolahoi-Gletscher kennen gelernt. Beide führten unabhängig voneinander eine Gruppe

Touristen in der Region. Abdul stürzte und verletzte sich so schwer, dass er nicht mehr laufen konnte. Greg entschied damals, Abdul zurückzulassen, ließ ihm aber Decken und Nahrung da, brachte beide Gruppen nach Srinagar und versprach ihm, so schnell wie möglich wiederzukommen. Abdul war verzweifelt, konnte er dem Amerikaner trauen? Er beschwor Greg, ihn nicht zu vergessen, er, Abdul, würde alles für ihn tun, um seine gute Tat zu vergelten, beim Leben seines Vaters. Am nächsten Tag kam Greg mit einem Muli, um Abdul zu holen."

„Und dann bist du mit Ewald und Marejke in Nepal gewandert?" wollte Bill wissen.

„Genau! Ich habe Bengalen und damit Kalkutta und Herrn Bhavan aus meinem restlichen Reiseprogramm gestrichen. Mit Marejke und Ewald wandern zu können, war eine Chance, die ich mir nicht nehmen lassen wollte. Zu dritt sind wir über Delhi nach Katmandu geflogen und haben zusammen den Jomosom-Manang-Trek gemacht. Marejke und Ewald sind ein paar Extratagestouren gegangen, die ich mir damals noch gespart habe, es war eine herrliche Zeit. So schön, dass ich am liebsten in den Bergen geblieben wäre, aber ich hatte ja meinen neuen Kiosk."

„Ja, einen wunderschönen neuen Kiosk und schon nach einem halben Jahr hat er ihn einem Mitarbeiter überlassen!" fügte Henry hinzu.

„Kanntest du Alexander zu der Zeit schon?" fragte Sam erstaunt.

„Sogar schon vorher. Ich war der gelackte Amerikaner, der ihm den alten Kiosk abgeluchst hat."

Bill und Sam starrten Henry an, Alexander lachte.

„Jetzt reimt sich alles zusammen, du kannst deutsch sprechen, der Typ damals im Kiosk auch …“

„Und was ist aus dem Laden geworden, und warum seid ihr jetzt beide hier?“

Bill und Sam unterbrachen sich gegenseitig.

„Nun, zwei Jahre lang hat Alexander noch versucht, beides miteinander zu vereinbaren, den Kiosk und die Berge. Ich selbst war in diesen zwei Jahren die meiste Zeit mit dem Projekt in Deutschland beschäftigt. Alexander und ich haben uns manchmal getroffen, damals begann unsere Freundschaft. Er hat mir von Indien, von Nepal und vom Himalaja vorgeschwärmt. Zu dieser Zeit hatte Alexander jemanden für den Laden eingestellt, er war ein halbes Jahr hier und ein halbes Jahr dort, bis er eines Tages zu mir kam und mir offenbarte, dass er den Kiosk unwiderruflich an seinen Mitarbeiter abgeben wollte. Marejke und er wollten in Nepal leben, aber er hatte einen Pachtvertrag über zehn Jahre unterschrieben.“

„Ja, so war es und Henry hat mich damals erpresst!“

Sam und Bill blickten von Henry zu Alexander und wieder zurück.

„Wie? Erpresst?“

„Ja, er hat gesagt, ich leite die Vertragsumschreibung für dich in die Wege und setze in der Firmenleitung durch, dass du von der Pachtvereinbarung entbunden wirst, wenn du mich mitnimmst.“

„Nach Nepal?“

„Nun, in diesem Jahr reiste er nach Indien und traf Marejke in Pushkar. Also sind wir zusammen dorthin, so habe ich Vidjai, den Geschichtenerzähler, kennen gelernt.

Alexander blieb nichts anderes übrig, als mich mitzunehmen."

„Ich habe es gerne getan. Henry hat mir bei den Formalitäten mit dem Kiosk sehr geholfen."

„Und als Gegenleistung hat mich Alexander mit einer Krankheit infiziert."

Bill und Sam dachten an tropische Infektionen, aber Henry winkte ab, er hatte das Reisefieber gemeint. Indien und der Himalaja hätten ihn seitdem nicht mehr losgelassen, und er gab zu, dass er seit der ersten Reise darüber nachdachte, ob und wie er sein Leben verändern konnte. Er hatte es nicht so einfach wie Alexander, er, Henry hatte damals schon eine Frau und zwei Kinder, die er nicht verlassen wollte. Aber er konnte auch nicht so weitermachen, Kapital und Immobilien waren nicht mehr sein Metier. Deswegen wollte er in diesem Jahr zur Gangesquelle, er versprach sich von dem Ort innere Einkehr und die Kraft, sich entscheiden zu können – endgültig.

Sie schwiegen. Bill, Sam und Alexander spürten, welcher Druck auf Henry lastete, er war nicht zufrieden, aber Alexander war sich sicher, dass es nicht nur der Himalaja war. Es steckte noch etwas anderes dahinter, etwas, über das Henry mit ihm und den anderen bisher nicht gesprochen hatte. Aber Alexander fragte nicht, er spürte, dass Henry mit sich selbst noch nicht im Reinen war, er würde darüber reden, wenn er soweit war.

Alexander hatte Recht, und er musste nicht lange warten. Am nächsten Tag offenbarte sich Henry. Es war der Tag, an dem ihre Wanderung zu Ende ging, am Nachmittag würden sie Leh erreichen. Sie rasteten am Hang des Stok Kangri, dem schneebedeckten Sechstausender, zu dem Ewald einst aufgebrochen war, und sahen auf den Königspalast von Stok hinunter. Dort wohnte die Witwe des letzten Königs von Ladakh und Alexander erzählte den anderen vom Museum in der weißen Residenz, in dem wertvoller Schmuck ausgestellt war, unter anderem Krönungsschmuck und Gegenstände, die als Ritualobjekte gedient hatten.

Alexander erklärte es sich später so, dass Henry unbewusst auf den geringsten Anlass gewartet hatte, um über seine neue Bestimmung zu sprechen, das Wort Schmuck musste dieser Anstoß gewesen sein, denn Henry kramte plötzlich in seinem Rucksack. Als er gefunden zu haben schien, wonach er suchte, hielt er es in den Händen und zeigte es den anderen.

„Wisst ihr, was das ist?"

Henry reichte jedem eine kleine Figur, die sie erstaunt in den Fingern drehten und betrachteten, schließlich meldete sich Sam zu Wort:

„Meins würde ich für eine kleine Buddhafigur halten, sehr schön gemacht, wie ich finde."

Bill räusperte sich und sagte:

„Ich habe den elefantenköpfigen Gott Ganesha, oder? Wunderschön, sicher eine Kostbarkeit."

Alexander ging nicht sofort auf die kleine Skulptur ein, die er in der Hand hielt, sondern fragte:

„Das sind Arbeiten aus Speckstein, nicht wahr?"

„Ja, Speckstein. Grüner Speckstein. Wie findest du deine Figur?"

Alexander drehte den grünen Elefanten mit den sieben Rüsseln im Licht. Er war kein Experte, aber für ihn war diese fein gearbeitete Darstellung eines mystischen Geschöpfs ein Meisterwerk. Während der grüne Speckstein im Sonnenschein glänzte und es wirkte, als wäre Leben in dem kleinen Tier, spürte Alexander, wie aufgewühlt er plötzlich war. Er ahnte, was jetzt folgen würde.

„Der Elefant ist wunderschön!“ Alexander schluckte.

„Das ist es.“

„Was ist …?“ mischte sich Sam ein, bremste sich aber sofort, weil Bill die Hand hob, und er plötzlich verstand.

„Weiß Alice davon?“ fragte Alexander Henry.

„Noch nicht.“

„Du solltest es ihr sagen und ihr vor allem deine Arbeiten zeigen. Sie wird sich dann weniger sorgen.“

„Meinst du?“

„Ja!“

Namaste Indien! Julee Ladakh!

Nach vierzehn Tagen wandern durch die ladakhische Bergwelt kehrten Bill, Sam, Henry und Alexander nach Leh zurück. Es war, als würden sie zum Ende ihrer Reise von Sonam feierlich willkommen geheißen, dabei spielten drei buddhistische Mönche rein zufällig zu dieser Zeit auf den traditionellen Holzhörnern. Sie standen in ihren roten Mänteln auf dem Dach von Sonams Haus und bliesen einfache Melodien über das Tal des Indus. Das Ritual war Teil einer Erntedankfeier, Einheimische wie Fremde hatten sich dazu versammelt. Sam und Bill bestaunten die Instrumente, die Alexander an Alphörner aus der Schweiz erinnerten, allerdings waren die traditionellen Hörner der Mönche gerade gearbeitet und konnten teleskopartig zusammengeschoben werden, sie waren dadurch bequemer zu tragen.

Später kochte Sonam Tee für die Heimkehrer, und während er ihre Tassen füllte, kündigte er Eierpfannkuchen mit Aprikosenmus an, eine köstliche Abwechslung nach der Tütenkost. Statt aber den Leckerbissen zu holen, wie es sonst seine Art war, setzte er sich zu ihnen. Er schien selbst zu warten und fragte danach, wie es den Männern in den Bergen ergangen war, dabei sah er immer wieder Richtung Küche. Schließlich ging die Tür auf und jemand schob eine mit Eierkuchen gefüllte Platte durch die Öffnung. Voilà, es war Julie! Sonam nahm ihr den schweren Teller ab und Alexander umarmte sie herzlich. Was für eine Überraschung!

Julie hatte ihr Strandrestaurant in Kovalam verlassen und sich auf den weiten Weg nach Ladakh gemacht, um die Berge wiederzusehen. Es war also soweit, ihr fehlten die Gipfel. Während die beiden eine Weile Neuigkeiten austauschten, lauschten die anderen. Theoretisch kannten sie Julie von Alexanders Bericht über den Beginn seiner ersten Indienreise.

Aber es gab noch mehr Überraschungen an diesem Nachmittag. Sonam hatte zwei Tage zuvor ein Paket für Alexander angenommen. Julie, die für mehr Tee sorgen wollte, stand auf, um es zu holen. Bills Augen folgten ihr bis zur Tür, wie sie vorher jeder ihrer Bewegungen und Gesten gefolgt waren. Sam wedelte mit der Hand vor Bills Gesicht.

„Bist du noch da?“

„Wie?“

„Ob du noch bei uns bist?“

„Ja, ähm, ja. Wo soll ich sonst sein?“

Julie kehrte zurück und reichte Alexander das Paket.

„Es ist von Vidjai aus Pushkar“, stellte Alexander erstaunt fest und öffnete es. Henry und Sam beobachteten ihn, als ginge es dabei auch um Post für sie. Bill sah in eine andere Richtung. Zuerst fand Alexander einen Brief von Vidjai und las ihn stumm. Julie, Sam und Henry warteten gespannt, Bill nicht.

„Vidjais Onkel ist krank.“

„Rath Sarma?“ entfuhr es Henry.

„Ja. Er hat sich vor ein paar Wochen von seinem Neffen verabschiedet. Rath Sarma meinte, er ginge nun auf eine lange Reise der inneren Einkehr. Vor seinem erneuten Tod wollte er seine bisherigen Leben überdenken und ausführlich meditieren. Was Rath Sarma als einen Akt der Konzentration ankündigte, hat der Arzt aus Pushkar, Vidjai gegenüber, ein Koma nach Schlaganfall genannt, schreibt er. Rath Sarma ist bewusstlos und niemand weiß, wie lange er noch lebt."

Die drei Amerikaner und Sonam, der Vidjai und seinen Onkel vom Hörensagen kannte, waren so bestürzt wie Alexander. Julie kannte die Geschichte um Rath Sarma nicht, und konnte nicht einordnen, wie verblüfft die Männer waren, als Alexander fortfuhr:

„Ihr ahnt nicht, was in dem Paket ist."

„Wahrscheinlich Strampelhosen für euren Nachwuchs", mutmaßte Sam.

„Weit gefehlt", lachte Alexander, zog die Schaumstoffpolster aus der Schachtel und wickelte den ominösen Gegenstand aus seiner Papierhülle. Schließlich hielt er eine Kamera in die Höhe. Es war ein sehr alter Fotoapparat und sogar Bill hatte seinen Blick von Julie gelöst, um ihn staunend zu betrachteten. Weder er noch Sam, Henry oder Alexander zweifelten daran, dass der Apparat aus den Dreißiger Jahren stammte.

„Vidjai schreibt, Rath Sarma hat mir die Kamera und einige Fotoplatten vererbt."

„Dir?" fragten Bill und Sam im Duett.

Alexander sah nach den Platten unten im Paket und weihte Julie in groben Zügen in die Geschichte um Rath Sarma ein. Danach erklärte er den anderen, dass er in den letzten Jahren mit Rath Sarma ausführlich über dessen Gipfelsturm auf den Everest gesprochen hatte. Dabei hatte Alexander sich die abenteuerlichen Einzelheiten notiert und

Rath hatte ihm versprochen, eines Tages behilflich zu sein, falls er die Geschichte nach seinem Tod veröffentlichen wollte. Jetzt war es soweit. Nicht ganz. Noch lebte Rath Sarma, und sie wussten nicht, wie lange seine innere Einkehr dauern würde. Aber kam es darauf an?

Ein halbes Jahr später, am 20. März 2003 in Pokhara, Nepal, tauften Marejke und Alexander ihre gesunde Tochter auf den Namen Paula.

Am selben Tag wanderten Julie und Bill in den Blue Ridge Mountains, die sie problemlos am Wochenende von Washington aus erreichen konnten. Abends kehrten sie in ihre Hütte zurück. Während Julie las, saß Bill vor seinem Notebook und schüttelte von Zeit zu Zeit seinen Kopf. Er war dabei, Alexanders Notizen von dessen Gesprächen mit Rath Sarma zu sichten. Manchmal verfiel Bill dabei ins Grübeln, und sein Bildschirmschoner schaltete sich ein, dann war es Zeit, den Kopf zu schütteln. Sein Bildschirmschoner war eine Fotografie von Rath Sarma, dem wild gestikulierenden Gewürzhändler auf dem Gipfel des Mount Everest.

Zu Beginn des Jahres 2003 eröffnete Sam Hastings ein neues Geschäft in Washingtons Stadtteil Georgetown. Nach sieben riesigen Supermärkten war es diesmal ein kleiner Laden, dessen Einrichtung er vollkommen aus der Hand gegeben hatte. Am 20. März besuchte er Alice und Henry Stevens in ihrem Kunsthandel. Alice war stolz auf die Specksteinarbeiten ihres Mannes und respektierte, dass die schönsten und schwierigsten Stücke in der richtigen Atmosphäre entstehen mussten. Sie wusste, dass die richtige Atmosphäre für Henry nur in Indien zu finden war.

Der 20. März 2003 war auch der Tag, an dessen Morgen erste Bombenangriffe irakische Frauen, Männer und Kinder in Schrecken und Furcht versetzten. In Schrecken und Furcht, so war es gemeint – shock and awe.

Glossar

Ahura Masda	guter Gott der Parsen
Alaknanda	Quellfluss des Ganges, vereinigt sich mit dem Bhagirathi bei Devaprayag zum Ganges
Andhra Pradesh	indischer Bundesstaat
Angra Mainyu	böser Geist der Parsen
Annapurna	Berg in Nepal, zählt zu den vierzehn Achttausendern (8091 m)
Arjunas Buße	Relief in den Strandfelsen von Mahabalipuram; Arjuna, Held des Mahabharata, bittet Shiva um Vergebung seiner Kriegssünden
Ashram	Zentrum zur Übung geistiger Konzentration im Hinduismus
Aurangzeb	Sohn des Shah Jahan, stürzte den Vater und zerstörte die Symmetrie des Taj Mahals
Auroville	internationales Landwirtschaftsprojekt, 1968 von der Sri Aurobindo Society in der Nähe von Pondicherry gegründet
Backwaters	Gebiet aus Lagunen, Flüssen und Kanälen im Hinterland der südindischen Westküste
Bakschisch	Trinkgeld als Vorabgabe, auch Almosen (baksheesch)
Bartholomäus Diaz	portugiesischer Seefahrer und Entdecker, um 1450–1500
Bhagirathi	Quellfluss des Ganges, entspringt bei Gangotri im Bundesstaat Uttar Pradesh aus einer Eishöhle

Bidi	zu einer einfachen Zigarette zusammengerolltes Tabaksblatt
Brahmane	Angehöriger der Priesterkaste, der höchsten hinduistischen Kaste
Brahmaputra	3000 Kilometer langer Fluss, der gemeinsam mit dem Ganges in den Golf von Bengalen mündet
Buddha	„Der Erwachte“; Bezeichnung für jemanden, der die vollkommene Erleuchtung erreicht hat
Buddha, Siddharta Gautama	der Buddha, der um 500 v. Chr. den Buddhismus in Nordindien begründete
Buddhismus	Religion indischen Ursprungs ohne überliefertes Schrifttum, es gelten die Lehren Siddhartas
Burkha	verhüllendes Gewand moslemischer Frauen
Ceylon	früherer Name von Sri Lanka
Cha Cha La	La = Passhöhe, in diesem Fall mit Namen Cha Cha
Chai	indisch für Tee
Chakra	Energiezentrum im menschlichen Körper, in dem alle Kräfte miteinander verschmelzen (Mz. Chakren)
Chandni Chowk	Hauptstraße im alten Delhi
Chapati	indisches Fladenbrot
Chenab	Fluss durch Indien und Pakistan, fließt über den Sutlej in den Indus

Choli	knapp geschneiderte Bluse, die indische Frauen unter einem Sari tragen
Chop Soey	chinesisches Gericht
Chörten	tibetanisches Wort für Stupa, auch Chorten
Churidhar	enggeschnittene Hosen
Dalai Lama	Oberhaupt des tibetanischen Lamaismus
Dalit	bevorzugter Begriff für Kastenlose, siehe auch Harijan und Paria
Dal-See	See in Srinagar, der Hauptstadt von Jammu und Kaschmir, mit teils luxuriösen Hausbooten und schwimmenden Gärten
David Livingstone	englischer Afrikaforscher (1813–1873)
Dhaba Wallah	Verteiler der Metallbehälter mit Mittagessen für über 100 000 Büroangestellte in Bombay
Dhal	Linsengericht, eine der indischen Hauptspeisen
Dharma	religiöses Gesetz, das 2. Juwel in der buddhistischen Lehre
Dhaulagiri	Berg in Nepal, zählt zu den vierzehn Achttausendern (8167 m)
Die große Seele	indisch „Mahatma", Ehrentitel für Gandhi, dessen Vorname eigentlich Mohandas Karamchand lautete
Drawiden	Urvolk im Süden Indiens
Drei Juwele des Buddhismus	Buddha, Dharma, Sangha, siehe dort

Elephanta	Insel im Hafenbecken Bombays
Firnee	Reispudding mit Rosinen, Mandeln und Kokosflocken
Gandhi, Mohandas Karamchand	indischer Freiheitskämpfer, genannt Mahatma, geboren 1869, von einem fanatischen Hindu 1948 ermordet
Ganesh	elefantenköpfiger Gott, Sohn von Shiva und Parvati
Ganesh Charturthi	Feiertag zu Ehren von Ganesh
Ganges	heiliger Fluss, Quelle im Himalaja, mündet in den Golf von Bengalen
Gangesdelta	gemeinsamer Abfluss von Ganges und Brahmaputra, Gebiet von der Größe Niedersachsens
Gangotri	erster Tempel wenige Kilometer vom Ursprung des Ganges entfernt
Gateway of India	Triumphbogen am Hafenbecken Bombays zu Ehren des englischen Königs Georg V. errichtet, Symbol der britischen Kolonialherrschaft
Gelbmützen	Schule des tibetanischen Buddhismus, Mönche mit traditionell gelber Kopfbedeckung
Ghats	1. Bergkette im Süden Indiens 2. Waschplätze
Goa	indischer Bundesstaat an der Westküste, früher portugiesische Kolonie
Golep Kangri	Gipfel in Ladakh, 5597 m hoch
Großmogul	siehe Mogul

Hängende Gärten	Parkanlage in Bombay, die über dem riesigen Wasserreservoir der Stadt angelegt ist
Harijan	kastenlose „Kinder Gottes", unterste Volksschicht, siehe auch Dalit oder Paria
Hawa Mahal	siehe „Palast der Winde"
Himalaja	höchstes Gebirge der Welt
Hindi	indische Sprache
Hinduismus	Hauptreligion in Indien, deren Grundlage die Veden sind
Indus	Strom in Nordindien und Pakistan, mündet in das Arabische Meer
Jama Masjid	Hauptmoschee in einer Stadt
James Cook	englischer Seefahrer und Entdecker (1728–1779)
Jammu und Kaschmir	nördlichster Bundesstaat Indiens
Jawahar-Tunnel	durchstößt die Berge der Pir-Panjal-Kette und gibt den Weg ins Kaschmirtal frei; benannt nach Jawaharlal Nehru (siehe dort)
Jhelum	Fluss durch Srinagar, Kaschmir, fließt über den Chenab und den Sutlej in den Indus
Jomosom-Manang-Trek	berühmte Rundwanderung im westlichen Nepal, zwischen den Achtausendern Dhaulagiri und Annapurna hindurch
Julee	ladakishes Wort für *hallo*, *auf Wiedersehen*, *danke* und *bitte* (unterschiedliche Schreibweisen!)

Kameez	kasackartige Bluse
Kap der Guten Hoffnung	Südspitze Afrikas
Kap Komorin	Südspitze Indiens
Karakorum	Gebirge nordwestlich des Himalaja, mit dem zweithöchsten Gipfel der Welt, K 2, 8610 m
Karnataka	südindischer Bundesstaat
Kartika	auch Kartik Purnima, Zeitabschnitt im hinduistischen Kalender, entspricht etwa dem Herbstanfang
Kaschmir	die Regionen Kaschmir und Jammu bilden den nördlichsten Bundesstaat Indiens
Kaste	Volksklasse in Indien, die Zugehörigkeit wird vererbt
Kastenwesen	Standesordnung der indischen Gesellschaft
Katori	kleine Schale für Soßen und Gemüse, Teil eines Thali-Gerichtes mit zahlreichen Beilagen
Kerala	südindischer Bundesstaat
Kloster Thikse	Gelbmützenkloster nahe Leh
Kolahoi-Gletscher	Gletscherfluss des Kolahoi (5425 m) nahe Sonamarg, auf dem Weg von Srinagar nach Leh
Krishna	hinduistischer Gott, Inkarnation Vishnus
Krishnas Butterfass	tausende Jahre altes Steingefäß, millimetergenau gearbeitet weist es keine Meißelspuren auf; es erscheint

	wie ausgeschnitten, was technisch zu jener Zeit aber nicht möglich war
Kshatriya	Angehöriger der Kriegerkaste, der zweithöchsten Kaste (auch Kschatrija)
Kulfi	Süßspeise mit Pistaziengeschmack
Kurta	eng geschnittene Bluse mit Stehkragen, passend zur Churidhar
Ladakh	Region in Nordindien
Lamaismus	tibetanische Sonderform des Buddhismus, verbunden mit dem alten Naturglauben des Bergvolkes
Lamayuru	buddhistisches Kloster in bizarrer Felsenlandschaft auf halbem Weg zwischen Kargil und Leh
Litschi	chinesische Frucht
Lungi	Lendentuch als Wickelrock, Hauptbekleidung indischer Männer
Mahabharata	vedisches Epos, gehört zu den wichtigsten Quellen des Hinduismus
Maharadscha	König
Maharashtra	Bundesstaat Zentralindiens
Mahatma	siehe „Die große Seele“
Mahout	Elefantenführer
Makalu	Berg im Himalaja, einer der vierzehn Achttausender, 8463 m
Malabarküste	Westküste Südindiens
Malayalam	eine der indischen Hauptsprachen
Mandala	buddhistisches Diagramm, das als Meditationshilfe dient

Mandapam	flache, in den Fels gehauene Räume, die als Tempel dienen
Mandovi und Zuvari	Flüsse durch Goa
Mantra	magische Gebetsformel im Lamaismus; bekannt vor allem: „Om mani padme hum“ (Oh, du Juwel in der Lotusblüte)
Marathi	eine der indischen Hauptsprachen
Masjid	Moschee
Matrimandir	Zentrum geistiger Konzentration in Auroville
Mogul	islamischer Kaisertitel
Monsun	Wind, als Südwest- oder Sommermonsun bringt er teils sintflutartige Regenmassen vom Indischen Ozean über den Süden Asiens
Mount Everest	höchster Berg der Erde (8850 m), siehe Tschomolungma
Muezzin	islamischer Vorbeter
Mumtaz Mahal	zweite Frau von Shah Jahan, gestorben 1631
Namaste	indisches Wort für *hallo* und *auf Wiedersehen*
Nandi	Zebubulle, Reittier Shivas
Nehru	Jawaharlal Nehru, Indiens erster Premierminister (1889–1964), Vater Indira Gandhis
Nehru-Cup	wichtige Regattaveranstaltung auf den Backwaters
Nubratal	fruchtbares Tal nördlich von Leh
Padmasambhava	Mönch, der im 8. Jh. n. Chr. die

ladakhische Naturreligion mit dem Buddhismus verknüpfte

Palast der Winde — 1. Hawa Mahal, berühmte Fassade aus rotem Sandstein in Jaipur, Rajasthan 2. Titel eines Romans von M. M. Kaye

Palkstraße — Wasserstraße zwischen Indien und Sri Lanka

Pantschen Lama — zweites Oberhaupt im Lamaismus

Paria — die Unberührbaren, Begriff für kastenlose Inder aus der Zeit, als kastenhöhere Inder glaubten, sich bei der Berührung eines Parias zu beschmutzen

Parsen — Anhänger des Zoroastrismus, Lehre des Propheten Zoroaster (Zarathustra) flohen einst aus Persien nach Indien

Parsentürme — Türme des Schweigens, Totenstätte der Parsen

Pidgin — Mischsprache aus Muttersprache und Fremdsprache, die sich manchmal als Hauptsprache etabliert, wie im Falle des französischen Kreolisch auf Haiti

Pink city — die rosafarbene Altstadt Jaipurs, erbaut aus rotem Sandstein

Ramayana — vedisches Heldenepos um Rama, einer Inkarnation Vishnus

Ratha — drawidischer Felsentempel in Mahabalipuram

Rotes Fort	Sandsteinfestung in Delhi, erbaut bis 1648 von Shah Jahan
Rotmützen	ältere Schule des Lamaismus, Mönche mit roter Kopfbedeckung
Sadhu	religiöser Asket, der Erleuchtung sucht
Sahib	titelähnliche Bezeichnung für einen Europäer in Indien und Pakistan
Salwar	weitgeschnittene Hose, passend zur Kameez
Sangha	die Glaubensgemeinschaft, 3. Juwel in der buddhistischen Lehre
Sari	Gewand indischer Frauen, in einer Stoffbahn geschlungen
Shah Jahan	Mogulherrscher im 17. Jahrhundert
Shikara	gondelähnliches Boot auf dem Dal-See
shock and awe	Schrecken und Furcht, Parole der ersten amerikanischen Angriffswelle gegen den Irak im Frühjahr 2003
Sikhs	Anhänger der Sikh-Religion, vereint Elemente des Hinduismus und des Islam
Sri	ehrende Vorsilbe, heute auch für die Anrede „Herr“ oder „Frau“
Sri Aurobindo	1872–1950, hinduistischer Philosoph und Yoga-Meister gründete 1910 den Ashram in Pondicherry
Sri Lanka	eigenständiger Inselstaat im Südosten Indiens, früher Ceylon

Stok Kangri	Gipfel der ladakhischen Bergwelt nahe Leh
Stupa	buddhistisches Bauwerk von unterschiedlicher Größe, das Relikte Buddhas enthält
Sudra	Angehöriger der untersten Kaste der Arbeiter und Bauern
Taj Mahal	1. Grabmal in Agra, im 17. Jahrhundert erbaut von Shah Jahan 2. Nobelhotel in Bombay
Tamil Nadu	Bundesstaat im Süden Indiens
Tandori	Nachkomme aus der Mischehe Vaisya / Paria
Thali	südindisches Tellergericht, meistens vegetarisch
Thar	Sandwüste in Rajasthan
Thorung La	wichtigste Passhöhe des Jomosom-Manang-Treks, 5500 m über NN
Tika	religiöses Stirnzeichen der Hindus
Tsampa	ladhakisches Grundnahrungsmittel, geröstetes Gerstenmehl mit Butter meist als Brei angerichtet
Tschomolungma	nepalesischer Name des Mount Everest, Muttergöttin der Erde, laut neuesten Messungen 8850 m hoch
Vaisya	Angehöriger der Kaste der Künstler und Händler, der dritthöchsten Kaste
Vasco da Gama	1469–1524, portugiesischer Seefahrer und Entdecker

Veden	heilige Schriften der Hindus, aufgeteilt in vier Hauptbücher
Victoria Terminus	palastähnlicher Bahnhof in Bombay
Vimana	Hauptteil eines hinduistischen Tempels, Turm mit pyramidenförmigen Stufen
Wallah	Person, die einer bestimmten Beschäftigung nachgeht, siehe Dhaba Wallah
Wedda	ceylonesisches Urvolk
Yamuna	Nebenfluss des Ganges, fließt unter anderem durch Delhi und Agra
Yogi	Meditierender im Sinne der hinduistischen Yogalehre zur Erkenntnis des Weltgeistes Brahma
Zanskar	Region und Fluss in Nordindien
Zoji La	Passhöhe zwischen Kaschmir und Ladakh
Zuvari und Mandovi	siehe Mandovi